HANNA ADEN

I love you, Fräulein Lena

ROMAN

PENGUIN VERLAG

Der Verlag behält sich die Verwertung der urheberrechtlich geschützten Inhalte dieses Werkes für Zwecke des Text- und Data-Minings nach § 44 b UrhG ausdrücklich vor. Jegliche unbefugte Nutzung ist hiermit ausgeschlossen.

Penguin Random House Verlagsgruppe FSC® N001967

PENGUIN und das Penguin Logo sind Markenzeichen von Penguin Books Limited und werden hier unter Lizenz benutzt.

1. Auflage
Copyright © 2023 Hanna Aden
Copyright © 2023 Penguin Verlag
in der Penguin Random House Verlagsgruppe GmbH,
Neumarkter Str. 28, 81673 München
Redaktion: Katharina Rottenbacher
Covergestaltung: Favoritbüro
Covermotive: PROmax3D/shutterstock;
Magdalena Russocka/Trevillion Images
Satz: Leingärtner, Nabburg
Druck und Bindung: GGP Media GmbH, Pößneck
Printed in Germany
ISBN 978-3-328-60312-2

www.penguin-verlag.de

WENN IHR JE IN NOT GERATET ...

... dann sucht nach dem nächsten Pfarrhaus. Klopft an die Tür und sagt, dass ihr Pastorentöchter seid. Vielleicht hilft man euch dort.

Mehr als diese Worte waren Lena von ihrem Vater nicht geblieben. Sie besaß nicht mal ein Foto, das ihr dabei helfen könnte, seine sanften und manchmal etwas spöttischen Gesichtszüge in Erinnerung zu rufen. Doch es war, als würde er in diesem Augenblick die Hand auf ihre Schulter legen und sie sacht nach vorn schieben.

Lena nahm Margots Hand und berührte die Pforte des Jägerzauns. Der Regen schimmerte auf dem Moos und verwitterten Holz der Latten. »Komm. Wir fragen, ob wir hierbleiben dürfen. Lass uns mutig sein.«

»Und wenn sie uns nicht wollen?« Margots kluges Gesicht strahlte Hilflosigkeit aus. Die Augen über den schmalen Wangen wirkten unnatürlich groß. Sie sah schrecklich jung und verletzlich aus. »Lenchen, so schlimm ist der Hunger nicht. Lass uns weitergehen, durch die Felder und zurück in den Wald. Da ist es sicher.«

Lena ließ die Pforte los und zog Margot eng an sich. Sie streichelte der Schwester über die Schultern, den Rücken, küsste ihre Wangen und Schläfen. Bloß nicht weinen, das half niemandem. Sie konnten doch nicht für immer unterwegs sein, auf offenen Truppentransportern um Mitfahrt bitten und jeden Tag aufs Neue darum beten, dass sie nicht bei Regen im Freien schlafen mussten!

Seit Lena ihre Schwester wiedergefunden hatte, war sie in ständiger Sorge. Margot verlor immer wieder den Kontakt zu der Realität und flüchtete sich in Traumwelten, in denen Regen, Kälte und Hunger keine Rolle spielten. Die Jüngere war immer ein wenig verträumt gewesen und hatte neben ihren Mathematikbüchern und dem Chemiebaukasten des großen Bruders wenig Kontakt zur Außenwelt gesucht. Doch seit ihrem Wiedersehen in Greifswald war es deutlich schlimmer geworden.

Lena hatte gelernt, nicht zu fragen, was Margot auf ihrer Flucht erlebt hatte. Doch immer, wenn sie fremden Menschen begegneten, zuckte Margot zusammen und versteckte sich hinter Lena. Besonders, wenn es Männer waren.

»Wir können nicht für den Rest unseres Lebens in den Wäldern bleiben, betteln und Essen stehlen«, erklärte Lena sanft. »Was, wenn der Winter kommt? Willst du im Schnee eine Höhle graben und darin schlafen?«

»Es ist erst April.« Margot sprach tonlos und lehnte den Kopf an Lenas Schulter. »Der Sommer freut sich auf uns und dauert eine Ewigkeit.«

»Und wenn der Herbst kommt?«

»Dann verhungern wir halt wie alle anderen. Für Volk und Vaterland. So, wie der Führer es von uns verlangt.«

Lena spürte, wie Margots Bauch zuckte. Für einen Moment glaubte sie, Margot würde zu weinen beginnen, doch es war Lachen. Ein Hauch Bitterkeit lag darin, aber dieses tonlose Lachen stand Margot sehr viel besser als die Tränen oder die Leere, die sonst so oft ihr hübsches Gesicht bedeckten.

Lena lachte mit. »Gute Idee. Brauchen wir nur noch eine

Fahne, für die wir in den Tod marschieren können, dann sind wir brave deutsche Mädel für die große neue Zeit.«

Margots Lachen schlug um in Weinen.

Lena drückte ihren Arm, sah Margot fest in die Augen und schüttelte den Kopf. Wenn sie fröhlich und gut gelaunt war, gelang es ihr manchmal, Margot damit anzustecken und zurück in die Gegenwart zu holen.

»Habe ich dir mal erzählt, dass ich so rebellisch war und an Heiligabend nach den Nazi-Liedern ein christliches Lied gesungen habe? ›Stille Nacht, heilige Nacht‹. Schlimmer noch: Die anderen haben mitgesungen und fanden es schön. Fast alle. Das gefiel der Führerin nicht, und ich musste am nächsten Tag die Toiletten mit einer Zahnbürste putzen. Aber gesungen habe ich es doch.«

»Du bist immer so mutig.« Margot straffte sich und richtete sich unter Lenas Blick auf.

»Du auch. Wir sind Pastorentöchter. Das sind die schlimmsten, weißt du das nicht mehr?«

»Pastors Kinder, Müllers Vieh …«

»Gedeihen selten oder nie.«

Sie sahen sich an und umfassten einander an den Unterarmen wie Soldaten beim Kriegergruß, der älter war als der für Hitler erhobene Arm. Schwestern. Das gleiche Blut, die gleiche Kraft.

»Was ist die Quadratwurzel aus dreihundertsiebzehn? Nenn mir die ersten drei Nachkommastellen«, sagte Lena.

»Siebzehn Komma acht null vier. Das hast du mich schon vor drei Wochen gefragt, bevor wir an dem Bauernhof mit dem Fachwerkanbau gebettelt haben. Wieso kannst du dir so was nie merken?«

»Viertausendsiebzehn.«

»Dreiundsechzig Komma drei sieben neun. Du nimmst immer Zahlen, die am Ende eine Sieben haben, ist dir das aufgefallen?«

Lena lachte leise auf. »Nein. Bitte entschuldige, Margot. Nächstes Mal nehme ich eine andere Zahl.«

»Du gibst mir solche Aufgaben immer, wenn ich mich beruhigen soll.«

»Das stimmt. Hat es funktioniert?«

Margot schien in sich hineinzuhorchen und nickte schließlich. »Aber ich habe trotzdem Angst.«

»Ich auch.« Lena öffnete das nasse und verwitterte Tor.

Ein Weg aus alten Steinplatten führte zwischen einer winzigen Buchsbaumhecke zu einem roten Backsteinhaus. Dahinter streckten in dicht bepflanzten Reihen Küchenkräuter oder Gemüse die ersten Spitzen aus der nassen Frühlingserde. Nirgendwo lagen Trümmer herum, alle Fensterscheiben waren heil. Weiße Spitzengardinen verbargen die Innenwelt vor neugierigen Blicken, doch Lena vermutete, dass man sie trotzdem beobachtet hatte.

Sollten die Leute gucken. Solche Blicke war sie aus Greifenberg gewohnt. Dort hatte jede ihrer Bewegungen unter Beobachtung gestanden, sobald sie das Haus der Eltern verließ. Es wäre sofort aufgefallen, dass Margot einen Männermantel trug, der offensichtlich früher einem Soldaten gehört hatte. Vermutlich fiel der Mantel hier ebenfalls auf, doch niemand erwartete, dass Flüchtlingsmädchen korrekt sitzende Kleidung trugen.

In den Jahren vor dem Krieg hatte Lena es gehasst, eine Pastorentochter zu sein. Wann immer sie wie eine Wilde durch das Dorf tobte, jemandem einen Streich spielte oder freche Antworten gab, hieß es: *Was, du willst eine Pastorentochter sein? Schäm dich!*

Lena ließ zu, dass Margot den Türklopfer hob und dreimal gut vernehmlich gegen die Tür schlug. Die Kiefermuskeln des Mädchens mahlten, aber sie hielt den Kopf aufrecht und stolz. Lena unterdrückte den Impuls, den Arm schützend um die Jüngere zu legen, und hob ebenfalls ihr Kinn. Sicher, ihre Kleidung war löchrig und hatte mehr Flecken als saubere Stellen, aber ihre Zöpfe unter den Kopftüchern waren ordentlich geflochten und sie hatten sich vorhin am Bach Gesichter und Hände gewaschen. Not und Heimatlosigkeit waren nichts, für das man sich schämen musste.

Sie schmeckten trotzdem bitter, wenn man einmal mit hocherhobenem Kopf durch die Straßen der Heimat gegangen und sich wie eine Königin gefühlt hatte.

Die Tür öffnete sich. Zwei strenge Augen musterten Lena und Margot.

»Ja, bitte? Was kann ich für euch tun?«

Die dünne, hochgewachsene Frau vor ihnen trug ein bodenlanges Kleid mit schmalen grünen, weißen und braunen Streifen, die diagonal verliefen. Es musste Unmengen an Stoff verbraucht haben, es so zuzuschneiden, dass das Muster an den Schnittkanten aufeinanderpasste. Lena hatte sich ein solches Kleid immer gewünscht, doch die Mutter hatte beim Zuschneiden für die liebevoll genähten Sonntagskleider ihrer Töchter stets auf die Stoffknappheit verwiesen. Über dem Kleid trug die Pfarrfrau eine adrette weiße Schürze mit Rüschen an Schultern und der Rockkante und hielt eine Handarbeit an sich gedrückt. Ihr prüfender Blick sagte, dass sie zu viele Menschen in Not vor ihrer Tür gehabt hatte, um den Hilfesuchenden neben Lebensmitteln auch noch ein Lächeln zu schenken.

Sie sah vollkommen anders aus als Lenas Mutter, in deren

Augen bei aller Strenge immer etwas Herzenswärme aufgeblitzt war, wenn sie Hilfsbedürftigen begegnete.

»Gott zum Gruß«, sagte Lena forsch und unterdrückte das
Zucken ihres rechten Arms, das sich in den vergangenen Jahren dort eingebrannt hatte. »Gnädige Frau, wir sind Pastorentöchter aus Pommern und mussten unsere Heimat auf der
Flucht vor den Russen verlassen. Wir wissen nicht, wo unsere
Familie ist oder ob sie noch am Leben ist, und wir haben keinen Ort, an den wir gehen können. Deswegen bitten wir Sie
im Namen Jesu Christi um Obdach und Hilfe. Denn wenn
niemand uns aufnimmt und barmherzig mit uns ist, dann
müssen wir in den Wäldern schlafen und schließlich erfrieren
und verhungern.«

Die Mundwinkel der Pastorenfrau zuckten, und ihre Augen
verloren etwas von der Kälte darin. »Wie heißt ihr Mädel denn?
Und wie alt seid ihr?«

Margot räusperte sich und ergriff das Wort. »Meine Schwester heißt Magdalena Buth und ist neunzehn Jahre alt, aber
wir nennen sie Lena. Ich bin Margot Marie, vierzehn Jahre,
und mich nennen sie Margot.«

Lena staunte, dass Margot so offen redete, anstatt sich hinter ihr zu verstecken. Irgendetwas im Blick der Älteren musste
ihr Vertrauen eingeflößt haben. Sie atmete langsam aus und
spürte, wie eine schwere Last von ihr abfiel. Freu dich nicht
zu früh, mahnte sie sich. Doch sie spürte mit einem Mal, wie
viel Kraft es sie gekostet hatte, all die Wochen ganz allein auf
Margot aufzupassen.

»Wann habt ihr zum letzten Mal etwas gegessen?«

»Gestern«, erwiderte Margot. »Wir hatten unsere Vorräte
eingeteilt. Lena ist sehr verantwortungsvoll. Sie hat immer gesagt, wir müssen nicht satt werden. Wir brauchen nur genug

Kraft zum Weitergehen. Aber gestern haben wir das letzte Brot aufgegessen.«

»Wie lange seid ihr denn schon unterwegs?«

Margots Gesicht verdunkelte sich und wurde leer. Sie tastete nach Lenas Hand.

»Meine Schwester ist im Februar mit meiner Mutter aus Greifswald geflohen«, erklärte Lena. »Unser Heimatdorf Greifenberg war da schon von den Russen besetzt. Doch in Leipzig wurden sie voneinander getrennt« – Margots Hand zuckte in Lenas –, »und Margot landete in einem Zug mit Arbeitsdienst-Maiden. Nach einigen Irrfahrten habe ich sie gefunden. Wir wollten zu den Flüchtlingslagern nach Dänemark, aber man hat uns erzählt, dass die Grenzen dorthin inzwischen dicht sind.«

Außerdem erzählte man sich, dass die Dänen keine Lust auf noch mehr Flüchtlinge hatten und die Menschen entsprechend behandelten. Angeblich herrschte in den Lagern eine schlimme Hungersnot.

Die Pastorenfrau musterte Lena prüfend und schien mit dem zufrieden, was sie sah. Sie machte einen Schritt zur Seite und wies mit dem Kinn nach innen. »Dann kommt mal rein. Ich bin Frau Petersen, die Pastorenfrau. Mal sehen, was ich für euch tun kann. Schuhe im Flur ausziehen, wenn ich bitten darf. Habt ihr Kleidung zum Wechseln?«

Lena schüttelte den Kopf. »Wir tragen alles am Leib, Frau Petersen.« Unterwäsche, Röcke, Blusen, Kleider und Mäntel. Lena trug noch immer den Mantel, den sie als Arbeitsmaid zugeteilt bekommen hatte, und Margot besaß einen Uniformmantel, den Lena von einem betrunkenen Soldaten erbeutet hatte.

Die Ledertaschen auf ihrem Rücken waren leer bis auf die

Wolldecken aus volksdeutschem Armeebestand, die Lena *organisiert* hatte, einen kleinen Kochtopf aus Blech, zwei Blechlöffel, fünf Streichhölzer in einer Schachtel und zwei Bügelverschlussflaschen mit etwas Bachwasser.

»Schauen wir mal, was wir für euch finden. Nachher stecken wir euch in die Badewanne. Nehmt es mir nicht übel, aber ihr riecht wie die Landstreicher.« Die Worte klangen rau, aber nicht unfreundlich.

Lena hätte am liebsten vor Erleichterung geweint. Es klang, als seien sie fürs Erste aufgenommen.

Gehorsam zogen sie die Stiefel im Flur aus und stopften das nasse Leder mit zerknüllten Zeitungsblättern aus dem *Völkischen Beobachter* aus, wie die Frau es ihnen gesagt hatte. Die Exemplare lagen im Flur auf einem ordentlichen Stapel, der ungelesen wirkte. Beinah so, als hätte jemand das Blatt abonniert, um nicht aufzufallen, aber keine Lust darauf, diesen Müll zu lesen. Vielleicht war auch bloß der Mensch, der die Zeitung immer gelesen hatte, an die Front gegangen oder gefallen. Lena wusste, dass auch Pastoren freiwillig als Feldseelsorger an die Front gehen konnten, auch wenn sie ansonsten vom Militärdienst befreit waren.

Ein Exemplar des Blattes legte Lena zurück und schob es unter den Stapel. Das Foto der stolz blickenden jungen Soldaten auf der Titelseite, die unter der Fahne strammstanden, erinnerte sie an ihre geliebten Brüder Günter und Karl. Mit diesem Bild wollte sie ihre schmutzigen und nassen Stiefel nicht ausstopfen.

Während Lena auf ihren Knien gehockt hatte, waren ihre Füße unter den blauen Falten des Wollkleides verborgen geblieben. Doch sobald sie aufstand, stieg ein muffiger, käsiger Geruch von ihren Füßen auf, an denen sie zwei Strümpfe übereinander trug, damit der eine die Löcher des anderen bedeckte.

»Bleibt im Flur«, sagte Frau Petersen und kam mit zwei Handtüchern zurück. »Zieht eure Strümpfe aus und legt sie neben die Tür. Die werfen wir direkt in die Schmutzwäsche. Ich habe zwei Paar Kniestrümpfe mitgebracht, aber rubbelt euch vorher die Füße mit diesen feuchten Tüchern ab.«

»Danke, gnädige Frau! Sie sind sehr gut zu uns.« Lena nahm eins der Handtücher entgegen und stellte fest, dass es nicht nur feucht war, sondern auch warm. Sie konnte nicht widerstehen und drückte die Nase hinein. Wie frisch und sauber das duftete! Sie rieb sich Gesicht und Hände damit ab, bevor sie sich ihren Füßen widmete.

Die Pastorenfrau stand daneben und wippte mit dem Fuß. Als Lena und Margot frische Socken trugen und in die bereitstehenden Pantoffeln geschlüpft waren, führte sie sie in die Küche. Durch die offene Tür konnte Lena ein großes Holzkreuz an der Wohnzimmerwand hängen sehen.

In der Küche brannte ein Feuer im Herd, auf dem ein Kochtopf stand und verlockend duftete. Die Wärme umhüllte sie von allen Seiten. Wie lange war es her, dass sie zum letzten Mal in einem Haus zu Gast gewesen war, in dem ein Kreuz an der Wand hing und Schutz versprach?

Lenas Zähne schlugen aufeinander. Sie hatte das Gefühl, dass ihre Knie sich in Wasser verwandelten und sie nicht länger tragen konnten. Dann würde sie auf den Boden sinken, in Tränen ausbrechen und nie wieder damit aufhören.

Als ob sie es spürte, rückte die Gastgeberin zwei Holzstühle am Tisch mit der karierten Tischdecke zurecht und bugsierte die Mädchen dorthin. In der Mitte stand eine große Vase mit Weidenkätzchenzweigen.

»Bitte, darf ich Ihnen irgendwie helfen?«, fragte Lena, sobald sie saß, und wollte wieder aufstehen.

»Morgen gern«, sagte Frau Petersen trocken. »Aber heute bleibst du sitzen und ruhst dich aus.«

Lena bewegte die Füße unter dem Stuhl. Ein stechender Schmerz strahlte durch ihren rechten Fuß von den Zehen bis hoch zum Knie. Am meisten schien es direkt am Knöchel zu schmerzen. Bis eben hatte sie es nicht gemerkt. Wann konnte das geschehen sein? Sie war umgeknickt, als sie vor den Tieffliegern weggelaufen waren, aber das lag schon Wochen zurück. Vielleicht war es gestern passiert, als sie mit Margot beim Klang der näher kommenden Armeeautos zwischen die Büsche gelaufen war und sich dort versteckt hatte?

»Wie heißen eure Eltern? In welcher Gemeinde war euer Vater Pastor?«

Die Fragen klangen beiläufig, aber Lena spürte, dass sie auf die Probe gestellt wurden. Also galt die Freundlichkeit, die Frau Petersen ihnen erwies, tatsächlich zum Teil dem Beruf ihres Vaters, und sie wollte sicherstellen, dass die Mädchen sie nicht anschwindelten.

Lena tat, als würde sie das Misstrauen der Gastgeberin nicht spüren, und erzählte so unbefangen wie möglich von der verlorenen Heimat in Greifenberg. Sie erzählte von dem hochnäsigen Vikar aus Finkenwalde und den Buntglasfenstern zwischen den Balken im Flur nach draußen. Von der Küche, in der sie Plätzchen gebacken hatten, und dem alten Apfelbaum im Garten, unter dem die Mutter nachmittags gern mit einem Buch gesessen und gelesen hatte. »Ich habe immer gedacht, sie faulenzt und ruht sich aus ... aber ich glaube, in der Zeit hat sie die Frauenkreise der Gemeinde vorbereitet«, erzählte sie. Ihre Augen brannten plötzlich.

Frau Petersen legte Lena eine Hand auf die Schulter. »Deine Mutter spürt, wenn du mit Liebe und Respekt an sie denkst, Mädchen. Ganz sicher. Dann weiß sie, dass es dir wohlergeht, und ihr wird leichter ums Herz.«

Lena hob ihr Kinn und blinzelte das Brennen aus ihren Augen weg. Sie legte ihre Hand auf die der Älteren, die genauso schmal war wie ihre eigene. Der Moment dauerte fast einen Atemzug. »Danke, Frau Petersen.«

Frau Petersen machte einen Schritt nach hinten. »Die Suppe dürfte inzwischen heiß genug sein. Es sind die Reste vom Mittagessen, ich habe Wasser dazugegeben. Wollt ihr noch ein Stück Brot dazu?«

»Suppe reicht vollkommen. Vielen Dank für Ihre Großzügigkeit.« Margots Stimme klang scheu und verlegen.

»Natürlich wollt ihr Brot. Sigrun! Komm und hilf mir!« Frau Petersen blickte sich um und runzelte die Stirn. »Stimmt ja, sie ist mit ihren Freundinnen Holz sammeln …«

Lena wollte aufspringen und helfen, doch ihre Knie waren so weich, dass sie nicht aufstehen konnte. Frau Petersen bemerkte es nicht, denn sie holte aus dem Brotkasten einen angeschnittenen Laib Brot und schnitt mit geübten Bewegungen zwei Scheiben ab, die beinah daumendick waren. Sie bestrich sie mit Butter, streute etwas Salz darüber und servierte sie den Mädchen auf einem hübschen Holzbrett. Dazu gab es eine Schale dünner Gemüsesuppe mit Eierstich.

Lena faltete die Hände und warf der Pfarrfrau einen nervösen Blick zu. Im Reichsarbeitsdienst hatte man ihr verboten, ein Tischgebet zu sprechen, weil das *undeutsch* wäre. Es fühlte sich ungewohnt an, an einem Ort zu sein, an dem diese Sitte ihrer Kindheit nicht nur erlaubt war, sondern sogar erwartet wurde.

»Wollen wir gemeinsam beten?«, fragte die Frau, als ob sie Lenas Gedanken lesen könnte.

Sie nickte verlegen.

Die Ältere faltete ebenfalls die Hände. »Komm, Herr Jesus, sei du unser Gast und segne, was du Lena und Margot bescheret hast. Amen.«

Lena lachte leise und wiederholte das *Amen.*

Sie und Margot konzentrierten sich auf die dicken Brotscheiben und die Eierstichsuppe, die köstlicher schmeckte als sämtliche Geburtstagskuchen aus Lenas Kindheit.

Nach den ersten Bissen legte Lena den Löffel hin, faltete die Hände und sprach ein weiteres stummes Dankgebet. *Herr Jesus Christus, bitte behüte meine Mutter, wo auch immer sie sein mag. Behüte meinen Vater, der in Greifenberg geblieben ist, um der Gemeinde mit seinen Russischkenntnissen aus dem ersten Krieg zu helfen, damit ich ihn wiedersehen kann. Behüte meine Brüder Günter und Karl, die vermisst sind, aber vielleicht noch leben, und behüte meine Schwester Anne, die bei der Mutter geblieben ist. Bitte mach, dass sie es warm haben, in Sicherheit sind und genauso gut essen dürfen wie ich!*

Dann aß sie langsam und mit möglichst kleinen Bissen, bis sie beim letzten Brotkrümel das Gefühl hatte, gleich zu platzen.

VERHÖR

Der Raum roch nach Karbolseife, Holzpolitur und altem Männerschweiß. In der Ecke bollerte ein kleiner Ofen und verbreitete so viel Wärme, dass sich die Muskeln nach den Tagen der Einzelhaft in der engen und kalten Zelle unwillkürlich entspannten. Der Verhöroffizier blätterte in einer Akte und schien es darauf anzulegen, sein Gegenüber durch sein anhaltendes Schweigen zu verunsichern.

Joachim Baumgärtner wünschte sich, der Krieg wäre endlich vorbei. Er wusste, dass die jüngeren Soldaten im Gefängnis nach wie vor auf eine Wunderwaffe vom Führer warteten, doch diese Hoffnung hatte er aufgegeben. Der Russe rückte vor, unterstützt vom Amerikaner und im Grunde ganz Europa. Das Deutsche Reich war gescheitert, auch wenn die Propaganda nach wie vor anderes erzählen mochte. Wenn man jung war, glaubte man an Helden und Lichtgestalten und war bereit, voller Stolz sein Leben zu opfern, aber wenn man älter wurde, verlor man den Glauben an Wunder.

Als Joachim im vergangenen Herbst begriffen hatte, dass der Krieg nicht mehr zu gewinnen war, hatte er sich auf eigene Faust auf den Weg gemacht. Er hatte sich den Winter über in einem Schweizer Dorf versteckt und unter falscher Identität Holz für einen reichen Bauern gehackt. Auf diese Weise hatte er überlebt.

Eines Tages würde er nach Hause zurückkehren. Es war schwer zu sagen, wen er mehr vermisste: Hildegard, die Jungs oder die kleine Ilse mit den strahlenden Augen, die er nur ein einziges Mal gesehen hatte und die inzwischen bestimmt schon laufen konnte und die ganze Familie mit ihren Plappereien erfreute. War all das, was er im Osten getan hatte, wirklich wichtiger als das Strahlen seines kleinen Mädchens, wenn er es auf dem Schoß hielt und es durch die Luft fliegen ließ?

Krieg war eine unmenschliche Angelegenheit. Natürlich ging es um die Ehre als deutscher Mann, um den Schutz des Vaterlandes. Man musste die Heimat vor Schmutz und jüdischer Verseuchung bewahren, aber …

»Ich bin Zivilist«, erklärte er dem Verhöroffizier zum zehnten Mal und zupfte an dem schmutzigen Kragen des karierten Hemdes.

Er wünschte, er hätte mit der Heimreise noch etwas gewartet. Dann hätten die Briten ihn nicht trotz des karierten Flanellhemds und Frauenmantels aus dem Zug gezogen und ins Lager für Militärgefangene geschleppt. Sie schienen zu glauben, dass jeder deutsche Mann im wehrfähigen Alter automatisch ein Teil der Wehrmacht war.

Rückblickend wünschte er sich beinah, dass das der Fall wäre. Wenn er zur Wehrmacht gehört hätte, wären einige Dinge leichter. Nicht zuletzt würde die Schussverletzung in seinem Oberarm nicht unangenehm ziehen, wann immer er den Bizeps ballte.

»Und ich glaube Ihnen nicht«, wiederholte der Soldat zynisch und etwas genervt. Abgesehen von dem Akzent sprach er fehlerfreies Deutsch. »Solange Sie an dieser Geschichte festhalten, muss ich davon ausgehen, dass Sie etwas zu verbergen haben.«

Joachim atmete tief aus. Nichts Falsches sagen. Einfach nur schweigen, dann würde er irgendwann hier rauskommen.

Die Tommys mussten ihn gehen lassen. Sie hatten nichts gegen ihn in der Hand. Das hier war ein Gefängnis für Soldaten, und er selbst war nie an der Front gewesen. Außerdem hielt er es in diesem Gefängnis nicht länger aus. Es gab keinen Schnaps, und er ertrug das Gejammer der verlausten Männer in der Baracke so wenig wie die permanenten Gedankenreisen in der Einzelhaft.

»Ich kann verstehen, dass Sie die Soldaten der Wehrmacht als Kriegsgefangene betrachten und mit aller notwendigen Strenge behandeln, Herr Offizier«, erklärte er und achtete darauf, die Schultern einzuziehen und den Blick gesenkt zu halten. »Ich kann verstehen, dass Sie zornig auf all die Deutschen sind, die Hitler groß gemacht haben. Deswegen bin ich froh, dass Sie unser Land befreit haben. Aber ich hatte nichts damit zu tun, verstehen Sie? Ich bin kein Soldat, und ich war niemals ein Nazi.«

Für einen Moment schämte Joachim sich, weil er sich und sein Land auf diese Weise verriet. Es hatte eine Zeit gegeben, in der er stolz auf das gewesen war, was sie taten. Im Grunde war er es immer noch. Trotzdem durfte er nicht länger dafür einstehen. Wenn er überleben wollte, musste er den Kopf einziehen.

Der verhörende Soldat veränderte den Winkel der Verhörlampe, damit sie Joachim noch greller in die Augen schien. »Sie wollen mir erzählen, dass ein körperlich gesunder Mann in Ihrem Alter nicht Teil der Armee war? Hitler hat selbst Kinder und alte Männer an die Front geschickt. Wenn Sie mich an dieser Stelle anlügen, warum sollte ich Ihnen den Rest glauben?«

»Natürlich hat das Regime meine Arbeitskraft eingesetzt«, sagte Joachim und zwang sich, unterwürfig zu klingen. »Ich war als Buchhalter für die Verteilung von Lebensmitteln und Winterausrüstung zuständig. Als Zivilist. Wann darf ich endlich nach Hause?«

Nach Hause. Zu Hildegard und den Kindern. Er schluckte hart.

Nicht daran denken. Er presste die Hand aufs Knie. Sie schien ein Eigenleben zu entwickeln und wollte sich zusammenballen, um dem Tommy die Nase zu brechen. Verdient hätte er es, so arrogant und stolz, wie er die gerade Nase nach vorn reckte und sich in Sieg und Rechenschaft suhlte. Doch das würde Joachims Geschichte vom unterwürfigen Zivilisten auffliegen lassen.

Sein Gegenüber schnaubte unwillig und schob die Akte nach rechts. Trotz seiner sauberen Uniform und der gekämmten Haare wirkte er heruntergekommen und schlecht gelaunt. Vielleicht hatte er sich den Sieg anders vorgestellt als diese Verhöre im Keller des alten Gefängnisses in Wolfenbüttel.

»Ein gesunder und durchtrainierter Mann wie Sie soll Buchhalter sein? Erzählen Sie das Ihrer Großmutter, Herr Baumgärtner. Ich will Ihren richtigen Namen, Rang und Dienstbezeichnung. Ansonsten geht es noch einmal für zwei Wochen in Einzelhaft.«

Joachim schluckte. Im Kampf Mann gegen Mann konnte er es immer noch mit jedem dieser Tommys aufnehmen, das wusste er. Nicht zuletzt, weil die harte Arbeit auf dem Schweizer Hof im Winter seine Muskulatur noch mal ganz anders gefordert hatte als die frühere Tätigkeit. Die Engländer ruhten sich schon zu lange auf ihrem Empire aus, auch wenn sie rassisch vom gleichen Schlag waren wie die Deutschen. Das hatte sie verweichlicht.

Doch er durfte nicht zuschlagen. Ein Buchhalter würde unterwürfig tun und auf die Aktenlage vertrauen, anstatt sich durchzusetzen. Außerdem saßen die Briten am längeren Hebel. Der Offizier konnte seine Drohung ohne Probleme wahrmachen. Und was würde dann geschehen?

In der Einzelhaft gab es keine Möglichkeit, an Schnaps zu kommen. Joachim wusste, dass er das nicht ertragen würde. Ohne Schnaps kamen die Erinnerungen zurück. Schreiende Kinder. Ein weinendes Baby. Der hilflose Blick der Jüdin mit den viel zu großen Augen, als er sie nicht länger beschützen konnte.

Sarah.

Er hatte sie geliebt. Auf eine ganz seltsame Weise, auf die er noch nie zuvor einen Menschen geliebt hatte. Sarah hatte ihn verstanden. Und, wie sie ihm fast jede Nacht gezeigt hatte: Sie hatte ihn ebenfalls geliebt.

Wenn sie bei ihm war und ihm ihr scheues, hilfloses Lächeln schenkte, hatte es ihn nicht gestört, dass sie eine Jüdin war.

Joachim war ein deutscher Mann und wusste, was sein Land von ihm verlangte. Zäh wie Leder, hart wie Kruppstahl und schnell wie ein Windhund sollte er sein. Er war einer, auf den die Kameraden sich verlassen konnten. Kein Weichei wie dieser von Altenberg, der abends geweint und schließlich seine Versetzung beantragt hatte. Aber wenn Joachim in nüchternem Zustand einzuschlafen versuchte, hörte er immer noch die Schreie und das Weinen der Babys.

Deswegen brauchte er Schnaps.

»Ich will Ihnen ja helfen«, sagte er erneut. »Fragen Sie mich etwas, was nur ein Buchhalter wissen kann. Ich kann Ihnen sagen, wie viele Wollsocken wir seit Wintereinbruch an die Soldaten an der Ostfront geschickt haben, wenn Sie das hören wollen. Die Frauen in der Heimat haben gestrickt, damit die Männer an der Front nicht so frieren mussten. Ich fand das ausgesprochen reizend und fürsorglich und habe es gern unterstützt.«

Er hoffte, dass der Soldat ihn nichts fragen würde, was er nicht beantworten konnte. Sein Instinkt sagte ihm jedoch, dass er an dieser Stelle bluffen musste.

Joachim war kein Studierter, auch wenn er mit Zahlen umgehen konnte und auf dem Hof seines Bruders die Bücher geführt hatte. Insgeheim misstraute er Büchermenschen. Die hatten eine Art zu reden, von der einem anständigen Deutschen ganz wirr im Kopf werden konnte. Als er in einer Schulung zum ersten Mal von der jüdisch-bolschewistischen Intelligenzija gehört hatte, war es ihm wie Schuppen von den Augen gefallen. Natürlich stimmte das! Die hielten sich für was Besseres und blickten auf die ehrlichen, anständigen Deutschen herab.

Trotzdem wusste Joachim, dass er was auf dem Kasten hatte. Niemand fand so gut wie er die Lücke in den Regeln, durch die er sich hindurchlavieren konnte. Tief in seinem Bauch spürte er jedes Mal, was angebracht war: Kopf einziehen oder zuschlagen. Freundlich sein oder unbeirrbar ein Ziel verfolgen.

Deswegen wusste er, dass es in diesem Augenblick keine Rolle spielte, was er erzählte. Das, worauf es ankam, war zu reden und sich diensteifrig zu zeigen. Kleine Fische wie dieser Soldat wollten die Wahrheit gar nicht ergründen. Sie wollten sich bloß aufspielen und wichtigtun. Wenn Joachim es schaffte, weiterhin den unterwürfigen Buchhalter zu spielen, würde er früher oder später hier herauskommen.

»Haben diese deutschen Frauen Ihnen auch den Mantel gespendet, den Sie jetzt tragen?« Der Brite klang amüsiert. Ein kleines Späßchen auf Kosten eines deutschen Mannes, der ihm unter normalen Umständen haushoch überlegen wäre.

Joachim lächelte bitter. Er musste sich demütigen lassen. Man hatte ihn genauso besiegt wie seine ganze Nation.

»Er steht Ihnen ausnehmend gut, Herr Baumgärtner. Betont Ihre schlanke Linie.«

Joachim schluckte den bitteren Geschmack hinunter und zog den dünnen Frauenmantel enger um seine Schultern. Wie sehr er geflucht hatte, als er im März in der Scheune voller Flüchtlinge aufgewacht war und sein Militärmantel gefehlt hatte! Stattdessen hatte er unter einem sehr viel dünneren Mantel gelegen, dessen Schnitt eindeutig für eine Frau gedacht war und den er vorn nicht schließen konnte.

Irgendein Hurensohn musste es ausgenutzt haben, dass er endlich einmal friedlich geschlafen hatte. Der Mann stand jetzt auf seiner Liste.

Das Schlimmste daran war nicht der Verlust des Mantels. Auch der Verlust seiner Würde durch den Frauenmantel stand nur auf Platz zwei. Das eigentliche Problem war der Ausweis, den er nicht verbrannt hatte. Wie oft hatte er sich seitdem für seine Dummheit verflucht! Aber aus irgendeinem Rest verdrehten Stolzes heraus war er nicht bereit gewesen, den Ausweis zusammen mit den Akten zu verbrennen. Eines Tages würde man sehen, welche Opfer er für seine Nation gebracht hatte, und seine Leistungen anerkennen.

»Im Krieg mussten wir alle nehmen, was uns zugeteilt wurde«, erklärte er mit bemüht brüchiger Stimme. »Weil ich

kein Soldat war, hatte ich keinen Anspruch auf eine Wehrmachtsuniform. Man hat mich nicht an die Front geschickt,
weil ich 1918 als Kriegszitterer heimgekehrt bin. Wenn Sie
mir ein Gewehr geben, treffe ich nichts. Ich bin ein Versager.«
Joachim versuchte, so weinerlich zu klingen, wie es ein Buchhalter in seiner Vorstellung tat.

Der Brite lachte verächtlich. Es klang nicht wie das Lachen
eines Verhöroffiziers, der eine Lüge durchschaute. In seinem
Gesicht lag die Verachtung eines kampferprobten Soldaten
gegenüber einem kriecherischen kleinen Buchhalter.

»Ihr Deutschen seid alle Weiber und Weicheier, stimmt's?«,
sagte er süffisant.

Joachim unterdrückte den Impuls, die Sache auf angemes-
sene Weise zu klären. Er senkte den Blick.

Red du nur, dachte er. Wir haben der Welt unseren Stem-
pel aufgedrückt. Noch in tausend Jahren werden die Menschen
Europas unsere deutsche Herrlichkeit fürchten. Deutschland
ist dazu bestimmt, Europa zu beherrschen, und eines Tages
werden wir es tun. Wir haben den Krieg verloren, aber eure
Furcht vor uns wird bleiben. Sonst müsstest du in diesem
Augenblick nicht den armseligen kleinen Buchhalter demütigen, für den du mich hältst.

»Wann lassen Sie mich gehen?«, fragte er in all der Unterwürfigkeit, die ihm zu Gebote stand. »Ich habe nichts Un-
rechtes getan. Wie jeder deutsche Mann habe ich nur meine
Befehle befolgt. Das ist doch kein Verbrechen! Suchen Sie
lieber nach dem Himmler und den anderen Menschen an
der Spitze. Die sind es, die unser Land zugrunde gerichtet
haben.«

»Sag es.« Der Brite lächelte bösartig. »Sag es, dann trage
ich in meine Unterlagen ein, dass du nur ein trotteliger Mit-

26

läufer warst. Vielleicht kommst du dann tatsächlich noch in dieser Woche frei. Das hier ist ein Gefangenenlager für Männer, nicht für Mäuse.«

Joachim schluckte Säure und Speichel. »Was soll ich sagen, Sir?«

»Du sollst dich dafür entschuldigen, dass ihr den Krieg begonnen und Bomben auf unschuldige britische Zivilisten geworfen habt.« Für einen Moment flammte Hass im Blick des Mannes auf. Es schien eine persönliche Angelegenheit zu sein. Vielleicht hatte es eine britische Zivilistin erwischt, die für diesen Mann besonders wichtig war. Der Gedanke erfüllte Joachim mit heimlicher Genugtuung.

»Entschuldigung, Sir«, sagte er trotzdem. »Es tut mir sehr leid, dass die Befehlshaber der deutschen Armee entschieden haben, den Krieg auch in Ihre Heimat zu tragen. Das hätten sie nicht tun dürfen.«

Der Brite stemmte die Hände auf den Tisch. »Wollen Sie mich verarschen?«

Joachim schüttelte den Kopf. »Es tut mir wirklich sehr leid. Auch um die Zivilisten.« Das zweite ergänzte er hastig. Es schien das zu sein, was der Tommy erwartete.

»Mit Ihrer störrischen Art erreichen Sie hier gar nichts«, sagte der.

Joachim hielt den Blick gesenkt und schwieg. Er musste seine Rolle durchhalten, wenn er irgendwann herauskommen wollte. Wenn er es bis nach Niebüll schaffte, wäre alles gut. Bei Hildegard würde er mit dem Trinken aufhören. Die Schreie und das Weinen würden weit fort im Osten bleiben, wo sie hingehörten. Abends würde er auf der Bank vor dem Haus sitzen und den Passanten dabei zuschauen, wie sie durch seine Stadt bummelten. Hildegard würde ihm ein Bier bringen und sich vielleicht für einen Moment zu ihm setzen, wenn das neue Kind ihr Zeit dafür ließ.

Die kleine Ilse. Er erinnerte sich noch gut daran, wie ihr kleines Köpfchen geduftet hatte. Er hatte sich schrecklich tollpatschig gefühlt und Angst gehabt, dass er das wertvolle Bündel fallen lassen würde. So kostbar. Ganz anders als bei seinen Söhnen. Wie behandelte man etwas, das so wertvoll war wie dieser winzige Säugling?

Die Erinnerung gab ihm Kraft. Joachim hob den Blick und las das Namensschild auf der Uniform. »Mister Murphy. Ich weiß, dass Sie hier auch nur Ihre Arbeit machen. Vielleicht denken Sie, ich sei einer von diesen bösen Nazis, von denen Sie in Ihren Zeitungen gelesen haben. Aber ich schwöre Ihnen, dass ich keiner war. Ich bin nur ein einfacher Mann, der seine Arbeit gemacht hat. Ich sehne mich nach meiner Frau und meinen Kindern und möchte zu ihnen nach Hause. Können Sie das nicht verstehen? Würde es Ihnen nicht ähnlich gehen?«

Der Brite knurrte, aber Joachim hatte das Aufflackern von Mitgefühl in seinem Blick gesehen. Erwischt, dachte er. Du hast auch jemanden, den du liebst. Jeder hat das. Wenn ich noch etwas auf die Tränendrüse drücke, erzählst du mir gleich etwas von deiner alten Mutter oder der liebreizenden Braut, wenn sie die Bombardierungen überlebt hat. Oder dem liebreizenden Bräutigam, wer weiß. Ihr seid doch alle pervers.

Die weiteren Fragen des Verhörs kannte Joachim bereits. Er blieb stur bei seiner Geschichte und zwang sich, trotz der hinterhältigen Fangfragen jedes Mal das Gleiche zu erzählen. Er hatte keine Ahnung von Truppenaufstellung, keine Ahnung von militärischer Taktik oder Strategie. Von Judentransporten oder entsprechenden Lagern hatte er nie etwas gehört. Das sei nicht seine Aufgabe gewesen.

Schließlich brachte man ihn zurück in die Gefangenenbaracke. Er war schweißgebadet. So sehr er die engen Räume mit den dreifachen Stockbetten vorher gehasst hatte ... es war eine Erleichterung, wieder andere Menschen zu sehen, die es nicht darauf anlegten, ihn fertigzumachen.

Ein junger Mann lag auf dem Bett, das Joachim vor der Einzelhaft gehört hatte. Er beugte sich vor und packte ihn am Kragen. »Runter da.«

»Aber ...«

»Runter da!« Er zog am Hemd, bis der Junge mit dem Oberkörper fast aus dem Bett hing. »Gehst du freiwillig, oder soll ich nachhelfen?«

Zwei grobschlächtige Männer, mit denen er sich vor der Einzelhaft angefreundet hatte, stellten sich hinter Joachim. »Wir haben es dir gesagt«, erklärte einer von ihnen dem Jungspund. »Joachim kommt zurück. Du hättest dir ein anderes Bett suchen sollen.«

»Aber sonst war keins frei!« Der Junge wirkte ängstlich.

»Ist das mein Problem?« Joachim zog ihn grob noch etwas weiter von der dünnen Matratze. Er schnaubte verächtlich, als der andere ein hohes Geräusch machte. »Räumst du freiwillig das Feld? Sonst fängst du dir eine, von der du bis zurück nach Russland fliegst.«

»Ist schon gut.« Der Junge wimmerte. »Lassen Sie mich los, dann verziehe ich mich. Sie können das Bett haben, hören Sie?«

»Das will ich hoffen.« Er gab dem Jungen einen Stoß und ließ los. Die Männer hinter ihm stimmten in sein Gelächter ein, als der Junge sich am Rand des Stockbetts festhielt und zurück ins Bett schob. Er griff nach einem Buch, das sich am Fußende befand, und ließ sich an der Seite herab. Dann wollte er sich davonmachen.

»Eins noch.« Joachim packte seinen Arm und hielt ihm die Faust vors Gesicht. »Treib mir ein wenig Schnaps auf, sonst verpass ich dir wirklich eine. Und zeig mal deinen Mantel.«

Er genoss es, die Angst im Gesicht des Jungen zu sehen. Der Mantel passte, also bekam der andere im Tausch dafür den Frauenmantel. Der Kleine sollte ja nicht frieren, wenn er sich in einer Ecke der Baracke zum Schlafen hinlegte.

Joachim fühlte sich wieder stark, auch ohne Schnaps. Vielleicht brauchte er den Alkohol irgendwann tatsächlich nicht mehr.

Er legte sich auf das zurückeroberte Bett und dachte an sein Zuhause. Wie er seine süße Hildegard an sich drücken würde, wenn er sie endlich wieder bei sich hatte! Wie sie aufquietschen und sich wehren würde, wenn er sie ins Schlafzimmer mitnahm und ihr den Rock hochschob. Oder würde er sich die Zeit nehmen, sie erst genüsslich auszuziehen?

Beim ersten Mal nicht, nahm er sich vor. Hildegard war immer ein anständiges Mädchen gewesen. Sie hätte Verständnis für einen Soldaten, der nach mehr als zwei Jahren im Osten ein dringendes Verlangen nach den festen Schenkeln einer deutschen Frau verspürte.

IN DER APOTHEKE

Rainer mochte die Arbeit in der Apotheke. Der Frieden des Ortes hatte eine heilsame Wirkung auf ihn. Es tat gut, von altem Holz und Sauberkeit umgeben zu sein und jedes Detail überblicken zu können. Während er auf die Nachmittagskundschaft wartete, räumte er auf und genoss die Stille. Mit einem feuchten Tuch wischte er über die Schubladen, Tiegel und Töpfe und entfernte die wenigen Staubkörner, die sich auf der blankpolierten Oberfläche niedergelassen hatten. Er mochte den leichten Lysolduft, der von dem Tuch aufstieg.

Die Türglocke ging. Der zwölfjährige Flüchtling Martin kam herein und schmetterte Rainer gut gelaunt sein »Hei'tler« entgegen.

Rainer lächelte. Sein kleiner Botenjunge war ihm in den vergangenen zwei Wochen ans Herz gewachsen. »Moin. Wie geht es dir, junger Mann?«

»Fein, fein, Herr Apotheker! Die Mutter lässt ausrichten, ein so guter Mensch wie Sie wäre ihr noch nie über den Weg gelaufen. Wennse zehn oder fünfzehn Jahre älter wären, könnte man Sie zum Traualtar schleifen.« Er zögerte. »Aber verraten Sie der Mutter nicht, dass ich das gesagt habe. Mit dem Traualtar.«

Rainer lächelte. »Sag deiner Mutter, ich weiß ihre guten Worte zu schätzen, aber ich bin schon verlobt.« Mit Gisela

Neumann, der schönsten jungen Frau im Dorf. Das kam ihm heute noch so unwirklich vor wie an dem Tag vor der Frontabreise, an dem sie sich einander versprochen hatten.

Martin bekam große Augen. »Du meine Güte. Ich wusste gar nicht, dass Sie wirklich schon so alt sind, Herr Apotheker! Ich dachte, die Mutter scherzt bloß.«

»Zweiundzwanzig ist doch noch jung.«

»Alt genug zum Heiraten, meine ich. Ich dachte immer, Sie sind mehr in dem Alter wie ein großer Bruder.«

Die Worte rührten Rainer. Er hielt sich am Tresen fest, damit er nicht das Gleichgewicht verlor, und griff darunter. Er zog eine Stulle hervor, sorgfältig in Zeitungspapier eingewickelt, und legte sie auf den Tresen. Ein Apfel fand sich auch noch in dem Versteck. »Ich habe wieder etwas für euch«, sagte er. »Mein Chef sagt, deine Mutter muss viel essen. Wo sie doch in anderen Umständen ist.«

Martin streckte die Hand aus, machte dann aber einen Schritt nach hinten. »Wir können das nicht immer von Ihnen annehmen, Herr Apotheker! Das gehört sich nicht.« Doch seine Augen klebten hungrig an den Lebensmitteln.

»Ist schon in Ordnung.« Rainer schob die Mitbringsel über den Tresen. »Dein Geschwisterchen soll gesund zur Welt kommen, das wünschen wir uns alle.«

Martin nickte und ließ Apfel und Stulle unter dem Hemd verschwinden. »Ich sehe zu, dass die Mutter es isst, Herr Apotheker. Und wenn sie es wieder mir geben will, dann behaupte ich, Sie haben mir hier schon was gegeben und ich sei pappsatt.«

Rainer nickte und tat so, als ob er die unausgesprochene Bitte in den Worten nicht verstand. Lebensmittel waren knapp. Er konnte nicht ständig Mutter und Jungen über die erlaubten

Rationen hinaus versorgen, auch wenn seine Mutter ihn dabei unterstützte. Sein eigener knurrender Magen erlaubte es nicht. Vielleicht konnte er Martin morgen oder übermorgen wieder etwas zustecken.

Doch dann griff er in seine Tasche, holte seine eigene dünne Stulle heraus und brach sie in der Mitte durch. Er zögerte, dann reichte er Martin das größere Stück. Der Junge war schließlich im Wachstum.

»Haben Sie eigentlich gehört, was für ein Tor ich gestern geschossen habe?«, fragte Martin.

»Man munkelt von großen Heldentaten.« Rainer lächelte, obwohl er nichts davon mitbekommen hatte. Er genoss die leuchtenden Augen des Jungen, für den die Welt trotz aller Not so viel Freude beinhaltete.

Die beiden fachsimpelten ein wenig über Fußballtaktiken. Der Junge war dabei, sich mit einer Mischung aus Kampfwillen und Beweglichkeit auf dem Fußballplatz den Respekt der Dorfjugend zu verdienen. Rainer hatte ihn schon ein paarmal mit Hans gesehen, dem zehnjährigen Sohn seiner Schwester Hildegard. Es schien, dass der Ball den Kindern dabei half, die Unterschiede in Dialekt und Kleidung zu überwinden und Freundschaft zu schließen.

Schließlich verabschiedete Martin sich. Rainer sah dem Jungen hinterher, wie er von einem Bein auf das andere tänzelte und beim Verlassen der Apotheke das helle Sonnenlicht mit einem Sprung begrüßte. Er beneidete ihn um die Freiheit, laufen zu können, wohin er wollte.

Der Rest des Nachmittags verging friedlich. Die Sonne schien durch die alten Fenster und brachte winzige Staubteilchen zum Tanzen. Ganz wurde man diese Partikel wohl niemals los. Trotzdem füllte Rainer erneut einen Eimer mit Lysolwasser und reinigte damit mühsam nach und nach alle Ablagen. Inzwischen kannte er den Raum gut genug, dass er die Krücken hinter dem Tresen stehen lassen konnte und sich mit Hüfte, Schultern und Ellenbogen an der Einrichtung abstützen konnte, ohne das Gleichgewicht zu verlieren.

Er verkaufte eine Packung Kamillentee und eine Dose Vaseline an eine Bäuerin und ließ sich von ihr erzählen, was im jüngsten Frontpostbrief des Sohnes gestanden hatte. Die Frau des Bürgermeisters schickte er mit leeren Taschen nach Hause, da schon lange kein Pervitin mehr vorrätig war. Sie schaute unzufrieden, aber was sollte er tun? Wachmacher wurden wie alles andere dringend an der Front benötigt.

Schließlich öffnete sich die Tür zehn Minuten vor Feierabend so schwungvoll, dass Rainer wusste, wer kam, noch bevor die Sonne ihm die betörende Silhouette einer bildschönen Frau im Gegenlicht präsentierte. Er hätte schwören können, dass ihm ein Hauch Kölnisch Wasser in die Nase stieg. Gisela Neumann ging aufrecht wie eine junge Walküre und war genauso schön. Ihre blonden Haare wellten sich elegant um ihre Schultern, und ihre Präsenz füllte den Raum.

Rainer lächelte erfreut. »Moin, Gisela! Was führt dich hierher?«

Sie kam langsam näher. Ihr wiegender Gang verriet, dass sie Pfennigabsätze aus der Werkstatt ihres Vaters trug. Als sie aus dem Lichtkegel der Sonne trat, wurden ihr schräg geschnittenes Kleid, das Gesicht und der für Dorfverhältnisse sehr elegante Mantel sichtbar. Giselas feine Brauen ließen ihre dunklen Augen noch ausdrucksvoller erscheinen. Ein leichtes Grübchen neben dem linken Mundwinkel passte dazu, wie gern sie lachte, vor allem über andere.

»Rate mal, wen ich suche.« Sie lächelte ihn an und stützte sich auf den Tresen. Die Geste erinnerte Rainer an eine Schauspielerin aus einem Film, elegant und sinnlich zugleich.

»Ja, wer könnte das Ziel deiner Suche sein?« Rainer stützte sich ebenfalls auf den Tresen und nahm eine übertriebene Denkerpose ein. Es erfüllte ihn nach wie vor mit großer Freude, wenn diese schöne junge Frau seine Gesellschaft suchte. »Willst du vielleicht eine Freundin besuchen und hast dich in der Tür geirrt? Und jetzt hältst du mich für sie, weil mein sorgfältig rasiertes Gesicht dich in diesem schattigen Raum in die Irre führt?«

Für einen Moment fühlte er sich, als sei er wieder der Rainer vor dem Krieg, der wusste, wie man eine Frau mit Charme und Geist verzauberte. Damals, als er noch geglaubt hatte, dass er nach dem Abitur studieren und Karriere machen würde, statt als Kriegsinvalide und unterbezahlter Apothekenhelfer in seiner Heimatstadt zu stranden.

»Bei meiner Freundin war ich schon.« Gisela schenkte ihm ein süßes Lächeln. »Sie hat mich hierhergeschickt. Man könnte also sagen, dass ich in ihrem Auftrag gekommen bin, um das Gespräch mit dir zu suchen.«

Rainer tat, als würde er die Neckerei in ihren Augen nicht aufblitzen sehen, und machte ein ernstes Gesicht. »Ist deine Freundin in Schwierigkeiten? In diesem Fall ist Herr Tauber sicher bereit, ihren Urin mit einer Spritze in den Blutkreislauf eines lebenden Frosches aus Südamerika zu injizieren.«

»Igitt!« Gisela schüttelte sich. »Warum sollte dein Chef so etwas tun?«

Rainer zwinkerte. »Der Froschtest ist eine hochmoderne wissenschaftliche Methode, um festzustellen, ob eine junge Frau in anderen Umständen ist«, dozierte er. Er blickte jetzt ernst und streng wie ein Lehrer, der vor einer Oberprimaklasse über die Heldentaten der Germanen doziert. »Im Gegensatz zu der von Aschheim und Zondek entwickelten Mäusemethode muss das Versuchstier nach der Injektion nicht getötet und seziert werden, um eine Schwangerschaft der Frau festzustellen. Stattdessen beobachtet man, ob die Frösche zu laichen beginnen oder nicht. Einige Wochen später hat sich der Frosch vollkommen erholt und steht für die nächste Injektion zur Verfügung.«

Gisela starrte ihn mit offenem Mund an. »Das denkst du dir gerade aus, Rainer. So einen Unsinn machen die Leute nicht wirklich.«

Rainer lachte auf. »Nein, es stimmt«, erklärte er. »Herr Tauber hat es vor einigen Jahren in einer Apothekerzeitschrift gelesen. Es funktioniert allerdings nur bei einer ganz bestimmten Froschart.«

Gisela befeuchtete ihre Lippen und strahlte ihn unter ihren Wimpern hervor an. »Ich liebe es, wenn du so klug daherredest, Rainer. Man weiß nie, ob du es ernst meinst oder einen gerade verschaukelst. Wie du das gerade so ganz trocken gesagt hast … Das klang so gebildet, dabei war es einfach nur Schalk.«

Rainer verschwieg ihr, dass man im Apothekerberuf tatsächlich lernen musste, über private Körperfunktionen auf eine Weise zu reden, die wissenschaftlich klang und den Menschen half, ihre Scham zu überwinden. Gisela hatte ja recht. Er hatte versucht, sie zum Lachen zu bringen, und es hatte funktioniert.

»Du hast mir das aber nicht erzählt, um einen Vorschlag zu machen, oder?« In ihren Augen blitzte etwas auf, was eine freche Einladung sein könnte. »Solche Ungezogenheiten gibt es bei mir nämlich nicht.«

36

Rainer öffnete den Mund und schloss ihn wieder. Der Rainer vor dem Krieg hätte gewusst, wie man auf eine solche verspielte Provokation einging. Er wäre ein wenig vorangeprescht, hätte Gisela weitergeneckt und sich zurückgezogen, sobald sie eine neue Grenze zog. Frauen mochten es, wenn ein Mann ein wenig fordernd war, solange er dabei höflich blieb. Vor seiner Zeit an der Front hätte er gewusst, wie er das anstellte. Natürlich war er schüchtern gewesen, aber irgendwie war es ihm doch immer wieder gelungen, die passenden Worte zu finden, um auf das süße Locken in Giselas Blick einzugehen. Heute funktionierte es nicht mehr. Statt sich von ihrem Lächeln geschmeichelt zu fühlen, löste es Unbehagen aus. Gisela schien zu erwarten, dass er sich benahm, als wäre er nach wie vor der Alte. Kein Krüppel, der nie wieder leichtfüßig mit einem Fußball oder einer Granate zwischen den feindlichen Linien nach vorn preschen würde. Der alte Rainer hatte sich nie in ein angststarres Bündel Elend verwandelt, das sich jede Nacht voller Angst vor der Dunkelheit zusammenkauerte und auf dem Kopfkissenbezug herumkaute, bis seine Zähne schmerzten.

Gisela wollte den alten Rainer. Und Rainer war bereit, alles zu geben, um wieder zu diesem Mann zu werden.

»Wie es aussieht, gibt es nur noch eine Möglichkeit, warum du ausgerechnet um kurz vor sechs in die Apotheke gekommen bist«, sagte er daher und hob das Kinn, um möglichst selbstbewusst zu wirken. »Du wolltest mich sehen und auf einen Spaziergang nach Feierabend einladen. Du willst herausfinden, ob ich mutig und verrückt genug bin, einen Versuch zu unternehmen, dich in genau die Art von Schwierigkeiten zu bringen, die anschließend meine Reise nach Südamerika erforderlich machen.« Er zwinkerte.

Gisela quietschte auf. Rainers Worte schienen ihr zu gefallen. »Das würdest du nicht wagen! Nicht vor unserer Hochzeit.«

Rainer grinste und hoffte, dass es verwegen wirkte. »Bist du dir sicher? Ein deutscher Mann fürchtet weder Tod noch Teufel.«

»Hach, ich liebe es, wenn du so redest!«

Sie sahen einander in die Augen. Rainer griff nach Giselas Hand, die wie zufällig auf dem Apothekentresen lag. Es schien das zu sein, was von ihm erwartet wurde. Die Zeit schien sich zu dehnen. Er legte die freie Hand um Giselas Schulter und zog sie näher.

Rainer war immer noch voll Staunen darüber, dass diese kluge und wunderschöne Frau ausgerechnet ihn erwählt hatte. Rainer, das schüchterne Nesthäkchen aus der Familie mit drei großen Schwestern, dem Mädchen gegenüber so oft die Worte fehlten und dem Gisela trotzdem ihr Lächeln schenkte. Der Fußball-Mittelfeldverteidiger ohne Talent für aufregende Tore, der Klassenstreber mit der großen Klappe und schließlich der Feigling an der russischen Front, der geschrien und sich in die Hose geschissen hatte, als die Granate explodierte und drei seiner Freunde in Fleischmatsch verwandelte, deren Blut sich zusammen mit dem Schmutz wie Nebel auf seine Haut legte und dort für immer kleben würde …

Rainer verzog entsetzt das Gesicht, als das Grauen in ihm emporstieg. Gott verflucht. Warum war er so leichtsinnig gewesen und hatte an das gedacht, woran er niemals denken durfte?

Das vertraute Zittern setzte ein. Es begann unterhalb des Bauchnabels, zog sich nach unten und drang durch seine Eingeweide. Seine Zähne schlugen aufeinander. Ihm wurde schwindelig, und sein Gleichgewichtssinn versagte, was ein Mann mit einem halben Fuß noch weniger gebrauchen konnte als andere.

Die Angst hatte keine Form. Sie war Fetzen. Bruchstücke. Unendliche Scham, weil die Explosion ihn nicht erreicht hatte. Er wollte wegrennen, aber seine Füße gehörten nicht länger ihm. Der Geschmack von Blut und Schlamm. Ein dumpfes Bumm, das durch die Realität hallte, zu laut und zu leise, um von irgendjemandem außer ihm gehört zu werden.

Seine Finger krallten sich in Giselas Schulter. Rainer spürte die Weichheit des Stoffes und ihres Fleisches darunter, ahnte die Knochen und hatte Angst, sie zu zerquetschen. Die Hand schien ein Eigenleben zu besitzen. Dort, wo sie Gisela gepackt hielt, löste sich der Nebel auf. Bei ihr war Halt und Schutz.

Rainer packte fester zu und zog Gisela über den Tresen näher zu sich. Er umfasste ihren Hinterkopf, griff in die Haare und küsste sie gierig. An der Front hatte er es oft genug getan, in seinen Träumen und im Halbschlaf, wenn sie ihm wie eine Sirene zugelächelt hatte, die darauf wartete, dass er zu ihr kam. Da hatte er sie an sich gezogen, auf diese Weise, wild und hungrig, und dann waren ihre Kleider geschmolzen, und er hatte noch ganz andere Dinge mit ihr getan, und dann …

»Au!« Gisela stieß ihn zurück. Sie sah wütend aus. »Du hast mich gebissen, Rainer. Wie kannst du so grob sein?«

Er erstarrte.

Das hier war nicht der Krieg. Er war in der Apotheke, nicht an der Front. Gisela konnte nicht den klebrigen Belag auf seiner Haut fühlen, den Schmutz und Gestank und den metallischen Geschmack. Sie gehörte in den Frieden. Nach Hause. In die bessere Welt, für die er gekämpft hatte. Sie sollte lächeln und glücklich sein. Aus diesem Grund hatte er durchgehalten. Um eines Tages zu ihr zurückzukommen und ihr Lächeln wiederzusehen.

In ihren Augen lag Erschrecken. Sie lächelte nicht. Er wollte, dass sie lächelte. Wofür hatte er sonst überlebt?

Das Erschrecken galt ihm.

Rainer hätte am liebsten zugeschlagen und das Entsetzen aus ihrem Gesicht vertrieben. Wie konnte sie es wagen? Sie sollte glücklich sein! Nach allem, was er für sie durchlitten hatte, in einem fremden Land, in winzigen Zelten inmitten von meterhohem Schnee, auf Latrinen, die nicht mehr waren als ein stinkendes Loch im Boden, auf denen einem bei minus zwanzig Grad der Arsch und anderes abfror …

»Guck nicht so«, fuhr er sie an.

»Entschuldige«, sagte sie leise und senkte den Blick. Sie sah hilflos und ängstlich aus.

Rainer schämte sich. Für alles. Für die Nächte, in denen er immer noch wach lag und zitterte und den Zipfel des Kopfkissens in den Mund nahm, um darauf herumzukauen. Für seinen kaputten Fuß und die drohende Niederlage seines Landes, den Tod seiner Kameraden und die Angst davor, an die Universität zu gehen, wie Herr Tauber es sich von ihm wünschte …

Vor allem jedoch schämte er sich dafür, dass Gisela auf diese Weise den Blick von ihm abwandte.

»Entschuldige«, sagte er mechanisch. Irgendwie musste er die Situation in Ordnung bringen. Gisela sollte glücklich sein. Die Welt musste die Form behalten, die sie vor dem Krieg gehabt hatte. Er würde es hinbekommen. Ein deutscher Mann fürchtete weder Tod noch Teufel und auch keine Dämonen aus der Vergangenheit.

»Ist schon gut.« Sie musterte ihn misstrauisch. Ihr Blick sagte, dass überhaupt nichts gut war. »So kenne ich dich gar nicht.«

Rainer zwang sich zu einem Lächeln. Er spürte Herrn Taubers kritischen Blick, auch ohne dass sein Chef körperlich anwesend war. Er musste sich auf die Gegenwart konzentrieren. Atemzüge zählen. Finger zählen. All das, was ihn mit dem Hier und Heute verband und die Zeit an der Front vergessen ließ.

»Was ist jetzt?«, fragte Gisela und tappte mit den Fingernägeln auf den Tresen.

Das Geräusch machte ihn aggressiv.

Er schwieg und berührte den Tresen unmerklich mit den Fingerkuppen, ohne die Hand zu bewegen. Linker Daumen, linker Zeigefinger, linker Mittelfinger …

»Rainer, so geht es nicht weiter.« Gisela seufzte. Ihr Gesichtsausdruck wirkte übertrieben mitfühlend. »Ich weiß, dass du seit dem Krieg nicht mehr derselbe bist, aber …«

»Natürlich bin ich das.« Er musste sich benehmen, als ob nichts geschehen sei. So, wie er es tat, seit er zurückgekehrt war. Das Leben musste weitergehen. Der Rest der Welt war normal geblieben. Er war der Einzige, mit dem etwas nicht stimmte, und das musste er für sich behalten.

Rainer zog die Taschenuhr aus der Hosentasche, die seine Mutter ihm nach der Rückkehr aus dem Nachlass seines Vaters geschenkt hatte. »Soll ich heute ein paar Regeln brechen und die Apotheke früher abschließen? Um diese Zeit kommt ohnehin niemand mehr. Dann können wir einen Spaziergang machen.«

»Rainer! Du und ich, wir dürfen keine Geheimnisse voreinander haben. Wir wollen doch heiraten. Allmählich müssen wir darüber reden, wie du wieder normal wirst.«

Er konnte nicht glauben, dass sie es ausgesprochen hatte, und starrte sie an. »Mit mir ist alles in Ordnung.«

Er hatte überlebt. Seine Kameraden waren tot. Das war so furchtbar, dass man daran nicht denken durfte. Rainer hätte sie retten müssen. Man ließ niemanden zurück. Das tat man einfach nicht. Sie hatten gekämpft, damit es eine Heimat gab, in die die anderen zurückkehren konnten.

Und doch hatte er die anderen zurückgelassen. In irgendeinem namenlosen Grab in der russischen Steppe. Männer, die ihren Schnaps und Gedichte von Hölderlin mit ihm geteilt hatten. Er war zurückgekommen, obwohl der Krieg weiterging. Niemand würde je begreifen können, wie schuldig er sich deswegen fühlte.

Sein Mädchen hatte auf ihn gewartet. Sie wippte vor dem Tresen mit ihrem schlanken Fuß, dessen Knöchel durch das schmale Riemchen unglaublich aufreizend betont wurde, genau wie durch die aufgemalte Strumpfnaht auf der Rückseite ihrer Wade.

Beim Ringen mit den Gedanken machte er eine ungeschickte Bewegung und verlagerte zu viel Gewicht auf einmal nach rechts. Rechts war die Seite, auf der sein Fuß nur noch zur Hälfte existierte. Zur anderen Hälfte wurde der Schuh durch eine sorgfältig geschnitzte Holzprothese gefüllt. Er spürte einen stechenden Schmerz auf der Außenseite des Knöchels.

»Scheiße!«

Der Ausdruck war heraus, bevor er realisierte, dass Gisela ihn immer noch anstarrte. Beim Blick in ihre Richtung verlagerte er das Gewicht noch ungünstiger. Der Schmerz schoss hoch bis zum Knie. Er verlor das Gleichgewicht und taumelte nach hinten, gegen das Regal.

»Rainer!« Gisela streckte die Hand über den Tresen nach ihm aus. »Lass doch endlich zu, dass man dir hilft! Weißt du nicht, dass wir uns alle Sorgen um dich machen?«

»Wer ist alle?«, knurrte er.

»Deine Mutter zum Beispiel.« Gisela schluckte sichtbar. »Sie hat mir erzählt, dass du nachts nicht mehr schlafen kannst. Seit dem Krieg.«

»Sie hat *was*?«

Er sah die Angst und Hilflosigkeit in ihrem Blick, doch er war überfordert. In diesem Augenblick konnte er sich nicht um die Tränen kümmern, die in Giselas Augen glitzerten.

Der Verrat seiner Mutter schmerzte.

Manchmal kam sie nachts in sein Zimmer und setzte sich auf den Bettrand. Dann streichelte sie Rainer über die Schulter und tat so, als merke sie nicht, wie er sich unter seinen ungeweinten Tränen und ihrer Berührung verkrampfte. Stattdessen tat sie so, als merke sie nicht, dass er noch wach war. Am nächsten Morgen benahmen sie sich, als hätte es die Berührung in der Nacht niemals gegeben.

Es war eine Sache, von der eigenen Mutter getröstet zu werden. Für die künftige Ehefrau musste er stark sein. Er war ein deutscher Mann, verdammt noch mal! Kein hilfloser Krüppel. Und er würde eine Zukunft aufbauen, in der er stark war und seine Frau beschützen konnte. Wie es sich gehörte.

»Ich komme allein zurecht«, erklärte er.

»Aber ...« Gisela verstummte und schniefte leise.

Sie sollte mit dem Weinen aufhören! »Am besten, du gehst jetzt nach Hause«, sagte er und merkte selbst, wie kühl es klang.

»Aber ...«

Er schloss die Augen, um die Hilflosigkeit und Verlegenheit in ihrem Blick nicht zu sehen. »Geh einfach, Gisela. Heute ist kein guter Tag zum Spazierengehen.«

Sie seufzte tief. Die Pfennigabsätze klackten auf den kalten Steinboden. Es klang, als ob Gisela damit seine Aufmerksamkeit einfordern wollte.

Rainer öffnete die Augen. Seine Verlobte blickte ihn an wie eine Gestalt gewordene Inkarnation der Germania oder Viktoria, die ihn für seine Schwäche verurteilte.

»Du musst wissen, was du willst«, sagte sie kühl. »Aber wenn du mich fragst, ist es allmählich an der Zeit, dass du aufhörst, dich selbst zu bemitleiden.«

Rainer starrte sie fassungslos an. Er biss die Zähne aufeinander, um das Stechen im Knöchel zu ignorieren, bis Gisela sich schließlich umdrehte und auf ihren Pfennigabsätzen hinausklackerte. Ihre Beine waren genauso hübsch wie der Schwung ihrer Hüften und Taille. Gisela war eindeutig die schönste Frau im Dorf. Die verbliebenen Männer beneideten Rainer zurecht.

Die Herablassung in ihren blauen Augen hatte ihn trotzdem erschüttert.

EIN NEUES ZUHAUSE

Lena erwachte wie üblich mit einem Ruck. Wie jeden Morgen überprüfte sie den Zustand der Welt, bevor sie sich bewegte. Margot lag weich und warm in ihrem Arm. Gut. Die Decke über ihnen war nicht verrutscht und ließ keine Kälte darunter. Ein herrliches Gefühl. Sie lagen auf einer weichen Matratze, keine mühsam zurechtgeschobenen Mäntel oder Decken, und die Luft biss nicht eiskalt in ihre Nasenspitze. Irgendetwas war anders als sonst. Als es ihr klar wurde, schlug sie die Augen auf und lachte ungläubig in sich hinein.

Sie hatten ein neues Zuhause!

Gestern Abend hatte die Pfarrersfrau ihnen versichert, dass sie bleiben durften. Zunächst in der Dachstube, später vielleicht auch bei Familien im Ort, wo sie sich im Austausch gegen Nahrung und Obdach um Kinder und Haushalt kümmern würden. Doch das war alles Zukunftsmusik. Fürs Erste hatten sie einen Schlafplatz, den sie nicht direkt nach dem Aufwachen räumen mussten. Gleich würde es Frühstück geben.

Licht fiel zwischen den Dachschindeln hindurch auf ihr Nachtlager. Lena streichelte Margot sanft über den Arm und flüsterte ihr das Gebet ins Ohr, das der Mann mit der Nickelbrille ihnen bei einem Besuch im Pfarrhaus der alten Heimat beigebracht hatte. Es war ein hübsches Gebet.

Eigentlich hatte der Mann mit der Nickelbrille den Vikar

besucht. Er kam vorbei, um zu überprüfen, ob der Vikar gute Predigten hielt und eines Tages ein guter Pastor werden würde. Der Mann sah nett und wie ein guter Kamerad aus, kaum älter als der Vikar, aber in seinen Augen lag Feuer.

Am Ende des aufregenden Besuchs hatte er sich für einen Moment zu Lena und Margot gesetzt, die vor dem Haus saßen und an ihren Puppenschürzen stickten. »Ich habe dir ein neues Gebet versprochen, Lena«, hatte er gesagt. »Wollt ihr es lernen? Du auch, Margot?«

Lena war beeindruckt, weil er sich beide Namen gemerkt hatte, obwohl er erst ein Jahr zuvor in die Vikarsstadt Finkenwalde gezogen war. Sie spürte, wie sein Feuer auch sie zu wärmen begann. Es war ein anderes Gefühl als die Begeisterung bei den Paraden der Hitlerjugend oder in den Ansprachen des Führers im Radio. Das Feuer dieses Mannes drängte sich nicht in den Mittelpunkt und führte nicht nach außen, nicht ins Vaterland und nicht in das begeisternde Gefühl, Teil von etwas Großem zu werden. Stattdessen vermittelte er Lena das Gefühl, dass sie wertvoll war. Genau so, wie sie war. Ein ungewohntes Gefühl.

Der Mann hatte zugelassen, dass Lena und Margot ihn prüfend musterten, statt ihr Schweigen als Zustimmung zu werten. Es schien ihm wichtig zu sein, dass Lena und Margot sich frei entscheiden durften. Sie hatte in sich hineingehorcht und schließlich genickt. »Bitte lehren Sie uns das neue Gebet, Herr Bonhoeffer.«

Dieser Augenblick lag lange zurück. Er gehörte in eine Zeit, an die Lena nicht mehr denken wollte, um nicht vor lauter Heimweh in Tränen auszubrechen. Sie hielt sich stattdessen an dem Gebet fest und konzentrierte sich auf den Trost, der darin lag.

Die schlafende Margot regte sich nicht, obwohl Lena ihr die Worte ins Ohr flüsterte. Schließlich piekste sie Margot in die Seite, und die Schwester quietschte auf.

»Von guten Mächten wunderbar geborgen«, sagte Lena erneut, dieses Mal etwas nachdrücklicher, »erwarten wir getrost …«

»Was kommen mag.« Margot gähnte und hielt sich die Hand vor den Mund.

»Gott ist mit uns am Abend und am Morgen …«

»Und ganz gewiss an diesem neuen Tag.«

Jetzt musste Lena auch gähnen. Sie streckte sich behaglich und räkelte sich, bevor sie sich aufsetzte. Ein stechender Schmerz schoss durch ihr Knie, doch sie würde gehen können. Jetzt, wo sie nicht mehr den ganzen Tag herumlaufen musste, würde die unsichtbare Verletzung abheilen können. Der Mann mit der Nickelbrille hatte die Wahrheit gesagt: Gott war mit ihnen. Er hatte sie an diesen Ort geführt, wo man ihnen Speise und Wärme für die Nacht gegeben hatte, und er hatte sie auch auf der Flucht beschützt.

Sie zögerte bei dem Gedanken. Warum hatte Gott zugelassen, dass Margot auf der Flucht mit der Mutter verlorenging und ihr dieses Schlimme passierte? Liebte er Lena mehr als die Schwester?

Das konnte nicht sein.

Lena wünschte, es gäbe mehr, womit sie Margot helfen konnte. Sie spürte immer wieder, dass Margot litt. Auf der Flucht hatte sie ein- oder zweimal vorsichtig gefragt, ob Margot darüber reden wollte, doch die Schwester hatte immer nur den Kopf geschüttelt. Das Entsetzen in ihrem Gesicht und die seltsame Starre im Blick hatten Lena Angst gemacht. Beinah, auch wenn sie sich dafür schämte, war sie froh, nicht mehr erfahren zu haben. Es musste etwas wirklich Schlimmes gewesen sein.

Manchmal war das Einzige, was eine Schwester geben konnte, Liebe und Schutz. Lena hoffte, dass es genügte.

Der Leinenbezug des Kissens duftete zart nach Seife und Mottenkugeln. Es roch beinah, wie es zu Hause gerochen hatte. Oder bei einem Besuch bei der Großmutter, wenn sie nach den Strapazen der Zugfahrt endlich das Ziel erreichten und als Kinder einen Mittagsschlaf machen mussten.

Margot lag immer noch mit geschlossenen Augen auf dem Bett. Lena küsste sie auf die Wange. »Aufwachen, kleine Schwester! Es ist Dienstag, der zweite Mai, und wir sind endlich in Sicherheit.«

Margot schlug die Augen auf. »Meinst du? Und wenn die Alliierten kommen?«

»Du hast doch gehört, was Frau Petersen uns gestern erzählt hat. Wir dürfen hierbleiben, das ist das Wichtigste. Der Krieg ist vorbei, das weiß jeder. Die Russen werden nicht bis hierher kommen. Sobald wir angemeldet sind, kriegen wir Bezugsmarken für Lebensmittel, das ist viel wichtiger.«

Margot runzelte die Stirn. »Die Frau Pastor hat nicht so geschaut, als ob wir wirklich willkommen sind. Hast du gesehen, wie dünn ihr Mund war, als sie das gesagt hat?«

Lena zuckte mit den Schultern. »Was soll sie denn machen? Sie hat gesagt, jeder hier im Ort muss Flüchtlinge aufnehmen. Dann nimmt sie lieber uns als arbeitsscheues Gesindel aus dem Osten.«

»Wir kommen auch aus dem Osten!«

»Wir sind Pastorentöchter aus Pommern. Das ist was ganz anderes. Erinnerst du dich noch an die russischen Kriegsgefangenen im Ort? Solche Leute hat sie damit gemeint.«

Margot wirkte unsicher. Lena war ebenfalls nicht ganz überzeugt, dass sie willkommen waren, aber sie wusste, dass Margot und sie vor harter Arbeit nicht zurückschreckten. Das lernte man am Pommernwall, im Arbeitsdienst und auch vorher schon bei all den Sonderdiensten in der Hitlerjugend. Aber reichte das, um in den Augen der Menschen hier akzeptiert zu werden? Sie kamen einem beinah wie andere Ausländer vor. Ihre Sprache klang völlig anders als der heimische Dialekt der Schwestern. Manche Worte der Pastorenfrau hatte Lena eher erraten als verstanden.

»Wenn sie nicht sofort sehen, wie gut sie mit uns dran sind, beweisen wir es ihnen«, schob sie hinterher.

Margot entspannte sich. »Du hast recht, Lena. Erst mal können wir hierbleiben. Zumindest, bis wir etwas über Mutter erfahren und sie uns zu sich holt.«

Lena drückte die Nase in Margots feines Haar. Manchmal fürchtete sie sich, dass sie den Rest ihrer Familie nie wiedersehen würden. Doch damit wollte sie Margot nicht beunruhigen. »Komm. Ich kämme dich, du kämmst mich, und dann zeigen wir Frau Petersen, wie fleißig und hilfsbereit zwei Pastorenmädchen aus Pommern sein können.«

Die Familie bestand neben der Pfarrfrau aus vier kleinen Töchtern. Lena versuchte, sich die Namen zu merken, vergaß sie aber innerhalb weniger Minuten. Sie mochte den fröhlichen Lärm, als die Kinder sich miteinander unterhielten und die Mutter über die Tischmanieren wachte. Das Frühstück bestand aus einer dünnen Scheibe Butterbrot und Kamillentee, sowohl für die Flüchtlingsmädchen wie für die vier Kinder des Hauses. Lena und Margot verhielten sich still und sprangen auf, wann immer nach etwas gesucht oder gefragt wurde.

Ihnen fiel sehr wohl auf, dass man ihnen die dünnsten Brotscheiben von allen gegeben hatte, obwohl sie nach Tagen des Hungerns am liebsten das ganze Brot allein in sich hineingestopft hätten. Offenbar sahen sie nicht mehr so verhungert aus wie am Vortag. Doch warmer Tee war besser als eiskaltes Bachwasser, und Brot schmeckte besser als Leere im Bauch. Die dünne Butterschicht passte herrlich dazu und ließ den kräftigen Geschmack des Brotes noch intensiver werden.

Nach dem Frühstück wurden Lena und Margot von Frau Petersen für leichte Arbeiten im Haushalt eingeteilt. »Du gehst mit Johanna Unkraut jäten«, wies sie Margot an. »Und du, Lena … kannst du mit einem Staubtuch umgehen?«

»Ja, Frau Petersen.«

»Dann kümmere dich um die Zimmer im Erdgeschoss. Arbeite gründlich, nicht husch, husch.«

»Natürlich, Frau Petersen.«

Wie seltsam es war, so normale Aufgaben erledigen zu dürfen. Zum ersten Mal begriff Lena wirklich, was sich in den vergangenen Monaten alles verändert hatte. Das Fräulein aus gutem Hause hatte gelernt, sich vor Tieffliegern in den Staub zu werfen und um ihr Leben zu beten. Mehr noch: Sie hatte gelernt, mit beinah abfrierenden Fingern die Stange eines Geländewagens zu umklammern und sich mit Zehen und Fußballen durch die Schuhsohlen hindurch so in das Metall zu krallen, dass das Rütteln des Motors sie nicht abwarf.

Ohne den Krieg und den Verlust aller deutschen Besitzungen in Afrika wäre Lena in ein paar Jahren vielleicht tatsächlich Ärztin in den Kolonien geworden. Dann hätte sie sich einen eigenen Militärjeep gekauft und wäre damit über die Savannen gebraust, anstatt hinten im Wagen den Dieselgeruch des Auspuffs zu inhalieren und dankbar zu sein. Wie aufregend das geworden wäre! Doch was nützten ihr Träumereien von Dingen, die nie mehr passieren würden?

Lena erledigte das Staubwischen flink und verharrte vor dem Kreuz im Wohnzimmer. Jetzt aus der Nähe konnte sie sehen, dass jemand daran ungeschickt herumgeschnitzt hatte. Der Lack in der Mitte war abgeblättert, und die Messerschnitte waren unregelmäßig. Lena fragte sich, wie man in einem Pfarrhaus ein Kreuz in die gute Stube hängen konnte, das auf diese Weise misshandelt worden war. Was sollten die Besucher denken?

Im Arbeitszimmer ihres Vaters hatte ein großes Kreuz aus dunklem Holz gehangen.

»Sieh ihn dir gut an, unseren Herrn Jesus«, hatte er gesagt, als Lena die Schule abbrechen musste. Das war noch nicht mal ein Jahr her.

Er sei so etwas wie ihr bester Freund, hatte ihr Vater ihr erklärt, dem sie all ihre Sorgen erzählen durfte. Jesus würde sie verstehen.

Aber wie sollte man einem Freund von seinen Sorgen erzählen, wenn der so schwach und müde an einem Kreuz hing, wenn ihm das Blut von der Dornenkrone die Stirn hinablief und Lena nicht anders konnte, als Mitleid mit ihm zu haben?

»Sag mir, was du siehst«, hatte ihr Vater verlangt. »Es gibt kein Richtig oder Falsch. Wichtig ist das, was du selbst in ihm findest. Finde deine eigenen Worte und deinen Blick, und dann erzähl mir davon. Das schult deinen Geist und deinen Glauben gleichermaßen.«

»Er hat Schmerzen«, sagte Lena schließlich leise. »So viele, dass er aufgegeben hat.«

Die Antwort hatte sie erschreckt. Wie konnte es sein, dass Jesus Christus, der auferstandene Erlöser, den Kampf aufgab?

Ihr Vater hatte jedoch zustimmend genickt, statt Lena wegen ihrer Blasphemie zu tadeln. »Merk es dir«, sagte er. »Wir beten nicht zu Jesus als Herrscher des Himmels. Im Mittelpunkt unseres Glaubens steht dieses Kreuz. Mit diesem Mann in genau diesem Moment seines Lebens, in dem er all seine Hoffnung verloren hat.«

Lena hatte genickt.

»Ich werde darüber nachdenken«, erklärte sie ruhig. »Danke, Vater.«

Er hatte sie an sich gezogen und sie ungeschickt auf den Scheitel geküsst, diesen Scheitel, den sie nach jedem Haarewaschen sorgfältig mit einem Kamm zog, damit ihre Zöpfe symmetrisch saßen.

»Bist du fertig?«, rief Frau Petersen aus der Küche.

Lena schreckte aus ihren Gedanken hoch. »Sofort!«, rief sie, kehrte mit dem Staubtuch in der Hand in die Gegenwart zurück und bearbeitete das helle Holzkreuz damit. Die Schnitzerei war noch frisch und hatte nahezu keinen Staub angezogen. Lena betupfte sie mit dem Staubtuch und untersuchte die Stelle genauer. Die Reste der Schnitzerei ließen erahnen, was sich dort befunden hatte: ein Hakenkreuz, umgeben von einem Eichenkranz.

Lena biss sich auf die Unterlippe.

Wie konnte das sein? Das Kreuz und das Hakenkreuz gehörten nicht zusammen. Da, wo das eine existierte, war kein Platz für das andere. Das stand mit Feuerschrift an die Wand geschrieben, wo auch immer sich diese Wand befand. Mene mene tekel.

52

Zumindest hatte sie das immer geglaubt. So sehr, dass sie diesen Glauben nie infrage gestellt hatte.

Der Anblick des misshandelten Kreuzes faszinierte und ängstigte Lena gleichzeitig. Die Schnitzerei kam ihr vor wie ein Detail aus einer der Gruselgeschichten, die sie und ihre Freundinnen einander im Dunkeln erzählt hatten. Diese Geschichten begannen mit einer Welt, die beinah vollständig normal war. Doch unter der Oberfläche lauerte ein uraltes Unrecht und wartete darauf hervorzubrechen.

Sei wachsam, lehrten diese Geschichten. Der Horror wartet überall. Besonders dort, wo du am wenigsten damit rechnest.

Warum schnitzte jemand das Nazi-Symbol mitten in ein helles Holzkreuz?

Frau Petersen stand plötzlich hinter ihr. »Bist du eingeschlafen?«

Lena zuckte heftig zusammen. »Bitte entschuldigen Sie!« Sie fuhr hastig mit dem Tuch über eine der bereits gereinigten Flächen. »Ich musste an meine Familie denken.«

»Ist schon in Ordnung.« Frau Petersen blieb neben ihr stehen und legte ihr die Hand auf die Schulter. »Ich denke auch oft an meinen Mann. Gott wird ihn beschützen, das weiß ich, aber trotzdem ...«

Lena nickte beklommen. »Mein Vater sagte immer, der Glaube ist eine Quelle des Trostes in dunklen Zeiten.«

»Das sagt mein Mann auch.«

Für einen Moment standen Lena und die ältere Frau nebeneinander, verbunden durch das Kreuz und den gemeinsamen Glauben an Jesus Christus. Vielleicht auch nur durch die Sehnsucht nach den Menschen, über deren Verbleib sie im Ungewissen waren. Es fühlte sich seltsam tröstlich an.

Am Nachmittag nahm Frau Petersen die Mädchen mit zur Meldestelle, damit ihr Haushalt für die Mädchen Lebensmittelmarken bekam. Von jetzt an war es offiziell. Lena und Margot durften bleiben. Zumindest, bis die Alliierten das Dorf erreichten und entschieden, wie es weitergehen sollte.

Der Tagesablauf im Pfarrhaus unterschied sich wenig von dem, was Lena aus ihrer Heimat kannte. Am Sonntag ging es in die Kirche, wo in Abwesenheit des Pastors ein Behelfsgottesdienst abgehalten wurde. Man speiste zusammen, und ansonsten kümmerte sich die Hausfrau darum, dass die Pflichten im Haushalt erledigt wurden. Immer wieder klopften Gemeindemitglieder an die Tür, dann ging die Pfarrfrau in Vertretung ihres Mannes mit den Gästen in das Besprechungszimmer. Der einzige Unterschied bestand darin, dass Lena und Margot hier nicht zur Schule gingen. Es störte sie kaum. Die Oberschule hatte ohnehin geschlossen, als die Briten das Dorf übernahmen, und niemand wusste, wann sie ihre Pforten erneut öffnen würde.

Nach zwei Tagen wurden Lena und Margot losgeschickt, um Lebensmittel und Seife zu kaufen. Frau Petersen beschrieb ihnen den Weg. Lena registrierte zufrieden, dass sie kein Problem damit hatte, ihnen Lebensmittelmarken und Geld anzuvertrauen. Offenbar hatten sie die Bewährungsprobe bestanden und wurden akzeptiert.

Bei den Mahlzeiten saßen Lena und Margot mit der Familie am großen Tisch in der Küche. Am Anfang beäugten die vier jungen Töchter der Familie die Fremdlinge noch mit misstrauischem Blick, doch sie gewöhnten sich schnell aneinander und lachten miteinander, wenn wieder eine ein Wort aus dem Dialekt der anderen falsch verstanden hatte.

Am Dienstag nach ihrer Ankunft klopfte es an die Küchentür. Lena legte unauffällig eine Hand auf Margots Bein, um die plötzlich bleiche Schwester zu beruhigen. Waren das die Alliierten? Wurden sie jetzt verhaftet und in Lager gesperrt, um Deutschlands Kriegsschuld abzuarbeiten? Lena drehte sich um.

Sie sah in ein Paar blauer Männeraugen. In diesem Blick lag ein Leuchten, das Lena sich kaum erklären konnte. Der Mann sah zunächst alle am Tisch an, aber dann fixierte er Lena. Sie konnte nicht wegblicken. Noch nie hatte sie so tiefe und klare Augen gesehen, in denen so viel Kraft lag.

Lena fuhr mit der freien Hand über ihr Kleid und berührte ihre Zöpfe. Sah sie ordentlich aus? Hatte sie ihr Gesicht heute nach der Gartenarbeit vernünftig gewaschen? Würde der Mann sie wegen der Zöpfe für ein kleines Mädchen halten, oder sah er, dass sie schon beinah eine Frau war?

Denn es war ein Mann, der sie anblickte, nicht nur ein Paar blauer Augen, die losgelöst von Zeit und Raum im Leeren schwebten. Nur Lena schwebte auf diese Weise. Er hatte ein kluges Gesicht und blonde Haare und war um die Zwanzig.

Lena wusste, dass sie wegschauen sollte, ihr Starren gehörte sich nicht, aber … wie sollte das gehen? Der Mann würde sie weiter anschauen, und dann …

Er hob den Kopf und löste den Blickkontakt, um einen Schritt nach vorn zu machen. Erst als Lena das harte Plock auf dem Steinfußboden der Küche hörte, nahm sie die beiden Krücken wahr. Der Mann stemmte sie in die Achselhöhlen und setzte sie einen winzigen Moment vor seinem rechten Fuß auf dem Boden auf. Deswegen war er also nicht an der Front.

Lena schlug die Augen nieder und musterte den Mann weiter unter den Wimpern hervor, während er die Pastorenfrau mit Vornamen begrüßte. Seit seinem Hereinkommen waren nur wenige Sekunden verstrichen, auch wenn es sich angefühlt hatte, als würde die Zeit sich verschieben und ewig dauern.

Der Mann kannte die Pfarrfrau offenbar gut genug, um sie zu duzen. Vielleicht würde er wieder hierherkommen, und Lena könnte ihn ein weiteres Mal anschauen. Denn er sah wunderhübsch aus, auch wenn es dieses Wort nicht gab und man Männer nicht als hübsch bezeichnen sollte. Lena wagte nicht, ihm noch einmal ins Gesicht zu sehen, damit er ihren Blick nicht spürte, doch auch seine Figur war so anziehend, dass sie einfach nicht wegschauen konnte. Starke Schultern und Arme, die von der leichten Jacke betont statt versteckt wurden. Ein flacher Bauch und dieses herrliche Kinn. Seine Beine waren gerade und durchtrainiert, wenn auch vielleicht etwas dünner, als sie ohne die Versehrtheit wären.

Warum erschuf Gott einen so schönen Mann und schickte ihn dann zu Lena?

Sie wusste, dass sie nur ein Flüchtling war. Deswegen musste sie Gott und den Menschen dankbar für alles sein, was man ihr gab. Aber das galt für Lebensmittel, nicht für Männer! Der Krieg hatte so viele von ihnen gefressen und nicht mehr ausgespuckt. Die jungen Frauen im Dorf würden Schlange stehen, um für diesen hier Kuchen zu backen und abgerissene Knöpfe an seine Hemden zu nähen. Bestimmt hatte er Lena in ihrem mehrfach geflickten und stellenweise fadenscheinigen Kleid nicht mal bemerkt.

Als ob die Pfarrfrau Lenas Verlegenheit bemerkt hätte, stellte sie Lena und Margot beiläufig vor als zwei Flüchtlinge, die sie aufgenommen hatte. »Und das ist mein Bruder Rainer. Rainer, gibt es einen bestimmten Grund, warum du hier bist?«

»Der Krieg ist zu Ende«, sagte er. »Gerade kam es im Radio. Deutschland hat bedingungslos kapituliert. Die Alliierten werden unser Land in Besatzungszonen aufteilen.«

Lena brauchte einen Moment, um die Worte zu verstehen. Seit sie hier war, fühlte sie sich, als wäre sie in einer Blase, in die der Krieg nicht eindringen konnte. Es kam ihr seltsam vor, dass außerhalb des Ortes noch immer Militärwagen über die Straßen rollten und der Führer Ansprachen im Radio hielt.

»Allmächtiger!« Frau Petersen fasste sich ans Herz. »Lasst uns darum beten, dass wir ein Teil der britischen Zone werden.«

Lena nickte, ohne ein Wort herauszubringen. Margot griff nach ihrer Hand.

»Setz dich zu uns, Rainer, und erzähl uns alles.« Frau Petersen stand auf und schob dem Mann ihren Stuhl hin.

Rainer hieß er also. Lena versuchte, das Lächeln über diesen schönen Namen als Geheimnis in ihrem Kopf zu behalten, damit es nicht nach außen drang.

Rainer schüttelte den Kopf. »Mehr als das weiß ich auch nicht. Ich muss nach Hause und es Mutter erzählen. Aber ich weiß, wie selten ihr Radio hört, deswegen bin ich zuerst hierher gekommen.«

»Mutter weiß es garantiert schon. Sie hört doch den ganzen Tag ihren Volksempfänger, während sie stickt.«

Rainer nickte. Für einen Moment zeichnete sich Erschöpfung in seinem Gesicht ab. Er blickte zum Stuhl, als ob er eine Pause gut gebrauchen könnte. Doch dann sah er Lena an. Seine Augen wurden schmal. »Ich gehe nach Hause, danke.«

»Ich mach dir einen Tee.«

Er schüttelte den Kopf und starrte Lena weiter an, obwohl er mit der Pastorenfrau sprach. »Für Tee ist zu spät, *min Gude,* vielen Dank. Außerdem war ich zuerst bei Hildegard, damit sie es auch erfährt. Ich muss nach Hause.«

Frau Petersen blickte von Rainer zu Lena und wieder zurück. Ihr Mund wurde schmal. Was sie sah, schien ihr zu missfallen. »Vielleicht hast du recht. Ich bring dich zur Tür.«

»Macht's gut, Kinder! Bis zum Wochenende!« Er hob einen Unterarm und winkte damit, ohne die Krücke aus der Armbeuge zu lösen.

Die elfjährige Sigrun winkte zurück. »Bis bald, Onkel Rainer!«

Lena blickte auf ihr Brettchen mit dem halb aufgegessenen Butterbrot darauf. Rainer sollte nicht sehen, wie heiß ihr Gesicht vor Verlegenheit brannte. Mit seinem schmalen Blick hatte er deutlich gemacht, was er von ihr hielt. Sie kannte diese unfreundlichen Blicke. Als Flüchtling war man die meiste Zeit nicht willkommen. Alles, was man tun konnte, um sich vor der leisen Abfälligkeit darin zu schützen, war, den Blick zu senken.

Lena hoffte ebenfalls, dass Niebüll Teil der britischen Zone werden würde. Über die anderen Armeen hörte man nicht viel Gutes. Trotzdem fürchtete sie sich vor dem, was den Menschen in ihrer Heimat drohte. Die Russen mussten Greifenberg längst erobert haben. Ihr Vater hatte im ersten Großen Krieg Russisch gelernt. Deswegen war er in der Heimat geblieben, um der Gemeinde helfen zu können.

Lena sprach ein tonloses Gebet. Bitte hilf ihm, Herr Jesus. Bitte beschütze ihn. Verleih ihm die Gabe der Sprachen, und lass die Russen freundlich zu ihm sein. Bitte mach, dass ich ihn eines Tages wiedersehe und er dann noch lebt.

WIR BRINGEN DEN FRIEDEN!

Lieutenant Nigel Harris hatte sich an das Heimweh gewöhnt. Er war gern Soldat. Nach seinem Empfinden arbeitete die Armee effizienter als jedes zivile Unternehmen, nicht zuletzt, weil die Hierarchien und Aufgaben hier klar geregelt waren. Trotzdem vermisste er seine Heimat Hull. Er vermisste die alten Gebäude und krummen Straßen und die Ausflüge mit seiner Familie. Ma hatte immer hart gekochte Eier in den Picknickkorb getan. Die schmeckten um Klassen besser als alles, was die Germans machten. Konnte in diesem gottverdammten Land niemand ein Ei so kochen, dass es auch schmeckte?

Der Bursche des Majors am Kopf des Tisches ging herum und schenkte allen frischen Kaffee oder Tee ein, ganz nach Wunsch. Sogar Zucker gab es heute. Man merkte, dass die Nachschubwege wieder funktionierten und niemand mehr auf Versorgungsfahrzeuge schoss oder sie bombardierte.

Frieden. Eine seltsame Vorstellung. Nigel konnte sich kaum vorstellen, wie eine Welt aussah, in der man nicht mehr ständig mit neuen Horrormeldungen über zerbombte Städte und gefallene Freunde konfrontiert wurde. Wenn es nach ihm ging, würde man die Deutschen genauso ausrotten, wie sie versucht hatten, die Juden Europas auszurotten. Man sollte Salz auf ihre Felder streuen und sie zwingen, sich reihenweise aufzustellen und niederschießen zu lassen, genauso wie sie es mit den Bewohnern ganzer Dörfer im Osten getan hatten.

Die Deutschen hatten auf das Völkerrecht genauso gespuckt wie auf das Kriegsrecht. Niemand durfte erwarten, dass man sie jetzt wie Menschen behandelte.

Doch offensichtlich sah die Regierung das anders. Und als loyaler Soldat des Commonwealth hatte Nigel sich an die Befehle zu halten. Es spielte keine Rolle, wie sehr er sie innerlich verachtete und wie er handeln würde, wenn er an der Spitze seines Landes stünde.

»Erinnern Sie Ihre Männer noch einmal daran, was der Kontakt zur Zivilbevölkerung konkret bedeutet«, erklärte der Major mit ernstem Gesichtsausdruck. »Als Offiziere ist es Ihre Aufgabe, in jeder Hinsicht ein Vorbild zu sein. Zeigen Sie stets militärisches und korrektes Auftreten. Es gehört zur deutschen Mentalität, dass die Menschen Autoritäten und Uniformen nahezu blind respektieren und sich unterordnen.«

Nigel kritzelte etwas in seinen Block und tat so, als mache er sich Notizen. Das, was der Major erzählte, sollte allen Soldaten inzwischen in Fleisch und Blut übergegangen sein.

»Werden Sie nicht sentimental«, fuhr der Major trotzdem fort. »Erinnern Sie Ihre Männer daran, dass sie sich nicht von einheimischen Mitleidsgeschichten über persönliche Tragödien beeinflussen lassen dürfen. Was auch immer die Deutschen jetzt durchleiden, sie haben anderen Schlimmeres angetan.«

Für einen Moment schwiegen alle. Nigel ballte die Hand zur Faust, bis die Knöchel knackten. Natürlich hatten sie das.

Der Major ließ das Schweigen einen Moment wirken, bevor er fortfuhr: »In den kommenden Wochen und Monaten werden Ihre Männer in ganz anderer Form mit der Gefahr der Fraternisierung konfrontiert werden als bisher. Wenn Sie einen festen Standort haben, wird es zwangsläufig zu engeren Kontakten mit der Zivilbevölkerung kommen. Weisen Sie Ihre Männer darauf hin, dass durchaus damit zu rechnen ist, dass die Deutschen Sie mit Formen von Wertschätzung und Respekt behandeln, die Sie überraschen werden. Immerhin wissen Sie über die Kriegsverbrechen Bescheid, die die Wehrmacht an den Menschen weiter im Osten begangen hat. Lassen Sie sich auf keinen Fall täuschen, und weisen Sie auch Ihre Männer darauf hin. Aus Sicht der verqueren deutschen Ideologie gehören sie und wir zur gleichen Rasse. Deswegen wird man Sie wie gleichwertige Menschen behandeln und sich die Grausamkeiten für die sogenannten Untermenschen aufheben. Lassen Sie sich davon nicht täuschen!«

Nigel fuhr mit dem Daumen wieder und wieder über den Halter seines Füllers und konzentrierte sich auf die Ansprache des Majors. Heute fiel es ihm schwerer als sonst, sich auf den Vortrag und die Einsatzbefehle zu konzentrieren.

Er war davon ausgegangen, dass der schlimmste Teil des Militärlebens aus Einsätzen wie der mörderischen Überfahrt am Doomsday bestand. Die Erinnerung daran erfüllte ihn immer noch mit einer wilden Mischung aus Angst und Triumph. Was für ein Wahnsinn hatte darin gelegen, den Atlantik nahezu ungeschützt in winzigen Booten zu überqueren und direkt ins deutsche Kreuzfeuer zu rennen!

Er hatte eng an eng mit seinen Männern im Boot gesessen. In ihren Gesichtern lag die gleiche Todesangst wie wohl auch in seinem eigenen. Das Meerwasser schwappte über die Bootswand und drang in die Stiefel. Seine Blase fühlte sich an, als ob sie platzen würde. Er wusste nicht, ob es am kalten Wasser lag oder an den MG-Nestern, die die ungeschützten

Boote mit Kugeln beschossen und seine Männer schon vor der Landung am Strand verrecken ließen.

Die Schussverletzung in seiner Brust hatte er erst bemerkt, als er sich an die Seite fasste und die Hand rot wurde. Und noch während der Operation zum Entfernen der Kugel war es ihm vorgekommen, als sei es nur ein Kratzer gewesen.

Der Gedanke daran, als Verwaltungsoffizier jeden Tag in engem Kontakt mit den eroberten Deutschen zu stehen, löste in Nigel eine andere Art von Grauen aus. Die Krauts sahen aus wie ganz normale Menschen. Ihre Dörfer könnten genauso gut in irgendeiner verlassenen Gegend Mittelenglands stehen. Sie hatten Familien, lächelten oder weinten wie echte Menschen, auch wenn niemand ihre Sprache verstand.

Aber sie waren Monster.

»Seien Sie mit den Einheimischen streng, aber fair«, fuhr der Major fort. »Behalten Sie immer im Blick, dass wir das Commonwealth repräsentieren. Persönliche Animositäten und Einstellungen müssen dahinter zurückstehen.«

Nigel nickte in angemessenen Abständen und kritzelte Schlangenlinien auf seinen Block, die aussehen sollten, als ob er mitschrieb. Er würde das Commonwealth würdig vertreten, wie alle anderen. Aber er würde in jeder Sekunde daran denken, was die Deutschen der Welt angetan hatten, nicht zuletzt auch seiner eigenen Heimat. Und vielleicht würde er eines Nachts tatsächlich einen kleinen und stillen Ausflug mit einer Tonne Streusalz über die deutschen Felder machen …

Der Major lächelte und erlaubte sich für einen Moment den leicht zweideutigen Blick, der einen abschließenden Herrenwitz einleiten sollte. »Vergessen Sie nicht, dass nach Angaben unserer Ärzte mindestens jede vierte weibliche Person zwischen fünfzehn und fünfundvierzig mit einer Geschlechtskrankheit infiziert ist. Schützen Sie sich und Ihre Familie zu Hause, und halten Sie sich fern.«

Natürlich lachten die Männer. Nigel lachte mit. Dahinter verbarg sich jedoch Nervosität. Wenn er ehrlich war, hatte er keine Ahnung, wie man sich als Offizier in einem besetzten Land benahm. Das Commonwealth repräsentieren. Wofür stand es denn?

»Kommen wir zu den konkreten Einsatzbereichen in …« Der Major stolperte über den Namen des Ortes. »Neebull, oder so ähnlich.«

Nigels Aufmerksamkeit erhöhte sich schlagartig, während die anderen ihre Zuständigkeiten erhielten. Er war heilfroh, dass ihm die Verwaltung des Lagers erspart wurde und an Peters hängen blieb.

»Sie, Lieutenant Harris, sind zunächst für das Requirieren von Autos und Treibstoff eingeteilt«, informierte der Major ihn als Nächstes. »Unsere Armee benötigt Transportfahrzeuge dringender als die Deutschen. Deswegen werden Sie durch Nordfriesland reisen und die Automobile von Nazis requirieren. Dafür wird Ihnen ein Dolmetscher zugeteilt, sobald wir in einem von diesen verfluchten Käffern jemanden finden, der Englisch spricht. Sie und Ihr Bursche können fahren, oder?«

»Natürlich, Sir.« Nigel grinste plötzlich. Er selbst liebte schöne Autos beinah so sehr wie schöne Frauen. Auf einmal schien die Aussicht auf die kommenden Monate weit weniger schlimm.

»Hier sind Ihre konkreten Aufgaben. Sie bleiben weiterhin mir unterstellt und erstatten an mich Bericht.« Der Major schob dem ihm am nächsten sitzenden Mann eine Mappe zu, der sie an Nigel weiterreichte.

Nigel blätterte darin und hörte dem Rest der Ansprache nur noch mit einem Ohr zu. Innerlich träumte er von den Autos, die er fahren würde. Bisher hatte er nur ein einziges Mal in einem Hispano Suiza gesessen, aber garantiert gab es mehr als einen reichen Deutschen, der seinen nur zu gern an die Armee abtrat.

Er würde das Beste aus den kommenden Monaten machen.

Nach einem Feierabendbier mit den anderen Offizieren kehrte Nigel zurück in das Bauernhaus, in dem er und James einquartiert waren. Sein Bursche hatte das Bett gemacht und wartete mit warmem Wasser zum Händewaschen auf ihn.

»Wie schaffen Sie das nur immer?«, fragte Nigel anerkennend. »Ich wusste selbst nicht, wann ich zurückkehren würde.«

»Es ist meine Aufgabe, Sir«, sagte James.

Nigel lächelte. »Für uns geht es nach Neebu… Neebue… also, eine Kleinstadt noch weiter im Norden, kurz vor der Grenze nach Dänemark. Laut Karte ist es nur ein besseres Straßendorf entlang der Landstraße, aber die Einheimischen nennen es Stadt.«

»Gut zu wissen, Sir.«

»Wollen Sie wissen, was unsere Aufgabe dort sein wird?«

In James' Augen funkelte es. »Natürlich, Sir. Hoffentlich nichts Unanständiges.«

Nigel lachte auf. »Erinnern Sie sich an Ihre Manieren, James.« Er zwinkerte.

»Natürlich, Sir.«

Trotz James' untadeliger Manieren und des Standesunterschieds zwischen ihnen gab es Momente, in denen sie nichts weiter waren als zwei Männer, die in Krieg und Frieden weit mehr miteinander erlebt hatten als andere Menschen in einem ganzen Leben. Dann erzählten sie einander Geschichten aus ihrer Kindheit, plauderten über Politik oder unterhielten sich auch mal zurückhaltend über Frauengeschichten.

Nigel hatte mehr als einmal gedacht, dass sein Bursche zu intelligent für den Stand war, in den er hineingeboren worden war. Mit der richtigen Ausbildung über Public School und Universität hätte aus ihm eines Tages vielleicht sogar ein Politiker werden können. Doch weil die Welt war, wie sie war, war Nigel Offizier und James der Untergebene, der sein Bett bezog und ihm die Drinks servierte.

Er nahm das Glas, das James ihm reichte. »Hiermit weise ich Sie offiziell im Auftrag des Oberkommandos darauf hin, dass die Anweisungen bezüglich Manieren, Schliff und Repräsentation nach außen weiterhin gelten und in Zukunft noch wichtiger werden.«

»Ich hoffe, Sie haben an meiner bisherigen Pflege Ihrer Ausrüstung nichts auszusetzen, Sir.«

»Seien Sie nicht dumm! Ohne Sie wäre ich aufgeschmissen. Was auch immer Sie mit meinen Sachen tun, machen Sie weiter damit. Und frischen Sie schon mal Ihre Fahrkenntnisse auf … Es kann sein, dass wir in Zukunft häufiger Auto fahren werden.«

»Sir?«

»Wir sind dafür zuständig, Nazi-Autos in britischen Besitz zu überführen.« Er lachte leise in sich hinein.

»Das klingt wie die richtige Aufgabe für Sie.« James blickte neutral, aber er rieb sich das verwundete Bein.

»Keine Sorge, James, ich werde Sie nicht die ganze Strecke fahren lassen. Wir besorgen uns einen Dolmetscher, der das kann. Ohne den wird es ohnehin nicht gehen. Stellen Sie sich vor, wir fahren einfach auf einen deutschen Bauernhof und niemand versteht, dass wir von ihnen erwarten, dass sie uns die Autoschlüssel bringen …«

»Dann müssten wir sie alle abknallen, Sir.«

Nigel verschlug es für einen Moment die Sprache, dann nickte er. »Und das sollten wir vermeiden. Zumindest sagt das der Captain.«

»Und Sie?«

»Raten Sie mal, James.«

»Lieber nicht, Sir.«

Sie lachten leise. Es tat gut.

»Eine Sache noch, James …«

»Ja, Sir?«

»Das Oberkommando hat uns aufgefordert, daran zu denken, dass die deutschen Fräuleins alle Syphilis haben. Also behalten Sie Ihre Finger bei sich.«

»Dafür gibt es Medikamente«, sagte James trocken. »Möchten Sie einen Schluck Whiskey, Sir?«

»Schenken Sie sich ebenfalls einen ein.«

»Das steht mir nicht zu, Sir.«

»Dummerweise bestehe ich darauf.«

»Dann bleibt mir wohl keine Wahl, Sir.«

Das vertraute Ritual tat gut. Sie saßen im Licht der Petroleumlampe und tranken mit kleinen Schlucken ihren Whiskey, bevor sie ins Bett gingen.

PENICILLIN FÜRS VOLK

Das Kriegsende war ein Schock für Rainer. Natürlich hatte er die Niederlage kommen sehen, wie im Grunde jeder in den vergangenen Wochen und Monaten. Die Fronten waren in einem Tempo zusammengebrochen, das jeden einst versprochenen Blitzkrieg zu übertreffen schien. Im gleichen Tempo, in dem die Hoffnung auf das Großdeutsche Reich starb, verlor auch Rainer seinen Stolz auf die große Nation, als deren Sohn er herangewachsen war.

Die Nachricht vom Selbstmord des Führers erfüllte ihn mit bitterer Genugtuung. Er wusste, dass seine Mutter und Gisela auf ein letztes rettendes Wunder des großen Mannes gehofft hatten, der Deutschland über Jahre hinweg in einen Taumel aus Begeisterung und Irrsinn versetzt hatte. Herr Tauber hatte Rainer schon im Januar darauf hingewiesen, dass Hitler etwaige Wunderwaffen aus geheimen Forschungslaboren inzwischen zum Einsatz gebracht hätte. Im Interesse der halben Kinder, die man nach einer viel zu kurzen Ausbildung an die Front gekarrt hatte, sollte Rainer auf eine schnelle Niederlage hoffen.

Stattdessen hatte Hitler zum »Volkssturm« aufgerufen. Seine einzige Wunderwaffe waren die Menschen, die sich von ihm hatten verführen lassen. Wenn die Russen Berlin nicht rechtzeitig erreicht hätten, hätten in Niebüll selbst uralte Männer wie Herr Tauber und Kinder wie der kleine Martin mit Panzerfäusten und Küchenmessern gegen die vorrückenden Truppen vorgehen müssen. So viel Blut!

Rainer versuchte, nicht daran zu denken. Jeder Gedanke daran, dass die Front die Straßen seiner geliebten Heimatstadt erreicht hätte, verschlimmerte das Zittern seiner Finger und das lähmende Unbehagen in seinem Magen. In seine Dankbarkeit für das Ende des Krieges mischte sich eine tiefe Scham darüber, dass er Teil davon gewesen war. Hatte er nicht vor wenigen Jahren selbst noch stolz das Kinn in die Luft gereckt, weil er als Sohn des großen deutschen Vaterlandes zur Wiederherstellung der deutschen Ehre bis tief in Gebiete vorstoßen durfte, die einst zu Russland gehört hatten?

Eine bedingungslose Kapitulation!

Wenn es nur um Hitler und seine Lügen gegangen wäre, hätte Rainer dessen Untergang gefeiert. Doch es ging um Menschen, die einfach nur ihr Leben führen wollten und den Albtraum der vergangenen Jahre hinter sich lassen wollten. Menschen wie Gisela, wie den kleinen Martin und seine Mutter. Oder das hübsche Flüchtlingsmädchen, das im Pfarrhaus untergekommen war. In ihren braunen Augen hatten Schmerz und Würde gelegen. Was würden die Alliierten mit all diesen Menschen tun?

Am Sonntag traf sich nach dem Gottesdienst die ganze Familie im Pfarrhaus bei Rainers Schwester Ruth, der Pfarrfrau. Die ganze Familie – das bedeutete Rainer und seine Mutter, Ruth und ihre vier Töchter und Hildegard mit den beiden frechen Jungs Hans und Wilhelm sowie der dreijährigen Ilse. Seine dritte Schwester lebte in Hannover, und die Ehemänner waren gefallen oder an der Front. Es war nicht leicht gewesen, als Junge mit drei Schwestern aufzuwachsen, die alle erwachsen waren und Kinder bekamen, als er selbst noch eines war.

Rainer hielt verstohlen Ausschau nach dem dunkelhaarigen Flüchtlingsmädchen, aber sie war nirgendwo zu sehen. Stattdessen kam die dreijährige Ilse an und stupste Rainers Krücke an.

»Da bist du ja, mein kleiner Sonnenschein!« Rainer hielt sich an dem kleinen Beistelltisch im Flur fest, um in die Knie zu gehen und dem kleinen Mädchen in die blauen Augen zu sehen. »Wie geht es der kleinen Prinzessin?«

Ilse starrte ihn mit großen Augen an. »Dut«, sagte sie ernst. Ihr Gesicht strahlte zuckersüße Reinheit und Fröhlichkeit aus. Rainer musste an sich halten, um sie nicht zu packen und an sich zu ziehen, bis sie quietschte.

»Kannst du denn schon bis zehn zählen, Ilse?«, fragte er, weil ihm nichts anderes einfiel, womit man ein kleines Mädchen in ein Gespräch verwickeln konnte. Zu spät dachte er daran, dass er sie nach ihren Puppen oder Ähnlichem hätte fragen können.

Ilse schüttelte den Kopf und griff nach dem Rock ihrer Mutter, um das Gesicht dahinter zu verbergen. Offenbar war sie von ihrer eigenen Courage überfordert.

»Lass sie erst mal ankommen.« Seine Schwester Hildegard hielt Rainer die Hand hin, um ihm beim Aufstehen zu helfen. »Du wirst sehen, nachher krabbelt sie dir wieder auf den Schoß und ist nicht herunterzubekommen.«

Rainer ließ sich hochziehen. Die Zeiten, in denen diese Form von Hilfsbereitschaft seinen Stolz noch verletzt hatte, lagen lange zurück. Er folgte den anderen in die gute Stube und stellte fest, dass das Flüchtlingsmädchen damit beschäftigt war, ein Kuchentablett hereinzutragen. Ein jüngeres Mädel sammelte die Kinder ein und forderte sie auf, mit ihr in die Küche zu kommen, wo es einen Kindertisch gab.

Rainer ignorierte das dunkelhaarige Fräulein Lena nach der kurzen Begrüßung und unterhielt sich mit Hildegard, bis alle am Tisch saßen. Der letzte freie Platz befand sich schräg gegenüber der Fremden. Rainer setzte sich und achtete darauf, aufrecht zu sitzen und keinesfalls in ihre Richtung zu schauen. Dünne Stücke mit Obstkuchen wurden verteilt und Kräutertee eingeschenkt. Das Gespräch kreiste um Beiläufigkeiten und Kindererziehung, bis seine Mutter sich räusperte. »Wie es aussieht, teilen die Alliierten Deutschland in Besatzungszonen ein«, sagte sie, was ohnehin alle wussten. »Zumindest ist es das, was unser Rainer mir erzählt hat.«

Sie warf ihm einen fragenden Blick zu, der nicht notwendig war. Rainer wusste genau, dass sie die Nachrichten mit Sachverstand verfolgte und einordnen konnte.

Trotzdem ergriff er das Wort, wie sie es zu erwarten schien. »Es wird eine russische, eine französische, eine amerikanische und eine englische Zone geben. Jede der alliierten Mächte ist berechtigt, in ihrer eigenen Besatzungszone nach eigenem Gutdünken mit den Deutschen umzugehen.«

»Aufgeteilt wie ein Stück Kuchen«, sagte Ruth abfällig. »Was ist aus unserem schönen Land geworden?«

»Es ist schlimm«, sagte Hildegard.

Rainer warf einen Blick zu dem dunkelhaarigen Fräulein. Sie trennte ein winziges Stück Obstkuchen mit der edlen Kuchengabel ab und starrte mit hungrigem Blick darauf, bevor sie es mit einer langsamen, unendlich achtsamen Bewegung an den Mund führte und die Augen schloss, um den Geschmack zu genießen.

»Lasst euch nicht unterkriegen.« Die Mutter warf Ruth und Hildegard einen liebevollen Blick zu. »Das Wichtigste ist jetzt, dass wir als Familie zusammenhalten und uns gegenseitig helfen, wenn es nötig wird. Nicht anders als in den vergangenen Jahren.«

»Wir kommen in die britische Zone, oder?«, fragte Ruth. Rainers Mutter nickte ihm zu. Erneut eine Aufforderung, als Mann die Verantwortung für das zu übernehmen, was mit konkreter Politik zu tun hatte, statt sich hinter seiner Jugend und auch den schlimmen Erinnerungen an den Krieg zu verstecken.

»Wir werden ein Teil der britischen Besatzungszone«, erklärte er und bemühte sich, für die Frauen am Tisch Ruhe auszustrahlen. »Man hat unseren Bürgermeister aufgefordert, die Zivilverwaltung am Laufen zu halten, bis die Truppen ankommen und übernehmen. Das System der Lebensmittelmarken bleibt erhalten, wie es aussieht. Aber natürlich kann keiner sagen, wie es weitergeht.«

»Das ist das Beste, was uns passieren kann«, sagte Hildegard. »Ich habe gehört, dass die Russen Deutsche in ihren Gebieten erschießen, einfach weil sie es können.«

Das Flüchtlingsmädchen machte ein leises Geräusch, das wie ein unterdrücktes Schluchzen oder ein erstickter Schrei klang. Rainer hätte Hildegard für ihre Unsensibilität am liebsten unter dem Tisch getreten. Doch auch seine Mutter hatte es mitbekommen und warf Hildegard einen strengen Blick zu.

»'tschuldigung«, sagte Hildegard mit einem Gesichtsausdruck, der keine echte Schuld erkennen ließ.

Rainers Mutter räusperte sich. »Wir als Familie müssen uns trotzdem auf die Besatzungszeit vorbereiten. Man hört, dass die Briten sich anständig benehmen, aber können wir wissen, ob es so bleiben wird? Ihr solltet alle zusehen, dass ihr im Keller oder im Schuppen Verstecke anlegt für das Mehl und andere Sachen, die euch geblieben sind. Sprecht mit den Bauern, ob sie außerplanmäßig ein oder zwei Schweine schlachten, und bunkert ein paar Würste auf dem Dachboden.«

Rainer bewunderte, wie seine Mutter die Sorge ihrer Töchter vor dem Einmarsch der Briten linderte, indem sie solche praktischen Fragen stellte. Nicht zum ersten Mal dachte er, dass sie sich ihr bronzenes Mutterkreuz für vier Kinder mehr als verdient hatte, auch wenn sie es scherzhaft als Kaninchenorden bezeichnete und nur selten trug.

Er wünschte, es gäbe auch eine Möglichkeit, ein heimliches Lager für Medikamente anzulegen – und Substanzen, mit denen er ein solches Lager füllen könnte. Die Vorräte der Apotheke waren nahezu aufgebraucht. Niemand wusste, ob es nach der Niederlage Nachschub geben würde oder ob man die gesamte deutsche Produktion in die Siegerländer verschicken würde. Rainer befürchtete Letzteres, und für einen Moment malte er sich aus, wie er eine kleine Partisanentruppe bewaffnete, um die britischen Transporter zu überfallen und ein geheimes Verteilungsnetz für Penicillin einzurichten.

Während die Frauen sich über mögliche Verstecke im Haus und die Frage nach Einquartierungen unterhielten, schielte Rainer immer wieder zum dunkelhaarigen Fräulein schräg gegenüber. Sie hielt sich aus dem Gespräch heraus und schaute auf ihren Teller, auf dem das Stück Kuchen nur unmerklich kleiner wurde.

Er wünschte, Hildegard hätte sich ihre Horrorgeschichte

über die Russen verkniffen. Niemand wusste wirklich, was sich außerhalb der Stadtgrenzen zutrug, denn selbst dem Radio war nicht mehr zu trauen. Bei den deutschen Sendern hatte man immer davon ausgehen müssen, dass sie vor allem die Kampfkraft und den Siegeswillen erhalten wollten, während man bei den verbotenen alliierten Sendungen nachts vom Gegenteil ausgehen konnte.

Die Wahrheit hatte vermutlich stets dazwischengelegen. Schließlich wendete sich das Gespräch wieder der drohenden Besatzung ihrer Stadt zu.

»Bei den Briten können wir davon ausgehen, dass sie uns wie Menschen behandeln«, erklärte Rainer nüchtern. »Das sind ganz ähnliche Leute wie wir. Wie es aussieht, haben wir großes Glück.«

»Wie kannst du dabei von Glück reden?« Hildegard warf ihm einen bösen Blick zu, als ob er noch ein kleiner Junge wäre.

»Was ist denn die Alternative?« Er lächelte zynisch. Er hatte schon als Zehnjähriger das Gefühl gehabt, klüger als Hildegard zu sein. Inzwischen war er alt genug, dass seine Mutter ihm nicht mehr über den Mund fuhr, wenn er sie sanft verspottete. Vermutlich sah sie es ähnlich, auch wenn sie es nie aussprechen würde.

»Die da oben sollten lieber …« Hildegard zögerte.

»Meinst du den obersten Nazi, der im Führerbunker Selbstmord begangen hat?« Rainer lächelte spöttisch. Er war sich bewusst, dass das dunkelhaarige Fräulein aufmerksam zuhörte, und wollte sie mit seiner Frechheit beeindrucken.

Hildegard starrte ihn an. »Also, das ist doch …«

Ruth räusperte sich. »Es gibt tatsächlich Alternativen zur britischen Besatzung, aber sind sie besser? Die Russen, über die müssen wir nicht reden. Die Franzosen? Das waren schon immer unsere Feinde. Das ist vererbt, daran kann man nichts ändern. Und die Amerikaner … Jeder weiß, dass in deren Truppen auch Schwarze kämpfen.«

Hildegard schüttelte sich. »Bloß nicht. Dann könnten wir die Mädchen nicht mehr allein zum Einkaufen schicken.«

»Warum nicht?«, fragte das Flüchtlingsmädchen. Alle Blicke richteten sich auf sie. Sie errötete sichtlich.

Hildegard lachte schrill und verächtlich. »Habt ihr in der Schule nichts über Rassenkunde gelernt?«

Rainer wünschte, seine Schwester würde schweigen und ihre Dummheit nicht so offenkundig zeigen.

Das fremde Mädchen ließ sich von Hildegards verächtlichem Blick nicht einschüchtern und fragte weiter: »Weil die eine andere Hautfarbe haben? Ich habe auch noch nie so jemanden gesehen, aber mein Vater sagt, Menschen sind Menschen. Haben die wirklich vollkommen schwarze Haut, also wie Kohle? Oder eher braun?«

Hildegard räusperte sich abfällig. »So genau weiß ich das nicht. Bin ich Wissenschaftlerin?«

Ruth lachte auf.

Rainer räusperte sich. »Streng genommen ist die Hypothese unterschiedlicher rassischer Wertigkeiten verschiedener Menschentypen vom aktuellen Stand der Wissenschaft aus nicht haltbar, denn es handelt sich dabei um nationalsozialistische Propaganda mit dem Ziel, die arische Rasse durch die Verzerrung wissenschaftlich messbarer Realitäten als die überlegene darzustellen.« Er genoss den bewundernden Blick des fremden Fräuleins für seinen komplizierten Kettensatz.

Seine Mutter stellte ihre Teetasse entschlossen auf die Untertasse. Tee schwappte über den Rand. »Rainer, hast du das auch von deinem Herrn Tauber?«

»Habe ich.« Er warf dem fremden Fräulein einen winzigen Blick zu. »Man sollte sich immer eine eigene Meinung bilden, sagt er, statt blind nachzuplappern, was einem vorgebetet wird.«

Ihre Blicke trafen sich. Röte schoss in das Gesicht des Fräuleins, und sie senkte die Wimpern. Das scheue Lächeln auf ihrem Gesicht war beinah unsichtbar. Vielleicht hatte er es sich eingebildet, doch sein Bauch kribbelte. Rainer schluckte hart.

»Herr Tauber ist ein kluger Mann, und ich bin froh, dass du bei ihm arbeiten kannst«, erklärte seine Mutter mit fester Stimme. »Aber ich möchte, dass wir das Thema Politik für heute beenden. Es hat nichts mit unserem Sonntagstee zu tun. Das hier ist Zeit für die Familie. Es gibt zu viele Herausforderungen, die auf uns warten, da müssen wir zusammenhalten.«

Alle nickten. Die Entschiedenheit im Gesicht seiner Mutter verblasste und machte Platz für die liebevolle Wärme, die Rainer normalerweise mit ihr verknüpfte. Plötzlich fühlte er innige Liebe für diese grauhaarige Frau, die noch lange nicht alt war, die für jeden ein offenes Ohr hatte und die es trotzdem verstand, sich durchzusetzen, wenn es für die Familie notwendig war.

Als sich das Kaffeetrinken dem Ende näherte, blieb Rainer sitzen, solange er konnte. Er wollte nicht, dass das fremde Fräulein einen abfälligen Blick auf seine Krücken warf, nachdem es ihm kurz zuvor gelungen war, sie mit seinem Vortrag zu beeindrucken. Früher hätte er sie gefragt, ob sie demnächst einmal mit ihm spazieren gehen wollte, damit er ihr mehr über die Rassentheorie und den aktuellen Stand der Wissenschaft erzählen könnte. Doch als seine Mutter ihn aufforderte, sie endlich nach Hause zu begleiten, stand er auf und zog seinen Mantel an, ohne dem fremden Mädchen einen weiteren Blick zuzuwerfen.

HERR WEBER

Am Samstag war Backtag. Lena und Margot standen mit geliehenen Schürzen in der Küche und kneteten wie die Pfarrfrau und die zehnjährige Sigrun mit aller Kraft große Mengen Hefeteig. Es war eine Knochenarbeit, aber der Teig reichte für vier Brote, die nacheinander in den Ofen geschoben wurden. Während sie aufbackten, wurde Lena in die Waschküche geschickt, um dort den Kessel für die Leinenwäsche anzufeuern. Das Haus Petersen war ein reinliches Haus! Nachdem die Brote fertig waren, blickte Frau Petersen die Mädchen an:»Eine von euch muss drei Brote austragen.«

Lena meldete sich sofort. Endlich wieder etwas Zeit an der frischen Luft!»Wohin soll ich gehen, Frau Petersen?«

»Eins geht an die Feddersens, eins an die Schmidts. Die brauchen das, die haben nichts im Topf.«

»Und das dritte?«

Frau Petersen kniff die Augen zusammen.»An meine Mutter. Frau Weber. Aber bleib nicht zu lange da und lass nicht zu, dass sie zu schnacken anfängt. Sonst kommt sie nie zu 'nem Ende.«

Lena nickte eifrig und ließ sich den Weg beschreiben.

Sigrun lachte.»Unser tägliches Brot gib uns heute, was? Lena, wie fühlt man sich als Überbringerin der göttlichen Gnade?«

Margot lächelte ebenfalls. »Ist wohl eher das wöchentliche Brot.« In jüngster Zeit hatte sie sich etwas mit Sigrun angefreundet, sie schien sich wohlzufühlen. Die Momente, in denen sie ins Leere starrte, wurden seltener.

Lena verabschiedete sich von Margot mit einem Kuss auf die Wange und machte sich auf den Weg. Die Nachmittagsluft wärmte ihre Wangen und erfüllte ihre Lungen mit Frühlingsfreude. Sie schritt forsch voran und genoss es, statt des abgegriffenen Wanderrucksacks einen hübschen Korb mit duftendem Brot in der Armbeuge zu tragen. Es erinnerte sie an andere Botengänge, die sie in Greifenberg für ihre Mutter erledigt hatte. Die Luft duftete nach Salzwind und Frühlingsblumen.

Manche Häuser waren wie überall zerbombt. In einer Straße musste Lena vorsichtig am Rand eines Bombentrichters entlangbalancieren. Andere Straßen und Häuser sahen so adrett und schmuck aus wie vermutlich seit Jahrhunderten. Ordentliche Jägerzäune und Vorgärten mit Kartoffelpflanzen oder Karotten zeichneten das Bild eines Ortes, in dem man gut leben konnte. Stellenweise bröckelte der Putz, und zersprungene Fensterscheiben waren abgeklebt.

Trotz der Spuren des Krieges fühlte Lena wie in jedem Frühling den Wunsch zu singen, während sie durch die Straßen ging. Die alte Welt gab es nicht mehr. Lena würde nie wieder Schnee für einen Fahnenappell schippen müssen, bis Rücken und Schultern schmerzten. Nie wieder würde man von ihr verlangen, in volkseigener Männerunterwäsche zu schlafen und diese seltsamen Kleidungsstücke als Nachtuniform zu bezeichnen. Wie furchtbar sie und die anderen Maiden gefroren hatten!

Lena erreichte das Haus, das Frau Petersen beschrieben hatte. Der Vorgarten war wie überall mit Gemüse bepflanzt.

Man sah bereits die zartfedrigen Spitzen der Möhrenpflanzen und etwas, was einmal zu Erbsenranken heranwachsen könnte. Eine schmale Reihe Tulpen verbreitete Fröhlichkeit.

Auf der Bank neben der Haustür saß der blonde junge Mann. Rainer hieß er. Lena hatte den Namen in Gedanken mehr als einmal hin- und hergedreht. Wie hübsch das klang, so männlich und interessant! Ihr hatte gefallen, wie er am Essenstisch die ganze Familie provoziert und trotzdem am Ende Respekt vor seiner Mutter gezeigt hatte. Er hatte einen Fuß auf einen gepolsterten Schemel gelegt. Lena registrierte die Krücken, die neben ihm an der Wand lehnten. Doch vor allem fiel ihr die Intelligenz seines Blicks auf, die zusammen mit dem scharf geschnittenen Gesicht und den leicht wuscheligen blonden Haaren äußerst anziehend wirkte. Sein Gesicht erinnerte Lena ein wenig an ihren Schulkameraden Martin, für den sie geschwärmt hatte, bevor man sie im vergangenen Juni alle aus der Schule geholt und in den Arbeitseinsatz zum Pommernwall geschickt hatte.

»Guten Tag, der Herr«, sagte sie heiter und hoffte, dass man ihr die schwitzigen Handflächen nicht ansah. »Wie geht es Ihnen?«

»Vielen Dank, das Fräulein.« Sein Blick schien nicht bereit, Lena loszulassen. Ihr ging es ähnlich. Wie schön seine Oberlippe geschwungen war!

»Ich hoffe, Sie haben einen schönen Tag«, fuhr sie fort. »Mein Name ist Lena Buth.«

Im gleichen Moment hätte sie sich am liebsten auf die Zunge gebissen. Sie waren einander doch schon vorgestellt worden!

»Es ist mir eine Ehre, Ihre Bekanntschaft zu machen, Fräulein Buth. Ich heiße Rainer Weber.«

Die Worte klangen genauso gestelzt und ungeschickt, wie Lena sich fühlte. Es schmeichelte ihr, dass er sie siezte und mit Fräulein Buth anredete. Irgendwie musste sie das Gespräch jetzt fortsetzen!

»Ich habe etwas für Ihre Mutter«, erklärte sie. »Die Pfarrfrau schickt mich mit einem Laib Brot.«

»Das ist nett von ihr.« Das Lächeln des jungen Mannes wurde ganz leicht ironisch. »Sie hat sich schon immer gern um andere gekümmert und dafür gesorgt, dass es alle mitbekommen.«

Lena wusste nicht, was sie darauf antworten sollte. »Wo finde ich Ihre Mutter denn?«

Er lächelte. »Meine Mutter ist in der Küche. Am besten, Sie gehen ums Haus und nehmen den Hintereingang, Fräulein Buth, dann sind Sie direkt da.« Wieder nannte er sie Fräulein. Auf den früheren Botengängen für die Mutter war sie stets nur Lena gewesen. Es fühlte sich schön an, erwachsen zu werden und auf diese Weise angelächelt zu werden.

Herr Weber musterte Lena mit seinen blauen Augen sehr genau. Wieder fragte sich Lena, ob er ihre Zöpfe unter dem Kopftuch zu kindlich fand. Sie besaß nichts, womit sie sie hochstecken konnte, und knetete den linken Zopf zwischen den Fingern.

Lena knickste und öffnete die Pforte. »Vielen Dank, Herr Weber.«

Er nickte und schaute sie an. Lenas Haut kribbelte. Was war das für ein Gefühl, das in ihr vibrierte und die Härchen auf den Unterarmen dazu brachte, sich aufzustellen? Es schmeckte nach Sommerwind und Träumen, die sie längst vergessen hatte.

»Es ist ein sehr schöner Frühlingstag heute, Fräulein Buth. Finden Sie nicht auch?«

Sie nickte eifrig. »Ein sehr schöner Tag, ja, Herr Weber. Wie die Sonne auf die Blumen scheint ... das mag ich.«

»Ich auch.«

Wieder schwiegen sie. Lena blickte auf Herr Webers Wangen, seine gerade Nase, sein Kinn und seinen etwas schmalen, ausdrucksvollen Mund. Sie musterte alles sehr genau, um nicht aus Versehen in seine Augen zu blicken. Herr Weber musterte sie nämlich ähnlich aufmerksam wie sie ihn. Und wenn sie ihm in die Augen sah wie vor ein paar Tagen in der Pfarrhausküche ... Was würde dann passieren?

»Hat meine Schwester Ihnen noch weitere Botengänge aufgetragen?«, fragte er, als das Schweigen sich in die Länge zog. Lena beobachtete voller Faszination jede Bewegung seines Mundes und brauchte einen Moment, um sich auf den Inhalt seiner Worte zu konzentrieren. Für einen Moment fragte sie sich, wen er mit der Schwester meinen könnte.

»Ich habe noch ein Brot für die Familie Feddersen und eins für die Schmidts«, sagte sie. »Hoffentlich finde ich den Weg, ohne mich zu verlaufen.«

»Feddersen?« Er zog die Brauen hoch. »Die haben einen Hund, der frei auf dem Grundstück herumläuft. Haben Sie Angst vor großen Hunden, Fräulein Buth?«

Lena würde niemals zugeben, dass sie das tatsächlich hatte, und zuckte mit den Schultern. »Das sind nur zu groß geratene Welpen. Die wollen, dass man sie krault und ihnen schöntut. Ein bisschen wie bei Ehemännern, sagte mein Vater immer.«

Herr Webers Grübchen blitzten beim Lachen auf. »Ihr Vater versteht viel von der Welt, Fräulein Buth. Aber ich denke, ich werde Sie trotzdem begleiten. Der Hund ist Fremden gegenüber etwas misstrauisch. Ich möchte nicht, dass Ihnen etwas zustößt.«

Lenas Wangen wurden heiß. »Das müssen Sie nicht tun, Herr Weber. Ich kann auf mich aufpassen.«

Ein wenig froh war sie trotzdem über das Angebot. Sie hatte Frau Weber bisher nur beim sonntäglichen Familientee kennengelernt, wo sie mit großer Selbstverständlichkeit am Kopf des Tisches saß und verhinderte, dass ihr Sohn zu viel über Politik diskutierte. So etwas flößte Respekt ein.

»Ich begleite Sie gern.« Er setzte sich auf und schob den Schemel fort, auf dem sein Fuß lag. Lena sah, dass er sich auch ohne die Krücken recht sicher bewegte, solange er sich mit einer Hand an Bank oder Hauswand festhalten oder mit dem gesunden Knie gegen die Bank drücken konnte. Offensichtlich war er niemand, der sich von einer Kriegsverletzung einfach unterkriegen ließ. Das gefiel ihr.

Gemeinsam gingen sie ums Haus in die Küche, wo Frau Weber einen großen Topf mit Scheuersand bearbeitete. Sie schaute überrascht, als ihr Sohn anklopfte und ihr ein Fräulein Buth mit einer Lieferung aus dem Pastorenhaushalt vorstellte. Offenbar war er normalerweise weniger eifrig, wenn es darum ging, Besucherinnen anzukündigen.

»Kommt rein und setzt euch«, sagte sie in dem nordfriesischen Dialekt, den alle hier sprachen. Ihre Augen blitzten warm in dem immer noch runden, faltigen Gesicht. Sie wirkte viel weniger streng als am sonntäglichen Kaffeetisch, wo sie auf den Tisch haute, wenn über Politik gesprochen wurde. Stattdessen leuchtete in ihrem Blick etwas Warmes, was Lena an die eigene Mutter erinnerte. »Kann ich Ihnen ein Tässchen Tee anbieten, Fräulein Buth?«

»Ich muss noch weiter«, sagte Lena schüchtern. »Zu den Familien Feddersen und Schmidt. Die sollen auch noch ein Brot bekommen, hat Frau Petersen gesagt.«

»Richtig so. Die haben nichts im Topf, das weiß hier jeder. Aber ein Tässchen Tee müssen Sie trotzdem mit mir trinken, Fräulein Buth. Tee ist Ostfriesenrecht.«

Herr Weber seufzte. »Wir sind hier in Nordfriesland, Mutter. Wann wirst du es endlich lernen?«

»Nur, weil ich ins Ausland geheiratet habe, vergess ich doch nicht meine Herkunft!« Frau Weber zwinkerte Lena liebevoll zu. »Ich bin nämlich eine waschechte Ostfriesin, Kindchen. Ich komme aus Westrauderfehn und habe 1902 in den hohen Norden geheiratet. Das haben sie mich immer spüren lassen, aber ich koch den Tee trotzdem so, wie meine Mutter es mich gelehrt hat. Und inzwischen akzeptieren sie mich.«

Bei ihren Worten war sie aufgestanden und hatte herumzuwerkeln begonnen. Lenas Frage, ob sie helfen könne, lehnte sie brüsk ab. Dabei blitzte in ihren Augen für einen Moment die strenge Matriarchin auf, die am Sonntag die Familie beherrscht hatte. »Ihr bleibt da sitzen, Kinder. Fräulein Buth, ich wollte Sie das schon am Sonntag fragen: Woher kommen Sie eigentlich?«

»Aus Pommern«, sagte Lena scheu. Seit der Aufnahme im Pfarrhaus hatte niemand Interesse an ihrem früheren Leben gezeigt. Sie war nicht sicher, wie viel sie erzählen sollte. »Wir sind vor der russischen Armee geflohen. In Greifenberg hat man schon den Donner gehört …« Sie verschwieg, dass sie sich dort überhaupt nicht hätte aufhalten dürfen, weil sie unerlaubt den Reichsarbeitsdienst verlassen hatte. Dort war die Front ebenfalls näher gerückt. Rückblickend glaubte sie, dass Gott sie dabei geführt hatte. Wenn sie nicht getürmt wäre,

83

hätte sie in Greifenberg nicht die arme Margot gefunden, die auf der Flucht von der Mutter und der großen Schwester getrennt worden war und der in ihrer Dummheit nichts anderes eingefallen war, als sich zurück nach Hause durchzuschlagen.

»Ts, ts, nicht mehr daran denken, Kindchen. Ihre Schwester ist mit Ihnen gekommen, habe ich das richtig verstanden?«

»Genau. Wir hoffen, dass wir eines Tages den Rest unserer Familie wiederfinden.«

»Das wünsche ich Ihnen.« Frau Weber lächelte herzlich. »Familie ist unglaublich wertvoll. Gut, dass Sie einander haben.«

Die Wärme im Blick der Älteren löste etwas in Lena. Sie erzählte von Margot, von ihrer Familie und kämpfte gegen das Brennen in ihren Augen, als sie von den vermissten Brüdern und ihrem Vater sprach. Immer, wenn ihre Zähne aufeinanderschlugen, machte Frau Weber ein unwirsches *Ts, ts*, schenkte Lena neuen Tee ein und gab ein kleines Stück Kandis dazu. Irgendwann hielt sie Lena ein kariertes Taschentuch vor die Nase, und Lena begriff, dass sie weinte. Es schien in Ordnung zu sein.

Herr Weber hatte sich in sein Schicksal gefügt, saß dabei und hörte zu. In seinen Augen lag ähnlich viel Wärme wie in denen von Frau Weber. Das half Lena, die Verlegenheit zu ignorieren. Wie machte Frau Weber das bloß, dass man einfach nicht aufhören konnte zu reden und zu erzählen? Am Sonntag hatte sie einen ganz anderen Eindruck gemacht, da hatte Lena kaum gewagt, von ihrem Kuchenstück hochzusehen, während die Familie sich unterhielt.

Schließlich blickte Lena hoch. Die Zeiger der Küchenuhr verrieten, dass mehr als eine halbe Stunde vergangen war.

»Ich muss los!«, sagte sie erschrocken. »Ich muss noch zwei Brote austragen, und ich möchte pünktlich zum Abendbrot zurück sein.«

Frau Weber lachte. »Machen Sie sich keine Sorgen, Fräulein Buth, und sagen Sie meiner Tochter, dass ich Sie zu einem Tee gezwungen habe. Die weiß dann schon, was sie davon zu halten hat.«

Lena nickte etwas unsicher. Die Warnung von Frau Petersen fiel ihr wieder ein, nicht zu lange zu bleiben. Doch nun war es zu spät.

»Rainer, du begleitest das junge Fräulein zu den Feddersens und machst sie mit dem Hund vertraut«, bestimmte Frau Weber. »Der ist mit Fremden manchmal komisch. Weißt du noch, wie er den Briefträger gebissen hat?«

Lena zuckte zusammen.

»Das war der Hund davor, Mutter«, sagte Herr Weber mit einem missbilligenden Blick. »Mach dem Fräulein keine Angst!«

»Die Hunde bei denen sind alle komisch.« Frau Weber warf ihm einen strengen Blick zu. »Und der Arzt hat gesagt, du sollst jeden Tag mindestens einen Spaziergang machen, um deine Beine zu kräftigen. Heute Nachmittag hast du nichts getan, als in der Sonne zu sitzen, min Jung.«

»Ich vermute, du hast im Gegenzug nichts anderes getan, als durch die Tür nach vorn zu linsen und mich beim Müßiggang zu beobachten, meine über alles geliebte Mutter.«

»Bild dir nichts ein …«

Die liebevolle Art, wie die beiden miteinander umgingen, erinnerte Lena an ihr altes Zuhause. Dort hatte es auch viel zu lachen gegeben, obwohl sich die Kinder den Eltern gegenüber stets respektvoll benahmen. Einmal hatte ihr Vater, der ehrwürdige Pastor von Greifenberg, sich heimlich nachts mit Lena aus dem Haus geschlichen. Sie hatten eine der Nachtangelleinen des Nachbarsjungen aus dem Bach gezogen und einen Schokoladenbückling daran gebunden. »Damit dem auch mal was ins Netz geht«, hatte ihr Vater trocken gesagt.

Obwohl sie schon in der Tür stand, drehte sie sich um und erzählte Frau Weber auch noch diese Geschichte. Die lachte herzlich darüber.

Sobald Lena und Herr Weber die Küche verließen, veränderte sich die Stille zwischen ihnen. Die Härchen auf Lenas Unterarmen stellten sich wieder auf. Doch die Worte, die in der Küche wie ganz von allein geflossen waren, hatten sich zusammen mit Frau Weber von ihr verabschiedet.

Herrn Weber schien es ähnlich zu gehen. Er schwieg und setzte die Krücken konzentriert nach vorn. Dabei bemühte er sich sichtlich, mit Lena Schritt zu halten.

»Das sind hübsche Krücken, die Sie da haben«, sagte sie. »Hat der Drechsler im Ort die für Sie angefertigt?«

Herr Weber warf ihr einen ernsten Blick zu und nickte schließlich.

Lena war besorgt, dass sie etwas Falsches gesagt hatte. Wahrscheinlich hätte sie die Krücken nicht erwähnen sollen. Aber wäre es respektvoller gewesen, so zu tun, als würde sie die Gehhilfen nicht sehen? Herr Weber brauchte sie nun mal. Und es war immer noch besser, etwas über die Krücken zu sagen als über seine starken Schultern, seinen schmalen, geraden Mund oder die wache Intelligenz in seinem Blick, die sie so gefangen nahm.

»Sieht gut gearbeitet aus«, plapperte sie munter weiter. »Der Mann versteht sein Handwerk, auch wenn er es an der

Stelle dort links etwas besser hätte abschleifen können. Hat er auch die Stühle in der Küche Ihrer Mutter gemacht?«

»Hat er. Ist ein guter Mann. Das war noch '43, kurz bevor sie ihn an die Front geschickt haben.«

»Hoffentlich kommt er bald wieder.«

»Ja.«

Sie schwiegen beim Weitergehen. Meter für Meter passten sich ihre Schritte aneinander an. Wenn Lena früher Seite an Seite mit ihrer besten Freundin durch Greifenberg geschlendert war, hatten ihre Füße fast von allein den gleichen Rhythmus gefunden. So ähnlich war es jetzt mit Herrn Weber. Sie durfte endlich wieder langsam gehen, anstatt einem unbekannten Ziel entgegenzuhasten und vor den namenlosen Gräueln der Front zu flüchten.

Wie viele Blumen am Wegrand blühten! Man konnte glauben, die Welt wäre neu erschaffen worden. Sie wuchsen teils neben den Gemüsegärtchen in den Vorgärten und teils in den Ritzen am Straßenrand und verbreiteten süßen Frühlingsduft.

Immer wieder warf Lena Herrn Weber verstohlene Blicke zu. Ihr Tanzstundenball war wegen des Krieges ausgefallen, aber sie hatte zusammen mit vier anderen Schülerinnen die Oberprima eines Jungengymnasiums besucht und war deswegen jungen Männern gegenüber nicht schüchtern. Mit ihren Klassenkameradinnen hatte sie mehr als einmal darüber getuschelt, wie es wohl wäre, einen der vorlauten und frechen Klassenkameraden zu küssen. Doch dazu war es nie gekommen, zumindest nicht bei Lena.

Wie lange es her war, dass sie solche Gedanken gehabt hatte! Vielleicht hatten der Krieg, der Gefechtslärm der näher rückenden Front und die eisige Kälte auf der Flucht doch nicht alles Leben in ihr getötet.

Beim nächsten verstohlenen Seitenblick sah sie Herrn Weber direkt in die Augen. Lena sah hastig weg. Wenn die Krücken nicht wären … ob er ihr dann wohl seinen Arm angeboten hätte, um sie wie ein Held in einer Rittersage am Drachenhund vorbei zu ihrem Ziel zu geleiten? Schnell blickte sie wieder nach vorne.

Manche der Menschen auf der Straße schenkten ihnen im Vorbeigehen ein Lächeln und grüßten. Andere verzogen missbilligend das Gesicht. Zwei junge Frauen zogen gar abfällig die Brauen hoch, steckten die Köpfe zusammen und tuschelten. »Flüchtling«, fing Lena auf. Und etwas anderes, das wie *Schädling* oder *Schmarotzer* klang. Oder war es das Wort »stehlen«?

Die Worte riefen ihr überdeutlich ins Bewusstsein zurück, dass sie nicht länger ein hübsches Fräulein aus gutem Hause war. Auf diesem Spaziergang hatte sie ihren neuen Status für einen Moment vergessen. Aber wie konnte sie als Fremde in diesen Ort kommen und allen Ernstes darüber nachdenken, einen so hübschen und netten Mann wie Rainer Weber zu küssen? Alle jungen Frauen hier mussten ihn wollen. Etwas anderes war überhaupt nicht möglich. Lena dagegen war eine Fremde.

Außerdem war sie klein und hatte dunkle Zöpfe. Jemand, der so groß und blond wie Herr Weber war, beachtete ein Mädchen wie sie ohnehin nicht. Wenn seine Mutter ihn nicht damit beauftragt hätte, wäre er jetzt schließlich nicht an ihrer Seite.

Und doch … Die Art, wie er sie gerade eben angeschaut hatte … Das lud dazu ein, über Küsse nachzudenken!

»Wissen Sie, an wen Sie mich erinnern, Herr Weber?«, sagte sie forsch.

»Sie werden es mir bestimmt gleich sagen, Fräulein Buth.«
Die Luft füllte sich mit elektrischer Spannung.

Lena begriff, dass es unangemessen wäre, ihm von ihrem Klassenkameraden Volker zu erzählen, auf dessen Nacken sie in vielen Schulstunden gestarrt hatte. Sie hatte sich vorgestellt, darüber zu streicheln oder sanft hineinzubeißen und anschließend von ihm in den Arm genommen zu werden. Viele süße Abende im Bett hatte sie davon geträumt. Volker war wie alle aus ihrem Jahrgang an die Front geschickt worden, und niemand konnte sagen, ob er noch lebte. Oder all die anderen, die Lena an den Zöpfen gezogen, ihr die Mütze geraubt und mit ihrem Federmäppchen Fangen gespielt hatten, um sie zu ärgern.

»Sie erinnern mich an meinen Bruder Karl«, sagte sie. »Das ist auch so jemand, der Ruhe und Schutz ausstrahlt und bei dem man sich instinktiv wohlfühlt.«

»Das ist ein großes Kompliment.« Herr Weber lächelte, aber es sah etwas traurig aus. »Was ist aus Ihrem Bruder geworden?«

Lena zuckte mit den Schultern und starrte nach vorn. »Beide werden vermisst, Herr Weber.«

Er nickte. Wie Lena schien er nicht zu wissen, was er als Nächstes sagen sollte.

Sie gingen weiter. Lena wollte erklären, was sie wirklich gemeint hatte, aber sie wusste, dass das vollkommen unmöglich war. Sie war nicht mehr das Fräulein Pastor, sondern ein Flüchtling, aber sie wusste noch immer, was sich gehörte. Man sagte einem jungen Mann nicht beim ersten Spaziergang, dass man ihn küssen wollte.

DAS FLÜCHTLINGSFRÄULEIN

Rainer bemühte sich, seinen Schritt nicht ins Stocken geraten zu lassen. Dieses Fräulein Buth legte einen ordentlichen Stechschritt hin! Aber irgendwie gefiel es ihm, dass sie nicht ständig innehielt und zu ihm herübersah, ob er trotz seiner Behinderung mit ihr mithalten konnte. Sie schien es einfach vorauszusetzen – und erstaunlicherweise gelang es ihm.

Fräulein Buths Hüften wiegten sich beim Gehen auf eine unschuldige Art, die ihn immer wieder zu einem kurzen seitlichen Blick verführte, bei dem er aufpassen musste, nicht zu stolpern. Und dann war da dieses Lächeln, in dem so viel geheime Traurigkeit lag und das trotzdem so viel Süße ausstrahlte … Fräuleins wie sie gab es in Nordfriesland nicht, darauf hätte er einen Eid geschworen. Zumindest keine, die ihr Kinn so selbstbewusst nach vorn reckten und trotzdem weich genug waren, um in der Küche seiner Mutter vor Sehnsucht nach ihrer Familie zu weinen.

Rainer umfasste die Krücken fester. Sie drückten bei jedem Schritt in die Achselhöhle, aber diese Unbequemlichkeit ließ sich aushalten. Er sollte aufrecht gehen, hatte der Arzt gesagt. So normal wie möglich, damit die Muskeln in den Beinen und am Rumpf nicht verkümmerten. Doch das hätte er auch getan, wenn der Arzt nichts Entsprechendes von ihm verlangt hätte. Rainer wollte, dass Fräulein Buth einen Mann sah, wenn sie in seine Richtung blickte, keinen bemitleidenswerten Krüppel.

»In der Apotheke begegne ich vielen Menschen. Manche davon waren Soldaten oder haben in Lazaretten gearbeitet. Wenn Sie möchten, Fräulein Buth, kann ich diese Menschen fragen, ob sie Ihren Brüdern begegnet sind.«

»Das würden Sie?« Die überraschte Röte auf den Wangen stand ihr gut.

Rainer konzentrierte sich darauf, zügig einen Fuß vor den anderen zu setzen und den Kopf aufrecht zu halten. »Es ist einen Versuch wert. Manchmal haben Leute jemanden getroffen, auch wenn sie nicht wissen, was jetzt mit ihnen ist. Also landen die Nachrichten nicht beim Roten Kreuz.«

Fräulein Buth nickte eifrig. »Es ist sehr freundlich, dass Sie das versuchen wollen, Herr Weber. Meine Brüder heißen Karl Buth und Günter Buth. Außerdem warte ich auf Nachrichten von meiner Mutter und meiner älteren Schwester.«

Rainer hörte zu und ließ sich beschreiben, wie die Familienmitglieder aussahen, in welchen Einheiten die Brüder gedient hatten und was die letzten bekannten Informationen über alle Angehörigen waren. Ihm fiel auf, dass sie den Vater nicht erwähnte. War er gefallen, oder begleitete er die Mutter?

Rainer spürte, dass er nicht der Einzige war, in dessen Seele der Krieg Narben hinterlassen hatte. Natürlich wusste er, dass viele Menschen Angehörige verloren hatten, er begegnete ihnen täglich in der Apotheke. Auch seine Schwestern hatten Ehemänner an der Front und waren in steter Sorge um sie – auch wenn er vermutete, dass Hildegard ganz froh war, dass Joachim seit einigen Jahren seinen Einsatz im Osten leistete.

Seit der Heimkehr von der Front hatten sich die wichtigen Menschen in Rainers Leben in zwei Kategorien eingeteilt: die Frauen, die in der Heimat geblieben waren und nichts von den Grauen der Füße zerfressenden Kälte in Russland wussten – und die Kameraden, die an der Front geblieben waren und nie wieder heimkehrten. Jetzt bröckelte diese Trennlinie. Fräulein Buth hatte vielleicht nicht im Schützengraben gelegen, aber irgendwie spürte Rainer, dass sie den Riss zwischen der Normalität und dem Grauen verstehen könnte, der ihn so quälte.

»Sehen Sie da vorn die Osterglocken, Fräulein Buth? Sie blühen früh dieses Jahr.«

»Ja. Wir sollten dankbar sein für diesen Frühling.«

War das Lächeln eine Einladung an ihn? Unmöglich. Und doch wirkte es beinah so. »Haben Sie noch Geschwister, Herr Weber?«

»Drei Schwestern. Zwei davon kennen Sie schon, erinnern Sie sich nicht?«

»Natürlich, die Frau Petersen!« Lena lachte auf. »Wo habe ich nur meinen Kopf? Aber Sie sind jünger, oder?«

»Ich war der Nachzügler, ja. Ich war erst drei Jahre alt, als die Älteste geheiratet hat.«

»Haben Sie Blumen gestreut?«

»Dafür war ich vermutlich noch zu klein. Aber man erzählt sich, dass ich einen fürchterlichen Trotzanfall bekommen habe, als ich ins Bett sollte. Angeblich habe ich mich auf den Boden geworfen und mit Händen und Füßen herumgetrommelt, weil ich unbedingt etwas von der Mitternachtstorte wollte.«

»Und was hat Ihre Mutter getan?«

»Sie hat mir versprochen, mich um Mitternacht für die Torte

zu wecken, und dann ging ich wohl friedlich ins Bett.« Er
lächelte ironisch. »Aber man hat mich betrogen. Als ich auf-
wachte, war es bereits Tag. Darüber tröstete mich auch das
Tortenstück nicht, das ich am Morgen auf meinem Teller fand.
Das war ja nur eine Frühstückstorte, keine Mitternachtstorte,
verstehen Sie?«

Fräulein Buth gluckste. »Ich verstehe Sie sehr gut! Erwachsene können Kindern gegenüber schrecklich ungerecht sein.«

»Und jetzt sind wir selbst erwachsen, ohne dass wir es gemerkt haben.«

Sie warf ihm einen scheuen Blick zu. Rainers Herz klopfte
schneller.

Über was redete man mit einem fremden Fräulein aus
Pommern, das sich in seine Stadt verirrt hatte?

Vor allem, wenn es ein Fräulein war, das klargestellt hatte,
dass er sie an ihren Bruder erinnerte. Das bedeutete wohl,
dass er sie als Mann nicht interessierte. Und auch wenn er
wegen Gisela froh darüber sein sollte, fühlte er einen leichten
Stich der Enttäuschung.

Sie erreichten das Haus der Feddersens. Eine unordentlich
geschnittene Hecke schirmte es von der Straße ab. Von der
anderen Seite hörte man wütendes Kläffen.

Rainer stellte sich vor das Holztor und musterte den wild
herumspringenden Hund von oben herab. »Kusch!«, sagte er
streng.

Der Hund sprang unbeeindruckt davon herum und kläffte
noch lauter als zuvor.

»Kusch!«, forderte Rainer erneut. Der Hund sollte sich ge-
fälligst benehmen, immerhin schaute das Fräulein ihn aufmerksam von der Seite an. Aber war das wirklich Bewunderung, oder lag in ihrem Blick nicht auch etwas Amüsement?

»Hasso, Sitz!«, befahl er ein drittes Mal mit aller ihm zur Verfügung stehenden Strenge, als ein etwa zehnjähriges Mädchen aus dem Häuschen gestürmt kam. Rainer kannte Brigitte von seinen eigenen Botengängen noch als kleinen Schreihals an der Brust ihrer Mutter. Verrückt, wie schnell aus einem Baby so ein großes Mädchen werden konnte!

Brigitte hob die Hand und tat, als ob sie den Hund schlagen wolle. »Kusch, Hasso! Benimm dich!«

Hasso winselte leise, sprang nach hinten und setzte sich brav auf die Hinterläufe.

»Bleib!«, befahl das Mädchen streng. »Hasso, bleib sitzen, oder ich hol den Papa!«

Hasso sprang auf, und das Mädchen schlug ihn auf die Nase. Er winselte und lief davon. Rainer tat das Tier leid.

»Moin«, grüßte das Mädchen. »Herr Weber, schön, Sie zu sehen.«

»Das ist Fräulein Buth. Sie ist Flüchtling und wohnt jetzt im Pfarrhaus«, stellte Rainer seine Begleitung vor.

Das Mädchen knickste artig. »Guten Tag, Fräulein Buth.«

»Guten Tag, Fräulein Feddersen.« Fräulein Buth lächelte.

»Ich bringe deiner Familie ein Brot von der Pfarrfrau.«

Die Zehnjährige errötete geschmeichelt, weil man sie Fräulein genannt hatte. »Herr Weber, das Fräulein Buth hier ist ein feiner Kerl, wenn ich das mal so sagen darf. Viel netter als Schusters Gisela, mit der Sie sonst spazieren gehen.«

Fräulein Buth verzog das Gesicht. Rainer war sich nicht sicher, ob sie ein Lachen unterdrückte oder ob es an der Erwähnung von Gisela lag. Oder missfiel ihr die freche Art des Mädchens?

»Darf ich hereinkommen?«, sagte Fräulein Buth freundlich.

»Natürlich! Da brauchense doch nicht zu fragen, Mensch.«
Das Mädchen machte einen Schritt nach hinten.
Rainer hielt die Krücken mit einer Hand fest und öffnete
mit der freien das Tor. »Bitte schön, Fräulein Buth.«
Sie nickte freundlich und ging durch das Tor.
Rainer war ein wenig verlegen, als Brigitte sie ums Haus
herumführte. Der Garten war vernachlässigt. Die Beete waren nicht in geraden Reihen angelegt, sondern wirkten chao-
tisch und zufällig bepflanzt. Er erinnerte sich noch gut an die
schmuddelige Küche, in der Herr Feddersen oft im Unterhemd
saß und schon gegen Mittag nach Bier oder Härterem roch.
Das war kein Ort für ein so zartes und hübsches Fräulein!

Doch Fräulein Buth betrat die heruntergekommene Küche,
als würden der durchdringende Kohlgeruch und der Dunst
ungewaschener Menschen dort nicht existieren. Sie schenkte
der Hausfrau ein freundliches Lächeln, stellte sich vor und
übergab ihr Brot. Zusammen mit Rainer setzte sie sich für
den angebotenen Tee an den Küchentisch, auch wenn die
Stühle auf dem Boden zu kleben schienen. Sie plauderte höflich und entspannt über das Wetter und lächelte, als die fünf-
jährige Adelheid in die Küche schlich, das frische Brot an ihre
Nase drückte und hineinbiss.

»Wag es nicht!« Die Mutter sprang auf und hob die Hand.
Es klatschte laut, als sie auf dem Hintern des Kindes landete.
Das Kind schrie auf und fing an zu weinen. Das Brot fiel auf
den Boden.

Brigitte sprang dazu und hob das Brot auf. Rainer sah, dass
sie der kleinen Schwester dabei noch heimlich einen Knuff
mit dem Knie versetzte. »Die Adelheid ist gierig und hinter-
hältig wie ein Landstreicher«, erklärte sie den Gästen die
hässliche Familienszene und verzog wütend das Gesicht. »Wir

müssen ihr dringend Manieren beibringen.« Die Faust des Mädchens verriet, wie sie dabei vorgehen wollte. Die Mutter hinter ihr wirkte kaum weniger wütend und hatte bereits nach dem Kochlöffel gegriffen.

Fräulein Buth lächelte Brigitte sanft an. »Darf ich Sie um einen Gefallen bitten, Fräulein Feddersen? Weil morgen Sonntag ist.«

»Natürlich!« Brigitte straffte sich und wuchs um mindestens fünf Zentimeter.

»Bitte haben Sie heute meinetwegen Nachsicht mit Ihrem Frollein Schwester. Zeigen Sie Größe. Betrachten Sie das dumme Handeln Ihrer Schwester als Kinderstreich, und vergeben Sie ihr.«

Rainer musterte Fräulein Buth bewundernd. Wenn er allein gewesen wäre, hätte er sich aus der unangenehmen Familiensituation verdrückt, so schnell er konnte. Es ging schließlich niemanden etwas an, was unter dem Dach einer anderen Familie geschah. Doch indem Lena ihre Worte an Brigitte adressierte, sprach sie gleichzeitig Frau Feddersen an, die nun ebenfalls nickte.

»Gib Ruhe, Brigitte«, sagte die Mutter. »Es ist ja nichts passiert. Die Adelheid macht heute den Abwasch für dich, und dann vergessen wir es.« Ein kurzer Blick zum fremden Fräulein suchte nach Zustimmung.

»Was für eine schöne Idee! Wissen Sie, was für einen Streich ich meiner großen Schwester mal gespielt habe, als wir noch in Greifenberg lebten?«

Fräulein Buth plauderte entspannt weiter. Sie benahm sich, als würde sie alle Anwesenden schon lange kennen, und schien nichts davon zu wissen, dass sie der kleinen Adelheid gerade eine heftige Tracht Prügel erspart hatte.

Als sie sich nach dem Tee verabschiedeten, schimmerte auf Frau Feddersens Gesicht ein unsicheres und warmes Lächeln, das Rainer bei ihr lange nicht mehr gesehen hatte.

IM LAND DES FEINDES

Der Alltag im Rathaus von Niebüll gestaltete sich herausfordernder, als Lieutenant Nigel Harris erwartet hatte. Ein Soldat musste im Frieden ganz anders handeln, denken und auftreten als im Krieg. Die permanente Anspannung und das Wissen, dass es um Leben und Tod ging, hatte nachgelassen. Auf einmal konnte man sogar von den Hausfrauen der Einquartierungshäuser verlangen, dass sie das Wasser erhitzten, um in Ruhe zu baden!

»Hat sich inzwischen jemand auf die Ausschreibung als Dolmetscher gemeldet?«, fragte er James.

Der schüttelte den Kopf. »Die Deutschen haben keine Schulbildung, Sir.«

»Oder sie haben keine Lust, für uns zu arbeiten.«

»Kann auch sein. Aber wir bezahlen gut, und wenn man sich anschaut, was die deutschen Frolleins für eine Packung Schwarzbrot oder Zigaretten tun ... Zumindest erzählt man sich das«, schob James hastig nach.

»Auch wahr.«

Er musterte die Listen auf seinem Schreibtisch und seufzte. Es gab erstaunlich viele Chevrolets im Besitz der Deutschen. Außerdem gab es wohl Pläne, in Wolfsburg mit dem Bau der winzigen VW-Käfer zu beginnen, die Nigel einmal auf einem Foto gesehen hatte. Er konnte sich nicht helfen, aber er fand die kleinen Autos niedlich und hätte gern einmal in einem gesessen.

Sie arbeiteten schweigend weiter und kämpften sich durch den Papierkram. In knapp zwei Stunden war Feierabend, dann hatten sie es für heute geschafft. Doch irgendwie gelang es Nigel an diesem Tag nicht, sich auf die Arbeit zu konzentrieren, ganz egal, wie oft er das Foto des putzigen VW-Käfers betrachtete. Ihre Vorgesetzten hatten entschieden, dass es notwendig war, die Soldaten an den Sinn ihres Einsatzes zu erinnern. Deswegen hatte Nigel gestern im Rathaus eine armeeinterne Filmvorführung über die Befreiung des Lagers Bergen-Belsen organisiert. Seitdem verfolgte ihn das Grauen.

Wieder und wieder fragte er sich, wie es geschehen konnte, dass eine ganze Nation kollektiv den Verstand verloren hatte. Männer und Frauen, die jedes Gefühl für Richtig und Falsch verloren und ausrasteten, wenn ein kurzgewachsener Mann mit viereckigem Schnurrbart auf einer Empore einen hysterischen Anfall bekam.

Und daneben Lager voller verhungerter Skelette, nur noch Haut und Knochen, die man wie Brennholz übereinandergestapelt hatte. Zu viele, um sie zu beerdigen. Nigel stellte sich Rauch vor, der langsam und leise aus den Schornsteinen nach oben stieg, als ob er im Himmel Anklage erheben wollte.

»Ich weiß nicht, was ich machen soll, Sir«, sagte James schließlich. Seine Stimme klang leiser als sonst. »Ich werde die Bilder einfach nicht los.«

Nigel musste nicht fragen, welche Bilder James meinte.

»Geht mir ähnlich«, sagte er leise.

Sie wirkten so menschlich, diese Deutschen. Ihre Kinder sahen aus wie englische Kinder. Vielleicht etwas hungriger und schmutziger, aber nicht einmal das galt für diese kleine

Stadt mit den vielen Bauernhöfen. Die Leute hier wirkten wie ganz normale Menschen.

Und doch waren da diese Bilder.

»Sehen Sie sich die Mädchen im Dorf an.« Nigel nahm noch einen Schluck. »Wie sie Ihnen und anderen Soldaten schöne Augen machen. Für ein paar Zigaretten.«

»Und für mein hübsches Lächeln.« James sah zu Boden. »Tut mir leid, Sir. Heute mag ich nicht an Fräuleins denken. Ich krieg es einfach nicht in meinen Kopf.«

»Ich auch nicht, James. Als Offizier sollte ich Sicherheit für die Mannschaftsdienstgrade ausstrahlen, aber ...«

»Nehmen Sie es sich nicht zu Herzen, Sir. Sie sind auch nur ein Mensch.«

»Und was bedeutet das? Ein Mensch zu sein?«

Das Rattern des Projektors.

Die Gefangenen in Schwarz-Weiß-Grau in ihren Barackenbetten.

Die, die noch lebten.

Beinah Skelette.

Die anderen Bilder waren noch schlimmer.

James räusperte sich. »Ich meine ... im Krieg. Da schießt man auch mal auf jemanden. Der andere ist schließlich der Feind. Die Deutschen haben ...«

Nigel nickte. Er wusste, was für brutale Bedingungen man Deutschland nach dem Ende des Ersten Weltkriegs aufgezwungen hatte. Vor zehn Jahren hatte er gedacht, dass man Verständnis mit Deutschland haben sollte, weil die Bedingungen aus Versailles zu hart gewesen waren. Damals hatte er noch geglaubt, dass die Deutschen ehrenhaft waren.

Er hatte ja keine Ahnung gehabt.

»Im Krieg tun Soldaten Dinge, die sie im Frieden niemals

auch nur denken würden«, antwortete er trotzdem auf James'
Worte. »Die Deutschen, die Sowjets, wir. Was für eine Wahl
haben wir? Wir sind Soldaten und erfüllen unsere Pflicht.
Wenn man uns an die Front schickt, dann müssen wir kämpfen. Für die Deutschen gilt das genauso wie für uns.«
Auch, wenn sich diese Pflicht im Fall der Briten wahrscheinlich zivilisierter darstellte. Sie waren Briten und ein Teil des
Empire.
»Auf die deutschen Jungs von der Front bin ich auch nicht
böse.« James seufzte. »Nicht wirklich jedenfalls. Man kämpft
halt für sein Land, das tun die deutschen Jungs genauso wie
wir. Sie hätten Anderson und dem Rest nicht den Kopf weg-
schießen dürfen, aber … wahrscheinlich hätte ich das Gleiche getan, wenn ich hier geboren wäre.«
»Ich auch, schätze ich.«
»Ich hasse sie trotzdem dafür. Manchmal.«
»Das kann ich verstehen.«
»Gut, dass wir Briten sind, Sir. Das schützt uns vor so …
so … so einem … Wir würden so etwas nicht tun.«
Nigel nickte. Wenn James in diesem Gedanken Trost fand,
würde er ihm diesen nicht wegnehmen.

Deswegen verkniff er sich die zynische Antwort, mit der er
seinem Vater gegenüber bei einer ähnlichen Aussage sofort
herausgeplatzt wäre. Natürlich würden die Briten niemals auf
die Idee kommen, dass es ihre heilige Pflicht sein könne, angeblich unzivilisierte slawische Länder wie Polen, Jugoslawien und
Russland zu erobern, ihre Rohstoffe zu plündern und auf ihrem
Grund und Boden ein Weltreich zu errichten. Sie besaßen
schließlich Tansania, Ägypten und Myanmar, auch wenn das
nicht weniger unzivilisierte Indien gerade lautstark und explo-
siv nach Unabhängigkeit verlangte. Gott schütze den König.

James blickte auf seinen Schreibtisch. »So richtig falsch wurde es erst, als die Deutschen Bomben auf Städte und Zivilisten geworfen haben. Da war es kein anständiger Krieg mehr.«

»Das stimmt. Aber wir haben es ihnen zurückgezahlt.«

»Ihre eigene Schuld, würde ich meinen, Sir. Sie haben schließlich angefangen.«

Das brachte es auf den Punkt. Irgendjemand hatte immer angefangen. Aber in einer solchen Überzeugung lag etwas seltsam Tröstliches.

Bestimmt glaubten die Deutschen das auch. Wenn man tief in ihre verdrehte Gedankenwelt eindringen würde, erzählten sie bestimmt ebenfalls, dass jemand anders als sie angefangen hatte.

James hielt seinen Bleistift über den Papierkorb und spitzte ihn mit seinem Messer an. »Sergeant Myers hat einen Cousin bei der Airforce, hat er mir erzählt. Er war einer von denen, die Bomben über Merseburg haben regnen lassen. Es gab einen Feuersturm, der bis hoch zum Mond gebrannt hat, hat Myers mir erzählt. Sie haben über zweitausend Bomben abgeworfen.«

»Muss ein schöner Anblick gewesen sein.«

»Er sagt, das war es. Vergeltung für London.«

Nigel verspürte jähes Mitleid mit den Zivilisten. Das Gefühl unterschied nicht zwischen Menschen aus Merseburg und denen aus London. Das überraschte und schockierte ihn.

Es wurde still im Raum. Alles schien gesagt. Frontsoldaten taten ihre Pflicht, ob sie nun zur Wehrmacht oder zur Army gehörten. Bomben auf zivile Städte waren ein schreckliches Verbrechen, aber man hatte es den Deutschen heimgezahlt und auch ihre Städte vernichtet. *Tit for tat.*

Doch weiter konnte man dieses Spiel nicht treiben. Die schwarz-weißen Bilder des Wahnsinns und das Rattern des Projektors blieben.

Es gab keine Worte dafür.

Egal, wie viele deutsche Städte man verbrannte und in Schutt und Asche legte, es gab keine Worte. Das Entsetzen würde bleiben. Das Fundament der Realität hatte einen Riss bekommen, der sich nie wieder schließen würde. Nigels Verstand sträubte sich dagegen, die Wahrheit zu akzeptieren. Nicht einmal die Deutschen konnten zu so etwas in der Lage sein. Sie waren doch Menschen! Sie mussten fähig sein zu fühlen und zu verstehen, was Recht und Anstand bedeuteten.

Und doch war da dieses eine Wort. Wenn man es aussprach, gab es kein Zurück mehr. Man musste akzeptieren, dass es geschehen war. Die Welt hatte sich für immer verändert. Sie war hässlich geworden, scharfkantig und kalt, besaß jetzt Stacheln aus Klingendraht und arischem Giftstaub.

Todeslager.

Nigel verbannte das Wort und die Bilder aus seinem Geist. Irgendwie musste er seinen Verstand behalten und weitermachen. Ab morgen musste er wieder fähig sein, trotz der Sprachbarriere mit arroganten deutschen Bürokraten und Bauern zu kommunizieren, die alt genug waren, sein Vater zu sein. Er musste endlich einen Übersetzer finden. Wie sollte er das hinbekommen, wenn eine Mischung aus Wut und fassungslosem Entsetzen seinen Bauch verknäulte und ihn danach verlangen ließ, auch diese dörfliche Kleinstadt mit einer einzigen Hunderttausend-Tonnen-Bombe in die Luft zu sprengen?

Auschwitz.

Und dann noch Sobibor.

Majdanek.

Wer weiß, wie viele noch.

Wie sollte man so etwas vergelten, ohne jeden einzelnen Menschen in Deutschland an die Wand zu stellen und zu erschießen?

EIN FOTO IN DER ZEITUNG

Lena gewöhnte sich schnell an den neuen Alltag. Sie stand mit den Niebüllern am Straßenrand, als die Briten einzogen, und stellte beruhigt fest, dass die Soldaten sich bis auf die Uniform zumindest äußerlich nicht von denen unterschieden, die sie und Margot auf der Flucht auf dem Truppentransporter mitgenommen hatten.

Nur einen Unterschied gab es: Die Briten strahlten den Stolz von Siegern auf fremder Erde aus.

Nach zwei Wochen hatte sie sich so gut eingelebt, dass es sich anfühlte, als hätte sie immer hier gelebt. Sie blendete die verletzenden Blicke aus, erfreute sich an den Frühlingsblumen und vergaß allmählich, was für eine harte Zeit hinter ihr lag. Am Sonntag saß sie mit dem Rest der Familie am lang ausgezogenen Kaffeetisch und bekam wie Margot ein kleines Stück Kuchen. Sie vergaß an keinem Abend, Gott vor dem Schlafengehen zu erzählen, wie dankbar sie für all diese guten Dinge war.

Anders als Lena verließ Margot das neue Heim kaum. Die sanfte Herablassung der Pfarrfrau gegenüber den Flüchtlingsmädchen schien sie nicht zu stören. Alles, was sie zu benötigen schien, war eine Handarbeit oder ein Korb Kartoffeln zum Schälen.

Lena dagegen sehnte sich danach, die neue Welt zu entdecken. Als sie hörte, dass die Briten einen Dolmetscher suchten, der sich mit Autos auskannte, hätte sie sich vor lauter Langeweile und Leichtsinn beinah auf die Stelle beworben. Für irgendetwas musste ihr Schulenglisch schließlich gut sein. Erst in letzter Sekunde erinnerte sie sich daran, dass sie bis auf die Mitfahrt auf dem Truppentransporter noch nie in ihrem Leben auch nur in die Nähe eines Autos gekommen war. Aber irgendetwas musste passieren!

Es kam ihr vor, als würden die Wände dieses fremden Pfarrhauses sie erdrücken. Es war nicht nur das misshandelte Kreuz, das im Wohnzimmer hing und sie mit Unbehagen erfüllte. Das Gefühl ging tiefer, und es machte ihr Angst. In diesem Pfarrhaus, das so sehr wie ihr früheres Zuhause wirkte, fühlte sie sich wie ein Küken, das zurück ins Ei schlüpfen wollte.

So sehr sie sich auch bemühte, wieder das halbwegs brave Fräulein aus gutem Hause zu werden, zu dem ihre Eltern sie erzogen hatten … es ging nicht.

Spätestens auf der Flucht war eine Lena in ihr aufgewacht, die sich vollkommen von der Frau unterschied, die sonst vermutlich aus ihr geworden wäre. Die neue Lena war eine wilde Kreatur, die nichts mehr mit der braven Pastorentochter von einst zu tun hatte. Eine Pastorentochter würde niemals stehlen. Lena dagegen hatte nicht nur Kohlen und Essen organisiert, sondern einen Soldaten mit süßem Lächeln dazu verlockt, sich bis zur Besinnungslosigkeit zu betrinken, damit sie anschließend seinen warmen Mantel für Margot stehlen konnte.

Lena wollte es sich nicht eingestehen, aber sie vermisste den wilden, aggressiven Lebenshunger, der sie während der Flucht erfüllt hatte. Bei jedem Verlassen des Hauses hoffte sie darauf, dass etwas Aufregendes passierte, was die Monotonie von Frieden und Niederlage aufbrach.

An diesem Dienstagvormittag gab es weder für Lena noch für Margot etwas außerhalb des Hauses zu erledigen. Sie saßen im Treppenhaus auf den Stufen und zerschnitten Zeitungen, während Frau Petersen mit einer Freundin in der Küche saß und tratschte.

»Wenn ihr fertig seid, könnt ihr handarbeiten«, hatte die Pastorenfrau ihnen gesagt, bevor sich die Küchentür hinter ihr und ihrer Freundin schloss.

Lena hatte keine Eile damit. Sie mochte es, sich mit dem *Völkischen Beobachter* auseinanderzusetzen und ihm mit einer stumpfen Schere zu Leibe zu rücken. Die Zeitungsstreifen langsam auseinanderzureißen, bot ein kleines Ventil für die ständige Anspannung durch all die herablassenden Blicke, denen sich die Mädchen in ihrer neuen Heimat ausgesetzt fühlten. Außerdem fühlte sie sich dadurch mit ihrem fernen Vater verbunden.

Die allgegenwärtige Papierknappheit verlangte danach, den *Beobachter* in etwa handgroße Rechtecke zu zerteilen und ihm in dem Häuschen mit dem Herz an der Tür einer neuen Bestimmung zuzuführen. Da ihr Vater diese Zeitung immer als Schundblatt bezeichnet hatte, fühlte sich diese Aufgabe wie ein heimliches Zeichen der Verbundenheit in seine Richtung an.

»Hör mal!« Margot las Lena leise einen Artikel vom nationalsozialistischen Frauenbund vor, in dem die Mütter Deutschlands ihre Landsleute dazu aufriefen, Rohstoffe zu sparen. Besonders ging es um Kohlen und Toilettenpapier. »Wie es aussieht, erfüllen wir gerade immer noch unsere Aufgabe fürs Vaterland. Rohstoffe sparen, sparen, sparen.«

»Mich haben sie im Arbeitsdienst immer Kohlenklau genannt. Wie das schwarze Monster auf den Plakaten.« Lena lachte leise. »Eigentlich sollte jede Stube nur neun Briketts bekommen. Die anderen Maiden haben meistens mich mit dem Kohleeimer losgeschickt, weil ich so dreist war. Ich habe die Maid mit der Aufsicht jedes Mal in Gespräche verwickelt und sie von ihrer Familie erzählen lassen. Dann hat sie zu zählen vergessen, und es wurden immer mehr Kohlen.«

Natürlich hatte Lena Angst gehabt, erwischt zu werden, aber vor allem hatte ihr Blut heiß und schnell durch ihren Körper pulsiert, weil sie geschickt genug war, die andere auszutricksen. Ein wildes und aufregendes Gefühl.

»Und was ist mit dem siebten Gebot?« Margot lachte leise.

»Sie hatten es nicht anders verdient.« Lena dachte an die Kälte in den Stuben. Jede von ihnen hatte nur eine dünne Wolldecke unter dem Leinenbezug haben dürfen und musste darunter in viel zu großen Männer-Unteranzügen aus rotem Flanell schlafen. Es war streng verboten, weitere Kleidungsstücke mit unter die dünne Decke zu nehmen, obwohl der Schnee draußen meterhoch lag und der Wind durch die schlecht isolierten Fenster pfiff.

»Mussten die anderen Stuben dann nicht frieren, wenn ihr alle Kohlen eingeheimst habt?«

Lena schüttelte den Kopf. »Im Keller war mehr als genug Kohle. Das meiste haben später die Russen bekommen, schätze ich. Manchmal bin ich auch durchs Kellerfenster eingebrochen und …«

Sie stockte. Margot musste nicht wissen, wie ernst sie ihren Spitznamen genommen hatte. Lenas Hände erinnerten sich noch die scharfkantigen Kohlebriketts, die sie hastig durch das Fenster nach draußen geschaufelt hatte, wo die anderen aus ihrer Stube sie aufgesammelt hatten.

Was wohl passiert wäre, wenn man sie erwischt hätte? Ging dieser Kohleraub noch als Lausmädchenstreich durch, oder war es etwas Schlimmeres?

Und wie war es mit Wintermänteln, die man einem Betrunkenen fortnahm?

Lena blätterte die nächste Zeitung auf und hielt inne. Das Gesicht, das sie ernst aus der Zeitung anblickte, kam ihr bekannt vor. Die vollen, sinnlichen Lippen in einem Gesicht, das ein wenig eckig wirkte und das nach oben von einer langen Haarsträhne über der beginnenden Glatze eingerahmt wurde. Eine runde Nickelbrille rahmte die Augen ein.

Lena las die reißerische Überschrift. Ihr wurde flau. Jetzt musste sie wirklich aufstehen und an die frische Luft gehen. Doch Margot saß zwischen ihr und dem Ausgang.

»Was ist los?«, fragte Margot nervös. »Lena, guck nicht so!«

»Alles ist gut«, sagte sie, obwohl überhaupt nichts gut war. Lena deckte Überschrift und Text mit einem zurechtgeschnittenen Stück Toilettenpapier ab und zeigte Margot das Foto.

»Hier, guck mal, kennst du diesen Mann?«

Margot musterte ihn aufmerksam. Sie zögerte. Lena wusste, dass man sich auf Margots Gedächtnis blind verlassen konnte, deswegen drängte sie sie nicht.

»Es ist der Mann mit der Nickelbrille«, sagte sie schließlich. »Der, von dem wir das Gebet gelernt haben, weißt du noch?«

»Jesus hilf uns«, flüsterte Lena. Ihr Gesicht fühlte sich taub an. »Beschütze uns, beschütze uns, und bitte auch unseren Vater!«

»Was ist denn los?« Margot stieß mit dem Ellenbogen gegen Lenas Bein. »Lena, du musst es mir sagen.«

Lena ließ Margot den Text lesen.

Die Schwester erbleichte ebenfalls. »Lena, das kann nicht wahr sein. Er war doch als Gast bei uns zu Hause. Ein Freund von Vater!«

Lena nickte. Ein großer und schwerer Kloß bildete sich in ihrem Hals. Ein schlimmes Wort, das nicht hinausdurfte, nicht hier, weil sie sich in diesem Haus wieder wie eine Pastorentochter benehmen musste.

»Ich weiß noch … Der Mann hat Papa und dem Vikar eine Geschichte über Jesus erzählt. Eine ganz besondere und furchtbare Geschichte.«

»Haben sie ihn deswegen …« Margot blickte wieder auf die Zeitung und verkrampfte sich. »Hat er Predigten gehalten, die den Nazis nicht gefallen haben?«

»Es ist kompliziert.« Lena las den Artikel noch einmal. »Da steht etwas von Spionage und Kontakten ins Ausland.«

»Erzählst du mir die Geschichte, die er unserem Vater erzählt hat?« Margot lehnte ihren Kopf an Lena, als ob sie trotz ihrer vierzehn Jahre immer noch ein Kind wäre, das eine Gute-Nacht-Geschichte brauchte, um nicht in Tränen auszubrechen. »Ich mochte ihn.«

Lena nickte und suchte in ihrer Erinnerung.

Sie war neun Jahre alt gewesen, beinahe zehn. Der Vikar hatte am Sonntag eine Predigt gehalten, auf die er sehr stolz war. Lena erinnerte sich noch gut an diesen Stolz und die leicht hochgereckte Nase, auf die sie am liebsten eine Wäscheklammer gesteckt hätte.

Vikare waren Pastoren in Ausbildung und ein alltägliches Ärgernis, an das Lena sich gewöhnt hatte. Sie kamen als Fremde in den Pfarrhaushalt, schliefen im Vikarszimmer und mussten zum Ausgleich für ihr Eindringen in den geordneten Haushalt die frechen Streiche der Pastorentöchter über sich ergehen lassen. Nach ein oder zwei Jahren verschwanden sie wieder.

Einen von ihnen hatte Lena als sehr kleines Mädchen ins Bein gebissen. Das war notwendig gewesen, denn zu diesem Zeitpunkt war Lena ein Hund, der einen Bauernhof gegen gefährliche Eindringlinge verteidigte. Auch wenn ihre Eltern das anders gesehen und eine Entschuldigung von ihr verlangt hatten: Lena-als-Hund hatte nur ihre Pflicht getan. Der Fremde hatte nach einem Rasierwasser gerochen, das sie nicht mochte. Er hatte den Biss verdient.

Außerdem lobte Lenas Bruder Karl sie, wenn sie mutig war und sich einen neuen Streich einfallen ließ. Seine Anerkennung erfüllte sie jedes Mal für mehrere Tage mit Freude und Stolz.

Hin und wieder bekamen die Vikare Ausbildungsbesuch. Dann wurden sie von einem ignorierbaren Ärgernis zum Mittelpunkt des Tages. Ein oder zwei fremde Männer reisten aus Finkenwalde an und wurden mit einer Kutsche vom Bahnhof in Greifswald abgeholt. Lenas Mutter richtete das Gästezimmer für die Besucher her und kochte etwas besonders Gutes.

»Benehmt euch«, ermahnte sie die Kinder jedes Mal. »Keine Streiche, hört ihr? Das fällt auf euren Vater zurück.«

»Natürlich nicht«, sagte Karl jedes Mal und grinste spitzbübisch. Meistens hielt er sich sogar daran.

Als Lena neun Jahre alt war, kam ein anderer Mann als sonst zum Vikarsbesuch. Lena spürte schon vor seiner Ankunft, dass er wichtig war. Aus einem Gesprächsbruchstück zwischen Vater und Mutter hatte sie erlauscht, dass er aus England nach Finkenwalde gekommen war, um Deutschland und die Kirche zu retten. Das machte sie neugierig. Bis zu diesem Tag hatte sie geglaubt, dass Adolf Hitler Deutschland retten würde.

War der Mann, den sie erwarteten, vielleicht ein enger Freund und Vertrauter des Führers?

Aus einem diffusen Unbehagen heraus verzichtete Lena darauf, ihren Freundinnen von diesem wichtigen Besuch und der Rettung Deutschlands zu erzählen. Das war etwas, was sich in ihren eigenen vier Wänden abspielte und die anderen nichts anging.

Nach der Predigt des Vikars begaben sich die Männer ins Arbeitszimmer, wo die Teetassen bereitstanden und eine kleine Kerze im Stövchen brannte. Lena folgte ihrer Mutter mit einem Keksteller in der Hand und einem Staubtuch in der Schürzentasche. Sie stellte den Teller zwischen ihren Vater und die anderen Herren und begann, mit ihrem Staubtuch die Schränke und Bilderrahmen abzustauben. Die Mutter warf ihr einen strengen Blick zu, doch Lena ignorierte ihn und wischte mit äußerster Sorgfalt. Schließlich hörte sie die Tür gehen … und war tatsächlich ohne ihre Mutter im Herrenzimmer!

Das hatte sie noch nie hinbekommen. Irgendetwas musste heute besonders sein, sonst hätte die Mutter sie zum Verlassen des Zimmers aufgefordert. Lena wurde nervös. Eigentlich hätte dieser Streich nicht funktionieren dürfen. Aber jetzt, wo sie es ins Herrenzimmer geschafft hatte, würde sie keinen Rückzieher machen.

»In Ihrer Predigt haben Sie Jesus an einer Stelle als Herrscher des Himmels und König der Könige bezeichnet«, sagte der Ausbilder mit der Nickelbrille zum Vikar. Lena spürte hinter ihrem Rücken seine Freundlichkeit, aber auch eine stählerne Härte hinter dem Lächeln. Der Mann mit der Nickelbrille sprach weiter und benutzte dabei so viele fremde Worte, dass Lena ihn nicht mehr verstand. Stattdessen lauschte sie seiner Stimme, die sanft und freundlich war. Es war eine gute Stimme, fand sie. Eigentlich hätte dieser Mann auf der Kanzel stehen müssen und nicht der Vikar mit seiner etwas zu knatschigen Stimme. Außerdem nannte er ihren Vater und den Vikar immer wieder seine Brüder. Bruder Buth. Bruder Wentzlaff. Auch ihr Vater sprach den Ausbilder mit Bruder Bonhoeffer an. Lena fand es hübsch, dass die Männer genau wie Lena und ihre Geschwister miteinander *Familie* spielten. Statt Vater, Mutter und Kind nannten sie sich Brüder, aber es fühlte sich ähnlich an.

Lena putzte wieder und wieder über dieselbe Stelle, so konzentriert lauschte sie. Das, was diese Männer besprachen, klang verboten und aufregend. Es war mit Sicherheit nichts für Mädchen. Doch solange sie sich unsichtbar machte und mit ihrem Staubtuch die Ritzen des Schrankes auswischte, würde man sie nicht hinausschicken. Immerhin konnte es sein, dass man sie gleich brauchte, um die Mutter zum Teeeinschenken zu holen. Oder vielleicht durfte sie es sogar selbst tun.

»Ich will Ihnen eine Geschichte erzählen«, sagte Bruder Bonhoeffer. »Diese Geschichte handelt nicht vom Herrscher des Himmels, von dem Sie in Ihrer Predigt erzählten. Im Gegenteil, sie handelt von Menschen im Augenblick äußerster Schwäche. Sie ist zeitlos, und sie könnte überall auf der Welt passieren, wo Unrecht geschieht. Aber sagen wir, sie habe sich zur Zeit Napoleons zugetragen.«

»Ich höre zu«, sagte der Vikar. Lena hörte in seiner Stimme einen Hauch Ungeduld heraus. Der glaubte wohl, dass er es besser wusste als der Mann mit der Nickelbrille!

»Die französischen Soldaten wollten die Gefangenen in

einem Lager zwingen, ihrem Glauben abzuschwören. Deswegen würden sie jeden Tag drei Gefangene hinrichten, so lange, bis alle Überlebenden sich zu Napoleons Atheismus bekannten.«

»Das klingt schlimm«, sagte der Vikar.

»Sie haben meine volle Aufmerksamkeit«, sagte Lenas Vater. In seiner Stimme klang etwas von dem Feuer mit, das Lena in den Augen des Mannes mit der Nickelbrille gesehen hatte. »Es klingt wie eine Geschichte, die wir alle in diesen Zeiten hören sollten, Herr Bonhoeffer.«

Lena wagte nicht, sich umzudrehen und einen Blick auf ihren Vater zu werfen. Sie versuchte, nicht zu atmen, und bewegte ihr Staubtuch nur ganz langsam.

Der Mann fuhr fort: »Die Soldaten wählten drei Männer aus, die wegen ihres Glaubens getötet werden sollten. Einer von ihnen war noch ein Junge, und er fürchtete sich sehr vor dem Tod. Er versuchte aber, sich nichts anmerken zu lassen. In diesem Lager war eine Frau, die gläubig war. Der Anführer der Soldaten ließ sie zu sich bringen und verhöhnte sie für ihren Glauben, doch sie schwieg. Und so führten die Soldaten den ersten Mann zur Hinrichtungsstätte. Er ging aufrecht, denn er war alt und hatte ein gutes Leben gehabt. Er wusste, dass es seine Aufgabe war, den Jüngeren mit seinem Handeln ein Beispiel zu sein und ihnen Kraft zu geben.«

»Sehr wahr«, sagte Lenas Vater. Ein Hauch Nervosität klang in seiner Stimme mit, aber auch viel Entschlossenheit und Ruhe.

»Nachdem der Mann in den Tod gegangen war, hatte der Anführer in seinem hochmütigen Stolz Freude daran, die gläubige Frau zu verhöhnen. ›Wo ist dein Gott jetzt‹, sprach er zu ihr. ›Einer seiner Anhänger wird hingerichtet. Müsste der Herrscher eures Himmels nicht hinabsteigen und ihn erretten?‹ Die Frau schwieg.«

Der Erzähler schwieg ebenfalls, als wolle er den Zuhörenden Zeit lassen, die Frage zu beantworten. Niemand ergriff das Wort.

Lena bohrte die Fingernägel in das Staubtuch und in ihre Handfläche, um nicht selbst mit der Antwort herauszuplatzen. Gott wirkte nicht auf diese Weise, hatte ihr Vater ihr erklärt. Er kam nicht vom Himmel, gab kleinen Mädchen mehr Taschengeld oder bestrafte den Jungen, der Margot schubste und ihr Pausenbrot stahl. Also konnte er auch nicht vom Himmel steigen, um einen Mann vor dem Galgen zu retten. Der Soldat in der Geschichte war dumm, wenn er das nicht wusste.

Der Mann mit der Nickelbrille fuhr fort: »Die Soldaten ergriffen den zweiten Mann und führten ihn ebenfalls zum Galgen. Er fürchtete sich vor dem Sterben, doch er dachte an den Jungen, der zusehen musste. Deswegen hielt auch er den Kopf so aufrecht, wie er konnte. Heimlich weinte er. Mit seinen letzten Atemzügen dachte er an seine Frau und ihr ungeborenes Kind, das er nie kennenlernen würde. Und wieder verhöhnte der Soldat die zusehende Frau: ›Wo ist dein Gott jetzt? Müsste er nicht hinabsteigen und diesen Mann vor dem sicheren Tod erretten?‹ Und wieder schwieg die Frau und antwortete nicht. Sie konzentrierte sich darauf, Stärke in ihren Blick zu legen und dem Mann auf seinem letzten Weg das Unerträgliche zu erleichtern. Wenn er das Mitgefühl und die Bewunderung in ihrem Blick sehen konnte, würde er dem Tod mit Ruhe und Vertrauen ins Gesicht blicken können.«

Lena unterdrückte das Schaudern, das in ihr aufstieg. Sie hatte das Gefühl, dass der Mann diese Geschichte ausschließlich für sie erzählte. Würde sie eines Tages diese Frau sein, die ertragen musste, dass andere Menschen zur Hinrichtung geführt wurden, und nichts dagegen unternehmen können? Das war falsch! Sie wollte, dass der Mann gerettet wurde.

»Schließlich«, fuhr Bruder Bonhoeffer fort, nachdem die Pause beinah unerträglich geworden war, »nahmen die Soldaten den Jungen und brachten auch ihn zur Hinrichtungsstätte. Der Junge weinte. Er verzweifelte, schließlich war er noch ein Kind. Doch sie kannten kein Erbarmen und schleiften auch ihn zum Galgen.«

Er schwieg und ließ den Anwesenden Zeit, sich die Szene vorzustellen.

Lenas Augen brannten. Zwei Tränen rannen über ihre Wangen, erst warm und dann immer kälter. Unter ihrem Kinn vereinten sie sich und liefen über den Hals bis in ihren Blusenkragen. Der Junge musste gerettet werden. Da war sie sich sicher. In jedem Märchen war es so. Zweimal ging es schief, aber beim dritten Mal klappte es.

»›Wo ist dein Gott jetzt?‹, fragte der Soldat die Frau erneut. ›Sie töten einen Jungen. Müsste euer Gott nicht herabsteigen von seinem Thron und Himmel und Hölle in Bewegung setzen, um ihn zu retten?‹ Und endlich antwortete die Frau.«

Lena biss sich auf die Wangen, bis sie Blut schmeckte. Sie musste die richtigen Worte finden, um die Welt wieder in Ordnung zu bringen. Bitte, bitte! Er war doch noch ein Kind.

Der Mann mit der Nickelbrille räusperte sich. »Die Frau sagte: ›Sie haben recht. Ich glaube an einen Gott, der groß und gütig ist, weit über alles, was wir armen Menschen verstehen können. Aber er ist nicht der Herrscher des Himmels, der in Pracht und Herrlichkeit regiert und über die Sünder richtet, wie Sie vielleicht glauben. Gott befindet sich an einer anderen Stelle.‹ Der Soldat lachte auf. ›Und wo soll das sein?‹ ›Er ist genau dort.‹ Und sie zeigte auf den Jungen kurz vor dessen Hinrichtung, dem die Soldaten die Galgenschlinge um den Hals legten und der sich vor Angst in die Hose machte.«

Der Vikar räusperte sich. Er schien nicht zu wissen, was er sagen sollte.

»Eine gute Geschichte«, sagte Lenas Vater. »Das bringt die Essenz des Kirchenkampfs besser auf den Punkt als alles, was ich bislang gehö…«

Lena konnte nicht mehr. Sie brach in heftige Tränen aus und drehte sich um. »Das dürfen die Soldaten nicht tun«, schrie sie. »Er ist doch noch ein Kind, und Jesus passt auf ihn auf! Der Junge muss gerettet werden!«

Die Männer sahen auf. Offenbar waren sie so in ihr Gespräch vertieft gewesen, dass sie Lenas Anwesenheit vollkommen vergessen hatten.

Lenas Vater wollte aufstehen und sie aus dem Zimmer bringen, doch der Mann mit der Nickelbrille war schneller. Er stand vor Lena, nahm sie in den Arm und streichelte ihr übers Haar. Sie klammerte sich an ihm fest, auch wenn er ein völlig Fremder war. Das Schluchzen wollte einfach nicht aufhören. Tief innen spürte Lena, dass es nicht nur um die Geschichte ging. Dahinter lag etwas anderes, das dunkel und böse war.

Schließlich, nachdem sich ihre Tränen etwas beruhigt hatten, setzte der Mann sie ab. Er kniete sich vor sie und sah Lena in die Augen. »Warum dürfen die Soldaten das nicht tun?«, fragte er ernst.

»Weil es ungerecht ist!« Lena schniefte. »Ich werde ihn retten und beschützen. Wenn ich groß bin, gehe ich zur SS und mache Krieg gegen die Franzosen. Ich schieße sie alle tot, alle, alle! Die blöden Franzmänner hätten den Jungen nicht töten dürfen. Das ist falsch!«

Der Vikar am Tisch lachte unterdrückt auf, doch der Mann mit der Nickelbrille blieb ernst. Sein Gesicht sah jung aus, obwohl er schon eine Glatze hatte, über die er sich eine Haarsträhne gekämmt und sorgfältig in Form gebracht hatte.

Er legte die Hand auf Lenas Arm. »Ist das der Weg, den Jesus dich gelehrt hat? Ein Gewehr in die Hand nehmen und alle Bösen erschießen?«

Lena war froh, dass er nicht sagte, dass sie als Mädchen nicht in den Krieg durfte. Sie schüttelte den Kopf. »Davon steht nichts in der Bibel. Aber ich muss Jesus doch beschützen!«

»Das ist ein gutes und edles Ziel.« So ernst, wie der Mann mit ihr sprach, kam es ihr vor, als ob sie schon eine Erwachsene wäre. Lena fühlte sich seltsam wertvoll dadurch. »Pass auf, Mädchen. Ich habe eine Aufgabe für dich, über die du in den kommenden Monaten und Jahren nachdenken kannst. Wenn du alt genug bist, kannst du entscheiden, ob du mit einem Gewehr zur SS gehen willst oder ob du Christin bleibst. Möchtest du diese Aufgabe hören?«

Lena nickte. Es klang schrecklich wichtig.

Er lächelte liebevoll. »Du hast gesagt, du willst Jesus beschützen. Deswegen wird genau das deine Aufgabe sein, während du in den kommenden Jahren erwachsen wirst. Such ihn, unseren Herrn Jesus Christus. Schau in jeden Menschen, ob du ihn findest. Egal, wie sehr sich dieser Mensch von dir unterscheiden mag, ob er stark oder schwach ist, ob du ihn bewunderst oder verachtest … Schau, ob du tief in ihm Jesus Christus findest.«

Lena nickte ernst. »Das will ich tun.«

»Und wenn du ihn findest …« Der Mann sah sie freundlich an. Lena spürte eine Wolke aus Wärme, die sie von Kopf bis Fuß einhüllte. »Dann darfst du ihn lieben und beschützen, was auch immer das in diesem Augenblick für dich bedeutet.«

»Das ist schön.« Sie wusste nicht, was sie sagen sollte. »Vielen Dank, Herr Bonhoeffer. Das ist sehr freundlich von Ihnen.«

Er richtete sich auf und nahm Lenas Hand. Kurz drehte er sich zu den anderen Männern am Tisch um: »Gehen Sie die Predigt noch einmal gemeinsam durch. Ich bin gleich zurück.«

Dann brachte er Lena zu ihren Schwestern in den Garten, damit sie nicht allein war, und versprach, sie vor seiner Abreise noch ein kleines Gebet zu lehren, damit sie sich Gott auch in schwierigen Zeiten näher fühlen konnten.

»Wollen wir für ihn beten?«, flüsterte Lena. »Er war ein guter Mann.«

»Dort steht trotzdem, dass er ein Vaterlandsverräter war«, sagte Margot leise und wies auf die Überschrift.

Lena schüttelte den Kopf. »Du darfst nicht alles glauben, was in der Zeitung steht, Margot.«

»Also lebt er noch?« Sie klang zynisch. Für einen Moment blitzte die Bitterkeit einer Vierzehnjährigen auf, die gelernt hatte, ihre Gefühle und ihren früher so scharfen Geist hinter einer scheuen und hilflosen Fassade zu verbergen.

Lena schwieg.

Margot schien die Antwort zu spüren und senkte den Blick.

»Von guten Mächten wunderbar geborgen«, flüsterte sie den Anfang der tröstlichen Worte.

Lena versuchte, das Gebet mitzusprechen, doch ihr Mund fühlte sich taub an.

Hingerichtet.

ES IST EINEN VERSUCH WERT

Seit dem Tag, an dem Rainer Gisela ohne gemeinsamen Spaziergang nach Hause geschickt hatte, hatte sie ihn nicht mehr besucht. Beim sonntäglichen Gottesdienst hatten sie einander gesehen und gegrüßt, aber danach nicht weiter miteinander gesprochen. Er wartete jeden Tag in der Apotheke darauf, dass sie zurückkam.

Gleichzeitig war er froh, dass sie es nicht tat und er mehr Zeit zum Nachdenken hatte.

Rainer wusste, dass er auf Gisela zugehen sollte, aber bisher konnte er sich nicht dazu durchringen. Irgendwann würde er zu ihr gehen, die Worte suchen, die sie hören wollte, und ihr einen Strauß Blumen schenken. Tief innen glaubte er jedoch, dass es mindestens so sehr an ihr war, sich bei ihm zu entschuldigen. Sie hatte in seinen Privatangelegenheiten herumgeschnüffelt und mit seiner Mutter über seine Schlafprobleme und die anderen Dinge getratscht!

Im Grunde müsste auch seine Mutter sich entschuldigen, weil sie Gisela von seiner Schwäche erzählt hatte, doch das war natürlich vollkommen unmöglich.

Gisela hatte inzwischen mit großer Wahrscheinlichkeit davon erfahren, dass er Fräulein Buth auf einem Spaziergang durch die Stadt begleitet hatte. Es spielte vermutlich keine Rolle, dass er es auf Wunsch seiner Mutter getan hatte. Gisela würde es auf die Liste seiner Verfehlungen setzen. Und wenn er darüber nachdachte, wie er sich in Gegenwart des hübschen Fräuleins gefühlt hatte, hatte sie damit vermutlich recht. In Rainers Gedanken wurde der Blumenstrauß, den er ihr schenken musste, größer und größer. Er sollte es hinter sich bringen, doch aus irgendeinem Grund schob er es immer weiter vor sich her.

Die Arbeit in der Apotheke bot eine willkommene Ablenkung. Ständig kam Kundschaft, und die meisten Menschen blieben für ein Schwätzchen, bis die nächste Person zur Tür hereinkam. Herr Tauber war froh, dass er seine Morgenspaziergänge und Mittagsschläfchen genießen konnte, wie es für einen Mann in seinem hohen Alter angemessen war, und dass sein Mitarbeiter sich als zuverlässig erwies und Monat für Monat mehr Verantwortung übernahm.

Rainer war jedes Mal froh, wenn die Menschen etwas wollten, was er vorrätig hatte. Nicht zuletzt dank der fleißigen Sammelarbeit seines zehnjährigen Assistenten Martin konnten sie Dinge wie Kamillentinktur selbst herstellen, und auch Verbände, Kompressen und Pflaster hatten sie ausreichend vorrätig. Jodtinktur, medizinischer Alkohol und Aspirin ... alles kein Problem. Oder kein großes.

Aber bei vielen Medikamenten gab es seit einer gefühlten Ewigkeit keinen Nachschub. Inzwischen hatte es den ersten Besuch des Großhandelsvertreters gegeben, in dessen Katalog eine Vielzahl von Medikamentennamen standen, die Rainer noch nicht kannte. Der alte Herr Tauber war mit leuchtenden Augen die gedruckten Seiten durchgegangen und hatte bei den Preisen die Brauen fast unmerklich hochgezogen. Doch die Antwort war fast jedes Mal dieselbe: noch nicht lieferbar, aber bald.

Was das hieß, hatte Rainer in den vergangenen Kriegsjahren gelernt.

»Das ist doch unerträglich«, sagte er, nachdem der Medikamentenvertreter abgereist war. »Sollen die Menschen hier sterben, weil sie keine Behandlung kriegen?«

Herr Tauber lächelte sanft. »Ich erinnere mich noch an Zeiten, in denen es überhaupt kein Penicillin gab.«

»Vor dem Krieg, als der Kaiser jedem Neugeborenen persönlich eine Anleihe auf den Staatsschatz schenkte, weil die Welt noch in Ordnung war?« Rainer grinste.

»Wenn du nicht zu alt dafür wärst, würde ich dich als genauso schlimmen Frechdachs wie Martin bezeichnen und dir den Hintern versohlen.«

Rainer lachte. Es tat gut, dass er bei dem alten Mann kein Blatt vor den Mund nehmen musste. Doch dann wurde er wieder ernst. »Die Bäuerin heute Vormittag ... Ihrem Mann ist ein Mähdrescheraufsatz auf den Fuß gefallen. Wenn sie Pech haben, gibt es eine Blutvergiftung. Was nützt da die Jodtinktur, mit der ich sie weggeschickt habe? Der Arzt hat Penicillin aufgeschrieben. Und was tun wir?«

Seit er hier arbeitete, musste er immer wieder Menschen wegschicken, die vom Arzt ein Rezept bekommen hatten und ein bestimmtes Medikament dringend benötigten. Nicht vorrätig, bedaure. Versuchen Sie es anderswo. Dabei wusste er so gut wie alle, dass es anderswo ebenfalls keine Medikamente gab.

»Wir baden aus, was der große Führer uns eingebrockt hat.« Herr Tauber lachte leise und bitter. »Schau nicht so böse, Rainer. Du zuckst immer noch zusammen, wenn ich etwas gegen diesen Verbrecher sage, merkst du das?«

Rainer verzog das Gesicht. »Er ist nun mal der Führer.«

»Man hat dich dein ganzes Leben indoktriniert. Du hast weder die Demokratie noch das Kaiserreich erlebt. Wie lange brauchst du noch, bis du lernst, selbst zu denken?«

»Der Führer wusste nichts von den Lagern«, wiederholte Rainer die Worte seiner Mutter vom Vorabend.

Es war seltsam. Zu Hause argumentierte er mit den Worten von Herrn Tauber. In der Apotheke hingegen benutzte er Worte von zu Hause. Wo befanden sich in all diesem Chaos seine eigenen Gedanken?

»Der Führer hat von Anfang an erklärt, dass er die jüdische Bevölkerung in Deutschland auslöschen wollte«, erklärte Herr Tauber nachdrücklich. »Was ist mit den Familien Goldmann und Hirsch? Was ist mit den Teitelbaums? Du bist mit ihren Kindern zur Schule gegangen und hast dich mit ihnen auf dem Schulhof geprügelt. Jetzt sind sie namenlose Leichen in Auschwitz. Kein Penicillin der Welt hätte sie retten können, sie sind nämlich nicht an Diphtherie oder einer Blutvergiftung von einem Mähdrescheraufsatz gestorben. Man hat sie mit Zyklon B geduscht und ihre Leichen aufeinandergestapelt.«

»Hören Sie auf damit!« Rainers Bauch krampfte sich zusammen.

»Es geschah im Auftrag des Führers.«

»Er wusste nichts davon!«

»Und das weißt du woher?«

Rainers Hände waren eiskalt und feucht. Er hatte keine Antwort. Stattdessen wollte er Herrn Tauber fragen, was er denn selbst getan hatte, um die Juden zu beschützen. Sie waren Menschen, die ebenfalls in der Apotheke eingekauft hatten, als Rainer noch ein Junge war. Er wusste, dass ein solcher Angriff sein Ziel erreichen würde, denn natürlich hatte Herr

Tauber nichts getan, um das Unrecht zu verhindern. Der alte Mann hatte sich darauf beschränkt, die Menschen beim Betreten der Apotheke mit »Moin« statt »Heil Hitler« zu begrüßen.

Auf diese Weise rettete man keine Leben! Aber als er den Mund öffnete, fand er keine Worte. Er schwieg. Herr Taubers Blick war klar. Zur Abwechslung lag einmal kein Spott darin, sondern liebevolles, ruhiges Interesse. Rainer spürte plötzlich, dass er nicht sofort antworten musste. Herr Tauber würde ihm Zeit zum Nachdenken geben, anstatt seine Schwäche auszunutzen und sofort nachzusetzen. Zum ersten Mal begriff Rainer wirklich, wie sehr sich die Unterhaltungen mit Herrn Tauber von den Veranstaltungen der Hitlerjugend und der leidenschaftlichen, emotionalen Propaganda aus dem Radio unterschieden.

Hitler hatte gebrüllt. Wenn er Sprachpausen machte, dann nur, damit sich seine Worte setzen konnten, dann kam die nächste leidenschaftliche Hasstirade. Beim Zuhören konnte man nicht anders, als mitzufiebern und voller Feuer vom großen Tag zu träumen, an dem man selbst die Waffe ergreifen durfte, um Teil der unzerstörbaren und allmächtigen Bewegung zu werden. In der Hitlerjugend waren sie stolz darauf gewesen, wie unbeirrbar sie seinen Worten folgten. Fanatisch war zum neuen Modewort der Jugend geworden. Niemand hatte sich Zeit zum Denken genommen oder sie dazu aufgefordert.

Doch Herr Tauber erwiderte Rainers Blick, ohne seine Unsicherheit mit eigenen Worten und Meinungen zu überschreiben. In seinen Augen lagen Trauer und Verständnis.

War es wirklich Rainers Aufgabe, den Führer zu verteidigen, an den er sein ganzes Leben geglaubt hatte?

Es hatte zu viele Tote gegeben. Zu viele Menschen, die nie zurückkehren würden. Rainer spürte immer noch die Hitze der Explosion, die so unwirklich wirkte und deren Realität er erst begriff, als man ihm im Lazarett Verbrennungen zweiten Grades attestierte und er nach dem Amulett mit dem Foto von Gisela griff.

Doch dieses Mal erlaubte er den Erinnerungen nicht, die Macht über ihn zu ergreifen. Stattdessen ballte er die Fäuste, bis sich die Fingernägel in die Handfläche gruben und der Schmerz ihn in der Gegenwart verankerte.

»Ich weiß es nicht«, gab er zu. Die Worte schmerzten.

Herr Tauber nickte und schwieg.

Rainer mochte das Schweigen. Es ließ Raum dafür, dass sich der Knoten in seinem Gehirn allmählich auflösen konnte. Winzige Staubteilchen tanzten im Sonnenstrahl. Nachher würde er putzen müssen. Aber jetzt noch nicht.

»Die Briten haben Penicillin«, sagte er schließlich.

Herr Tauber legte den Kopf schief. »Worauf willst du hinaus?«

Rainer überlegte, wie er es in Worte fassen sollte. Die Vergangenheit konnte man nicht mehr ändern. Was nützte es also, darin herumzustochern und alten Schmerz aufzuwühlen? Das, was man ändern konnte, war die Zukunft. Zum Beispiel die Zukunft des Bauern, der jetzt gerade auf der Bank in seiner Küche lag, das Gesicht ausdruckslos und abweisend, damit Frau und Kinder nicht mitbekamen, wie sehr er in Wahrheit unter den Schmerzen litt.

Er räusperte sich. »Ich könnte hingehen und sie fragen, ob ich eine Dosis für diesen Bauern bekomme. Immerhin sind sie zivilisierte Menschen, genau wie wir. Sie können nicht wollen, dass ein unschuldiger Mann stirbt.«

Herr Tauber wiegte den Kopf und musterte Rainer skeptisch. »Ich weiß nicht, ob sie das auch so sehen.«

Rainer nickte beklommen. Er ahnte, was Herr Tauber meinte. Trotzdem wusste er, dass er in der kommenden Nacht nicht schlafen würde, wenn er es nicht wenigstens versuchte. Warum sollten die Briten gnädiger sein, als er es gewesen war?

»Sie haben doch ein Wörterbuch für Geschäftsreisende in Großbritannien.« Er sah Herr Tauber bittend an.

Der alte Mann machte *Ts, ts*, stand aber auf und holte das zweibändige Werk mit Goldschnitt vom Bücherregal. »Ist von 1912«, sagte er, als würde ein Alter von mehr als dreißig Jahren das Werk für die Gegenwart disqualifizieren.

»Viele der Wörter erinnern mich an das Friesische«, stellte Rainer fest. »Hier, sehen Sie ... too la-te. Das sagt meine Mutter ebenfalls. Bestimmt ist das ein gutes Zeichen.«

Auf dem Weg zum Rathaus fühlte sich der Rucksack bei jedem Schritt schwerer an. Die Krücken blieben an jeder Unebenheit des Weges stecken. Rainers Kiefer schmerzte, so fest mahlten seine Backenzähne aufeinander. Ein dumpfes Gefühl breitete sich in seinem Bauch aus, ein wenig wie Wut oder Hunger, aber anders.

In der Brusttasche hatte er den Zettel, auf dem er die englischen Worte notiert hatte. Darüber standen die Aussprachetipps, auf die Herr Tauber bestanden hatte.

Rainer richtete sich auf. Es war unmöglich, stolz wie ein Soldat zu marschieren, wenn man an Krücken ging. Auch das entspannte Schlendern eines Mannes auf einem abendlichen Spaziergang durch das Dorf war für ihn nicht mehr möglich. Durch diese grässlichen Krücken war er für immer ein Invalide. Die Menschen schauten nicht mehr in sein Gesicht, sondern nur auf die Krücken.

Nur Fräulein Buth hatte seine Krücken angesehen, als seien sie nichts weiter als ein interessantes Paar neuer Schuhe, fiel ihm ein. Und danach hatte sie wieder in sein Gesicht geblickt.

Die Erinnerung an ihre dunklen Augen wärmte ihn immer noch. So ganz anders als Giselas kaltes Blau.

Als Rainer am Rathaus ankam, fühlte er sich bereit. Zwei britische Soldaten standen am Eingangstor. Ihre korrekte und saubere Erscheinung flößte Rainer den gleichen Respekt ein, den Soldaten ihm schon als kleiner Junge eingeflößt hatten. Aber er wusste von seinem eigenen Dienst noch gut, wie mühselig und langweilig es war, wenn man sich stundenlang die Beine in den Bauch stand.

»Good morning«, grüßte er die Männer, auch wenn es schon Nachmittag war.

»Good afternoon«, grüßte einer von ihnen zurück.

So sprach man das also aus. Rainer machte sich eine gedankliche Notiz.

Er nahm die linke Krücke in die rechte Hand und suchte in seiner Hemdtasche nach dem Zettel. »Good Ssörs, ei häf ä questschon«, las er vor, wie er es als Aussprachehinweis auf seinen Zettel geschrieben hatte. »Känn ju plis help mi?«

Die Mundwinkel des Soldaten direkt vor ihm zuckten. Er blieb jedoch ernst und sagte etwas, was hoffentlich die Aufforderung war, seine Frage vorzutragen.

Rainer las mit etwas Stocken und viel Mühe die Worte vor, die Herr Tauber und er vorbereitet hatten.

Der Engländer krauste zunächst die Stirn und schüttelte schließlich energisch den Kopf. »No, no«, erklärte er kategorisch. Den folgenden Wortschwall verstand Rainer nicht. Er meinte aber, das Wort *possible* herauszuhören. Das bedeutete *möglich*, erinnerte er sich. Die Briten betonten es anders, aber es war das gleiche Wort wie im Französischen.

»Possible?«, fragte er deswegen und starrte abwechselnd auf den Zettel und sein Gegenüber.

Ihm wurde klar, dass die schweren Wörterbücher im Rucksack ihm dort überhaupt nichts nutzten. Aber um sie herauszuholen, müsste er beide Krücken loslassen und sich an einem Tisch oder einer Wand festhalten.

Der Soldat streckte die Hand aus und ließ sich den Zettel geben. Er musterte ihn aufmerksam und lachte einmal. Sein Kamerad kam dazu und las den Zettel ebenfalls. Dann las er die Worte darauf vor und übertrieb ganz eindeutig Rainers Akzent.

»Was soll der Unsinn?«, fragte Rainer auf Deutsch. »Können Sie einem anständigen Mann keine Antwort geben, wenn er höflich danach fragt?«

Der zweite Soldat setzte dazu an, Rainers Worte zu imitieren, doch sein Kamerad brachte ihn mit wenigen scharfen Worten zum Schweigen. Er antwortete Rainer mit höflicher, distanzierter Stimme, doch Rainer verstand kein Wort.

»Penicillin?«, fragte er erneut mit mehr Nachdruck. »Plies. For de Kranken. Sonst tot.« Er machte eine Geste, die international für Halsabschneiden stand.

Der zweite Soldat richtete sich plötzlich auf und entsicherte sein Gewehr. Das Klacken ließ Rainer kalte Schweißperlen über den Rücken laufen. Sein Kopf setzte für einen Moment aus.

Bleib ruhig, mahnte er sich. Verärgere sie nicht. Sie haben die Medizin, die du brauchst.

»Kann ich mit Ihrem vorgesetzten Offizier sprechen?«, fragte er langsam. »Vorgesetzter Offizier. Bitte.«

Wieder bekam er eine Antwort, die er nicht verstand. Der zweite Soldat kam die Treppe herab und tippte mit dem entsicherten Gewehr gegen Rainers Krücke. Rainer verlor fast das Gleichgewicht. Der abfällige Gesichtsausdruck des Soldaten benötigte im Gegensatz zu seinen Worten keine Übersetzung.

»Was fällt Ihnen ein?«, brauste Rainer auf. »Was ist das für eine Art, mit einem Menschen umzugehen, der mit einem friedlichen Anliegen zu Ihnen kommt?« Er ließ seine Krücke los und angelte nach seinem Rucksack. Er brauchte das Wörterbuch.

In diesem Augenblick hob der zweite Soldat sein Gewehr und feuerte einen Schuss in die Luft.

Der Knall hallte zwischen den Häusern.

Rainer verlor das Gleichgewicht und stolperte nach vorn. Eine Gewehrmündung traf ihn hart auf die Brust. Er ging zu Boden.

WIE FRÜHER AUF DEM SCHULHOF

Lena war auf dem Rückweg vom Kramladen, als sie den Schuss hörte. Der Knall traf sie vollkommen unerwartet. Für einen Moment lag sie wieder halb im Graben, die Schuhe im Nassen und einen Kochtopf zum Schutz über den Kopf gestülpt. Lena erstarrte.

Als kein weiterer Schuss folgte, kehrte sie in die Gegenwart zurück. Sie stand inmitten der idyllischen und kaum zerbombten Häuser von Niebüll, keinen Tagesmarsch von der dänischen Grenze entfernt. Hier herrschte Frieden. Die Tiefflieger standen längst wieder in ihren Hangars.

Was war geschehen?

Lena folgte zwei anderen Frauen, die zum Rathaus liefen. Der Korb an ihrem Arm schwankte hin und her. Niebüll war ein sicherer Ort. Kehrte der Krieg jetzt zurück und raubte Lena die Sicherheit, die sie hier gefunden hatte?

Die Szene vor dem Rathaus ließ ihr den Atem gefrieren. Herr Weber kniete vor der Treppe. Er hatte die Hände hinter dem Kopf zusammengelegt. Seine Krücken lagen rechts von ihm auf dem Boden. Ein Rucksack hing schräg über seinem Rücken.

Doch das war es nicht, was in Lena solche Panik auslöste. Ein britischer Soldat stand hinter Herrn Weber und richtete das Gewehr direkt auf dessen Kopf. Um Jesu willen! Wollte man ihn erschießen? Mehrere Leute standen am Rande des Platzes und beobachteten die Szene stumm. Aber niemand griff ein.

Gib mir Kraft, wisperte Lena tonlos, drückte ihren Einkaufskorb einer Frau neben sich in die Hand und rannte los. »Stop! You cannot do this«, rief sie. »Stop! Stop it! That is not right!«

Lena hatte keine Ahnung, was sie da brüllte. Die Jahre des Englischunterrichts in Greifswald zauberten Worte hervor, an die sie sich nicht mehr bewusst erinnerte. Sie rannte, bis sie direkt vor Herrn Weber und den Soldaten stand. Das Gewehr des einen blieb auf den knienden Mann gerichtet, das der anderen Wache zeigte auf sie.

Lena schluckte. Ihr Bauch zog sich zusammen. Wie leicht man sterben konnte! Doch sie stemmte die Hände in die Seite und sah den Soldaten fest an. »Was ist hier los?«, wollte sie wissen. »What is happening, Sirs?«

»He planned to throw a bomb at our office«, sagte ein grimmig dreinblickender Wachmann. »He's gonna pay for it.«

Lena zwang sich, die Nerven zu behalten. »Stimmt das?«, wandte sie sich an Herrn Weber. »Wolltest du wirklich eine Bombe aufs Rathaus werfen?«

Vor lauter Aufregung duzte sie ihn, ohne es zu merken.

Das Erstaunen und Entsetzen in seinen Augen wirkten echt. »Nein! Ich habe sie nach Penicillin gefragt. Haben die den Verstand verloren?«

»Stop talking«, forderte der Engländer.

Obwohl die Situation alles andere als komisch war, hätte Lena am liebsten schrill aufgelacht. Sie beherrschte sich, denn sie spürte, dass das Gefühl jederzeit in Weinen umschlagen könnte, und dann würde es noch schlimmer werden. Irgendjemand musste einen klaren Kopf behalten, auch wenn in ihrem Kopf die Schüsse der Tiefflieger über dem Fluchttreck widerhallten und sie sich am liebsten auf die Erde und in Deckung werfen wollte.

Auf dem Schulhof in Greifswald hatte Lena mehr als einmal zwischen streitenden Jungengruppen vermittelt. Das gehörte zu den Vorteilen davon, ein Mädchen in einer Jungenwelt zu sein. Lena hatte schnell gemerkt, dass sie männlichen Wesen gegenüber eine Art von Narrenfreiheit besaß, solange ihre Zöpfe und ihr Rocksaum beim Gehen wippten. Man stahl ihr die Mütze und zog an ihren Zöpfen, aber man würde sie nie in die gleiche Art von Prügelei verwickeln, wie die Jungs sie untereinander für den richtigen Platz in der Hackordnung auskämpften.

Das hier war nicht anders als zu Hause, auch wenn der Geruch nach verbranntem Schießpulver in der Luft hing. Lena zwang sich zu einem Lächeln. Männer waren so stolz und gleichzeitig so verletzlich!

Die wichtigste Regel war, keine Furcht zu zeigen. Dann zeigten die Kampfhähne Respekt. Deswegen richtete sich Lena auf und sah den Briten streng an, während ihre Zöpfe wippten.

»He says he only asked for some medicine«, erklärte sie mit klarer, lauter Stimme. »He is pharmacist. Why do you put this thing« – sie zeigte auf sein Gewehr – »at him?«

Wie dankbar sie plötzlich für all die Grammatiklektionen von Herrn Siebert war, in denen sie stundenlang die richtigen Verbformen hatte aufsagen müssen! *He says, she says, it says.* Und Berufe. Ihr Traumberuf war *doctor*, das klang auf Englisch genauso wie im Deutschen. Ein Apotheker wie Rainer war ein *pharmacist.* Oder? Hatte sie das falsche Wort verwendet?

133

Was für seltsame Gedanken einem durch den Kopf gingen, wenn man in die Mündung eines Gewehrlaufs starrte.

Es waren nur Jungs auf einem Schulhof, ermahnte Lena sich. Sie wollten nur ein wenig angeben und wissen, wer der Stärkere war. Wenn sie einen kühlen Kopf behielt, würde niemand verletzt werden.

Der zweite Soldat am Eingang hatte sich bislang im Hintergrund gehalten. Er hielt das Gewehr in Bereitschaft und musterte mit ausdruckslosem Gesicht die Menschen, die sich allmählich vor dem Rathaus versammelten. Lena spürte, wie er die Situation einschätzte und die Kugeln zählte, die er im Magazin hatte. Bestimmt würde gleich Verstärkung kommen. Wie kamen sie nur auf die unmögliche Idee, dass Herr Weber eine Bombe werfen wollte? Ob sie ihn verhaften würden?

Lena blickte von einem Soldaten zum anderen. Keine Angst zeigen, ermahnte sie sich. Zeig Respekt, dann haben sie auch vor dir Respekt.

Der erste Soldat schien zu begreifen, dass keine unmittelbare Gefahr drohte. Er zog sein Gewehr zurück. Herr Weber behielt die Hände weiter hinter seinem Kopf, doch Lena sah, wie er erleichtert ausatmete.

»Good afternoon, Miss«, sagte der zweite Soldat.

»Good afternoon, Sirs«, erwiderte sie und wiederholte die automatische Begrüßung, die Herr Siebert ihnen ebenfalls eingehämmert hatte: »How are you?«

»How are you?«

Lena erinnerte sich erstaunt, dass man auf diese Frage nicht zu antworten brauchte. Als Herr Siebert im Unterricht davon erzählt hatte, hatte sie ihm nicht geglaubt. Doch jetzt unterdrückte sie den Impuls zu sagen, dass es ihr gut ging, und konzentrierte sich auf die Situation. »Können Sie mir bitte erklären, was passiert ist? Dann werde ich für die anderen Menschen übersetzen. Ich möchte nicht, dass diese Situation uns in einen neuen Weltkrieg führt.« Sie zwinkerte.

Ein unterdrücktes Grinsen huschte über das Gesicht des Soldaten. Lena vermutete, dass ihr Englisch komisch klang oder sie ein falsches Wort benutzt hatte. Es war ihr egal. Besser, man lachte über sie, als dass man auf Menschen schoss.

Der Soldat erklärte Lena mit möglichst einfachen Worten, dass man den Rucksack durchsuchen müsse. Sie sollte den anderen Deutschen erklären, dass sie zurück nach Hause gehen sollten.

Lena schluckte. Als ob die Menschen hier auf ein Flüchtlingsmädchen hören würden! Wenn sie durch die Straßen ging oder im Kramladen etwas bestellte, hatte sie oft genug die Blicke der Menschen im Nacken gespürt. Sie war die Fremde, die hier nichts zu suchen hatte.

Trotzdem nickte sie und drehte sich um. »Ruhe bitte! Hört mir zu. Ich kann erklären, was passiert ist.«

»Bist du eine von denen?«, rief eine ältere Frau. »Eine von diesen amerikanischen Spioninnen, von denen man immer liest?«

Für einen Moment fehlten Lena die Worte. »Nein, ich bin eine Pastorentochter aus Pommern«, erklärte sie schließlich. »Aber ich habe in der Schule Englisch gelernt.«

»Euch Flüchtlingen ist nicht zu trauen«, wiederholte die Frau. »Das habe ich der Bente vom Kramladen auch schon erzählt. Solche Halbslawen aus dem Osten erfinden rührselige Geschichten, aber nichts davon stimmt.«

Lena fühlte einen plötzlichen Groll gegen Herrn Weber. Er kam aus diesem Dorf und musste die Frau kennen. Warum machte er nicht den Mund auf und verteidigte sie gegen dieses hässliche Gerede?

Der Soldat legte Lena die Hand auf die Schulter. Es fühlte sich unerwartet warm und schützend an. »Warum gehen sie nicht? Wir wollen keinen Ärger.«

Lena räusperte sich und hob die Stimme. »Der Soldat sagt, Sie sollen alle nach Hause gehen. Jetzt sofort. Es war ein Missverständnis, aber niemand will Ärger.«

»Was ist mit Rainer?«, rief die ältere Frau. »Lassen sie den auch gehen? Ich kenne seine Mutter, und ich lasse nicht zu, dass ihr Ausländerpack den genauso … wie meine Söhne …« Sie brach ab.

Lena drehte sich zu den Soldaten und räusperte sich. »Sie möchte wissen, was mit diesem Mann passiert. Sie ist eine Freundin seiner Mutter und sagt, er hat nichts Böses getan.«

Der Soldat schien es auch nicht zu wissen und blickte zu seinem Kameraden. Der zuckte mit den Schultern und blickte zurück. »Wir sollten ihn gehen lassen, wenn wir ihn durchsucht haben«, sagte er fragend.

»Es könnte Ärger geben mit dem …« Der andere sprach weiter, doch es war zu schnell für Lena.

Sie fühlte sich überfordert. Ihr Herz klopfte so heftig, als sei sie selbst es, der man bis eben den Gewehrlauf vors Gesicht gehalten hätte. In ihrem Bauch verknäuelte sich die eben noch verspürte Furcht mit der wilden Freude darüber, ein weiteres Mal über die Angst gesiegt zu haben und am Leben zu sein. Für einen Augenblick reckte ihr wilderes Ich aus der Zeit der Flucht den Kopf aus dem Versteck und sah sich hungrig um.

Herr Weber kniete weiterhin auf dem Boden. Lena wollte die Hand ausstrecken und ihn emporziehen, ihm durch die

Haare fahren und fragen, ob alles in Ordnung sei, ihren Kopf an seine Schulter legen, bis sich ihr Herzklopfen beruhigte. Doch dafür war jetzt nicht der richtige Zeitpunkt.

In diesem Moment ging die Rathaustür auf, und ein schlanker Mann in der grünen Uniform der Briten kam nach draußen, gefolgt von zwei weiteren Soldaten. Der erste Mann trug eine Offizierskoppel über der Jacke und Abzeichen am Kragen, die größer und aufwendiger wirkten als die der einfachen Soldaten. Seine Mütze saß streng auf dem Kopf und verbarg die Haare, doch der Bartschatten auf dem Kinn und die breiten Augenbrauen verrieten, dass er dunkelhaarig war.

Lena konnte nicht anders, sie starrte ihn an. Die schmalen Augen des Offiziers verrieten nicht, was er fühlte, genauso wenig wie der leicht geschwungene Mund. Die Andeutung von Grübchen unter seinem Kinn und neben dem Mund verrieten Humor, die angedeuteten Fältchen neben seinen Augen zeugten von Intelligenz und Zynismus. Es erstaunte Lena, wie viel Gelassenheit er in so einem Moment ausstrahlte, aber es beruhigte sie auch.

Schau mich an, dachte sie. Schau mich an. Ich will sehen, was du wirklich fühlst.

Als ob er ihre Gedanken spürte, fiel sein Blick auf sie. Lena hob das Kinn und richtete sich auf. Ihre Nervosität verdoppelte sich, aber gleichzeitig war da noch etwas anderes. Ein Sehnen, das sich von ihrem Magen aus durch ihren Bauch zog. Er war auch nervös, begriff sie, aber es schien ihm wichtig, dass es niemandem auffiel. Vermutlich gehörte das dazu, wenn man ein Offizier war.

Die beiden britischen Soldaten erstatteten dem Offizier mit einem englischen Wortschwall Bericht, dem Lena nicht folgen konnte. Sie blieb neben Herrn Weber stehen und bekämpfte den Impuls, die Hände nach dem knienden Mann auszustrecken und ihn nach oben zu ziehen. Seine Schwäche machte sie verlegen, auch wenn sie sich für dieses Gefühl schämte. An seinen Krücken hatte sie sich nie gestört. Bis jetzt. Aber wie konnte er so würdelos auf dem Boden knien, wenn soeben ein Mann die Bühne betreten hatte, dessen dunkle Augen und körperliche Präsenz Lena dazu brachten, auch ihren Körper so überdeutlich zu spüren wie früher?

Lena dachte mit grimmiger Befriedigung, dass Gott ganz offenkundig ihre Gebete erhört hatte. Nur leider nicht die, in denen sie darum gebeten hatte, ihre Familie bald wiederzusehen, sondern stattdessen die um Aufregung und Abenteuer. Fast fühlte es sich an wie ein ironisches Augenzwinkern von ganz oben.

DAS DEUTSCHE FRÄULEIN

Als der Schuss knallte, vermutete Lieutenant Nigel Harris zunächst eine Fehlzündung eines Wagens. Die Kapitulation Deutschlands lag nicht mal einen Monat zurück, aber er hatte sich schon an den Frieden und die Unterwürfigkeit der Besiegten gewöhnt. Er dachte nicht mehr wie ein Mann, der sich im Krieg befand und jederzeit um sein Leben fürchten musste. Erst als Sergeant Myers hektisch in sein Arbeitszimmer stürmte, begriff er, dass etwas nicht stimmte. Mehr noch: Ihm wurde klar, dass er zu diesem Zeitpunkt der ranghöchste Offizier im Rathaus war und das Kommando innehatte.

»Bleib hinter mir«, forderte er seinen Burschen James auf, während er zur Tür eilte und den Zustand der Enfield überprüfte. Geladen und gesichert. Ein Glück. Der Frieden machte nachlässig.

»Bericht«, verlangte er von Myers, während sie zum Haupteingang eilten. Ein weiterer Soldat schloss sich ihnen an.

Myers Bericht klang widersprüchlich. Ein Mann hatte sich mit Krücken getarnt und als Invalide ausgegeben. Eine Truppe möglicherweise bewaffneter Zivilisten unterstützte ihn bei seinem Vorstoß. Niemand konnte sagen, was ihre Absichten waren und worauf der seltsame Angriff abzielte. Die Männer hatten sich im Innern des Rathauses verschanzt und warteten auf weitere Befehle.

»Wie ist die Situation?«, fragte Nigel den Mann, der mit entsichertem Gewehr neben einem der Fenster nach draußen kniete und über den Fensterrand spähte.

»Zivilistenmenge auf dem Platz. Ein Deutscher kniet, eine Frau steht neben ihm. Der Schuss war ein Warnschuss unserer Leute. Keine weiteren Angriffshandlungen.«

Nigel überlegte kurz. Wenn Dinge passierten, musste man auf sie reagieren. »Ich gehe raus«, entschied er.

James öffnete den Mund, als ob er widersprechen wollte, nickte dann aber.

Der Sergeant öffnete die Tür und folgte Nigel, als der nach draußen trat. James und der Soldat folgten ebenfalls. Die Sonne blendete. Für einen Moment kniff Nigel die Augen zusammen. Der Instinkt, der ihm im Feld mehr als einmal das Leben gerettet hatte, warnte vor keiner Gefahr, obwohl sich eine Menschenmenge vor dem Rathaus versammelt hatte und immer noch ein Hauch Schießpulverdunst in der Luft hing. Eine junge Frau stand mit blitzenden Augen vor der Treppe, neben ihr kniete ein Mann und wurde mit einer Waffe in Schach gehalten.

»Bericht«, forderte Nigel Private Murphy auf. Sein Blick wurde von dem der jungen Frau eingefangen. Sie schien sich nicht zu fürchten, was ihn beeindruckte.

»Situation unter Kontrolle, Sir«, erwiderte der Private.

»Einzelheiten, bitte.«

Nigel musste sich beim Zuhören zwingen, ernst zu bleiben. Die Vorstellung, wie der Mann mit den Krücken zum Rathauseingang gehumpelt war, um je nach Interpretation nach Medikamenten zu fragen oder eine Bombe zu legen, entbehrte nicht einer gewissen Komik.

Er horchte auf, als von der Frau die Rede war, die ihn immer noch anschaute.

»Sie spricht Englisch?«

»Man versteht zumindest, was sie sagen will. Ich weiß nicht, ob man es Englisch nennen sollte.«

Nigel blickte zu dem knienden Mann. Die Krücken lagen neben ihm. »Jemand soll ihm hochhelfen«, forderte er. »Wir haben sie besiegt. Das heißt nicht, dass wir sie demütigen müssen.« Er warf James einen Blick zu und wies mit dem Kinn auf den Kriegsversehrten.

James ging rasch die Treppenstufen hinab und streckte dem Mann die Hand entgegen. Während er ihm hoch half, musterte Nigel die Frau neben ihm. Sie sah jünger aus, als er erwartet hatte. In diesem Augenblick bückte sie sich, um die Krücken des Mannes aufzuheben und ihm zu reichen. Ob sie seine Schwester war? Aber warum sprach sie dann Englisch und er nicht? Nigel ging davon aus, dass in Deutschland wie in seiner Heimat Jungen tendenziell eine bessere Schulbildung erhielten als ihre Schwestern.

Die dunkelbraunen Zöpfe der jungen Frau fielen unter ihrem Kopftuch über die Schultern. Sie trug ein dunkelblaues Kleid über einer weißen Bluse, ein Wolltuch um die Schultern und braune, feste Schnürstiefel. Ihre Figur war schlank und zierlich wie die der meisten Deutschen nach Jahren der Kriegsrationierung.

Irgendetwas in ihrem schmalen jungen Gesicht weckte sein Interesse. Es war nicht die gerade Nase oder das ebenmäßig geformte Kinn, auch nicht der Mund mit den vollen Lippen. Es waren vor allem ihre dunklen Augen. Etwas darin weckte seine Neugierde. Es fühlte sich an wie der Wunsch, sie zu beschützen, obwohl sie seinen Schutz nicht nötig hatte, weil sie stark genug war, um andere zu schützen.

Sie sah noch sehr jung aus. Als sie Nigels Blick spürte, hob sie ihr Kinn und erwiderte ihn. Nigel wartete darauf, dass sie die Lider senkte, doch stattdessen lag in ihren Augen auf einmal ein Hauch von Spott. Es fühlte sich an, als lache sie innerlich darüber, dass Nigel mit seiner Waffe und inmitten seiner Männer Blickduell mit ihr spielte, obwohl sie so klar in der schwächeren Position war.

»Kommen Sie her«, rief Nigel ihr auf Englisch zu.

Sie stieg die Treppenstufen empor.

»Sie sprechen Englisch, Miss?«, fragte er.

»Das tue ich, Sir.«

»Wie ist Ihr Name?«

»Ich bin Lena Buth. Ich komme aus Greifenberg in Pommern.« Ihre Worte klangen einstudiert, wie etwas, was ein Lehrer im Unterricht immer wieder mit den Schülern wiederholt hatte.

»Können Sie mir erklären, was hier vorgefallen ist, Miss Buth?«

Nigel hörte zu, wie sie in stockendem Englisch den Vorfall erklärte. Der Mann mit den Krücken, der inzwischen aufgestanden war und sich zu den anderen Menschen gestellt hatte, war der örtliche Apotheker. Er benötigte offenbar Penicillin für einen Kranken und hatte versucht, etwas von den Briten zu bekommen.

»Das ist völlig unmöglich«, erklärte Nigel der jungen Frau kategorisch. »Militäreigentum darf nicht an Zivilisten weitergegeben werden. Darauf steht eine Strafe. Tut mir leid.«

Miss Buth nickte. Enttäuschung huschte über ihr hübsches Gesicht. Nigel ertappte sich bei dem Gedanken, dass er eine Medikamentendosis abzweigen und sie damit zum Lächeln bringen könnte. Das war natürlich unmöglich, aber der Gedanke verwunderte ihn trotzdem. Empfand er am Ende doch so etwas wie Mitleid mit den Deutschen, trotz all seiner Entschlossenheit, professionell und distanziert zu bleiben?

»Können Sie den Menschen sagen, dass sie wieder nach Hause gehen sollen?«, fragte er.

Miss Buth schluckte sichtbar, nickte dann aber. »Was genau soll ich sagen?«

»Erklären Sie, dass alles ein Missverständnis war. Die Leute sollen zurück nach Hause gehen. Niemand wird bestraft. Aber jetzt müssen sie gehen.«

Nigel beobachtete Miss Buth, als sie sich von der Treppenstufe aus an die Menschen des Ortes wandte. Ihre Stimme klang noch härter und rauer als beim Englischsprechen. Zunächst klang sie schrill, als sie versuchte, laut genug für all die Menschen auf dem Platz zu sprechen. Doch dann faltete sie die Hände vor dem Bauch, hielt einen Moment inne, und im Anschluss klang ihre Stimme völlig anders. Tiefer, voluminöser, tragfähiger. Es war, als würde sie sich von einem Schulmädchen in eine erwachsene Frau verwandeln, die Macht ausstrahlte.

Die Menschen auf dem Platz beruhigten sich tatsächlich. Die ersten machten Anstalten, sich fortzubewegen. Nigel blieb stehen und musterte sie. Man durfte von Zivilisten nicht erwarten, dass sie Anweisungen im gleichen Tempo befolgten wie geschultes Militärpersonal. Der Apotheker mit den Krücken blieb nach wenigen Schritten zögernd stehen und warf einen Blick zurück. Sein Blick suchte nicht Nigel, sondern die junge Frau neben ihm.

»Wenn das alles ist«, sagte sie zögernd und sah von dem Mann zurück zu Nigel. Jetzt war sie wieder ein schüchternes Mädchen, das zwischen lauter fremden Männern stand und es zu spät realisierte. »Dann gehe ich jetzt auch. Ich sollte einkaufen.«

Nigel wollte nicht, dass sie ging. »Können Sie Auto fahren, Miss Buth?«

Sie starrte ihn überrascht an. »Natürlich nicht, Sir! Wo hätte ich es lernen sollen?«

»In England ist das normal«, übertrieb er. »Weibliche Militärangehörige fahren die Offiziere von Ort zu Ort, damit sich die Männer auf wichtigere Aufgaben konzentrieren können.«

»In Deutschland sind nur Männer beim Militär erlaubt.« Miss Buth räusperte sich. »Oder sie waren es. Jetzt ist ja alles anders, Sir.«

Nigel wusste, dass er für seine Arbeit einen Dolmetscher brauchte. Bisher hatte sich niemand für diese Aufgabe beworben. Entweder weil niemand für die Briten arbeiten wollte, oder weil hier tatsächlich niemand die Sprache verstand. Es sollte das Selbstverständlichste der Welt sein, Miss Buth zu fragen, ob sie für die Armee dolmetschen wollte. Sein Dienst erforderte es.

Doch im Angesicht ihrer intelligenten dunklen Augen fühlte er sich wie ein Junge, der es nicht wagte, ein Mädchen für den Tanzstundenball aufzufordern.

»Dann kennen Sie sich vermutlich auch nicht mit Autos aus?«

»Zu Hause in Pommern habe ich einige gesehen, Sir. Die Jungen an meiner Schule haben sich sehr dafür interessiert, also habe ich ein paar Dinge aufgeschnappt.«

Koedukation? Wenn Mädchen gemeinsam mit Jungen in die Schule gehen durften, konnte das deutsche Schulsystem nicht so rückständig sein, wie er bisher vermutet hatte. In seiner Vorstellung war Deutschland ein durchmilitarisiertes Land, in dem alle Jungs darauf brannten, für ihren Führer in den Krieg zu ziehen, während die Mädchen vor allem darauf vorbereitet wurden, Mutter zu werden und mit dem Verdienstkreuz für möglichst viel Nachwuchs ausgezeichnet zu werden. Vielleicht musste er einige Vorstellungen revidieren. Wie sollte er die Frage stellen?

Nigel räusperte sich. Sachlich und fair bleiben, erinnerte er sich. Er repräsentierte das Commonwealth. An seinem Vorschlag war nichts Unehrenhaftes.

»Wenn Sie aus Pommern kommen, sind Sie vermutlich als Flüchtling hier gelandet. Haben Sie schon eine Arbeit gefunden, Miss Buth?«

»Ich helfe in der Familie, in der ich untergekommen bin, mit Kindern und Haushalt.« Sie sah ihn zurückhaltend an.

»Haben Sie Lust, Ihre Kenntnisse über Autos zu verbessern?«

»Sollte ich, Sir?« Das freche Aufblitzen in ihren Augen gefiel ihm.

»Wenn Sie möchten, habe ich einen Job für Sie.«

Plötzlich wirkte sie zurückhaltend. »Was für einen Job?«

Er erklärte es ihr. Sie würde mit ihm und den zugeteilten Soldaten durch Nordfriesland fahren und im Grunde das Gleiche tun wie eben auf dem Platz: übersetzen, vermitteln und mithelfen, damit es nicht zu Missverständnissen kam. Natürlich würde sie zwischendurch auch im Büro arbeiten und sich als Übersetzerin um Verwaltungsdinge kümmern, aber am wichtigsten war die Begleitung auf den Requirierungsfahrten.

Miss Buth lachte fröhlich. Für eine Sekunde blitzten Schalk und Vergnügen in ihren Augen auf, dann kehrte der ernsthafte Ausdruck zurück. »Das klingt wie ein aufregendes Abenteuer und gleichzeitig anständige Arbeit. Bisher wusste ich nicht, dass diese Kombination existiert. Wo muss ich unterschreiben, Sir?«

Er hatte sie richtig eingeschätzt. »Kommen Sie mit in mein Büro, dort klären wir die Einzelheiten.«

Während er mit ihr und James zurück ins Gebäude ging, warf er aus den Augenwinkeln einen Blick auf sie.

Er sah eine kluge junge Frau, die seine Neugierde weckte.

Heimlich, ganz heimlich, freute er sich darauf, sie in den kommenden Tagen und Wochen besser kennenzulernen.

DIE MACHT DES FUSSBALLS

Rainer klopfte sich den Staub von der Hose. Er fühlte sich ungeschickt und tollpatschig, während die Blicke all der Menschen auf ihm ruhten. Versager, sagten die Blicke der anderen. Nutzloser Volksschmarotzer. Zumindest erschien es ihm so. In Wahrheit, gestand er sich ein, starrten die Menschen vermutlich, weil sie herausfinden wollten, was geschehen war. Wahrscheinlich würde er später das Gesprächsthema Nummer eins sein. Wer nicht persönlich beobachtet hatte, wie die Wachsoldaten ihn zu Boden brachten, würde es sich erzählen lassen. Falls die Wahrheit nicht ausreichte, um die Erzählung spannend zu gestalten, würde die Geschichte bei jedem Weitergeben an zusätzlicher Farbe gewinnen.

Rainer wusste, dass es sich dabei nicht um persönliche Bosheit oder Verachtung handelte. Klatsch und Tratsch waren nichts weiter als eine Währung, und auch wenn Rainer gern darübergestanden hätte, handelte er selbst oft genug damit.

Deswegen richtete er sich auf und grinste. »Beim nächsten Mal bin ich in der Überzahl«, sagte er zu niemand Bestimmtem. Etwas Besseres fiel ihm in diesem Augenblick nicht ein.

Zwei junge Frauen neben ihm lachten zurückhaltend. Es waren die Schwestern von zwei seiner alten Schulkameraden, die als vermisst galten. Als sie Rainers Blick bemerkten, ver-

147

stummten sie. Hatten sie über ihn gelacht? Oder lag Mitleid in ihrem Blick?

»Nimm's dir nicht zu Herzen«, sagte Pauline. »Was soll man von Leuten erwarten, die sich aufspielen wie der liebe Gott und unsereins behandeln wie Untermenschen?«

»Genau«, sagte die andere. »Sie hätten dich nicht so behandeln dürfen, Rainer. Vor allem, weil du doch …« Sie verstummte, doch ihr Blick auf die Krücken sagte alles.

»Gibt Schlimmeres«, sagte er rau. Nur keine Schwäche zeigen.

»Aber dieses Fräulein … Dieser Flüchtling. Hast du gesehen, was für schöne Augen sie dem Soldaten gemacht hat?«

»Ja«, stimmte die andere ein. »Und dann ist sie auch noch mit ihm ins Gebäude gegangen … Was sie da wohl treiben?« Die beiden kicherten.

»Interessiert mich nicht«, sagte er kurz angebunden. »Ich muss zurück zur Apotheke.«

»Bereite schon mal einen Froschtest vor. Für das Fräulein Flüchtling, das die Nase so hoch in die Luft streckt. Bestimmt braucht sie den bald.« Pauline grinste zweideutig.

Er räusperte sich. Der Kloß in seinem Hals wollte nicht verschwinden. »Woher weißt denn du vom Froschtest, Pauline?«

»Na, von der Gisela.« Die beiden kicherten. »Bring sie bloß nicht in Schwierigkeiten, hörst du?«

Rainer spürte die körperliche Nähe der zwei Frauen. Beide hielten sich dichter an ihm, als sie für das Gespräch müssten. Pauline streifte sogar seinen Arm, als sie eine Bewegung machte.

Rainer begriff plötzlich, dass er für Pauline und ihre Freundin nicht der bemitleidenswerte Krüppel war, der in einer Auseinandersetzung mit den Siegermächten den Kürzeren gezogen hatte. Stattdessen war er ein Mann aus ihrem Heimatort, der beinah so alt wie sie war und den unwiderlegbaren Vorzug besaß, weder vermisst noch gefallen oder in Gefangenschaft zu sein. Das ließ für die Frauen vermutlich selbst einen wie ihn als eine mögliche Option erscheinen. Lagen in Paulines Blick und ihren Worten nicht tatsächlich eine verstohlene Bereitschaft, sich an Giselas Stelle von ihm *in Schwierigkeiten* bringen oder zumindest küssen zu lassen?

Er richtete sich auf, umfasste die Gehhilfen fester und machte einen Schritt nach hinten. »Bis zur Hochzeit ist Giselas Unschuld vor mir in Sicherheit, keine Bange, Pauline. Aber ich werde ihr ausrichten, dass du dich um sie sorgst. Das weiß sie bestimmt zu schätzen.«

Pauline wurde rot. Sie öffnete den Mund und schloss ihn wieder, als wisse sie nicht, was sie antworten solle.

Die Freundin lachte auf. »Auweia. Jetzt hat er es dir aber gegeben, Pauline.« Sie warf Rainer einen Blick zu, der schüchterner war, aber ebenfalls Interesse ausdrückte.

Plötzlich schien die Niederlage vor dem Rathaus weniger schlimm. Rainer war Pauline fast dankbar dafür, dass sie ihn an die Verlobung mit Gisela erinnert hatte. Es konnte ihm egal sein, was für Blicke das Flüchtlingsfräulein einem fremden Soldaten zuwarf. Sie brauchte ihn nicht zu interessieren. Und natürlich interessierte sie ihn auch nicht.

Er ignorierte das dumpfe Gefühl in seinem Bauch und verabschiedete sich von Pauline und ihrer Freundin. Sein linker Schuh saß etwas zu locker. Wenn er nicht immer noch das Gefühl gehabt hätte, alle würden ihn anschauen, hätte er die Schleife neu gebunden. Aber für das Stück Weg bis zur Apotheke oder zumindest zu einem ruhigeren Ort sollte sie noch halten.

Er machte sich auf den Weg zur Apotheke.

Frauen. Sie brachten nichts als Ärger. Ein Mann sollte sich von ihnen fernhalten, wenn ihm etwas an seinem gesunden Verstand lag. Aber er konnte einfach nicht vergessen, wie sehr Lenas Augen beim Anblick des Offiziers aufgeleuchtet hatten.

Für eine Sekunde stieg eine Idee in ihm auf. Was wäre, wenn es ihm trotzdem gelang, an eine oder zwei Dosen Penicillin zu gelangen? Auf der Rückseite des Rathauses befand sich eine mannshohe Mauer, die den Innenhof von der Umgebung abschirmte. Dort führte ebenfalls eine Tür ins Gebäude, die wegen der Mauer bestimmt nicht bewacht wurde. Vor allem nicht in der Nacht. Paulines Vater hatte früher im Rathaus gearbeitet und hatte vielleicht noch einen Schlüssel dafür.

Rainer ließ die Idee davontreiben, ohne sie weiter auszuformulieren. Wahrscheinlich funktionierte es ohnehin nicht.

Unterwegs blieb er an einer Wiese zwischen zwei Häusern stehen. Dort spielten die älteren Jungen des Dorfes Fußball. Drei gegen drei. Sie schossen sich den Ball gegenseitig zu und wirkten konzentriert und ernsthaft. Auf beiden Seiten der Wiese markierten Holzstücke die Tore.

Rainer stellte mit einem Hauch von Stolz fest, dass sein Schützling Martin mitspielte. Offenbar war es ihm als Fremdem gelungen, die Dreizehn- bis Fünfzehnjährigen davon zu überzeugen, dass er mit ihnen mithalten konnte. Vermutlich hätten sie ihn nicht mitspielen lassen, wenn sie vollzählig gewesen wären, trotzdem stach der kleine und dünne Junge zwischen den anderen hervor. Er machte seine geringe Körpergröße mit Körpereinsatz, unermüdlichem Laufen und Tänzeln wett. Sein roter Kopf zeigte, wie sehr er sich anstrengte.

Rainer korrigierte den Griff um die Krücken, um sich bequemer abzustützen. Die Jungs spielten gut, anders konnte man das nicht sagen. Man sah ihnen an, dass sie alle schon seit Jahren in jeder freien Minute miteinander trainierten.

Die Pässe erreichten fast immer ihr Ziel, und wie immer bei so kleinen Mannschaften übernahm der fliegende Torwart auch Aufgaben in der Verteidigung und drang manchmal sogar in das nur wenige Meter davor liegende Mittelfeld. Von Zeit zu Zeit nickte Rainer anerkennend, mischte sich ansonsten aber nicht in das Spiel ein.

Der kaum spürbare Wind duftete nach Frühling. Es war eine Mischung aus Vieh, Meersalz und wild wachsenden Blumen von den Wegrändern. Irgendwo zwitscherte ein Vogel.

Was auch immer auf der Welt Schlimmes passierte, Jungen würden weiter Fußball spielen, dachte Rainer. Sie brauchten nicht mal einen schönen Lederball dafür. Der Lumpenball, mit dem sie kickten, verlor regelmäßig seine Form und wurde dann vom Anführer der Jungs mit den Schuhspitzen zurechtgestaucht, bis es weiterging.

Ein kleiner Steppke von vielleicht vier Jahren rannte am Spielfeldrand hin und her und krähte vor Begeisterung, wann immer ein Spieler in die Nähe des Tors kam. Rainer vermutete, dass es der kleine Bruder eines Spielers war, dem man die Verantwortung für das Kind aufgedrückt hatte. Immer, wenn der Kurze vor lauter Begeisterung auf das Spielfeld rannte und mitspielen wollte, rief ein anderer ihm zu, dass er am Rand bleiben musste.

Schließlich hatte der Anführer der Jungs ein Einsehen. Er rief »Elfmeter«, obwohl es kein Foul gegeben hatte.

Die anderen schauten ihn verwirrt an.

»Der Lütte soll schießen«, erklärte er. »Damit er lernt, wie es geht. Und dann bleibst du wieder am Rand und störst uns nicht. Kapiert, Kleiner?«

Der Junge leuchtete voll Stolz über diese unerwartete Ehre. Er rannte in die Mitte des Spielfeldes und stellte sich vor dem formlosen Lumpenball auf. Noch einmal warf er dem Anführer einen Blick zu. »Soll ich wirklich?«

»Mach schon«, rief ein anderer Junge, vermutlich sein großer Bruder.

Der Kleine strahlte so voller Stolz und Lebensfreude, dass auch Rainer am Spielfeldrand lächeln musste. Dann nahm er Anlauf und trat gegen den Ball. Der rollte etwa einen Meter und blieb liegen.

»Noch mal«, sagte der Anführer. »Los, schieß! Der Ball muss ins Tor.«

Beim dritten Versuch gelang es dem Kleinen, den Ball immerhin aus drei Meter Entfernung ins Tor zu bolzen. Er jubelte. »Habt ihr das gesehen? Wir haben gewonnen!«

Der Anführer nickte. »Dein Elfmeter hat das Spiel gerettet. Gut gemacht. Jetzt hol uns den Ball und geh wieder an den Rand.«

»Mein Elfmeter.« Der Kleine rannte los, brachte den Ball zurück zu den Großen und suchte sich erneut einen Platz am Rand der Wiese. Auf seinem Gesicht stritten Überwältigung, Stolz und Unglauben um die Vorherrschaft. Für einen Moment blickte er zu Rainer, als ob er überlegte, ihm von seinem Erlebnis zu erzählen. Doch er blieb stehen und starrte versonnen auf das Spielfeld.

Nach der Elfmeter-Unterbrechung nahm das Spiel der Jungen Fahrt auf. Es war, als ob ihnen bewusst wurde, dass sie mit Rainer einen Zuschauer hatten, der ihre Leistung zu schätzen wusste. Sie warfen sich mit ganzem Körpereinsatz dem Ball entgegen, lieferten sich dramatische Duelle und köpften den Ball.

Rainer konnte nicht anders, als zu lächeln. Es kam ihm vor, als ob er gestern selbst noch einer der Jungen gewesen wäre. Doch seit der Rückkehr aus dem Krieg trennte ihn eine unsichtbare Grenze von ihnen. Er hatte genauso wenig wie der kleine Junge das Recht, sich zu ihnen auf den Platz zu gesellen und mitzukicken. Diese Grenze hatte nichts mit seinen Krücken zu tun. Irgendwann in den vergangenen Jahren war er zum Erwachsenen geworden. Dieser Platz gehörte den Jungen.

Plötzlich rannte Martin auf ihn zu. Er dribbelte mit hochrotem Kopf in Richtung Tor, doch zwei deutlich größere Jungs nahmen ihn in die Zange. Niemand stand frei.

»Schieß!«, rief Martin und passte den Ball zu Rainer. »Aufs Tor!«

Reflexe übernahmen die Kontrolle, von denen Rainer nicht wusste, dass er sie noch besaß. Er stemmte die Krücken für einen festen Stand in den Boden, hob den Fuß und hämmerte den Ball in Richtung des Tors. Dabei drehte er den Fuß auf diese ganz bestimmte Weise, mit der man den Ball seitlich anschneiden musste, damit er in der Luft Effet entwickelte und für den Torwart schwerer zu fassen war. Und tatsächlich flog der Ball in genau dem Bogen, den Rainer geplant hatte, und sauste direkt neben der ausgestreckten Hand des Torhüters über die imaginäre Linie.

Etwas anderes flog ebenfalls. Der Schuh, dessen Schnürung sich schon auf dem Platz vor dem Rathaus gelöst hatte, flog mitsamt der Polsterung für die fehlenden Zehen über den Rasen. Rainers halber Fuß, in dem speziell dafür gestrickten Socken von seiner Mutter, war verschwitzt und schutzlos den Blicken preisgegeben.

Einer von den Jungs lachte auf. Der Anführer warf ihm einen

Blick zu, und er verstummte sofort. Alle wirkten betreten. Niemand schaute direkt auf den Fuß, aber in den Seitenblicken und den verlegen gesenkten Köpfen war er unübersehbar präsent.

In der ersten Sekunde wollte Rainer laut fluchen. Reichte es für einen Tag nicht mit den Demütigungen? Musste ihm selbst hier am Fußballplatz unter die Nase gerieben werden, dass er nicht mehr der Mann war, der er einmal gewesen war?

Erneut strich die Windbrise über den Platz. Sie kühlte Rainers Fuß in dem verschwitzten Strumpf. Auf einmal konnte er nicht mehr verstecken, was mit ihm geschehen war. Er schluckte. Die Sonne stürzte nicht vom Himmel, und die Erde tat sich nicht auf, um ihn und seine Schmach zu verschlingen.

»Ich merk schon, ihr guckt auf meinen Fuß«, sagte er schließlich zu den Jungs. »Schön sieht er nicht aus, das weiß ich. Aber glaubt mir ... Der Sepp Herberger würde mich auch nicht aufstellen, wenn ich einen ganzen Fuß hätte.«

Martin lachte auf. Als die anderen sahen, dass Rainers Mundwinkel zuckten, lachten sie ebenfalls, verstummten jedoch schnell wieder. Rainer behielt sein Lachen im Bauch. Es wärmte ihn.

Der Anführer hob Rainers Schuh persönlich von der Wiese auf und brachte ihn zurück. Er nahm Rainer die Krücken ab und stemmte sie fest in den Boden, damit Rainer sich daran festhalten konnte, während er den Schuh wieder anzog.

»Danke, dass Sie für die Heimat im Krieg waren«, sagte der Junge, als er Rainer die Krücken zurückgab. Seine Stimme war rau und noch etwas brüchig, auch wenn er den Stimmbruch schon hinter sich hatte.

Rainer wollte widersprechen. Es war keine Kampfverletzung, die seinen Fuß zerstört hatte, sondern die russische Kälte.

Die Helden waren andere, die an vorderster Front gekämpft hatten und viel zu oft auch gefallen waren. Verglichen mit jenen war er ein Hochstapler, und das Wissen darum quälte ihn Tag und Nacht.

In den Augen des Jungen lag jedoch etwas, was Rainer verstummen ließ. Er sah die Angst des Jungen vor den Grauen des Krieges, die unaussprechlich waren und über die ständige Angst vor Luftangriffen in der Heimat hinausgingen. Der Junge wusste, dass auch er für das Schicksal bestimmt gewesen war, zu dem man Männer seit Menschengedenken verurteilte: Er musste diejenigen beschützen, die zu wertvoll waren, um sie auf dem Altar der Kameradschaft zu opfern. Mädchen und Frauen. Kinder. Eltern. Von allen menschlichen Wesen waren junge Männer diejenigen, deren Leben man am bereitwilligsten fortwarf.

Aus diesem Jungen würde bald ein junger Mann werden. Einer, der im Gegensatz zu Rainer nicht mit einem Viehwaggon nach Russland transportiert würde, wo sein Leben, seine Träume und auch sein unversehrter Körper nichts mehr wert waren. Stattdessen durfte der Junge Fußball spielen und kleinen Kindern dabei verhelfen, mit einem Elfmeter zum Helden des Tages zu werden.

Zum ersten Mal begriff Rainer, dass er nicht der Einzige auf der Welt war, der sich schämte, weil er vom Schlimmsten verschont geblieben war. Er erwiderte den Blick des Jungen. Sie nickten sich wortlos zu.

Danach ging das Spiel weiter. Es war ein ganz normales Fußballspiel auf dem Dorfplatz, wie es hundertmal stattgefunden hatte und das vermutlich auch tun würde, bis die Welt unterging. Das Einzige, was wirklich störte, war, dass der Lumpenball ständig seine Form verlor und zurechtgetreten werden musste, damit er wieder halbwegs rund aussah. Ein richtiger Lederball wäre besser gewesen.

Rainer umfasste die Krücken fester und machte sich auf den Weg in die Apotheke. Erst jetzt merkte er, dass sein Fußstumpf von dem harten Schuss quer über das Spielfeld schmerzte.

Es gab viel, über das er nachdenken musste.

SONNTAGSTEE

Seit Lena den Arbeitsvertrag von den Briten ausgehändigt bekommen hatte, fühlte sie abwechselnd Nervosität und Stolz. Eine richtige Arbeitsstelle, nicht nur Hilfe im Haushalt, beim Kinderhüten oder Stricken! Trotzdem hatte sie den ersten Impuls unterdrückt und nicht direkt im Büro unterschrieben. Sie durfte den Vertrag mitnehmen und in Ruhe lesen. Das war eine erste Prüfung für ihr Englisch, dachte sie heimlich. Lena hatte festgestellt, dass sie nur die Hälfte der Vokabeln darauf verstand. Den Rest musste sie sich herleiten. Vielleicht würde ihr Englisch am Ende nicht ausreichen. Was um alles in der Welt hatte sie sich da zugetraut?

Lieutenant Harris. Der Offizier mit den dunklen Augen hatte sich ihr gegenüber streng und korrekt verhalten. Trotzdem kribbelten Frühlingsgefühle in Lenas Bauch, wenn sie an ihn dachte. Seine Augen waren so dunkel und klug. Wenn er einen Raum betrat, füllte er ihn mit seiner Präsenz, obwohl er auf den ersten Blick sanft und zurückhaltend wirkte.

Sie wünschte, sie besäße ein englisches Wörterbuch und könnte in jeder freien Sekunde Vokabeln pauken. In Gedanken ging sie die unregelmäßigen Verbformen durch, an die sie sich noch aus der Schulzeit erinnerte, und las den Vertrag wieder und wieder, um durch den Kontext die Bedeutung der fremden Wörter zu erschließen. Außerdem suchte sie in ihrer

Erinnerung nach Begriffen, mit denen man Autoteile erklären konnte. Warum nur hatte Herr Sievert ihnen etwas so Wichtiges nicht beigebracht?

»Du träumst ja mit offenen Augen!« Margot stupste sie in die Seite. »Soll ich die Äpfel für dich auf dem Teig verteilen?«

»Heute ist auch ein Wetter zum Träumen.« Die Pfarrfrau wirkte ungewöhnlich friedlich und gut gelaunt. »Los, Mädchen, beeilt euch. Wir müssen den Sonntagskuchen fertig haben, bevor es in die Kirche geht. Lena, du lächelst wirklich, als ob du verliebt wärst. Was ist los mit dir?«

»Gar nichts.« Lena lächelte Frau Petersen an und behielt ihr Geheimnis für sich. »Wie Sie sagen … Es ist das schöne Wetter.«

Bisher hatte sie noch niemandem etwas von dem Vertrag erzählt. Natürlich wussten alle, dass man sie ins Rathaus geholt hatte, doch sie war allen entsprechenden Fragen ausgewichen. Sie war sich nicht sicher, wie ihre Gastgeberin darauf reagieren würde, dass Lena bei den Briten arbeiten wollte. Früher oder später musste sie den Mut dafür aufbringen.

»Dann rühr die Streusel zusammen.«

»Sehr gern, Frau Petersen. Was für ein Glück, dass es wieder etwas Butter und Zucker gibt!«

»Das stimmt allerdings.« Die Frau lächelte. »Aber freu dich nicht zu früh. Ich habe gehört, dass es zum Herbst wieder knapper werden soll.«

»Umso dankbarer sollten wir für das sein, was uns gegeben wurde. Herr Jesus passt auf uns auf.«

Die Pfarrfrau lächelte melancholisch. »Lass dir deinen unschuldigen Kinderglauben nie nehmen, Lena. Er ist etwas Wunderschönes. Halt daran fest, hörst du?«

»Das werde ich.« Sie wusste nicht recht, was sie mit den Worten anfangen sollte.

»Und jetzt rühr weiter.«

Lena wusste, dass sie froh sein musste, mit Margot in so ein gutes Zuhause gekommen zu sein. Andere Flüchtlinge lebten in Lagern und Baracken, man hörte es immer wieder, und angeblich gab es schon Pläne für eine Baracke am Rand von Niebüll.

Lena schwieg und rührte Mehl und Zucker in die weiche Butter für die Streusel. Sie hatte genug zu essen. Auch bei Regen durfte sie im Trockenen schlafen. Niemand verlangte von ihr, dass sie als Arbeitsmaid viele Kilometer durch den Schnee zum Arbeitsdienst lief und vorher eine halbe Stunde in der Dunkelheit zum Fahnenappell strammstand.

Sie wusste, dass sie dankbar für so viel Glück sein sollte. Nicht zuletzt, weil sie eine Arbeitsstelle in Aussicht hatte. Trotzdem war sie nervös.

Nach der Kirche mit der Predigt eines alten Pastors aus dem Nachbarort gab es wieder Kräutertee und Kuchen im Pfarrhaus, sowohl für den Gastprediger als auch die Pfarrfamilie. Lena half, das gute Porzellan auf dem Wohnzimmertisch zu verteilen, und warf aus den Augenwinkeln immer wieder einen Blick zu Rainer. Heute wirkte er so attraktiv wie eh und je.

Als er unvermittelt in Lenas Richtung blickte und lächelte, schoss Hitze in ihr Gesicht. Sie sah hastig auf den Boden und eilte erneut zur Küche, bis alles auf dem Stubentisch stand. Dann setzte sie sich neben Margot ans untere Ende des Tisches und faltete die Hände für das kurze Tischgebet. Als die Tafel eröffnet wurde, nahm sie einen winzigen Bissen von dem kleinen Kuchenstück, das man ihr zugeteilt hatte. Wie gut das schmeckte nach all den Wochen und Monaten der Not!

Als sich das Gespräch der allgegenwärtigen Flüchtlingssituation zuwandte, wurde Lena hellwach und tauschte einen Blick mit Margot. Sie waren ein Teil der Fremden, um die es hier ging. Kopf senken und bloß nicht auffallen!

»Ab Dienstag soll ich noch zwei Familien aus Ostpreußen aufnehmen«, sagte Frau Petersen missbilligend.

Ihre Schwester Frau Baumgärtner, die Mutter von Hans, Wilhelm und der kleinen Ilse, seufzte tief. »Herrje, wie sollst du das bloß schaffen, Ruth? Jeder weiß doch, dass diese Flüchtlinge ...« Ein Blick ihrer Mutter und eine Kinnbewegung in Richtung Lena und Margot ließ sie verstummen, doch man ahnte, wie der Satz weitergegangen wäre. »Ich meine ja nur ... Wie soll das gehen? Du hast doch nur noch ein Zimmer im Haus, in dem man Menschen unterbringen kann.«

Die Pfarrfrau warf ihr einen schwesterlichen Blick zu. »Warte nur ab ... du kommst auch noch dran. Ich habe gehört, dass Millionen Menschen auf der Flucht sind. Die werden alle irgendwo untergebracht. Wir müssen bald alle melden, wie viele Räume wir haben und wie viele Personen darin leben. Dann kriegen wir weitere zugeteilt.«

»Also völlig fremde Menschen?« Frau Baumgärtner warf Lena und Margot einen kritischen Blick zu. »Eins von euch Mädchen krieg ich in unserer Kammer untergebracht. Aber das Bett ist winzig. Es kann wirklich nur eine sein. Dann hätte ich auch jemanden im Haus. Ich nehme lieber ein anständiges Mädchen wie Margot, die mit den Kindern hilft, als jemand völlig Fremdes.«

Ein Knoten bildete sich in Lenas Bauch. Sie wollte nicht, dass man Margot und sie voneinander trennte. Was würde aus ihrer Schwester werden, wenn Lena nicht länger auf sie aufpasste? Doch Frau Petersen schien der Vorschlag zu gefallen. »Das löst auch mein Problem, dann könnte ich das Dachzimmer einer anderen Familie geben. Lena, dich packen wir auf die Eckbank in der Küche.«

Wie Aschenputtel! Doch Lena zwang sich zu einem Lächeln. Die würden es nicht wagen, Margot und sie auseinanderzureißen.

»Was sagt ihr eigentlich zu den Plakaten an den Litfaßsäulen?«, fragte Rainer.

Es wurde still.

Lena wusste, welche Plakate er meinte. Es war ein Foto, das Personen zeigte, die mehr Skelette als Menschen waren. Eine Bekanntmachung wies darauf hin, dass alle Bewohner Niebülls verpflichtet waren, in Kürze eine der Filmvorführungen der Alliierten über die Befreiung des Konzentrationslagers Auschwitz anzuschauen.

»Es ist Lügenpropaganda«, sagte Frau Baumgärtner. »Wehrkraftzersetzung haben wir so was genannt, als man noch frei reden durfte.«

»Wer sollte sich so etwas ausdenken?«, fragte Rainer. »Ich meine, ich habe ja viel Fantasie … aber Lager für industriellen Massenmord?«

Seine Mutter warf ihm einen bösen Blick zu. »Fängst du jetzt auch noch hier damit an, das Tischgespräch zu vergiften?«

»Natürlich mussten die Leute dort arbeiten. Deswegen hat man sie ja hingeschickt«, sagte Frau Baumgärtner. »Natürlich gab es da Hunger und Erschöpfung. Wir mussten alle Opfer bringen. Sollte man die Kommunisten besser verpflegen als uns?«

Rainer schnaubte. »Aha.«

»Es ist Propaganda und Wehrkraftzersetzung«, wiederholte Frau Baumgärtner. »Ihr müsst doch sehen, dass es nicht stimmen kann. Ein riesiger Gasofen, und in den sollen die Menschen freiwillig reingegangen sein?«

»Kann ja sein, dass man sie gezwungen hat«, sagte Rainer kühl. »Woher kommen sonst die Fotos von den Leichenbergen?«

»Vielleicht hatten sie Tuberkulose.« Frau Baumgärtner schnaubte abfällig. Lenas Bauch verkrampfte sich beim Gedanken daran, dass Margot künftig bei dieser Frau leben sollte.

»Wahrscheinlich sind es Fotos aus russischen Gefangenenlagern«, sagte Frau Petersen beklommen. »Stellt euch das nur vor … Deutsche Kriegsgefangene, die man so behandelt hat! Und wir werden nie erfahren, wen es getroffen hat, weil niemand die furchtbare Sprache des Iwan versteht …«

»Schluss jetzt«, befahl die alte Frau Weber. »Das ist kein Thema für einen Sonntagnachmittag. Lena, mir ist zu Ohren gekommen, du kannst Englisch sprechen. Eine nützliche Fähigkeit, warum hast du davon noch nie erzählt? Hast du es in Pommern in der Schule gelernt?«

Lena schloss kurz die Augen. Ein gelungener Themenwechsel, sicher, aber jetzt richtete sich die allgemeine Aufmerksamkeit auf sie. »Bei uns am Gymnasium wurde es unterrichtet, ja.« Sie schielte zu Rainer, der bei diesem Thema blass geworden war.

»Wie ungewöhnlich.« Frau Weber lächelte. »Kannst du mir etwas Englisches beibringen, Lena? Damit ich mich nicht blamiere, wenn ich einem Soldaten auf der Straße begegne?«

Lenas Gesicht wurde warm. »*Good morning* heißt *guten Morgen*. Das kann man sich leicht merken, finde ich.«

»Das stimmt. Es ähnelt dem Platt. Und was heißt *Danke* und *Bitte?*«

»*Thank you* und *Please*.«

Frau Weber versuchte, die Worte nachzusprechen, und lachte vergnügt, als es ihr misslang. Lena wiederholte die Worte und übertrieb das *th*. Sie wusste, dass Frau Weber Wert darauf legte, dass sonntags nicht gestritten wurde. Rainer versuchte es schließlich ebenfalls und brachte seine Schwestern, Nichten und Neffen damit zum Lachen. Die vorher so angespannte Stimmung beruhigte sich wieder.

»Du solltest Dolmetscherin werden, Lena«, sagte Frau Weber schließlich und wischte sich über die Stirn. »Wie intelligent das bei dir klingt, Mädchen!«

Lena senkte bescheiden den Blick, doch dann hob sie ihn wieder. »Die Briten haben mir tatsächlich einen Job als Übersetzerin angeboten.«

Schlagartig richteten sich alle Augen am Tisch auf sie.

»Keine gute Idee«, befand Frau Baumgärtner sofort. »Bei all den Männern könnte sonst was passieren. Außerdem reden die Leute. Wir können das Mädchen nicht allein zu fremden Soldaten gehen lassen.«

Frau Weber wiegte den Kopf. »Das kommt darauf an. Es klingt wie eine gute und ehrliche Arbeit. Im Krieg haben Frauen sogar in den Fabriken geschuftet.«

»Ich habe den Vertrag noch nicht unterschrieben«, sagte Lena schüchtern. »Ehrlich gesagt, bin ich etwas unsicher, ob ich es hinkriege.«

»Natürlich unterschreibst du«, bestimmte Frau Weber. »Eine solche Chance bekommst du in deinem Leben kein zweites Mal. Nutze sie, und lerne, was immer du lernen kannst.«

»Vielleicht habe ich nicht genug gelernt. Ich weiß nicht, ob mein Englisch ausreicht …«

Frau Weber überlegte. Niemand wagte es, in ihre Überlegungen hineinzureden. »Rainer, du hast doch ein Wörterbuch«, sagte sie schließlich. »Vielleicht könnt ihr gemeinsam üben und du leihst es Lena in der Zwischenzeit? Es wäre wirklich schade, wenn sie diese Chance nicht nutzt.«

Lenas Bauch verkrampfte sich beim Gedanken daran, mit Rainer Vokabeln zu lernen. Sie blickte auf ihren Teller und wusste nicht, was sie sagen sollte.

»Ich halte das nach wie vor für keine gute Idee«, sagte Frau Baumgärtner missbilligend. »Setz dem Mädchen keine Flausen in den Kopf, Mutter. Sie sollte lieber etwas über Haushaltsführung und Kinderpflege lernen. Davon profitiert sie später im Leben mehr.«

»Eine Frau sollte in der Lage sein, ihren Lebensunterhalt selbst zu bestreiten. Nicht jeder kann so viel Glück haben wie …«

Ein melodisches Läuten klang durch den Raum und unterbrach die Diskussion. Lena brauchte einen Moment, bis sie begriff, dass es die Türklingel war. Seit sie hier lebte, hatte sie das Geräusch noch kein einziges Mal gehört. Gäste kamen normalerweise durch den Hintereingang und klopften an die Küchentür oder kamen direkt herein. Eine Pfarrhausküche war genauso Gemeindeeigentum wie die Kirche selbst, das hatte Lena schon sehr jung gelernt.

Frau Petersen räusperte sich und stand auf. Ihr Gesicht war bleich und ihr Mund noch schmaler als sonst. Als Hausherrin war es ihre Aufgabe, an die Tür zu gehen. Doch Lena spürte, dass sie genau wie alle Anwesenden befürchtete, es könnten die Briten sein. Was, wenn diese entschieden hatten, dass sie nach dem Rathaus auch das Pfarrhaus für ihre Zwecke benötigten und alle darin kurzerhand vor die Tür setzten? Rainer stand ebenfalls auf, um seiner Schwester beizustehen. Er ignorierte die Krücken und hielt sich am Stuhl und dann am Türrahmen fest, als er ihr folgte. Lena wäre gern aufgesprungen, um ebenfalls zu helfen, doch sie presste die Handflächen auf den Tisch und zwang sich, ruhig zu bleiben. Die Haustür wurde geöffnet. Stille. Dann ein Aufschrei, der ... Ja, er klang eigentlich glücklich, fand Lena. Eine warme Männerstimme sagte Worte, die zu leise waren, um sie zu verstehen. Die Pfarrfrau redete zeitgleich mit dem Mann und lachte leise. Ihr Lachen schien überhaupt nicht mehr aufzuhören und ging schließlich in Schluchzen über.

Die Gesichter am Tisch entspannten sich. Lena begriff.

»Er ist zurück«, sagte Frau Baumgärtner leise. Ihr Gesicht zeigte widersprüchliche Gefühle. Freude für ihre Schwester, aber auch noch etwas anderes. Wahrscheinlich vermisste sie ihren eigenen Mann und versuchte, sich für die Schwester zu freuen.

Als Rainer und Frau Petersen zurück in die gute Stube kamen, sah Lena erstaunt, dass nicht nur ein Mann sie begleitete, sondern zwei.

»Joachim!« Frau Baumgärtner schrie auf. Beim Aufspringen warf sie um ein Haar ihre Tasse vom Tisch. Lena konnte sie gerade noch retten.

Die Pfarrfrau stand dicht neben einem blonden Mann mit sorgfältig getrimmtem Schnauzbart und wuscheligen Haaren, der sich offenbar den letzten Rest Haarwachs in den Bart geschmiert hatte. Sie schien nichts anderes mehr wahrzunehmen.

Wieder und wieder berührte sie ihn mit den Fingerspitzen, als sei er ein Geist, der sich auflösen würde, wenn sie ihn richtig anfasste. Der Mann starrte sie ebenfalls an, als sei sie eine Vision. Schließlich packte er sie und zog sie so fest an sich, dass Lena ihre Rippen knacken zu hören glaubte. Er verbarg das Gesicht in ihren Haaren. Lena zwang sich, den Blick abzuwenden.

Ihr Blick fiel auf den anderen Mann. Sie hielt den Atem an, presste die Hände auf die Oberschenkel und krallte die Finger so fest hinein, dass es blaue Flecken geben würde. Der Mann hatte dunkle Haare, die genauso schlecht geschnitten wirkten wie die des Pastors. Im Gegensatz zu diesem hatte er sich vor der Heimkehr offenbar das komplette Gesicht rasiert. Lena kannte ihn. Und wenn er sie ebenfalls wiedererkannte, hatte sie ein Problem.

Frau Baumgärtner stand fassungslos vor ihm. »Joachim!«

Auf ihrem Gesicht lagen gleichzeitig Furcht und Wiedersehensfreude.

In Lena überwog eindeutig die Furcht. Der Name Joachim beseitigte die letzten Zweifel. Das war der Mann, den sie bestohlen hatte.

Was für eine Katastrophe! Margots verkrampfte Haltung neben Lena machte deutlich, dass sie ihn ebenfalls wiedererkannt hatte.

Keine Sünde blieb ungestraft, begriff sie.

Was sollte sie tun?

Vor einigen Wochen, Monaten oder Jahrhunderten – Lena-im-Krieg besaß kein Zeitgefühl – hatte sie mit Margot in der gleichen Scheune Unterschlupf gesucht wie dieser Mann. Margot hatte erbärmlich gefroren, weil ihr Sommermantel zu dünn für diese Jahreszeit war. Der Mann hatte Schnaps getrunken und darüber geschimpft, dass die Flasche schon wieder leer war.

Sein warmer Militärmantel sah aus, als ob er der hochgewachsenen Margot gut passen könnte. Natürlich stand in der Bibel, dass man nicht stehlen sollte ... Aber diese Dinge hatte Lena zu einer Zeit gelesen und gelernt, als die Welt noch nicht den Verstand verloren hatte. Sie hatte schon im Reichsarbeitsdienst dagegen verstoßen, als sie Kohlebriketts für die Kameradinnen aus dem Kellerfenster warf. Auf der Flucht lernte man, bei Lebensmitteln nicht zu fragen, wem sie gehörten.

Rückblickend hätte sich Lena gerne eingeredet, dass sie bei einem Mantel größere Hemmungen gehabt hatte als bei einem Stück Brot oder ein paar Kartoffeln. Doch das stimmte einfach nicht. Margot brauchte einen Mantel, und da war ein Betrunkener, dessen Mantel ihr bestimmt passte. Es schien Fügung zu sein, die man nicht hinterfragte. Denn sobald man das tat, fing man zu denken an, und dann begriff man, dass es ein Fehler sein konnte.

Lenas Herzschlag erzeugte eine Welle, in der sie sich verlor und von der sie sich tragen ließ. Sie kannte keine Furcht – oder zumindest genoss sie das Herzklopfen, das die Angst in ihr auslöste, anstatt davor zurückzuschrecken.

Sie klopfte an die Tür des Verschlags, in dem der polnische Kriegsgefangene des Hofes hauste. Mit ihren minimalen Polnischkenntnissen machte sie ihm verständlich, dass sie Alkohol benötigte. Schnaps, Wodka, ganz egal. Tatsächlich hatte der Mann es offenbar hinbekommen, in irgendeiner Ecke der Scheune ein undefinierbares Gebräu zu brennen. Im Tausch für eine halbe Flasche gab sie ihm zwei

Zigaretten, ein Foto von Zarah Leander und nähte einen Riss in seinem Hemd.

Mit der halbvollen Schnapsflasche kehrte sie zurück in die Scheune. Margot befand sich auf einem Strohballen weiter hinten und machte sich unsichtbar. Lena dagegen blieb in der Tür stehen und atmete genüsslich aus. In der Scheune war es dunkler als im mondbeschienenen Hof. Nur eine Petroleumlampe am anderen Ende verbreitete schummriges Licht. Lena achtete darauf, dass man ihre Silhouette vor dem Abendhimmel gut sehen konnte. Sie wartete, bis der Mantelträger in ihre Richtung schaute, dann führte sie mit großer Geste die Flasche an den Mund und schluckte gut sichtbar. Dass sie dabei ihre Lippen fest aufeinanderpresste, blieb im Dämmerlicht der Petroleumlampe verborgen. Lena wischte sich mit dem Handrücken über den Mund und lachte so albern, wie sie es bei anderen betrunkenen Frauen gesehen hatte.

Ihr Plan ging auf. Der Mantelträger starrte sie an und leckte sich im trüben Licht der Petroleumlampe über die Lippen. »Hey! Arbeitsmaid! Woher hast du die Flasche?«

»Eingetauscht.« Lena kicherte auf eine Weise, die hoffentlich glaubhaft wirkte. »Heute Abend gönn ich mir was. Willst du auch einen Schluck?«

»Da sag ich nicht Nein. Komm, setz dich zu mir.« Er klopfte mit der Hand neben sich auf das Stroh. »Ich bin Joachim.«

Eine unerwartete Welle von Ekel durchströmte Lena. Trotzdem lächelte sie und ging zu ihm. Sie hoffte, dass ihr Gesicht im Schatten blieb und der Mann mehr auf die Flasche achtete als auf ihr Gesicht. Es konnte kaum schlimmer werden als der Moment im Verschlag des Kriegsgefangenen, als er sein Hemd ausgezogen hatte. Das hier war immerhin ein

Deutscher. Vermutlich war es sogar trotz der Zivilkleidung unter dem Mantel ein Soldat der Wehrmacht, der wie andere auch versprengt worden war.

Lena setzte sich zu ihm und log: »Ich heiße Elsbeth.«

»Du heißt beinah wie meine Tochter.« Joachim lächelte leicht.

»Wie heißt sie denn?«

»Ilse. Aber sie ist erst drei Jahre alt. Kein so hübsches und fesches Fräulein wie du.«

Lenas Herz klopfte heftig, und ihre kalten Hände waren schweißfeucht. Für einen Moment fühlte sie Scham, weil sie den Vater der kleinen Ilse bestehlen wollte, doch sie verdrängte das Gefühl. »Nimm doch einen Schluck, Joachim. Für mich allein ist das zu viel.«

»Du bist ja auch ein zartes Fräulein. Aber ein hübsches, oh ja. Ich habe ein Auge für so etwas.«

Lena hoffte und betete, dass die Dunkelheit ausreiche und er ihr Gesicht nicht wirklich sehen konnte. Es war nur ein Kompliment, wie Männer es Frauen immer wieder machten.

»Werd nicht zu frech«, neckte sie ihn. »Sonst hol ich meine Brüder.« Der Spruch hatte auf dem Schulhof stets geholfen, die Avancen der jungen Männer in Grenzen zu halten, ohne sie ganz abzuweisen.

Joachim lachte.

Der Gedanke an ihre Brüder streifte sie, doch Lena schob ihn fort. Im Krieg war kein Platz für Sentimentalitäten. Was sollte aus ihnen werden, wenn Margot in ihrem dünnen Mantel krank wurde und sie nicht weiterkamen? Die russische Armee rückte jeden Tag weiter vor. Noch vor drei Tagen hatten sie das Donnern der Frontgeschütze gehört, auch wenn seitdem Stille herrschte. Vermutlich war es der Wehrmacht noch einmal gelungen, die vorrückenden Panzer aufzuhalten, aber jeder wusste, dass das höchstens eine kurze Atempause bedeuten konnte. Sie mussten weiter.

Während Lena Joachim zum Trinken ermunterte und hin und wieder ein paar winzige Alibischlucke nahm, spürte sie die ganze Zeit Margots fassungslosen Blick in ihrem Rücken. Lena hatte ihr nichts von dem Plan erzählt. Margot musste annehmen, dass Lena den Verstand verloren hatte. Doch Lena signalisierte ihr mit einer energischen Kinnbewegung, dass sie nicht näher kommen sollte.

Schließlich hatte Joachim die Flasche geleert. Lena spürte, wie ihr selbst trotz der wenigen Schlückchen schwummerig zumute war. »Ich muss zurück zu meinem Schlafplatz«, sagte sie.

Irgendwie musste sie es hinbekommen, dort so lange wach zu bleiben, bis das Licht gelöscht und der Mann eingeschlafen war.

»Bleib doch noch!« Joachim streckte die Hand nach ihr aus und zog sie zurück, als von Lena keine Gegenreaktion kam. »Tut gut, mit dir zu reden, Mädel. Musst dir keine Sorgen machen. Ich hab schon verstanden, dass du ein anständiges Mädel bist und keine für Dummheiten.« Er zog eine komische Grimasse, die Lena zur Hälfte abstieß und zur Hälfte ihr Mitleid weckte. Eine Träne rann über seine Wange.

Lena hob die Hand, um sie abzuwischen, zog sie aber wieder zurück. Die Situation wurde gefährlich. Sie konnte die Gefahr nicht greifen, aber sie spürte, dass sie die Kontrolle behalten musste.

Sie wartete darauf, dass der Alkohol wirkte und Joachim endlich einschlief. Ihr war trotz aller Angst seltsam beschwingt zumute. Wenn jemand Musik spielen würde, könnte sie tanzen und für eine Nacht die Strapazen der Flucht vergessen. Sie summte eine kleine Melodie, die sie einmal im Radio gehört hatte, verstummte jedoch, als sie es bemerkte.

»Sing ruhig weiter«, sagte Joachim leise.

»Den Rest kenne ich nicht.«

Sie musste schon viel zu lange stark sein. Die Verantwortung für Margot war eine Sache, aber der Druck lastete schon viel länger auf ihr. Der Führer verlangte von der deutschen Jugend, in jeder Sekunde begeistert für das große Vaterland zu brennen. Voller Einsatz. Singen, stricken, Fahnen schwenken und schuften bis zum Zusammenbruch.

»Als ich am Pommernwall war, musste ich ohne jede Ausbildung als Krankenschwester arbeiten«, erzählte sie leise. »Ich war für über sechzig Maiden verantwortlich, bei Tag und bei Nacht. Wir hatten einen fürchterlichen Arzt. Wenn eine von uns krank wurde, hat er sich ihre Hände angeschaut, sonst nichts. Waren darauf keine Schwielen, musste sie weiterarbeiten, egal, wie hoch ihr Fieber war.«

»Was war das für eine Arbeit?«

»Sie mussten einen Wall aufschichten. Mit nichts weiter als Spaten und Eimern. Er sollte die russischen Panzer aufhalten.« Sie lachte höhnisch und schniefte. »Und dafür hat man mich kurz vor dem Abitur von der Schule genommen!«

»Das war keine Arbeit für euch Mädchen«, empörte sich Joachim. »Wie konnte man das von euch verlangen?«

»Das weiß ich auch nicht«, sagte sie leise. »Seit damals musste ich stark sein, verstehst du, Joachim?«

Er streichelte ihren Oberarm mit einer Sanftheit, die sie in diesem Mann nicht erwartet hätte. »Heute Nacht bist du in Sicherheit, Elsbeth. Wenn ich in der Nähe bin, darf dir keiner etwas tun.«

Eine Welle von Erschöpfung durchfloss Lena. »Danke«, hauchte sie und entspannte sich fast gegen ihren Willen. Es spielte keine Rolle, dass er mehr als doppelt so alt wie sie war und nach Schnaps und Männerschweiß roch.

Irgendwann sackte Joachims Kopf weg, und er schien einzuschlafen. Mühsam kämpfte Lena sich aus dem Dämmerzustand zurück in die Wirklichkeit und richtete sich auf.

»Gute Nacht, Joachim«, sagte sie sanft.

Sie wünschte, es gäbe einen anderen Weg. Aber sie waren im Krieg, und Margot brauchte einen warmen Mantel. Es gab Zeiten, in denen es ein zu großer Luxus war, das Richtige zu tun.

Das Entsetzen in Margots Augen am sonntäglichen Kuchentisch zeigte Lena, dass sie den Mann ebenfalls wiedererkannt hatte. Der Mantel hatte ihnen gute Dienste geleistet. Gott kannte ihre Schuld und würde ihr vergeben, denn sie hatte nicht für sich selbst gehandelt. Was im Krieg geschah, blieb im Krieg. Jedenfalls wollte sie das glauben.

Doch was sie von klein auf gelernt hatte, war etwas anderes: Diebstahl blieb eine Sünde.

Ihre Tat hatte sie in genau dem Moment eingeholt, in dem sie am wenigsten damit gerechnet hätte. Sie hatte gedacht, schon lange in Sicherheit zu sein.

Lena hob eine Hand von ihrem Knie und drückte Margots Hand. Mit einem warnenden Blick teilte sie der Schwester wortlos mit: *Lass dir nichts anmerken! Mach dich unsichtbar. Wir sind nur zwei Flüchtlingsmädchen. Er war betrunken, die Scheune war dunkel, und ich habe ihm einen falschen Namen genannt. Bestimmt kann er sich nicht mehr an uns erinnern.*

Sie glaubte selbst nicht daran. Und die Art, wie der Mann

sie ansah, schien ihre schlimmsten Befürchtungen zu bestätigen. Doch dann wischte er sich über die Stirn und schüttelte den Kopf, als ob er einen Gedanken verscheuchte, der zu abstrus war.

Zum ersten Mal begriff Lena, warum die Soldaten auf den Truppentransportern zwar mit ihr und Margot gescherzt und sich vor ihnen aufgeplustert hatten, aber nie etwas Konkretes von der Front berichtet hatten. Es gab tatsächlich Dinge, die in eine andere Welt gehörten. Dachte man später darüber nach, schämte man sich zu sehr. Wenn der Krieg vorbei war, musste man ihn und das Böse vergessen und zu dem Menschen von früher werden. Eine andere Wahl hatte man nicht, wenn man nicht den Verstand verlieren wollte. Krieg und Frieden waren zwei Welten, die nicht gleichzeitig existieren konnten.

Aber jetzt war der Krieg mitten in die gute Stube des Pfarrhauses gekommen und erinnerte Lena an all das, was sie getan hatte. Ihre Mauer bröckelte.

Bitte mach, dass er mich nicht erkennt oder nicht erkennen will, flehte sie Jesus an. Er war betrunken, und es war dunkel. Es ist völlig unmöglich, dass er sich an mein Gesicht erinnert. Oder? Bitte mach, dass er es vergessen hat!

Joachim stand in der Stube, starrte abwechselnd Lena und Margot an und knetete den Hintern seiner Frau. In seinem Blick lagen Dunkelheit und Hunger. Dieser Mann war gefährlich. Margot und sie konnten nur hoffen, dass er die Erinnerungen an alles, was er im Krieg und auf der Flucht erlebt hatte, genauso verdrängen wollte wie alle anderen Menschen und dass er Lenas schattenhaftes Nachtgesicht zusammen mit dem Rest dieser fürchterlichen Zeit vergessen und hinter sich zurücklassen würde.

Lena fühlte Scham über das, was sie getan hatte. *Herr, vergib uns unsere Schuld.* Sie wandte den Blick von dem Mann ab und starrte auf ihren Teller mit dem halben Stück Apfelstreusel.

Lena hätte nicht erwartet, dass Margot noch am selben Tag ihre Sachen packen sollte, doch genau so war es. Auch sie selbst sollte ihre Sachen in der Dachkammer schon mal zusammensuchen, damit sie bei Bedarf schnell in die Küche umziehen konnte. Lena stimmte gehorsam zu und bat um das kleine Nähnecessaire, damit sie vorher noch einen Riss in Margots Unterrock flicken könne. Das bekam sie.

Lena und Margot liefen die Treppe empor und kletterten über die kleine Leiter nach oben. Dort setzten sie sich auf die schmale Matratze, auf der sie in den letzten Wochen nebeneinander geschlafen hatten. Margot kauerte sich zusammen. Lena legte die Arme um sie.

»Ich will nicht weg von dir«, sagte Margot leise. Sie legte den Kopf an Lenas Schulter. Zitterte sie? Oder lag das nur an der Kälte?

»Wir haben ein ganz anderes Problem«, sagte Lena hastig. »Gib mir deinen Mantel, schnell. Wir müssen herausfinden, ob es darin irgendwelche Markierungen gibt.«

»Warum?« Margot blickte sich ängstlich um.

»Weil du im Haus des Mannes leben wirst, dem ich den Mantel gestohlen habe. Er darf es niemals erfahren, verstanden? Sonst sind wir geliefert. Die Leute sagen ohnehin, dass alle Flüchtlinge stehlen.«

»Oh.«

»Hast du ihn nicht wiedererkannt?«

»Ich war mir nicht sicher. Ich meine … Warum sollte er ausgerechnet nach Niebüll kommen?«

Ja, warum?

Lena begriff entsetzt, dass es ihre eigene Schuld war. Ursprünglich hatten sie geplant, die dänische Grenze zu überqueren und auf der anderen Seite um Asyl zu bitten. Doch die Meldungen von den überfüllten Flüchtlingslagern hatten ihr Angst gemacht. Als sie das Schild mit der Aufschrift Niebüll sah, hatte das Wort ihr Vertrauen eingeflößt.

Sie realisierte erst jetzt, dass es daran lag, dass der betrunkene Joachim den Ortsnamen in der Scheune erwähnt hatte. Seinen Schilderungen zufolge war Niebüll das Paradies auf Erden. Irgendetwas an dem Namen musste ihr vertraut und richtig erschienen sein, als sie ihn las.

Was für eine unglaubliche Dummheit. Hatte sie nicht für fünf Pfennig Verstand, ausgerechnet in der Stadt Unterschlupf zu suchen, in der der Mann lebte, den sie bestohlen hatte?

Gemeinsam mit Margot wendete sie das Mantelfutter nach außen und überprüfte es gründlich auf Wäschetinte oder eingenähte Etiketten. Lena fiel eine harte Stelle über dem Saum auf, etwa so groß wie ihr Handteller. »Was ist das?«

Margot zuckte mit den Schultern. »Das war schon da, als du mir den Mantel gegeben hast. Ich habe nie darüber nachgedacht.«

Für eine Sekunde dachte Lena an den Moment zurück, an dem sie als triumphierende Siegerin zu der frierenden Margot zurückgekehrt war und sie in einen neuen Mantel gehüllt hatte. »Es könnte wichtig sein. Gib mir den Nahtauftrenner.«

»Muss das sein? Dann sieht man hinterher, dass wir es wieder zugenäht haben.« Margot löste die Kappe trotzdem und gab Lena das Werkzeug.

»Aber schau, da hat eh schon jemand mit der Hand genäht. Ziemlich ungeschickt, wenn du mich fragst.«

Lena löste die Stiche flink und sorgfältig und zog etwas heraus, das in einem dunkelroten Kunststoffüberzug steckte. »Das ist ein Ausweis!«, sagte sie erstaunt.

»Vielleicht ist er ein feindlicher Spion.« Margot kicherte nervös. »Bei den Jungmädeln hatten wir eine Schulung dazu. Spione haben immer falsche Ausweise dabei.«

Lena schlug das Dokument auf. »Es steht sein richtiger Name drin. Joachim Baumgärtner.«

»Vielleicht ist er ein Spion, der eine Operation hatte, damit er wie der wahre Joachim Baumgärtner aussieht. Und jetzt schleicht er sich hier ein, um sein Leben zu übernehmen. In Wahrheit ist er ein bolschewistischer Verschwörer.« Margot kicherte. Es klang hysterisch.

Lena ignorierte das Warnsignal und runzelte die Stirn. »Ein Dienstausweis aus Treblinka. Wo auch immer das liegt. Vielleicht hat er das Dokument mitgenommen, um nach dem Krieg Anspruch auf Soldatenrente zu haben.«

»Dann sollten wir ihm den zurückgeben.« Margot wirkte beklommen.

Lena nickte unglücklich. Sie hatte nicht gewollt, dass ihr Diebstahl solche Folgen für den Mann hatte. »Aber wenn wir ihm den Ausweis geben, dann müssen wir zugeben, dass es sein Mantel war. Und dann wissen alle, dass ich gestohlen habe. Willst du das, Margot?«

Margots kluge Augen huschten hin und her, als ob sie zwischen den Balken und den Ziegeln des Daches nach Antworten suchte. Die Panik aus ihrem Blick verschwand und machte Platz für ihr früheres Ich. »Ich habe einen Vorschlag. Du versteckst den Ausweis erstmal irgendwo, wo ihn niemand findet.

In deinem Tornister oder hinter dem Küchenregal. Und wenn ich in seinem Haus lebe, spitze ich die Ohren. Vielleicht erfahre ich, ob er ohne den Ausweis tatsächlich keine Rente bekommt. Dann können wir ihm den anonym mit der Post zuschicken. Ansonsten bleibt er im Versteck und wir verbrennen ihn irgendwann.«

»Du denkst immer so pragmatisch. Ganz die Mathematikerin.« Lena lächelte und steckte den Ausweis fürs Erste unter ihren Strumpfsaum. »So machen wir es. Und jetzt müssen wir den Mantel wieder zunähen.«

»Und dabei erzähle ich dir, wie oft der hübsche Herr Weber beim Kuchenessen in deine Richtung geschaut hat, wenn er dachte, du siehst es nicht.« Margot zwinkerte.

Lena spürte ihre Wangen heiß werden. »Hat er nicht!«

Margot lächelte in sich hinein. »Hast du nicht gemerkt, dass er seine Familie nur deshalb mit den Fotos an der Litfaßsäule provoziert hat, weil er dich beeindrucken wollte?«

»Das denkst du dir aus.«

»Glaub das ruhig.«

Der Gedanke an Rainer half nicht gegen die trübe Stimmung. Lena schämte sich. Sie wünschte, ein Loch würde sich im Boden auftun, damit sie für immer darin verschwinden könnte. Wie hatte sie nur so etwas Furchtbares tun können? Bis heute war es ihr in Niebüll gut ergangen. Sie hatte sogar die Aussicht auf einen Arbeitsplatz bei den Briten, und man würde sie gut bezahlen. Das Leben hätte wunderschön werden können, wenn sie auf der Flucht nicht diese riesengroße Dummheit begangen hätte.

»Am besten, wir lassen den Mantel trotzdem hier«, sagte Margot plötzlich. »Wenn er ihn sieht, könnte ihn das doch noch auf die Idee bringen, genauer nachzufragen.«

»Gute Idee«, sagte Lena erleichtert.

Von jetzt an musste sie damit leben, dass sie jederzeit auffliegen konnte. Saure Übelkeit stieg in ihr auf. Wie sollte sie jetzt noch mit aufrechtem Kopf durch die Straßen Niebülls gehen?

EINE GLÜCKLICHE FAMILIE

Auf dem Weg in ihr neues Zuhause presste Margot die Fingernägel fest in die Handfläche. Sie bewegte Ring- und kleinen Finger gegeneinander, um den Freundschaftsring zu spüren, den Lena ihr in der letzten Sekunde vor dem Aufbruch zugesteckt hatte. Ein kleines Symbol dafür, dass sie als Schwestern verbunden blieben, auch wenn sie räumlich getrennt wurden. Margot war sich nicht sicher, wie sie die kommenden Stunden und Tage ohne Lena aushalten sollte. Lena schaffte es, die Panik zurückzudrängen, die Margot zu allen möglichen und unmöglichen Zeiten zu überrollen drohte. Wann immer im Haus etwas umfiel, zuckte Margot zusammen und verlor für einen Moment die Orientierung. Die Gegenwart fremder Menschen machte es noch anstrengender und unerträglicher. Jeder Mensch, dessen Gesicht sie nicht kannte, bedeutete Gefahr. Doch irgendwie besaß Lena die Fähigkeit, mit dem Streicheln über Margots Kopfhaut und Schläfen die ständige Anspannung zurückzutreiben.

Wie sollte sie ohne ihre Schwester weiterleben?

Die Kubikwurzel aus tausend ist zehn, sagte sie innerlich auf. *Die Quadratwurzel ist einunddreißig Komma sechs zwei zwei. Die vierte Wurzel ist fünf Komma …*

In den Zahlen lag Trost, doch heute beruhigte er sie weniger als an anderen Tagen.

Sie ging zwischen Hans und seinem Bruder hinter Herrn und Frau Baumgärtner her. Die kleine Ilse, der blonde Sonnenschein der Familie, saß auf den Schultern ihres Vaters und blickte sich stolz um. »Ich bin die Königin von Germanien«, krähte sie stolz.

Ihr Vater lachte und hob sie noch höher. Sie hielt sich an seiner Mütze fest, bis sie so hoch über dem Boden war, dass sie die Mütze ohne den Kopf umklammerte.

Hans rannte nach vorne. »Wirf mir die Mütze zu, Ilschen. Los, wirf sie mir zu!«

Ilse krähte vor Freude darüber, so im Mittelpunkt zu stehen. Sie konzentrierte sich und warf die Mütze mit beiden Händen in die Luft. Hans fing sie auf und setzte sie auf seinen eigenen Kopf. Der Vater lachte.

Margot ging hinter ihnen her und presste die Lippen aufeinander. Sie gönnte der Familie Baumgärtner das Glück, wieder beieinander zu sein. Wirklich. Aber tief innen wünschte sie sich, ihr Vater würde endlich kommen und sie nach Hause holen. Sie musste an das Pfarrhaus in Greifenberg denken. Die alten Holzvertäfelungen im Arbeitszimmer ihres Vaters dufteten nach Bohnerwachs und Honigholz, wenn man die Nase daran drückte. Ihre Brüder würden jederzeit zur Tür hereinstürmen können, um einen Schwamm mit eiskaltem Wasser in ihrem Nacken auszudrücken, wenn sie wieder einmal Flausen im Kopf hatten. Und in der Küche backte die Mutter einen Kuchen, zu dem es Schlagsahne und Kinderkakao geben würde ...

»Träumst du?«, fragte Frau Baumgärtner. Margot konnte ihren Gesichtsausdruck nicht deuten.

»Entschuldigen Sie!« Margot beschleunigte ihre Schritte, doch die Füße wollten nicht so wie sie. Es fühlte sich an, als würden die Beine zu einem anderen Menschen gehören, zu jemandem, der nicht Margot hieß und sich mit jedem Schritt weiter von Lena entfernte. Sie zog ihr Schultertuch fester um sich.

Im ersten Augenblick hatte sich Frau Baumgärtner nicht gefreut, ihren Mann wiederzusehen, rief sich Margot in Erinnerung. Ihr Gesicht war blass geworden, und in ihren Augen war Panik aufgeblitzt. Die Art, in der sie zusammenzuckte, als ihr Mann die Hand auf ihre Schulter legte, verriet alles. Vermutlich fürchtete sie sich genau wie Margot vor der bedrohlich schwarzen Wolke, die ihn einzuhüllen schien. Warum hatte niemand etwas unternommen?

Gegen ihren Willen erinnerte sich Margot daran, wie mutig sie Lena gefunden hatte, sich direkt ins Zentrum einer so dunklen und gruseligen Emotion zu begeben, sich zu dem Mann zu setzen und …

Anfassen.

Das war es, was in Herrn Baumgärtners Blick gelegen hatte. Immer nur für eine halbe Sekunde, aber mehr als einmal. Er wollte sie berühren. Margot kannte diese Art, mit der Männer ein Mädchen anstarrten. Die anderen … Sie hatten …

Die Kubikwurzel aus siebenhundertdreizehn war acht Komma neun drei drei. Man musste abrunden. Wenn man fünfhundertneunundsiebzig dreimal mit sich selbst multiplizierte, erhielt man eine wunderschöne Zahl: einhundertvierundneunzig Millionen einhundertviertausendfünfhundertneununddreißig. Beinah zweihundert Millionen. In der Inflation nach dem großen Krieg hätte man dafür gerade mal ein Brot bekommen, vermutete sie. Vor vielen Jahren hatte die Mutter Margots Liebe zu großen Zahlen mit ihren Geschichten über Geldscheinbündel geweckt, mit denen sie schnell losrennen musste, um frisches Brot zu kaufen, bevor sich die Preise wieder erhöhten. Auf Zahlen konnte man sich verlassen, wenn die Welt böse wurde.

Nicht daran denken, befahl sich Margot. Die Welt war gut. Lena hatte auf sie aufgepasst. Bei der Schwester fand man Schutz und wurde festgehalten, auch ohne berührt zu werden. Aber Lena lebte jetzt nicht mehr im selben Haus wie Margot, und die Formen und Farben auf der Straße schienen sich zu wellen und zusammen mit dem schwarzen Nebel um Herrn Baumgärtner auf Margot einzustürmen. Es war am Bahnhof passiert. In Leipzig. Manchmal konnte sie sich nicht mal an den Namen der Stadt erinnern. Manchmal schien es, als sei die Ziegelwand, auf die sie währenddessen gestarrt hatte, die einzige Realität dieser Welt.

Margot konzentrierte sich darauf, Schritt für Schritt voranzugehen. Ich werde durchhalten, beschloss sie. Irgendwann gehe ich wieder in die Schule. Dann mache ich mein Abitur, und dann werde ich studieren. Mir ist egal, dass ein Flüchtlingsmädchen so etwas nicht darf und es viel zu teuer ist. Manchmal gibt es Stipendien für besonders kluge Kinder. Vielleicht kommt unser Vater irgendwann und hilft mir, oder die Kirche unterstützt mich an seiner Stelle. Ich weiß nicht wie, aber ich werde durchhalten. Eines Tages bin ich Professorin für Mathematik.

Sie zwang sich, den Kopf aufrecht zu halten und ruhig und tief zu atmen. Das half, damit die Straße sich weniger drehte. Ihr Blickfeld normalisierte sich, und das Gefühl, dass die Emotionen der Menschen wie bunte oder schwarzgraue Wolken um sie herumflackerten, ließ nach. Die Jungs drückten sich beim Gehen an die Beine ihres Vaters, umfassten seinen Ellenbogen, und die Mutter hatte sich bei ihm eingehakt. Ihr Schritt wirkte gelöst und leicht.

Als sie das Haus der Baumgärtners erreichten, übergab Frau Baumgärtner ihrem Mann lächelnd den Schlüsselbund, damit der die Haustür aufschließen konnte. Margot wusste, dass man hier genau wie überall normalerweise durch den Hintereingang hineinging, aber ein so wichtiges Ereignis wie die Heimkehr des Hausherrn musste auf die richtige Weise begangen werden. Herr Baumgärtner lächelte, als seine Frau ihm den Schlüssel gab. »Bist 'ne Gute«, sagte er.

Sie errötete. »Wird Zeit, dass du heimkommst«, sagte sie rau.

»Und ich bin die Königin!«, krakeelte die kleine Ilse auf den Schultern ihres Vaters.

»Du bist meine Prinzessin, genau.« Er umfasste ihre Füßchen liebevoll und sprang noch einmal in die Luft, bevor er die Tür aufschloss und mit tief eingezogenem Kopf die Schwelle seines eigenen Hauses überschritt. Die Jungs und seine Frau folgten ihm.

Alles ist gut, ermahnte Margot sich. Er ist ein netter Mann. Schau nur, wie liebevoll er mit seinen Kindern umgeht, wie sehr sich alle freuen, ihn zu sehen.

Doch das klamme Gefühl in ihrem Bauch blieb, als sie den anderen folgte und unsicher im Flur stehen blieb.

»Hans, zeig Margot die Kammer«, forderte Frau Baumgärtner ihn auf. »Margot, du kannst die oberste Schublade haben. Räum deine Sachen später ein. Wenn du dein Gepäck abgestellt hast, komm zurück und hilf mir dabei, die Betten zu beziehen.«

»Jawohl, Frau Baumgärtner.« Dieses Haus roch gut, nach Schmierseife vom Putzen und Blumen aus dem Garten. Es war sauber und wirkte einladend. Jetzt, wo sich die Haustür geschlossen hatte und die böse Außenwelt ausschloss, fühlte sie ein wenig neue Sicherheit.

»Wirst dich schon gut einleben«, sagte die Hausfrau. »Meine Schwester hat gesagt, du kannst gut rechnen?«

»Ein wenig, Frau Baumgärtner.«

»Dann kannst du heute Nachmittag mit den Jungen üben. Sie wollen immer nur Fußball spielen, wenn man sie lässt. Aber wenn die Schule bald wieder öffnet, will ich nicht, dass sie ins Hintertreffen geraten.«

»Das werde ich gern tun, Frau Baumgärtner.« Das Lächeln kehrte zurück in Margots Gesicht. »Sie werden sehen … Wenn wir gemeinsam daran arbeiten, lieben die Jungs Rechnen am Ende mehr als Fußball.«

»Bist ja ein richtiger Blaustrumpf.« Frau Baumgärtner wuschelte Margot durch die Haare. »Nu husch in die Schlafkammer mit deinem Gepäck, damit du mir gleich helfen kannst. Wir haben heute noch viel zu tun.«

»Natürlich, Frau Baumgärtner.« Ein schwerer Stein schien von Margots Herz zu fallen. Lena war nicht länger da, aber die Mathematik war geblieben. Anders als im Pfarrhaus schien man sie hier sogar dafür zu schätzen. Bestimmt würde man ihr dann auch helfen, wenn es darum ging, dass sie irgendwann doch noch ihr Abitur machen konnte.

Sie folgte Hans in die Schlafkammer unter dem Dachboden, ließ ihren Wandertornister am Fußende der Matratze stehen und blickte sich um. Die Wände waren schräg, und in das Zimmer passte außer der Kommode und dem schmalen Bettgestell nicht viel. Trotzdem war es ein Raum, der ihr allein gehören würde.

Margot lächelte schüchtern in sich hinein.

DEUTSCHES FROLLEIN AM STEUER!

Am Morgen von Lenas erstem Arbeitstag bei den Briten kaute sie am Frühstückstisch ihren halben Daumennagel ab, bevor sie es merkte und die Hand mit dem malträtierten Nagel verlegen unter den Tisch sinken ließ.

»Entspann dich, Lena.« Frau Petersen lächelte. »Bleib höflich und freundlich, dann wird man dich ebenso behandeln.«

Lena starrte sie erstaunt an und senkte den Blick schnell wieder. Hatte die Pfarrfrau nicht voller Überzeugung verkündet, dass sie diesen Job nicht machen sollte? Was hatte ihre Einstellung geändert?

»Sag noch mal was auf Englisch«, forderte Sigrun und lachte sich halb kringelig, als Lena sie erst um die Butter und dann neuen Tee bat.

»Lächele die Soldaten nicht zu freundlich an«, sagte der Pastor und blickte von seiner Zeitung hoch. »Sie haben ein nordisches Erbe, aber sie sind auch die Siegermacht. Da muss sich ein hübsches Fräulein wie du in Acht nehmen. Lass sie nicht mit dir … nun ja, herumfraternisieren.«

»Herbert!«

Er warf seiner Frau einen strengen Blick zu, dann verschwand er wieder hinter der Zeitung, bevor sie den Blick erwidern konnte.

»Ganz unrecht hat er nicht.« Frau Petersen musterte Lena

mit einem leisen Seufzen. »Sei freundlich, aber nicht zu freundlich. Und lass dir auf keinen Fall etwas von einem Mann schenken, ja?«

»Verstanden, Frau Petersen. Natürlich nicht. Meine Mutter hat es mir genau so beigebracht. Ich weiß, was sich gehört.«

»Natürlich hat sie das. Du bist ein anständiges Mädel.« Sie lächelte, dann seufzte sie noch einmal. Ihr Blick sagte, dass sie nicht restlos überzeugt war.

Lenas Stolz war geweckt. Sie war ein Flüchtling, und über Flüchtlinge erzählte man sich die wildesten Dinge. Jetzt erwartete man nicht mehr, dass sie als Pastorentochter ein moralisches Vorbild für alle anderen war. Im Gegenteil. Als Flüchtling stand sie ganz unten in der Hackordnung. Niemand würde sich wundern, wenn sie sich als Ausbund moralischer Verkommenheit entpuppte. Sie wusste, dass nichts, was sie hier an diesem Tisch sagen könnte, die Einstellung der Frau verändern würde. Trotzdem wollte sie beweisen, dass sie immer noch die alte Lena war, die ihren Platz in der Welt kannte und sich benehmen konnte.

»Ich bin auf eine Jungenschule gegangen«, sagte sie und sah das kurze Zusammenzucken im Gesicht der Pfarrfrau. Offensichtlich hatte sie die Worte falsch gewählt, aber jetzt war es zu spät für einen Rückzieher. Außerdem war es die Wahrheit, und die Wahrheit war grundsätzlich etwas Gutes. »Auf dieser Schule habe ich gelernt, mich kameradschaftlich zu verhalten und nicht zu kokettieren. So kann man sich als Mädchen in einer männlichen Umgebung sicher fühlen und macht niemandem falsche Hoffnungen.«

Die Pfarrfrau nickte. »Wenn du meine Tochter wärst, hätte ich dich trotzdem nicht auf so eine Schule geschickt. Aber im

Osten sieht man das offenbar nicht so streng. Hast du deine Stulle fertiggeschmiert?«

Lena lächelte und schüttelte ganz leicht den Kopf. So eine seltsame Mischung aus Misstrauen und Fürsorge. Sie würde ihr neues Zuhause nie ganz begreifen.

Das Hauptquartier der britischen Soldaten war früher das Rathaus der Stadt Niebüll gewesen. Seit den zwanziger Jahren war Niebüll Kreisstadt von Südtondern, hatte Lena gelernt. Die ursprüngliche Kreisstadt Tondern lag inzwischen auf dänischem Gebiet. Dadurch war die Kreisstadt trotz ihrer Geschäfte und Werkstätten, dem alten Seminar für Lehramtsanwärter und dem ehrwürdigen Rathaus kaum mehr als ein größeres Dorf, mit einer langen Straße, einigen Querstraßen und umliegenden Gehöften mit Ackerland. Es gab eine Autowerkstatt, einen Gemischtwarenladen, eine Arztpraxis und wie in fast jeder norddeutschen Stadt zwei Kirchen. Um Lebensmittel zu kaufen, musste man Marken vorlegen, aber das war überall in Deutschland so.

Lena wusste nicht, was sie erwartet hatte, als sie das Rathaus betrat. In ihrer Vorstellung war England eine vollkommen andere Welt. Die Hinweisschilder im Foyer und an den Türen waren jedoch deutsch. Sie war sich nicht ganz sicher, wie *Sekretariat* auf Englisch lautete, aber vermutlich wurde es anders geschrieben. Offenbar hatte man sich bisher nicht die Mühe gemacht, die Schilder in dem besetzten Gebäude zu ändern.

Das deutsche Wort an diesem Ort schmerzte.

»Ich soll mich bei Lieutenant Harris melden«, erklärte sie dem Soldaten am Empfang. Die fremden Uniformen der großen Männer machten sie nervöser, als sie gedacht hatte. Es waren Sieger. Besatzer. Sie dagegen war eine Deutsche, eine Verliererin, und trotz ihrer sorgfältig gebügelten Bluse fühlte sie sich mit ihren Zöpfen und dem Kopftuch wie eine Fremde in dieser Welt.

Der Soldat musterte sie mit einer unpersönlichen Höflichkeit, die Lena beruhigte. »Die Dolmetscherin, ja?«

»Die bin ich.« Sie schluckte und realisierte, dass sie Englisch sprach. Offenbar fand ihr Mund die Worte, die ihr Gehirn zu vergessen haben glaubte.

»Warten Sie bitte, Miss.« Er hob einen Hörer ans Ohr und sprach einige Worte in die Muschel.

Lena wartete. Sie bewegte die Zehen in den frisch geputzten Schuhen und hielt den Rest ihres Körpers ruhig und aufrecht, wie sie es beim Appell gelernt hatte. Niemand sollte glauben, sie sei ein zappeliges Schulmädchen ohne jede Erfahrung. Unter Hitler wurde man schnell erwachsen und lernte, seine Pflichten zu erfüllen. Nach der Zeit am Pommernwall hatte sie im Arbeitsdienst jeden Tag sieben Kilometer Weg durch den Schnee zurückgelegt, um in der Bauernfamilie zu stricken und Babys zu wickeln, und sie konnte bei Minustemperaturen stundenlang in einer Reihe stehen und Haltung bewahren. Das hier war ihre erste offizielle Arbeitsstelle, aber sie hatte schon früher zu arbeiten gelernt. Mit neunzehn war sie auch nach dem Gesetz beinah erwachsen. Sie würde es hinbekommen.

Ihr Englisch war gut genug, um die Aufgabe zu erfüllen. Sie betete es sich wieder und wieder vor. Es spielte keine Rolle, dass sie die einzige Frau war und all die vorbeigehenden Männer so viel älter und wichtiger als sie wirkten. Es spielte keine Rolle, dass die Manschetten ihrer Bluse fadenscheinig waren und an einer Stelle leicht ausfransten. Ihr Englisch war gut genug.

Sie musste auf die Toilette.

Dringend.

Sie wagte nicht, danach zu fragen oder sich unerlaubt von ihrem Platz zu entfernen. Schließlich kam ein Soldat auf sie zu, der weniger streng und offiziell aussah. Er hatte Sommersprossen, warme blaue Augen und ein Grübchen links neben dem Mund. Seine roten Haare legten sich über seiner Stirn in eine freche Welle, die das Uniformkäppchen nicht ganz verbergen konnte. »Miss Buth, nehme ich an?«

»Das bin ich.« Sie schob hastig ein Lächeln und ein »Sir« hinterher.

»Bitte folgen Sie mir.«

Sie nickte und folgte ihm in einen Gang, eine Treppe nach oben und blieb neben einer einfachen Holztür stehen. Es kam ihr vor, als spürte sie ihr Herz klopfen. Sie legte zwei Finger an ihren Hals und überprüfte das Hämmern ihres Pulses. Bumm-Bumm-Bumm. Lieutenant Harris. Er wartete auf der anderen Seite der Tür. Sie hatte den Gedanken daran verdrängt.

Gerade überlegte sie, ob sie selbst klopfen sollte, da hob der Soldat die Hand und tat es für sie.

»Herein!«

Der Soldat salutierte zackig vor Lena. »Miss!«

Sie hob die Hand und berührte die Klinke. Kaltes Metall. Runterdrücken. Freundlich lächeln. Aufrecht stehen. Ihre Muskeln erinnerten sich daran, auch wenn ihre Gedanken in völlig andere Richtungen schweiften.

Mit einer entschlossenen Bewegung öffnete sie die Tür und trat ein. »Good morning, Sir!«

»Ah, Miss Buth.« Das Lächeln des Offiziers war freundlich.

Es wirkte distanzierter als bei der letzten Begegnung. In ihrer Erinnerung hatten seine Augen beim Blick in ihre gebrannt. So wie jetzt war es besser. Eindeutig.

»Kommen Sie herein, James. Miss Buth, bitte machen Sie es sich bequem.« Er wies auf den Stuhl, der ihm gegenüberstand.

»Sehr gern.«

»Wie geht es Ihnen?«

»Gut, und wie geht es Ihnen?«

»Danke. Haben Sie gut hergefunden?«

»Es war nicht schwer, vielen Dank.«

Ihre Handflächen fühlten sich feucht an. Das hier war anders als alles, was sie bisher erlebt hatte. In ihrer Schule war sie nie das einzige Mädchen inmitten von lauter Jungs gewesen. Ihre wenigen Klassenkameradinnen und sie hatten einen festen Schutzwall aus Weiblichkeit, Röcken und Rüschen umeinander gewoben, sodass sie nie völlig allein zwischen den Jungen gewesen waren. Und auch wenn sie auf der Flucht mitunter auf Truppentransportern mitgereist war … Das war im Freien gewesen. Sie hatte nicht damit gerechnet, wie ausgeliefert und verlegen sie sich an diesem Ort fühlen würde.

»Sie werden hauptsächlich als meine persönliche Unterstützung arbeiten«, erklärte der Lieutenant ihr. »Das bedeutet, dass Sie mich begleiten und bei Gesprächen übersetzen werden, wann immer es nötig ist. Das gilt sowohl hier wie auch unterwegs. Ich hoffe, das ist für Sie in Ordnung so?«

Sie nickte. Was für eine seltsame Frage. Darum war es doch in dem Arbeitsvertrag gegangen, der jetzt unterschrieben vor ihm lag. »Natürlich ist es das.«

Trotzdem fragte sie sich, ob sie in der Lage wäre, Tag für

Tag so dicht neben diesem Mann zu arbeiten. Er strahlte eine Form von Macht und Bestimmtheit aus, die sie verunsicherte.

»Wenn ich Sie nicht für direkte Gespräche brauche, werden Sie Dokumente und Briefe übersetzen. Mein Bursche James wird dafür Ihr Ansprechpartner sein. Er informiert Sie über alles, was zu tun ist.«

»Sehr gern, Sir.« Sie ertappte sich dabei, dass sie mit ihrem Zopfende spielte, und ließ es hastig los.

»Sehr erfreut, Miss.« Der sommersprossige Mann lächelte sie an.

»Ebenso, Mister James.« Sie knickste.

»James zeigt Ihnen Ihr Büro. Für den Anfang werden Sie dort allein arbeiten. Nachher diktiere ich Ihnen zwei oder drei Briefe, die Sie dann bitte ins Deutsche übersetzen und mir bringen.«

»Sehr gerne, Sir.« Hoffentlich erwartete er nicht, dass sie stenografieren konnte. In der Schule hatte sie Steno ein Jahr lang gelernt, aber sie erinnerte sich nicht mehr an alle Zeichen. Außerdem hatte sie keine Ahnung, wie sie in einer fremden Sprache stenografieren sollte.

Es würde herausfordernd genug sein, mit ihren spärlichen Englischkenntnissen diesen Alltag zu bestehen. Inzwischen zweifelte sie daran, dass ihr Wortschatz dafür ausreichte. Sie hatte sich zu viel vorgenommen. Rainers Mutter hatte ihm gesagt, er solle ihr sein Englisch-Wörterbuch leihen, doch bisher hatte sie es nicht bekommen.

Beinah kam es ihr vor, als ginge Rainer ihr in jüngster Zeit aus dem Weg. Doch darüber konnte sie sich ein anderes Mal Gedanken machen. Jetzt musste sie sich auf die Worte des Lieutenants konzentrieren. Seine Augenbrauen hatten eine höchst faszinierende Form, beinah gerade und nur leicht geschwungen, schmal und perfekt konturiert. Sie verliehen jedem Gesichtsausdruck von ihm eine ganz besondere Bedeutung.

Er blickte auf seinen Schreibtisch, schob einige Papiere hin und her und sah auf, als ob er verwundert sei, dass sie immer noch vor ihm saß und nicht mit der Arbeit begonnen hatte. »Können Sie Auto fahren?«

Sie schüttelte den Kopf. Diese Frage hatte sie ihm schon einmal beantwortet. »Das bringt man jungen Mädchen in Deutschland nicht bei, Sir. Aber Sie sagten, ich solle es hier lernen.«

Er nickte. »Nun gut. Ich habe noch einige Gespräche zu führen. James, Sie nehmen Miss Buth mit und zeigen ihr, wie alles geht.«

»Mit welchem Auto?«

Der Offizier musterte Lena und James prüfend. »Der Hispano Suiza in der Scheune müsste mal wieder bewegt werden, sonst setzt er Rost an.«

Lenas Herz setzte einen Moment aus und begann dann wieder zu schlagen. Ein Hispano Suiza! Ein solches Auto hatte sie schon einmal gesehen, aber sie hatte noch nie darin gesessen. Und jetzt sollte sie lernen, ein solches Fahrzeug zu steuern?

James strahlte genau so, wie Lena sich fühlte. »Ein gutes Auto, um damit fahren zu lernen, Sir.«

Der Offizier lächelte James an. Lena spürte, dass die beiden eine Art Freundschaft verband. »Übertreiben Sie nicht, James. Sonst könnte ich auf die Idee kommen, dass der Geländewagen doch besser geeignet wäre.«

James ließ seine Miene ausdruckslos werden. »Wie Sie wünschen, Sir.«

Lieutenant Harris lachte kurz auf. »Verschwinden Sie aus meinem Büro und lassen mich meine Arbeit machen. Der Hispano benötigt die Bewegung tatsächlich. Kommen Sie wieder, wenn Fräulein Buth die Gangschaltung von der Kupplung unterscheiden kann.« Er zwinkerte, als ob er einen Witz gemacht hätte, und tatsächlich lachte James auf.

Lena merkte sich die beiden unbekannten Worte, die offenbar zum Autofahren gehörten und die sie daher beherrschen sollte.

Sobald sie und James das Rathaus verlassen hatten, veränderte sich etwas in James' Körperhaltung. Er war jetzt nicht mehr der vergnügte rothaarige Springinsfeld, der er im Truppenquartier gewesen war, sondern ein ernsthafter junger Soldat, der eine junge Dame durch feindliches Gebiet eskortierte.

Obwohl Niebüll für Lena ihr neues Zuhause geworden war und beileibe kein feindliches Gebiet, fühlte sie sich in James' Begleitung unerwartet wohl. Es tat gut, sich in seiner Gegenwart zu entspannen und einfach auf die nächsten Schritte des Weges konzentrieren zu können, anstatt ständig alle Blicke zu spüren und zu überlegen, wie sie darauf reagieren musste. Jetzt blieben die Blicke an James hängen, und Lena fühlte sich unter seinem Schutz frei wie seit langem nicht mehr.

»Was ist Lieutenant Harris für ein Mensch?«, fragte sie ihn und befürchtete zu spät, dass er ihre Worte vorlaut finden könnte.

Aber James schien ihr ihre Worte nicht übelzunehmen. »Er ist der beste Offizier, unter dem ich je gedient habe«, erklärte er mit ruhiger Stimme.

»Was bedeutet das?«

»Ich bin sein Bursche«, erklärte James. »Das bedeutet, dass

ich innerhalb des Militärs keinen richtigen Rang besitze, ich bin also kein *Private* oder *Sergeant* oder Ähnliches. Es ist meine Aufgabe, mich um den Offizier zu kümmern und kleinere Unbequemlichkeiten von ihm fernzuhalten. Das heißt aber gleichzeitig, dass die Mannschaftsdienstgrade oft zu mir kommen, wenn sie ein Anliegen haben, damit ich es weitergeben kann.«

»Ein bisschen wie eine Pastorenfrau«, entfuhr es Lena. »Äh, nein, bitte entschuldigen Sie, Mister James. Ich wollte Sie nicht beleidigen.«

»So schnell bin ich nicht beleidigt.« Er grinste. »Aber wie genau haben Sie das gemeint, Fräulein Buth?«

Lena erzählte ihm von ihrer Mutter in der Heimat, die ihrem Vater den Rücken freigehalten hatte. Die wichtigen Entscheidungen wurden vom Familienoberhaupt gefällt. Er trug die Verantwortung für das geistliche Wohl der Gemeinde. Trotzdem würde alles nicht funktionieren, wenn es nicht auch eine Person gab, die die Rolle der rechten Hand einnahm, sich um die kleinen Dinge im Leben kümmerte und als Vermittlerin tätig wurde, wenn es nötig war.

»So etwas wie die gute Seele der Kompanie, ja?« James lächelte. »Das ist eine schöne Beschreibung für meine Arbeit. Vielen Dank dafür, Fräulein Buth.« Er sprach das deutsche Wort in der Anrede falsch aus, aber Lena freute sich trotzdem darüber.

Die Worte ihres früheren Englischlehrers schossen ihr durch den Kopf: Die Briten sind ein sehr höfliches Volk. Aus ihrer Sicht sind wir Deutschen mitunter sehr unhöflich und direkt.

Hoffentlich hatte sie ihn wirklich nicht beleidigt und er war nicht bloß höflich zu ihr.

»Lieutenant Harris ist ein guter Offizier, nehme ich an«,

sagte sie deswegen, um das Gespräch wieder auf ein unverfäng-
licheres Thema zurückzulenken. »Er wirkt sehr kompetent.«
»Er ist ein unglaublich gelassener Mensch.« In James' Augen
leuchtete Stolz auf. »Einmal, das muss auf Sizilien gewesen
sein, war unser Trupp unter heftigem Beschuss. Wir hatten
drei Panzer, und einer von denen steckte fest, weil sich die
Kette gelöst hatte. Die Gegner hatten Scharfschützen, und alle
waren voller Panik, duckten sich in den Dreck, brüllten sich
gegenseitig an ...«

»Ja?«

Lena hatte sich daran gewöhnt, dass Männer grundsätzlich nichts von dem erzählten, was sie im Krieg erlebt hatten.
Es schien etwas zu sein, was Frauen nicht verstehen konnten
oder vor dem man sie beschützen wollte. Das hatte sie nie gestört. Tief in sich spürte sie, dass sie manche Dinge tatsächlich
nicht zu genau wissen wollte. James' Bereitschaft, ihr plötzlich
davon zu erzählen, schien dieses Gleichgewicht ins Wanken
zu bringen.

James schien es ähnlich zu gehen, denn er zögerte mit dem
Weitererzählen. Doch schließlich gab er sich einen Ruck.

»Der Lieutenant rückte seine Offizierskappe zurecht, an der
der Feind ihn auch auf große Distanz erkennen konnte. Er
nahm seinen Spazierstock und machte sich ganz entspannt
auf den Weg zu dem Panzer, dessen Kette gerichtet werden
musste. Er ging dabei aufrecht, als würde er an einem schönen Sommertag durch einen Park spazieren gehen, verstehen
Sie, Fräulein? Er ging nicht in Deckung und beeilte sich nicht,
obwohl die Kugeln um ihn herum pfiffen. Und er pfiff dabei
ein Lied aus einer Operette.«

»Wie leichtsinnig«, entfuhr es Lena.

»Eigentlich nicht«, sagte James. »Die Trefferfläche für

feindliche Schützen verändert sich nahezu überhaupt nicht, egal, ob jemand geduckt schleicht oder entspannt und aufrecht geht. Aber es fühlt sich anders an.«

Lena überprüfte ihre Haltung und richtete sich auf. Sie wollte die gleiche Art von Entspanntheit ausstrahlen wie der Lieutenant in der Geschichte.

»Als die Männer ihn so sahen, haben sie sich für ihr Theater geschämt. Sie beruhigten sich und konzentrierten sich auf ihre Arbeit, während unsere Schützen den Feind weiter auf Distanz hielten. Eine halbe Stunde später konnten wir weiter vorrücken.«

»Also hat er sich absichtlich so gelassen gegeben, um die Männer zu beruhigen? Obwohl er wahrscheinlich genauso nervös war wie die anderen?« Sie musste an den Tag denken, an dem sie ihm das erste Mal begegnet war. Ein Schuss war gefallen und wütende Menschen hatten sich vor dem Rathaus versammelt. Trotzdem hatte er eine Ruhe und Entspanntheit ausgestrahlt, die Lena damals verblüfft hatten.

»So sind sie, unsere Offiziere«, sagte James stolz. »Lieutenant Harris ist natürlich der beste von allen.«

»Eine schöne Geschichte.« Sie lächelte. »Also sollte man in Gegenwart des Lieutenants niemals den Kopf einziehen?«

James lächelte zustimmend. »Respekt zeigen und Respekt einfordern. Das ist immer der beste Weg, sowohl beim Lieutenant wie auch in der Welt. Am wichtigsten ist aber der Respekt vor sich selbst.«

Lena nickte nachdenklich.

Sie erreichten die Scheune, vor deren Tür zwei Soldaten an einem Tisch saßen und Wache hielten. James wechselte einige Worte in dialektgefärbtem Englisch mit ihnen, die Lena nicht verstand. Es klang schlimmer als der nordfriesische Dialekt der Ortsansässigen. Sie würde sich viel Mühe geben, um so schnell wie möglich mitsprechen zu können.

Einer der Wachhabenden öffnete das Scheunentor für sie. Im halbschattigen Licht im Innern sah Lena verschiedene chromblitzende Fahrzeuge. Sie lächelte erstaunt. Bisher hatte sie Autos nur auf Straßen gesehen, oder es waren abgenutzte Militärfahrzeuge, auf die sie aufsteigen durften. Hier wirkten die Maschinen wie schlafende Raubtiere, elegant und verwegen, die auf ihren Dornröschenkuss warteten. Der alte Duft der Scheune nach Heu und Holz mischte sich mit dem aggressiveren Geruch von Kraftstoff und Öl.

»Welcher ist der Hispano?«, fragte James sie mit dem Tonfall eines Prüfers. Er lächelte ermutigend.

»Der zweite rechts«, sagte Lena, ohne zu zögern. Der Zweitürer blitzte verlockend. Er wartete geradezu darauf, mit Lena über die Landstraßen zu brausen, sie konnte es spüren. Das hier war kein Auto für ein braves, angepasstes Pastorenmädchen, aber es war ein Auto für Lena.

»Haben Sie schon einmal ein Auto gefahren?«

Sie schüttelte den Kopf. »Ich habe jedenfalls noch nie am Steuer gesessen.«

»Daran müssen wir arbeiten.«

»Das müssen wir.«

James öffnete Lena die Beifahrertür, als sei sie eine feine Dame. Sie umfasste ihren Rock, hob ihn leicht und stieg ein. Im Innern roch es nach Leder, Holz und ebenfalls nach Kraftstoff. Das Polster des Sitzes gab unter ihrem Hintern nach.

James stieg auf der Fahrerseite ein. »Sehen Sie die Pedale im Fußraum?«, fragte er. »Mit dem einen beschleunigt man. Es ist das Gaspedal.« Er ließ den Motor aufheulen. Das ganze Auto vibrierte.

»Und welches ist die Bremse?«, fragte Lena trotzdem, um diesen wichtigen Teil des Fahrens nicht zu vergessen. Die Vorstellung von so viel geballter Motorenkraft machte sie nervös. James zeigte es ihr. »Am wichtigsten ist die Gangschaltung«, erklärte er ihr. »Damit verstellt man das Getriebe des Motors. Auf diese Weise können Sie beschleunigen, ohne den Motor kaputtzufahren.«

Lena verstand nur jedes zweite Wort, nickte aber trotzdem. Was auch immer es hier zu lernen gab, sie würde es lernen, indem sie es tat. Das war immer der beste Weg. Respekt zeigen und Respekt einfordern, wie der Lieutenant es mochte. Das galt mit Sicherheit auch für Automotoren.

James parkte das Auto mit einem steten Wechsel aus Rückwärtsgang und erstem Gang aus. Lena beobachtete genau, wie er den Schalthebel bewegte und in die jeweiligen Positionen einrasten ließ. Sie war fest entschlossen, es beim ersten Versuch genauso gut hinzubekommen. Man musste ein Gespür dafür bekommen, wie die große Maschine reagierte, dachte sie.

Sie fuhren aus der Scheune. Die beiden Soldaten salutierten. Es hatte etwas Verspieltes, denn eigentlich hatten weder James noch Lena einen militärischen Rang, der so etwas erforderte. Vielleicht sahen sie das glückliche Lächeln auf Lenas Gesicht. James lenkte das Fahrzeug auf die Straße und steuerte aus der Stadt hinaus, bis sie die freie Landstraße erreichten. Hier fuhr er das Fahrzeug an den Rand.

Lenas Herz schlug schneller. Jetzt war offenbar sie an der Reihe.

Sie stieg aus, ohne darauf zu warten, dass James ihr die Tür öffnete. Gleich war sie keine Lady mehr, die ein Anrecht auf so etwas hatte, sondern die neue Chauffeurin. Dafür musste sie auch lernen, wie die Autotüren und die ganze restliche Technik funktionierten. Immerhin war das hier die Arbeit, die sie in Zukunft erledigen würde.

James half ihr, sich auf dem Fahrersitz zurechtzusetzen, und erklärte ihr noch einmal alle Pedale, bevor er ums Auto herumging und sich auf dem Beifahrersitz niederließ. »Sie müssen das Lenkrad eine Vierteldrehung einschlagen, sobald der Motor läuft, damit wir zurück auf die Straße kommen«, erklärte er. »Dann lenken Sie nach rechts gegen ... und dann sehen wir, wohin die Straße uns trägt.«

Lena lächelte nervös und nickte. Gang einlegen. Kupplung sanft treten, Steuerrad einschlagen. Und dann Gas geben.

Das Auto machte einen ruckenden Satz nach vorn. Lena riss ihre Füße hastig zurück. Das Auto rollte weiter, und sie suchte mit dem freien Fuß hastig das Bremspedal.

»Fahren Sie weiter«, forderte James. »Das Auto kann viel schneller als das, was Sie hier versuchen.«

»Aber was, wenn ich ...«

»Wenn Sie gegen einen Baum oder ein Haus fahren?« Er wies mit dem Kinn auf die freie Landschaft, die so flach wie ein Nudelbrett war. »Sehr gefährlich, Sie haben recht.«

»Aber ...« Was ist mit dem Graben, wollte sie sagen.

Stattdessen trat sie erneut die Kupplung, ließ den ersten Gang kommen und gab dem Gaspedal einen neuen Stups. Das Auto fuhr erschreckend schnell. Man kam nicht länger dazu, sich mit dem Blick am Straßenrand festzuhalten und zu orientieren. Noch ehe man einen Fixpunkt gefunden hatte, war das Fahrzeug bereits daran vorbeigerollt.

Man musste darauf vertrauen, dass die Straße einen trug und nicht im Stich ließ. Lena atmete tief durch und umfasste das Lenkrad neu.

»Nicht so verkrampft«, sagte James. »So halten Sie nicht mal eine halbe Stunde durch. Entspannen Sie sich. Das Auto weiß, was es tut.«

»Weiß es das wirklich?«

»Natürlich. Wollen Sie versuchen, in den zweiten Gang hochzuschalten? Im Moment zuckeln wir noch ziemlich langsam durch die Landschaft.«

Ein wildes Lächeln stieg aus Lenas Bauch auf. Sie kontrollierte es, so gut sie konnte. »Warum nicht?«, sagte sie bemüht lässig und griff nach dem Hebel für die Gangschaltung.

James half ihr ganz leicht dabei, die richtige Stelle zum Einrasten zu finden, aber im Grunde war es Lenas eigener Verdienst, dass das Auto in den zweiten Gang hochschaltete. Zumindest fand sie das. Sie beschleunigte und genoss den Rausch des Fahrtwindes in ihren Haaren, der ihr Kopftuch zum Flattern brachte. Die Jungs aus ihrer Klasse würden vor Neid verrückt werden, wenn sie sie jetzt sähen.

Dann umschloss die vertraute, drückende Faust ihr Herz aufs Neue. Die Hälfte der Jungs aus ihrer Klasse lebte nicht mehr. Wo auch immer ihre Seelen jetzt waren: Vermutlich war dort kein Platz mehr für Neid darauf, am Steuer eines schönen Autos zu sitzen.

»Ist alles okay?«, fragte James, als sie das Tempo verlangsamte.

»Ja. Alles okay«, antwortete Lena und beschleunigte erneut. »Ich glaube, ich mag meinen neuen Job.«

James lachte auf. »Ich glaube auch. Sie sind ein Naturtalent. Achtung, da vorn kommt eine Kurve.«

KLUGE DUNKLE AUGEN

Nachdem das deutsche Fräulein mit James sein Büro verlassen hatte, starrte Nigel bestimmt fünf Minuten lang auf seinen Füllfederhalter. Er betrachtete den goldenen Ring, der das Griffstück von dem tintengefüllten Schaft trennte, und drehte ihn hin und her, um das Blitzen des Morgenlichts auf der goldenen Feder zu betrachten. Die angetrockneten Tintenflecke darauf erschufen ein Muster wie von einer morastigen Landkarte, die zu klein war, um Truppenbewegungen darauf festzuhalten.

Was war gerade eben geschehen?

Nigel war niemand, der vor einer Schlacht zurückschreckte. Er hatte sein Leben mehr als einmal aufs Spiel gesetzt, auch über das hinaus, was die Pflichterfüllung erwarten ließ. Die Medaillen dafür hatte er nach Hause an seine Mutter geschickt, da diese dafür mehr Verwendung als er hatte. Niemand könnte behaupten, dass er vor einem Feind zurückzuckte.

Doch bisher hatte der Feind aus Männern bestanden, die auf dem Schlachtfeld oder aus dem Hinterhalt auf ihn schießen wollten.

Etwas in Miss Buths lebhaften dunklen Augen brachte ihn aus dem Gleichgewicht. Es war nichts, was sie mit Absicht machte, da war er sicher. Nigel konnte die Vitalität spüren, die sich in ihr verbarg und erst noch darauf wartete, ihre wahre

Form zu finden. Trotz ihrer Schnitzer im Englischen wirkte sie klug.

Außerdem wartete hinter ihren Augen etwas Wildes darauf, hervorzubrechen. Es war etwas, was sich von niemandem kontrollieren ließ, noch nicht einmal – so wäre er zu wetten bereit gewesen – von Miss Buth selbst. Dieses Etwas weckte seine Neugierde.

Nigel hatte seine Position erreicht und halten können, weil er die Fähigkeit besaß, Menschen in Sekundenbruchteilen richtig einzuschätzen. Normalerweise vertraute er darauf, ohne bewusst darüber nachzudenken. Hier jedoch war Denken erforderlich. Miss Buth war eine Deutsche. Sie gehörte zu den Anhängern der Rassenlehre, und ihre Landsleute hatten Bomben auf London und Birmingham geworfen.

War es angemessen, dass er seiner Neugierde nachgab und das erforschen wollte, was sich hinter ihrer freundlichen und unschuldigen Fassade verbarg?

Noch vor einem Monat hätte er die Frage mit einem klaren Nein beantwortet. Sie war eine Deutsche. Das war alles, was man wissen musste.

Er nahm die nächste Akte vom Stapel und blätterte sie durch. Eine Liste von registrierten Autobesitzern in Norddeutschland. Selbstverständlich alles Männer. Jetzt, wo er endlich eine Dolmetscherin hatte, würde er bald einige Fahrten unternehmen, um die Fahrzeuge für die Armee zu requirieren. Wenn das Fräulein nachher seine Briefe übersetzt hätte, würde er mit ihr in die Autowerkstatt hier im Ort gehen und sich vorstellen. Es gab noch viel Arbeit, die auf ihn wartete. Da war keine Zeit für gemischte Gefühle und Unsicherheiten im Angesicht von zwei warmen und klugen dunklen Augen zwischen zwei unter dem Kopftuch hervorwippenden Zöpfen.

Und doch …

Das Fräulein war beinah noch ein Mädchen. Sie war so mager wie alle Deutschen nach dem Krieg. Das ließ sie jünger wirken als Claire daheim in England, die auf dem Landsitz ihrer Familie von abgezweigter Butter und Eiern profitierte, die die Menschen nicht den Behörden meldeten.

Miss Buth war neunzehn, hatte sie gesagt. Ihre Eltern waren tot oder vermisst. Hatte sie überhaupt einen rechtlichen Vormund, bis sie volljährig war? Fiel diese Aufgabe den örtlichen Behörden zu? Oder hatte er als Arbeitgeber und Vertreter der Übergangsregierung nach deutschem Recht unabsichtlich die Vormundschaft für das hübsche Fräulein übernommen?

Sie war tatsächlich hübsch, wurde ihm erstaunt klar. Und wie sehr sie sich gefreut hatte, dass sie gleich an ihrem ersten Arbeitstag lernen durfte, ein Auto zu fahren!

Nigel verdrängte die Gedanken. Mit einem leisen Seufzen wandte er sich wieder dem Papierkram zu und konzentrierte sich auf seine Arbeit. Bis zur Mittagspause musste noch viel erledigt werden.

Als er um kurz vor zwölf Mädchenlachen auf dem Flur hörte, blickte er erstaunt auf den Stapel, den er inzwischen weggearbeitet hatte. Offenbar hatte die Strategie funktioniert. So effizient hatte er lange nicht mehr gearbeitet.

Es klopfte an seine Tür.

»Herein«, sagte er.

James öffnete die Tür. Miss Buth kam herein und blieb vor ihm stehen. Ihre Wangen leuchteten rosig. Sie öffnete den Mund und schloss ihn wieder, als ob sie nicht sicher sei, welche englische Begrüßungsformel um diese Tageszeit angemessen sei.

»Guten Tag, Miss Buth«, begrüßte er sie mit einem feinen Lächeln und erfreute sich an der Röte, die daraufhin ihr Gesicht überzog.

»Guten Tag, Lieutenant Harris«, sagte sie. »Wir sind wieder zurück.«

»Das sehe ich. Wie ist es gelaufen?«

Sie warf einen hilfesuchenden Blick zu James.

»Das Fräulein ist ein Naturtalent«, erklärte dieser. »Ich glaube, sie ist eine Bauerstochter und hat ihre ganze Kindheit auf dem Steuersitz eines Traktors verbracht.«

»Das stimmt nicht!« Die Wangen des Fräuleins verfärbten sich noch dunkler. »Es war heute wirklich das erste Mal.«

»Niemand fährt solche Kurven beim ersten Versuch im zweiten Gang, ohne im Graben zu landen.«

»Ich habe einfach vergessen, dass ich die Gangschaltung bedienen muss. Und dann wusste ich vor lauter Aufregung nicht mehr, wie es geht.«

»Vielen Dank, soll ich vom Getriebe ausrichten.«

Nigel räusperte sich. Er hatte den Eindruck, dass die beiden sich besser verstanden, als angemessen war. James war erst sechsundzwanzig, erinnerte er sich. Altersmäßig war er Miss Buth damit deutlich näher als er selbst. Ihm fiel ein, dass James zu Hause mehrere kleine Schwestern hatte. Offenbar hatten Miss Buth und er einander gesucht und gefunden. Er würde später ein ernstes Wort mit ihm reden müssen und ihn an die Vorschriften zum Fraternisieren erinnern.

Die beiden blickten ertappt in Nigels Richtung und richteten sich auf. In diesem Augenblick wirkten sie trotz ihrer körperlichen Unterschiede wie zwei Geschwister, die etwas ausgefressen hatten.

Er räusperte sich erneut und wandte sich an James. »Das

klingt, als könnte ich damit rechnen, dass Miss Buth bald vernünftig Auto fährt.«

»Geben Sie mir ein oder zwei Wochen. Dann fährt sie uns in einem Truppentransporter querfeldein bis nach Calais, Sir.«

Nigel nickte, ohne auf die Übertreibung einzugehen. »Gut gemacht, Miss Buth.«

Sie knickste. »Vielen Dank, Sir!«

Er musterte sie prüfend. »James zeigt Ihnen die Kantine und wo Sie Ihre Mittagspause verbringen können. Um ein Uhr erwarte ich Sie hier in meinem Büro für einige Briefe.«

»Sehr wohl, Sir.« Sie knickste erneut. »Ich wünsche Ihnen eine schöne Mittagspause.«

»Ebenfalls.«

Das Büro fühlte sich leer an, nachdem sie es verlassen hatte.

GISELAS GROSSE PLÄNE

Es hatte sich eingebürgert, dass Herr Tauber und Rainer am Samstag nach dem Schließen der Apotheke gemeinsam in der kleinen Küche saßen und Tee miteinander tranken, bevor sie sich voneinander verabschiedeten. Rainers Mutter hatte sich daran gewöhnt und servierte das Mittagessen eine halbe Stunde später als üblich.

Rainer hatte die Gespräche mit dem alten Mann im Laufe der Zeit zu schätzen gelernt. Er traute sich, ihm Fragen zu stellen, die er weder seinem eigenen Vater noch seiner Mutter zugemutet hätte. Außerdem gefiel es ihm, dass Herr Tauber auf sein hohes Alter verwies und am Tisch sitzen blieb, während Rainer den Tee zubereitete. Darin lag etwas Respektvolles, was all den Menschen fehlte, die wegen seiner Krücken ein Riesentheater machten. Als ob er mit den paar Zehen auch die Fähigkeit verloren hätte, Wasser aufzusetzen und Tee richtig abzumessen!

»Glaubst du eigentlich noch an Gott?«, eröffnete Herr Tauber das Gespräch, sobald Rainer ihnen den Kamillentee eingeschenkt hatte.

»Sie legen ja gut vor.« Er lachte. »Eine leichtere Frage ist Ihnen nicht eingefallen, oder?«

»Du verdienst, dass ich mir Mühe gebe.« In den Augen des Älteren blitzte Spott auf. »Immerhin hast du was im Kopf und kannst denken, wenn du dir Mühe gibst. Das schaffen die wenigsten Bengels.«

Rainer schwieg. In den Worten des Apothekers lag eine Zuneigung, die es unmöglich machte, zu spotten oder etwas Vergleichbares über das Wissen und die Weltsicht des anderen zurückzugeben.

»Also, glaubst du noch an ihn, so wie du es als kleiner Junge getan hast? An den großen Vater mit weißem Bart, der zwischen den Wolken wohnt und genau beobachtet, ob du vor dem Schlafen dein Gebet sprichst, Äpfel aus dem Nachbargarten klaust oder falsch Zeugnis gegen deinen Nächsten ablegst?«

Rainer zögerte und nahm einen Schluck Tee. »Wenn Sie mich so fragen, kann ich nur mit Nein antworten, und das wissen Sie.«

»So?«

»Weil die Religion Opium ist, die dazu dient, die Menschen zu verdummen. Das haben Sie mir beigebracht.«

»Und weil ich es sage, ist es wahr?« Der alte Mann lachte vergnügt. »Glaubst du immer, was man dir erzählt?«

»Nur, wenn Sie es tun«, sagte Rainer leicht. »Denn wenn ich es nicht tue, werden Sie meine Argumente ohnehin so lange auseinanderpflücken, bis ich mich Ihrer Meinung anschließe.«

»Also gibst du klein bei? Wie enttäuschend.« Er sah Rainer auffordernd an.

»Also schön, lassen Sie hören. Worüber wollen Sie heute diskutieren?«

»Was machst du, wenn ich behaupte, dass die Menschen Gott erfunden haben, damit jemand die Sünder bestraft, weil es früher weder Gesetzbuch noch Advokaten oder Anwälte gab?«

Rainer dachte darüber nach. »Wollen Sie damit sagen, dass wir jeden Sonntag Kirchenlieder für ein unsichtbares Gesetzbuch singen?«, antwortete er schließlich.

Herr Tauber lachte meckernd und zufrieden. »Gut gegeben.«

»Und was ist mit Ihnen?«, fragte Rainer zurück. »Sie gehen nie in die Kirche. Glauben Sie an Gott?«

»Das ist eine gute Frage. Schenkst du uns neuen Tee ein?«

»Natürlich.« Rainer achtete darauf, beide Tassen genau gleich voll zu füllen.

»Kennst du den Geheimrat Johann Wolfgang von Goethe?«

»Nicht persönlich.« Er grinste.

»Ich auch nicht. Aber er hat uns ein paar sehr schöne Gedanken über das Göttliche hinterlassen.« Herr Tauber nahm einen Schluck Tee.

»Da steh ich nun, ich armer Tor, und bin so klug als wie zuvor?‹«

Herr Tauber lachte. »Auch eine schöne Antwort, ja. Obwohl der gute Doktor Faustus das eigentlich sagt, weil er mit den Naturwissenschaften keine Antworten auf die wahren Fragen seines Lebens findet.«

»Was hat Herr von Goethe über Gott gesagt, was so wichtig ist, dass Sie sich hinter seinen Worten verstecken müssen, Herr Tauber?« Rainer blickte betont unschuldig. »Ich meine ja nur. Irgendjemand hat mal gesagt, dass nur Feiglinge und Dummköpfe sich hinter den Worten längst verstorbener Autoritäten verstecken, anstatt sich ein eigenes Bild zu machen. Ich habe keine Ahnung, wer so etwas behauptet haben könnte.«

Sein Mentor warf ihm einen scharfen Blick zu. »Du passt

zu gut auf, Rainer. Irgendwann kann man dich nicht mehr austricksen.«

»Das nehme ich als Kompliment. Und? Glauben Sie jetzt an Gott?«

Herr Tauber rührte in seiner Tasse herum und sah dann aus seinen listigen Äuglein zu Rainer. »Ich weiß es nicht.«

Am nächsten Tag ging Rainer wie üblich mit seiner Mutter in die Kirche. So ganz konnte er sich eine Welt ohne dieses vertraute Ritual nach wie vor nicht vorstellen. Außerdem gelang es ihm wie zufällig, seine Mutter auf eine Bank zwei Reihen hinter Fräulein Buth zu lenken. Gisela saß auf der anderen Seite mit ihrer Familie, beachtete ihn aber nicht sonderlich. Früher hätte ihn das gestört, heute fühlte er sich eher erleichtert. Rainer und seine Mutter setzten sich und plauderten leise über die Menschen, die an ihnen vorbeigingen, und die, die ihren Platz schon gefunden hatten.

Durch eine Lücke zwischen den Menschen erhaschte er jedes Mal, wenn Frau Müller sich zur Seite drehte, einen Blick auf Fräulein Buths Nacken und ihre anmutige Art, den Kopf zu halten. Er sah ihr zu, wie sie ihr Kopftuch zurechtrückte, wie sie allmählich auf der Bank nach unten rutschte und sich wieder aufrichtete, wie sie manchmal den Kopf zur Seite drehte und ihre Schwester ansah. Vielleicht sah sie manchmal sogar aus den Augenwinkeln nach hinten zu ihm, hoffte er, aber wenn, dann tat sie es so geschickt, dass man es nicht bemerkte. Einmal fuhr sie langsam mit der Hand über ihren Nacken, als würde sie seine Blicke spüren. In diesen kleinen Bewegungen lag eine zarte Anmut, sodass Rainer sie am liebsten den ganzen Tag betrachtet hätte.

Er stellte sich vor, neben ihr zu sitzen und seine Hand beinah zufällig neben ihre zu legen. Eine Berührung, die nichts zu bedeuten schien, die Zufall war und die dem Fräulein vielleicht trotzdem so gut gefiele, dass sie ihre Hand nicht wegzog. Er könnte neben ihr sitzen und den weichen Duft einatmen, den ihre Haut und Haare verströmten. Vielleicht könnte er Fräulein Buth hinterher fragen, was ihr an der Predigt besonders gefallen hatte. Wenn er den Mut dafür aufbrachte.

»Du strahlst ja wie ein Honigkuchenpferd.« Seine Mutter stupste ihn sanft mit dem Arm an. »Was genau gefällt dir an der Predigt heute so, wenn ich fragen darf?«, flüsterte sie.

Rainer beherrschte sich und setzte schleunigst einen neutralen Gesichtsausdruck auf. »Och, gar nichts.«

»So, so.« Seine Mutter machte einen langen Hals und beugte sich zu ihm, um durch die Lücke zwischen den Köpfen in Richtung Kanzel zu blicken. »Ist 'ne Hübsche«, kommentierte sie scheinbar neutral.

»Wer denn?« Rainer blickte unbehaglich nach oben auf die Buntglasfenster und konzentrierte sich auf ihr Funkeln und Leuchten.

Sie lächelte und schwieg.

Rainer holte tief Luft und seufzte. Es war schlimm mit seiner Mutter. Sie schien alles zu wissen, alles vorherzuahnen und lächelte jedes Mal, als sei sie die Sybille persönlich. Er konzentrierte sich auf die Predigt und senkte den Blick, als würde er sich in Besinnung üben und auf die Worte des Pastors konzentrieren. Auf der anderen Seite saß Gisela. Wenn er überhaupt an eine Frau denken sollte, dann war sie es.

Aber ein Gedanke verfolgte ihn und entwischte jedes Mal, sobald er ihn weiterzudenken versuchte. Warum lächelte seine

Mutter auf diese Weise, statt ihn mit aller gebotenen Strenge auf seinen Status als verlobter Mann und die damit verbundenen Pflichten hinzuweisen?

Nach dem Ende des Gottesdienstes erhob er sich und ließ sich mit den anderen zum Klang der Orgel nach draußen treiben. Er hoffte, dass Fräulein Buth irgendwo stehen blieb und sich in ein Gespräch verwickeln ließ.

Tatsächlich stand sie neben seiner Schwester Ruth und deren Töchtern und unterhielt sich mit ihnen. Als sie aufblickte und Rainer sah, röteten sich ihre Wangen, und sie senkte den Blick.

»Starr nicht so.« Seine Mutter stieß ihn in die Seite. »Wir können gemeinsam hingehen.«

Rainer blickte sie entgeistert an, folgte dann aber. Was war heute nur mit seiner Mutter los? So kannte er sie überhaupt nicht. Müsste sie ihm nicht Vorhaltungen machen, dass er sich das fremde Fräulein aus dem Kopf schlagen sollte?

Fräulein Buths Wangen röteten sich, als Rainer und seine Mutter zu ihnen traten.

Während sie einander schüchterne Blicke zuwarfen, unterhielten sich Rainers Mutter und Schwester darüber, dass die Frau des Automechanikers von ihrem Bruder aus Dänemark eine große Dauerwurst geschickt bekommen hatte. Die Lebensmittelversorgung in Deutschland hatte sich seit dem Kriegsende deutlich verbessert, aber es blieb knapp. Alle waren froh, wenn sie über Freunde und Bekannte etwas Zusätzliches organisieren konnten.

Schließlich kam der passende Moment. Die anderen waren in ein Gespräch verwickelt. Fräulein Buth schien zuzuhören, doch immer wieder warf sie Rainer aus den Augenwinkeln einen Blick zu, in dem eine Einladung und schüchterne Sehnsucht lagen. Zumindest hoffte Rainer, dass es so war.

»Wie hat Ihnen die Predigt gefallen, Fräulein Buth?«, fragte er.

»Es war ein spannendes Thema«, antwortete sie freundlich und wandte sich ihm mit leuchtenden Augen zu. »Ich mochte, wie … also, wie das alles zusammenpasste.«

»Ich auch.«

Sie sahen sich an. Er musste etwas sagen, aber ihm fiel nichts ein.

Warum sagte sie nichts?

»Das Orgelspiel war auch gut«, sagte er.

»Ja. Die Lieder waren gut ausgesucht. Sie passten zum Thema der Predigt.«

Was war das Thema gewesen?

»Ja, sie passten wirklich gut.«

Sie sahen sich an. In Fräulein Buths dunklen Augen lag etwas Klares und Unverstelltes, was sein Herz berührte. Es antwortete ohne Worte. Du und ich. Das passt wirklich gut, hier so zu stehen. Mit dir.

Er sollte etwas sagen. Oder etwas tun. Oder wegsehen.

Oder sie in den Arm nehmen.

»Sie haben sehr schöne Augen«, sagte er.

Fräulein Buth senkte den Blick und machte einen Schritt nach hinten. »Danke.«

»Was macht Ihre Arbeit?«

»Danke. Und Ihre?«

Er öffnete den Mund und schloss ihn wieder. »Funktioniert ganz gut.«

Sie nickte. Auch sie öffnete den Mund, als ob sie etwas sagen wollte, und schloss ihn wieder.

Wie hübsch sie war. Natürlich durfte er ihr nicht verraten, dass er sie während des Gottesdienstes die ganze Zeit beobachtet hatte. In ihren Augen leuchtete etwas Warmes und Gutes. Er musste daran denken, wie sie der Tochter im Haushalt der Feddersens mit nichts weiter als Freundlichkeit und ein wenig Vertrauen eine Tracht Prügel erspart hatte. Besaß sie die Fähigkeit, andere Menschen zu verzaubern?

Eine schmale Hand umfasste seine Schulter mit festem Griff. »Da bist du ja, Rainer!«

Er drehte sich um, halb gezwungen und halb freiwillig. Gisela stand vor ihm und lächelte strahlend, wenn auch etwas bemüht. Zwei ihrer Freundinnen standen ein Stück hinter ihr. Sie waren weit genug weg, um es zufällig erscheinen zu lassen, nah genug, um Rückendeckung zu geben. Rainer schluckte im Angesicht von so viel geballter Weiblichkeit.

»Moin, Gisela.« Ihr helles Kleid wirkte sommerlich und fröhlich. Rainer kannte sich nicht mit Damenmode aus, aber ihm kam es vor, als ob all die Schleifen und Rüschen daran sehr viel Arbeit gekostet haben mussten. Ihr Sonntagskleid war eleganter als das der meisten Frauen im Dorf.

»Moin.«

»Schöner Tag heute.« Er versuchte, neutral an ihr vorbeizublicken. Fräulein Buth in seinem Rücken kommentierte eine Bemerkung seiner Mutter und teilte ihm damit ohne Worte mit, dass das Gespräch zwischen ihm und ihr beendet war.

»Wie geht es dir?« Giselas Fröhlichkeit erschien aufgesetzt, wie bei einer Volksschullehrerin, die auf das Verschwinden des Direktors wartete, bevor sie einem frechen Jungen mit dem Lineal genüsslich den Hintern versohlte.

»Muss ja«, sagte er unbehaglich. Sie hatte sich für ihr

Erscheinen den schlechtmöglichsten Zeitpunkt ausgesucht.
»Und dir?«

»Ich freue mich, dass ich dir hier so unerwartet über den Weg laufe. Man sieht dich ja kaum noch, mein Verlobter.« Sie betonte das letzte Wort und legte besitzergreifend eine Hand auf seine Krücke. »Hast du einen Moment Zeit für mich?«

Rainer zwang sich, nicht entschuldigend zu Fräulein Buth hinüberzusehen. »Natürlich, Gisela. Was gibt es?«

»Unter vier Augen, bitte.« Es klang so sanft und weich, dass er ihr den Wunsch gern erfüllte.

Rainer bat seine Familie, ihn zu entschuldigen, und folgte Gisela durch die sonntäglich gekleideten Menschen zu einer ruhigen Stelle am Rand des Marktplatzes. Giselas Freundinnen folgten ihnen nicht.

»Was gibt es?«, fragte er.

»Hast du dir schon Gedanken wegen eines Termins gemacht?«

»Was für ein Termin?«

»Für unsere Hochzeit natürlich!« Sie sah ihn liebevoll an, doch hinter der Wärme verbarg sich etwas Forderndes.

Er öffnete den Mund, als sei er ein Fisch auf dem Trockenen, und sah sie entgeistert an.

»Wenn die Hochzeit dieses Jahr stattfinden soll, müssen wir allmählich mit der Planung beginnen. Möchtest du etwa im Winter heiraten?« Sie lächelte, aber es wirkte angestrengt.

Es war tatsächlich ein schöner Tag, musste Rainer einräumen. Zu viel Zeit war vergangen, seit er sich erlaubt hatte, einfach in den Tag hineinzuleben. Keine Granaten störten die friedliche Stille, nur leise und fröhliche Unterhaltungen. Kein russischer Schnee biss in die Zehen. Das war alles vorbei. Stattdessen war der Tag erfüllt von Vogelzwitschern. In den Vorgärten und an den Feldrändern blühte es, und die Luft war voller Sommerduft. Wenn die anderen Dinge nicht in seiner Erinnerung eingebrannt wären und dort fortexistierten, wäre die Welt ein Paradies.

»Ich verstehe nicht genau, was du meinst«, sagte er, obwohl er es in Wahrheit recht gut verstand.

»Es wird Zeit, dass wir mit der Planung anfangen«, wiederholte sie und sah ihn hilflos an. »Ich habe Verwandte, die weiter fort wohnen und ihre Reise erst organisieren müssen. Wenn wir im August oder September heiraten, sollten wir in den kommenden Wochen die Einladungen verschicken. Sonst glauben die Menschen, wir müssen schnell heiraten, weil wir keine Wahl haben.«

Rainer räusperte sich. Er öffnete den Mund und schloss ihn wieder. Obwohl nirgendwo feindliche Soldaten in Sicht waren, fühlte er sich mit einem Mal, als würde ihm jemand eine Pistole an den Kopf halten. »Bitte beruhige dich, Gisela, und atme erst mal tief durch.«

»Die Zeit drängt aber!« Ihre Stimme klang plötzlich schrill.

»Hast du in den vergangenen Tagen mal auf einen Kalender geschaut? Es ist Anfang Juni!«

Er machte einen Schritt nach hinten. »Atme bitte erst mal tief durch, Gisela.«

»Erteile mir keine Befehle, Rainer. Ich bin deine Verlobte, kein Soldat an der Front.«

Allmählich wurde er gereizt. Er mochte es nicht, auf diese Weise vor den Augen ihrer Freundinnen unter Druck gesetzt zu werden. »Wer um alles in der Welt sagt, dass die Hochzeit noch dieses Jahr stattfinden muss?«

»Meine Mutter.« Gisela zog die Unterlippe nach innen. Ihre strenge Fassade bröckelte. »Sie meint, ich soll mir überlegen, was ich mit meinem Leben anfangen will. Wenn ich keine Ausbildung machen will, wird es Zeit, dass ich unter die Haube komme und Kinder kriege.«

»Das ist ein Problem.« Rainer kannte Giselas Mutter. Wenn die sich etwas in den Kopf gesetzt hatte, bekam sie es normalerweise auch. Er überlegte. »Warum machst du nicht einfach eine Ausbildung, um deine Mutter zu beruhigen? Es ist immer gut, wenn eine Frau vor der Ehe etwas von der Welt gesehen hat.«

»Rainer!« Sie öffnete die Augen weiter und trat dichter an ihn heran. Es sah niedlich aus, aber irgendwie auch künstlich und gewollt. Rainer fragte sich, warum ihn die Geste früher nie gestört hatte. Jetzt löste sie in ihm ein diffuses Unbehagen aus.

Er entzog Gisela seinen Arm. »Wovon soll ich uns ernähren, Gisela?«

»Du arbeitest doch in der Apotheke.«

Er lachte ungläubig. »Erinnere mich daran, dass du in unserer Familie nicht die Finanzen übernimmst.«

»Was soll das heißen?«

»Hast du eine Vorstellung davon, wie wenig ein ungelernter Apothekenhelfer verdient?«

»Oh.« Ihre Augen wurden groß.

Er schwieg. Am liebsten hätte er sie geschüttelt oder weggeschubst, weil sie ihn auf diese Weise bloßstellte.

»Ich dachte, du übernimmst die Apotheke, wenn Herr Tauber in den Ruhestand geht«, sagte sie leise. »Du sagst immer, dass du dich ohnehin um alles kümmerst.«

»Dafür brauche ich ein richtiges Pharmazie-Studium«, erklärte er ihr.

»Wie lange dauert das?«

»Mindestens vier Jahre.«

Tränen schossen ihr in die Augen und rannen ihre Wangen hinab. »Wie kannst du mir das antun?«

Er starrte sie entgeistert an.

»Das heißt, dass ich noch mindestens vier Jahre warten muss! Hast du eine Vorstellung, was das für mich bedeutet?« Ihre Freundinnen starrten unverhohlen in ihre Richtung. Sie mussten die Tränen auf Giselas Gesicht bemerken. Rainer verkrampfte seine Hände und unterdrückte den Impuls, fortzugehen. Ein richtiger Mann lief nicht vor Konflikten davon. Wer dem Russen ins Gesicht geblickt hatte, schaffte das auch bei einer Schönheit wie Gisela.

»Es tut mir leid«, sagte er ruhig. So ganz wusste er nicht, wofür er sich da entschuldigte, aber es schien angemessen. Giselas Tränen versiegten schlagartig.

»Warum studierst du dann noch nicht?«, fragte sie leise.

Er hatte keine Antwort.

»Wenn dir unsere Liebe wichtig ist und du an unsere Zukunft denkst, müsstest du nicht allmählich damit anfangen?«

Er schwieg.

»Rainer, ich will Kinder haben, bevor ich zu alt dafür werde.«

»Du weißt schon, dass die Alliierten den Karnickelorden abgeschafft haben?«

»Rainer!«

»Gisela!«, äffte er sie nach.

Im gleichen Augenblick schämte er sich für die Worte.

»Aber meine Mutter!« Gisela klang plötzlich wie ein kleines Kind. »Sie hat angefangen, zu überlegen, wie die Tischordnung bei der Hochzeit aussehen könnte. Jetzt will sie den ganzen Tag mit mir über Dekorationen und das Kleid diskutieren, das wir aus dem alten Brautkleid meiner Oma arbeiten wollen. Du weißt doch, wie sie ist.«

Rainer wusste nicht, was er sagen sollte. »Wir können dieses Jahr noch nicht heiraten. Es tut mir leid, Gisela.«

Ihre Augen wurden schmal. »Meine Mutter wusste, dass du genau das sagen würdest.«

»Was soll das heißen?«

»Du verbringst ganz schön viel Zeit mit diesem … diesem seltsamen Fräulein aus Pommern, die so komisch spricht. Hast du im Rassekundeunterricht nicht gelernt, dass die im Osten alle mischblütig sind, weil sie vom Slawen unterwandert wurden?«

Jetzt reichte es. Frauen. Sie konnten einem Mann den letzten Nerv rauben. Er drehte sich um und ließ sie stehen. Höchste Zeit für ein kühles Bier in der Wirtschaft und einen Umweg über den Fußballplatz, um zu sehen, ob die Jungs wieder spielten. Im Moment wollte er niemanden mehr sehen, weder Gisela noch seine Mutter und noch nicht einmal Fräulein Buth.

Gisela rief ihm noch etwas hinterher, aber er ignorierte es. Natürlich war das unhöflich von ihm, aber hatte sie sich etwa besser benommen?

DIE REISE

Die Wochen vergingen. Nigel gewöhnte sich daran, dass Miss Buth seinen Arbeitstag mit ihrem Lächeln verschönerte. Er achtete jedoch darauf, ihr Miteinander professionell zu halten. Allmählich verlor das Deutsche in ihr seine Bedrohlichkeit. Ihr Akzent und ihre häufige Suche nach den passenden englischen Wörtern erschienen ihm jetzt niedlich und nicht mehr bedrohlich.

James hatte recht gehabt mit ihrem Talent fürs Autofahren. Als er das erste Mal mit ihr in die Autowerkstatt ging, um die Zusammenarbeit zu besprechen, übersetzte Miss Buth mit Feuereifer und sehr kompetent. Nigel war sich nicht ganz sicher, ob sie sich die Hälfte der deutschen Fachausdrücke nicht erst vor Ort vom Mechaniker erklären ließ, doch was störte das? Ihre englischen Begriffe saßen sauber, und das verdankte sie offensichtlich James und der geteilten Leidenschaft für schöne Fahrzeuge.

Die Erinnerung an die Kriegstage verblasste. Ein neuer Alltag pendelte sich ein. Woche für Woche verlor Fräulein Buth etwas mehr von dem gehetzten Aussehen, das sie anfangs mit ins Büro gebracht hatte. Offenbar tat die Regelmäßigkeit und Struktur ihr gut. Ihr Englisch verbesserte sich ebenfalls. Er hatte das Gefühl, dass sie Tag für Tag neue Vokabeln lernte und flüssiger mit ihm parlierte.

Manchmal stellte Nigel ihr Fragen über das Leben im Nazi-Deutschland vor der Niederlage. Er konnte sich kaum vorstellen, wie es sich angefühlt haben musste. Was brachte die Menschen eines Landes dazu, kollektiv den Verstand zu verlieren und wie Abwasser über sämtliche Grenzen gleichzeitig zu quellen und alles Fremde mit Blut, Uniformen und Herrenrassen-Ansprüchen zu beschmutzen?

Miss Buths Antworten blieben seltsam inhaltsleer. Wenn er sie fragte, erzählte sie von der Hitlerjugend. Von Büchern, die sie dort gelesen hatten, von Handarbeitsstunden und vom Appellstehen. Sie hätte sich da nicht sonderlich wohlgefühlt, sagte sie. Das sei aber nichts gewesen gegen den Tag, an dem sie vorzeitig die Schule verlassen musste, um kriegswichtige Aufgaben zu übernehmen.

»Was waren das für Aufgaben?«, fragte Nigel. Die Vorstellung von adretten jungen Frauen in Uniform, mit blankpolierten Stiefeln, gefiel ihm genauso wie vermutlich jedem Mann unter seinem Kommando. Doch er war Realist und hatte lang genug in einer anderen Armee gedient, dass er Hilfsarbeiten und Sanitärdienst für wahrscheinlicher hielt.

»Wir haben einen Wall aufgeschaufelt«, erklärte Fräulein Buth ernst. »Mit Schaufeln und Hacken und blutigen Blasen an den Händen.«

»Um das Führerhauptquartier?« Er lächelte. Er wusste, dass es nicht so war, doch der übertriebene Ernst von Miss Buth ließ ihn vermuten, dass sie ebenfalls so etwas wie Schalk verspürte.

»Nein. Als Barriere gegen die russischen Panzer.«

Nigel hob die Brauen. »Wie hoch war der Wall?«

Sie zuckte mit den Schultern. »Eineinhalb bis zwei Meter. Je nachdem, an welcher Stelle Sie nachschauen würden.«

»Really?«

»An manchen Stellen vermutlich auch nur einen Meter. Wahrscheinlich sind die russischen Panzerführer vor Angst erstarrt, als sie an eine so mächtige Sperre kamen.«

»Ganz bestimmt.« Was für ein Irrsinn war das? Die Worte des Fräuleins klangen ernst gemeint.

»Es ist wirklich schwierig, einen solchen Wall über eine große Strecke zu errichten, wenn man dafür nichts weiter hat als Schaufeln. Viele von uns waren körperlich zu schwach für die Arbeit.«

»Und das war der kriegswichtige Einsatz, für den Sie Ihren Schulabschluss opfern mussten?«

»Der Führer befahl, das Volk musste folgen.« Miss Buths weiße Zähne blitzten auf. »Was für eine Wahl hätte ich gehabt, Sir?«

»Man hat immer eine Wahl«, sagte Nigel ernst. »Das ist es, was Freiheit bedeutet.«

»Wenn Sie die Wahl zwischen Gefängnis und Erde schaufeln hätten ... Was würden Sie wählen? Wenn Sie frei wären und frei bleiben wollten?«

Nigel runzelte die Stirn. »So war das Leben in Nazi-Deutschland?«

»Manchmal war es noch etwas gruseliger als das«, erklärte Miss Buth ernst. »Als ich klein war, musste mein Vater für einige Monate ins Gefängnis.«

»War er ein Jude?«

Sie lachte auf. »Nein. Ein Pastor. Aber offenbar einer von der falschen Sorte.«

Nigel hätte gern weitergefragt, aber in diesem Moment klopfte es an der Tür und das Gespräch wandte sich wieder dienstlichen Dingen zu.

Ende August wurden die Außeneinsätze weniger. Stattdessen verdoppelte sich der Papierkram im Büro. Es gab viel, was verwaltet werden musste, jetzt, wo Frieden herrschte und Lücken in den Magazinen zum schlimmsten Feind eines Offiziers wurden. Listen wollten geprüft und abgezeichnet werden, Eingaben und Anfragen mussten übersetzt und bearbeitet wurden. Nigel vermisste die Autofahrten mit dem klugen Fräulein, bei denen sich Beruf und Privates ein wenig mischten und Zeit dafür war, ein Mensch zu sein.

Als Captain Mitchell ihm bei einer Besprechung mitteilte, dass sie als Nächstes auf der Nordseeinsel Föhr nach dem Rechten sehen sollten, freute er sich. »Sehr gern, Sir.«

»Die Insel war früher bei Urlaubern sehr beliebt. Wenn Sie wollen, bleiben Sie zwei Nächte statt einer.«

»Das klingt nach einem Plan.« Er lächelte. »Ein wenig ausspannen wird uns allen guttun.«

»Nehmen Sie Ihre Dolmetscherin mit?«

»Ohne sie wird es schlecht gehen. Ich spreche diese barbarische Sprache nicht.«

»Dann wünsche ich Ihnen eine angenehme Reise ohne Komplikationen.« Der Vorgesetzte zwinkerte. »Denken Sie an das Fraternisierungsverbot.«

Nigels Kiefermuskeln wurden hart. »Natürlich.«

Das Zwinkern ließ es aussehen, als würde er seine Position als Vorgesetzter ungebührlich ausnutzen. Die bloße Vorstellung missfiel Nigel. Als Offizier des Empires hatte er die Verantwortung, sich entsprechend zu benehmen.

Ganz besonders, wenn er selbst in stillen Stunden manchmal darüber nachdachte, wie es wohl wäre, wenn diese Grenzen nicht existierten und er Miss Buth bei Kerzenlicht in ein Lokal ausführen könnte. Es wäre sicher ein hübscher Anblick, wenn ihr Gesicht in einer behaglichen Umgebung entspannte und die ständige Anspannung von ihr abfiel …

Seine Fantasie ersetzte das Bild eines edlen Restaurants durch einen Strand und Wellen, die bei Möwengeschrei ans Ufer schlugen. Jetzt zerzauste der Wind die feinen Strähnen, die sich trotz des Kopftuchs aus Miss Buths ordentlichen Zöpfen gelöst hatten. Sie luden dazu ein, sanft darüber zu streicheln und sie zurück an den Ort zu schieben, an den sie gehörten. Ein hoffnungsloses Unterfangen bei dem Wind, der dort wehte, aber es brachte ihn und Miss Buth näher zusammen.

Er räusperte sich. »Gibt es nähere Vorgaben für die Reise?«

»Hier sind Ihre Unterlagen.« Nigel nahm die Papiere entgegen.

Papier, Papier, Papier. Das war alles, woraus der Dienst in jüngster Zeit bestand. Hatte er dafür bei der Landung erst in Sizilien und später in der Normandie sein Leben aufs Spiel gesetzt?

Miss Buths Augen leuchteten auf, als sie von der geplanten Reise erfuhr. Doch dann verdunkelte sich ihr Blick. »Ich fürchte, ich kann nicht mitfahren, Sir.«

»Wieso nicht?« Zivilistinnen waren eine anstrengende Spezies. Kein Soldat unter seinem Kommando hätte ihm eine solche Antwort gegeben.

»Es ist … mein Ruf, Sir. Ich bin hier im Ort eine Fremde. Man tuschelt ohnehin über mich, weil ich hier arbeite, auch wenn die Menschen mir natürlich immer ins Gesicht sagen, was für ein Glück ich habe.« Sie seufzte tief. »Wenn ich jetzt für zwei Nächte wegfahre, als einzige Frau …«

»Sie fahren nicht als Frau, sondern als Übersetzerin. Und

Sie erhalten ein eigenes Zimmer auf einer anderen Etage als die Soldaten.«

»Wenn ich Ihre Schwester wäre … würden Sie das dann auch so sehen?«

Er schwieg.

»Deswegen muss ich hierbleiben, Sir.« In ihrem Blick lag Bedauern. »Irgendwann gehen Sie zurück nach England. Ich muss hierbleiben, und was wird dann aus mir?«

Sie könnte mitkommen, wollte er vorschlagen. Wenn Miss Buth von ihrem Leben in Niebüll erzählte, hatte er häufiger das Gefühl, dass sie hier nicht besonders glücklich war. Wenn sie ohnehin neue Wurzeln schlagen musste, warum dann nicht in Devonshire?

Doch natürlich würde seine Familie niemals eine Deutsche an seiner Seite akzeptieren. Die Wunden, die der Krieg geschlagen hatte, gingen auf beiden Seiten zu tief. Ganz zu schweigen davon, dass Miss Buth nie auch nur eine Andeutung gemacht hatte, die glauben lassen könnte, dass sie Interesse an einer Emigration nach England hätte.

»Ich könnte auf Ihren Vertrag pochen«, sagte er streng. »Sie haben unterschrieben, dass Sie auch bei Außeneinsätzen zur Verfügung stehen.«

Ihr Gesicht wurde blass. »Das stimmt.«

Er seufzte. »Ich kann Sie nicht zwingen.« Er wollte es jedenfalls nicht. »Wenn Sie Gründe haben, aus denen Sie hierbleiben müssen, werde ich ohne vernünftige Dolmetscherin fahren. Wir werden schon zurechtkommen. Vielleicht findet sich vor Ort jemand, der Englisch spricht.«

»Danke, Sir.« Sie sah immer noch blass aus. Kurz öffnete sie den Mund, als ob sie ihre Meinung ändern wollte, doch sie sagte nichts.

Nigel begriff, dass er auf ihre Mitfahrt bestanden hätte, wenn sein Vorgesetzter nicht diese Anspielungen gemacht hätte. Miss Buth war eine anständige junge Frau, die sich immer untadelig benommen hatte – außer in seiner Fantasie. Sie verdiente es, mit Respekt behandelt zu werden.

Auch, wenn er sie unterwegs vermissen würde.

ZARTE GEFÜHLE

Als Lena an diesem Donnerstagabend nach Hause ging, fühlte sie große Enttäuschung. Es wäre aufregend gewesen, für ein paar Tage aus Niebüll herauszukommen. Am Montag sollte es losgehen. Eine solche Fahrt wäre beinah Urlaub gewesen, und so etwas hatte es für sie seit der Kindheit nicht mehr gegeben. Sie wäre auf einem Schiff über die Nordsee gefahren und hätte neben der Arbeit auch die Insel Föhr kennengelernt. Eine solche Chance kam so bald nicht wieder.

Für einen Moment zwickte sie das schlechte Gewissen, weil sie Margot jenseits der sonntäglichen Treffen in der Kirche schon lange nicht mehr besucht hatte. Die Arbeit als Übersetzerin und die abendliche Hausarbeit im Pfarrhaus nahmen all ihre Zeit in Anspruch. In der Kirche erzählte Margot stets, dass bei ihr alles in Ordnung sei, doch Lena hatte das Gefühl, dass sie sie trotzdem bald wieder besuchen sollte.

Vielleicht war es gut, dass sie nicht mit nach Wyk fahren würde. Sie könnte die Abwesenheit ihres direkten Vorgesetzten nutzen, um früher Feierabend zu machen und Margot zu besuchen. Ein anständiges Mädchen würde ohnehin nicht allein für zwei Nächte mit mehreren Soldaten verreisen. Der Krieg war vorbei. Wenn man sich nicht wieder an die alten Regeln hielt, würden Anarchie und Chaos über die Welt hereinbrechen.

Oder es würde sie schlicht und ergreifend in den Augen aller, die in ihrer neuen Heimat etwas zählten, als leichtes Mädchen erscheinen lassen.

An diesem Abend kam Frau Weber, die Mutter der Pfarrfrau, für einen kleinen Plausch mit ihrer Tochter vor dem Abendessen zu Besuch. Die Frauen unterhielten sich in der Küche, während Lena abwusch und zuhörte. Manchmal tat es gut, einfach unsichtbar zu werden und zu lauschen. Irgendwann würde sie selbst eine Ehefrau sein, einen eigenen Haushalt führen und eigene Kinder versorgen. Natürlich hatte sie als Kind mit Puppen gespielt und in den Arbeitsstunden beim BDM gelernt, wie man Kinder wickelte, sie fütterte und ihnen Lieder vorsang, aber die Realität war komplizierter. Das hatte sie immer wieder gehört.

Schließlich trocknete sie den letzten Topf ab und seufzte etwas zu tief.

Frau Weber blickte auf. »Ist alles in Ordnung mit dir, Lena?«

Sie nickte, doch die Augen der Älteren waren so warm, dass sie schließlich den Kopf schüttelte. »Ich weiß nicht weiter, ehrlich gesagt.«

»Worum geht es denn?« Frau Weber klopfte aufmunternd auf den Stuhl neben sich.

Lena warf einen fragenden Blick zu Frau Petersen. Normalerweise setzte Lena sich nicht dazu, wenn diese Gäste empfing und sich mit ihnen unterhielt. Doch offenbar ordnete sich auch Frau Petersen ihrer Mutter unter, denn sie lächelte freundlich und nickte.

Lena setzte sich an den Tisch. »Es geht um meine Arbeit«, erklärte sie. »Mein Chef möchte etwas von mir … Aber ich kann es nicht tun, glaube ich.«

Die beiden älteren Frauen wechselten einen alarmierten Blick. »Was genau meinst du damit?«, fragte Frau Weber so vorsichtig, dass Lena das Missverständnis sofort begriff.

Sie lachte auf. »Nicht das, was Sie denken! Im Gegenteil, er hat sofort akzeptiert, dass ich nicht mitkommen kann. Es geht darum, dass mein Chef mit seinen Leuten für zwei Tage nach Wyk auf Föhr fahren muss. Ich soll mitkommen und dolmetschen, und er hat gesagt, ich bekäme auf jeden Fall ein abschließbares Damenzimmer auf einer anderen Etage als die anderen, dafür würde man sorgen. Auch wenn ich vor Ort diejenige bin, die alles übersetzen muss.«

»Das klingt doch erst mal in Ordnung«, sagte Frau Weber warm und verständnisvoll.

Ihre Tochter wirkte weniger glücklich bei der Vorstellung. »Ich kann gut verstehen, dass du abgelehnt hast, Lena.«

»Wirklich?« Frau Weber lächelte ironisch. »Warum das?«

»Nun ja …« Frau Petersen zögerte. »Der gute Ruf … Eine junge Dame …«

»Ja?«

»Was würden die Leute denken?«

Frau Weber schnaubte. »Unfug, sage ich. Ihr Frauen aus der jüngeren Generation habt euch alle von den Nazis das Hirn vernebeln lassen. In meiner Jugend träumten die Frauen noch davon, Fachärztin oder Pilotin zu werden.«

»Ist das wahr?« Lena staunte.

»Was glaubst du wohl, wie die olle Hanna Reitsch so eine große Pilotin geworden ist? Die ist nicht vom Himmel gefallen. Damals wollten viele Frauen so eine Karriere machen, und manche waren gut genug für die Spitze.«

»Erzähl doch keinen Kokolores, Mutter«, sagte Frau Petersen unwirsch. »Du bringst das Mädel auf dumme Gedanken.«

Frau Weber zog die Brauen hoch.

»Du willst doch nicht wirklich, dass sie allein mit den ganzen Soldaten übernachtet!«

»In einer anständigen Gaststätte, wenn ich Lena richtig verstanden habe. Ich verstehe dein Problem nicht.«

»Da kann sonst was passieren.« Die Pfarrfrau blickte sehr streng.

»Lena hat die Flucht überlebt. Außerdem ist sie pfiffig. Der macht keiner so schnell was vor.«

»Lena, würdest du das wirklich tun?«

Lena sah hilflos zu Frau Weber. »Ich will meinen Ruf nicht ruinieren, verstehen Sie? Meine Eltern haben mich anständig erzogen. Hier im Ort bin ich fremd … Und ich möchte nicht, dass die Leute schlecht über mich reden.«

»Das kann ich gut verstehen«, sagte Frau Petersen ernst.

»Papperlapapp«, sagte Frau Weber. »Oder, wenn ich dich zitieren darf, Tochter: Kokolores.«

Frau Petersen seufzte tief. Es war ein Seufzen, das Lena an ihre Mutter erinnerte, an die Tage, an denen die Oma zu Besuch kam und die beiden Frauen ins Plauschen kamen. Als Mädchen hatte sie es nicht richtig einordnen können. Jetzt musste sie ein Lächeln unterdrücken.

Die beiden diskutierten in schnellem Tempo. Lena behielt den Blick gesenkt und mischte sich nicht ein. Sie konzentrierte sich auf einen Rat ihres Vaters: Wenn Familienmitglieder untereinander stritten, sollte man sich nicht einmischen. Sonst verbündeten sie sich gegen den Außenseiter.

»Dann machen wir es so«, verkündete Frau Weber schließlich. Ihre Tochter senkte den Blick. »Lena, du sagst deinem Chef morgen, dass du mitfährst.«

»Aber …«

»Benimm dich unter den Männern wie ein guter Kamerad, nicht wie eine Kokotte. Das kriegst du hin, oder?« Frau Webers warmer Blick schien Lenas Herz einzuhüllen. Ihre Ängste fielen ab.

»Aber was soll ich machen, wenn die Menschen hier schlecht über mich reden?«, fragte sie leise. »Glauben Sie, ich kriege nicht mit, wie die Menschen hier über Flüchtlinge denken?« Frau Petersen schien etwas blasser zu werden.

»Das machen wir ganz einfach.« Frau Weber strahlte jetzt die Entschlossenheit einer alten Großmutter aus, die sich Napoleon persönlich in den Weg gestellt hätte. »Falls jemand dir ins Gesicht sagt, dass du nicht wie eine anständige Frau zur Arbeit gehen sollst, dann lächelst du ihn freundlich an. Soll er sich seine unanständigen Gedanken sonst wohin stecken. Und das kannst du ihm gern von mir ausrichten.«

»Mutter!«

»Du kannst es höflicher ausdrücken.« Frau Webers Lächeln blieb warm, aber Lena konnte die stählerne Härte dahinter spüren. »Oder du zitierst den Götz von Berlichingen.«

»Mutter!«

»Tochter!«

»Was für einen Unsinn versuchst du hier gerade, Lena einzureden?«

»Das Mädchen hat keine Mutter mehr.« Frau Weber räusperte sich. »Zumindest keine, die ihr im Moment gute Ratschläge geben kann. Also sollten wir das tun.«

»Aber doch nicht den Götz von Berlichingen!«

Lena biss sich auf die Lippen, um nicht in lautes Lachen auszubrechen. Selbstverständlich würde sie niemandem im Ort sagen, dass er sie *am Allerwertesten* lecken könne, wie Goethe es noch unfeiner formuliert hatte. Die bloße Vorstellung war abstrus. So etwas wagte sie nicht mal mit einer Frau Weber im Hintergrund.

Trotzdem lag in der Vorstellung etwas seltsam Tröstliches.

»Ich würde schon gern nach Föhr fahren«, sagte sie leise.

»Frau Weber, meinen Sie wirklich, ich kann das machen?«

»Natürlich.« Die alte Frau lächelte. Irgendetwas in ihren Augen ließ sie sehr jung aussehen. »Wenn ich in deinem Alter so eine Chance bekommen hätte ... Lass dir dein Leben von niemandem kaputtmachen, Lena. Wenn du dich immer nur anständig benimmst, wer dankt es dir am Ende?«

»Mutter!«

»Also, Lena, was meinst du?«

Lena sah von einer Frau zur anderen. Ihr Herz flog Frau Weber zu, die so ungewöhnliche und liebevolle Ratschläge gab. Wenn sie selbst einmal alt wäre, wollte sie genauso sein und nicht so ein Nieselpriem wie die Frau Petersen.

»Gib dir einen Ruck.« Frau Weber lächelte. »Du willst es doch tun. Solange du dir nichts vorzuwerfen hast, kann es dir egal sein, was die Leute von dir denken.«

Lena räusperte sich und richtete sich auf.

»Außerdem ...« Frau Weber zwinkerte verschwörerisch. »Wer wirklich über dich tratschen will, findet immer einen Grund dafür. Also gib ihnen etwas, um sich die Mäuler darüber zu zerreißen. Dann behältst du wenigstens die Kontrolle darüber.«

Lena lachte laut auf. »Oh mein Gott, Frau Weber ... Was für Dinge Sie sagen!«

Frau Petersen verdrehte die Augen.

Lena warf ihrer Gastgeberin einen entschuldigenden Blick zu, dann nahm sie wieder die Ermutigung in Frau Webers

Blick wahr. »Ich werde fahren«, erklärte sie. »Es ist meine Arbeit, und damit auch meine Pflicht.«

»Bravo!« Frau Weber klatschte in die Hände. »Du hast vollkommen recht. Es ist deine Pflicht, nach Wyk zu fahren, abends Krabben und Fischbrötchen zu essen und dir bei Sonnenuntergang den Wind um die Nase wehen zu lassen.«

Frau Petersen sah aus, als würde sie noch einmal widersprechen wollen, aber dann seufzte sie. »Du hast ja recht, Mutter. Man ist nur einmal jung.«

Lena war sehr erstaunt. »Danke«, sagte sie leise.

Frau Petersens Lächeln war unerwartet freundlich. »Vielleicht bin ich bloß neidisch auf die Möglichkeit, die du da bekommst, Lena. Wenn du auf Wyk bist, grüß die Fische von mir, ja?«

»Das mache ich.« Lenas Brust wurde warm. Wie machte Frau Weber das bloß, dass die Menschen um sie herum binnen kurzer Zeit warm und weich wurden und ihr zustimmten?

Irgendwann wollte sie diese Fähigkeit ebenfalls besitzen. Die Welt wurde dadurch zu einem besseren Ort.

Am Montagmorgen war Lena fast eine Viertelstunde zu früh auf der Arbeit. Es war nicht die erste Fahrt, die sie am Steuer eines Militärfahrzeugs zurücklegte, aber so weit wie heute war sie noch nie gefahren. Natürlich würde sie sich unterwegs mit James abwechseln, trotzdem hatte sie einen gehörigen Respekt vor der weiten Strecke, die auf sie wartete.

Das Auto, in dem sie fahren würden, war ein Jeep Willys. Neben Lieutenant Harris und James sollte ein weiterer Soldat mit ihnen fahren.

James kam aus dem Rathaus und stellte sich neben Lena. »Ein Prachtstück ist das, oder?«

Lena nickte. In den vergangenen Wochen hatte sie schöne Autos zu schätzen gelernt. Es kam ihr nach wie vor etwas sündhaft vor, für nichts weiter als den persönlichen Komfort so viel kostbaren Treibstoff zu vergeuden, statt in der Pferdekutsche oder mit dem Zug zu fahren. Trotzdem liebte sie das Gefühl, wie ein Auto beschleunigte, wenn sie das Gaspedal allmählich nach unten drückte, hochschaltete und die Landschaft schneller und schneller an ihr vorbeischoss.

Sie ließ sich von James erklären, woher das Auto kam, wem es vorher gehört hatte und was das Besondere dieses Fahrzeugtyps war. Die Einzelheiten interessierten sie eigentlich nicht, aber ihr gefiel, wie James' Augen beim Erzählen leuchteten. Für Lena kam es bei einem Auto vor allem auf eine Sache an: Geschwindigkeit. Sie liebte den Rausch, wenn sie die alte Welt hinter sich zurückließ und das große, kraftvolle Metallgefährt ihrem Willen gehorchte und sie in neue Gegenden trug, die sie noch nie zuvor gesehen hatte.

Die Rückkehr erschien ihr im Vergleich dazu stets farblos.

»Guten Morgen, Miss Buth«, grüßte Lieutenant Harris sie, als er erschien. Sie grüßte zurück. Ein wenig verlegen war sie schon, mit ihrem Tornister mit Seife, Zahnbürste sowie Wechselwäsche für zwei Tage, aber sie freute sich auf die Fahrt.

James kletterte mit dem anderen Soldaten auf die Sitzfläche des Militärfahrzeugs. Lena reichte ihnen den Tornister, der in der Fahrerkabine im Weg gewesen wäre. Für einen Moment beschlich sie die Angst, dass die Männer hineinsehen oder ihr etwas fortnehmen würden, doch dann schalt sie sich einen Dummkopf. Es waren erwachsene Männer, die eine Uniform trugen, keine frechen Schuljungs wie die, die ihr früher die Mütze vom Kopf gerissen hatten – auch, wenn in James' Augen ein wenig schuljungenhafte Vorfreude auf den Ausflug aufblitzte, als er ihr zuzwinkerte.

Lena stemmte den Fuß auf die Trittstufe, zog sich in die Fahrerkabine hoch und schloss die Tür hinter sich. Da ein sanftes Ziehen die Tür nicht schloss, knallte sie sie heftiger zu. Dieses Mal rastete sie ein.

»Erinnern Sie mich daran, niemals mit Ihnen zu streiten«, sagte der Lieutenant trocken vom Beifahrersitz. »Nicht jede Tür ist robust genug, um das zu überleben.«

Lena grinste. »Männer sind zarte kleine Pflänzchen, hat meine Mutter immer gesagt. Deswegen würde ich mich bei Ihnen nie so benehmen.« Erschrocken biss sie sich auf die Lippen. War sie zu weit gegangen? Inzwischen fühlte sie sich am Steuer eines großen Autos so stark und mächtig, dass sie ihr manchmal freches Mundwerk nicht mehr ständig kontrollierte.

Das unterdrückte Lächeln in Harris' Augen zeigte ihr jedoch, dass sie die Balance gerade so gewahrt hatte. Noch mal gutgegangen. Besser, sie stellte ihr Glück nicht weiter auf die Probe.

»Alle an Bord?«, rief sie nach hinten.

»Bereit, wenn Sie es sind«, rief James zurück.

»Alle Mann festhalten!« Sie legte den Rückwärtsgang ein und parkte aus. Einmal knirschte das Getriebe und das Auto blieb mit einem Ruck stehen, doch schließlich gehorchte das Fahrzeug ihr und steuerte auf die Hauptstraße Niebülls zu. Lena ließ den Motor aufheulen und drückte die Hupe, um ein paar Fußgänger von der Straße zu verscheuchen. Sobald sie das letzte Haus hinter sich gelassen hatten, beschleunigte sie.

»Sie sehen glücklich aus«, sagte der Lieutenant vom Beifahrersitz.

»Das bin ich, Sir«, erwiderte sie.

Mehr sagte sie nicht. Sie hatte keine Worte, mit denen sie erklären konnte, was für ein Stolz und eine Rebellion darin lagen, dass ausgerechnet sie am Steuer dieses großen Fahrzeugs saß. Lena Buth. Die brave Pastorentochter, die trotzdem über Zäune geklettert war und Äpfel gestohlen hatte, und später im Leben noch ganz andere Dinge.

Es hatte immer eine wilde Seite in ihr gegeben, die nicht zu dem passte, was der Rest der Welt von ihr erwartete. Lena hätte nie erwartet, dass es irgendwann einen Platz für sie geben würde, an dem sie diese Seite nicht unterdrücken musste. Hier jedoch war ein solcher Platz. Sie musste weder sticken noch handarbeiten, sondern thronte hinter dem Lenkrad und kontrollierte die Straße. Sie war frei, aber nicht losgelöst von der Welt, denn sie trug Verantwortung für andere und war in der Lage, sie zu erfüllen.

Was für eine seltsame Wendung ihr Leben doch genommen hatte!

Der Lieutenant schien es zu verstehen.

Die Kilometer, zu denen die Briten Meilen sagten, flogen nur so dahin. Es war wie ein Rausch aus Macht und Geschwindigkeit. Das Fahrerhäuschen, in dem vor ihr so viele andere gesessen hatten, gehörte jetzt nur noch ihr. Hin und wieder wies der Lieutenant sie mit Blick auf die Karte auf Abzweigungen hin, die sie nehmen musste, aber davon abgesehen schwiegen sie und genossen die vom Röhren des Motors erfüllte Stille.

Kurz vor Dagebüll fuhr Lena das Fahrzeug auf einen Rastplatz. Sie brauche eine Pause, erklärte sie. Sie sprach nicht aus, dass sie sich auf den Landstraßen inzwischen sicher fühlte, im Stadtverkehr aber immer noch etwas Angst verspürte.

Schließlich hatte sie nie regulär Fahrstunden genommen und offiziell Autofahren gelernt. James übernahm und tauschte seinen Platz mit Lena, die nun zu den anderen Soldaten auf die Ladefläche kam. Dadurch war es seine Aufgabe, das Fahrzeug über die schmale Rampe auf die Autofähre zu bugsieren, was Lena mit Erleichterung und Dankbarkeit erfüllte.

Auf der Fähre nach Wyk stand Lena fast die ganze Zeit vorn an der Reling und blickte ins Wasser. Der Wind biss sie in Nase und Wangen. Sie liebte das Gefühl. Es ließ sie spüren, was es bedeutete, am Leben zu sein.

Lieutenant Harris trat neben sie. Lena war froh, dass sie im Wind stand und man die Röte auf ihrem Gesicht dadurch erklären konnte. An diesem Ort wirkte der Offizier viel menschlicher und entspannter. Lena hatte sich daran gewöhnt, ihn als sachlichen und professionellen Menschen wahrzunehmen, der an einem Schreibtisch saß und diktierte oder auf ihren Fahrten ein strenges Gesicht aufsetzte, wenn sie mit den Autobesitzern sprachen. Sie mochte das Selbstbewusstsein und die Intelligenz in seinem Blick und den Schutz, den er durch seine Position und Uniform ausstrahlte, doch es war ein unpersönliches Mögen. Die gemeinsame Arbeit war wichtiger.

»Denken Sie manchmal an Ihre Heimat?«, fragte er freundlich.

Lena nickte. Die Frage war persönlicher als alles, worüber sie bisher geredet hatten. »Und Sie?«

»Ich auch.« Er stützte sich neben ihr mit den Ellenbogen auf die Reling. »Wenn das Schiff jetzt nach Westen abdreht …«

»Dann kommen wir irgendwann in England an?«

»Nach zwei Tagen und zwei Nächten, vermute ich.« Sie sahen sich an und lachten.

Seine Augen waren warm und wunderschön.

»Ihre Heimat ist weiter fort, oder?«, sagte er sanft.

»Sie ist für immer verloren.« Der Gedanke war auf andere Weise kälter als der Nordseewind.

Er machte eine Bewegung, als ob er den Arm um sie legen wollte, zog ihn aber rasch wieder zurück. Lena war sich nicht sicher, ob sie deswegen Bedauern oder Erleichterung verspürte. Es wäre schön, sich anlehnen zu dürfen und die ganze Anspannung für einen Moment loszulassen. Doch es war genau dieses Gefühl, vor dem die Pfarrfrau sie gewarnt hatte. *Sei ein guter Kamerad, keine Kokotte,* hatte auch Frau Weber gesagt. Deswegen richtete sie sich auf und lächelte fröhlich.

»Ich baue mir eine neue Heimat«, erklärte sie selbstbewusster, als sie sich fühlte. »Niebüll ist ein schöner Ort. Wenn ich nicht dort gelandet wäre, hätte ich viele wunderbare Menschen nie kennengelernt.«

»Wen zum Beispiel?« Er lächelte.

Sie, wollte Lena antworten, doch sie biss sich auf die Zunge. Das Wort würde in die falsche Richtung führen, egal, wie platonisch sie es meinte.

»Die Mutter meiner Gastgeberin«, sagte sie stattdessen. »Das ist eine sehr ungewöhnliche Frau. Erst denkt man, sie sei eine ganz normale Hausfrau aus einer Kleinstadt, nur etwas streng, wenn man sonntags über Politik sprechen will. Aber wenn man sie näher kennenlernt, merkt man, wie mutig sie denkt.«

»Haben Sie ein Beispiel dafür?«

»Diese Reise.« Lena lächelte. »Eigentlich tut ein anständiges Mädchen das nicht. Deswegen hatte ich Ihnen ja auch zunächst abgesagt.«

»Und diese Frau hat Ihnen gesagt, Sie sollen sich trauen?«
Er lächelte verwundert. »Das hätte ich nicht erwartet.«

»Warum nicht?«

»Ich finde es gut, verstehen Sie mich nicht falsch. Sie haben eine kluge Ratgeberin gefunden, wie es scheint. Es freut mich, dass Sie auf sie gehört haben.«

»Aber warum hätten Sie es nicht erwartet, dass sie so etwas sagt?«

Er blickte aufs Meer hinaus. »Unsere Länder haben jahrelang Krieg gegeneinander geführt, Miss Buth. Da macht man sich manchmal ein seltsames Bild von den Menschen auf der Gegenseite.«

Sie folgte seinem Blick und schwieg. Die Wellen rollten über die bleigraue Oberfläche. Man konnte ihnen stundenlang dabei zusehen. Es gab große Wellen, die das Meer in sanfte Hügel und Täler teilten, die unablässig hintereinander auf die Küste zutrieben. Zwischen ihnen gab es kleinere Wellen, die quer zur Wellenrichtung eilten, die vielleicht vom Wind angetrieben wurden, und unendlich viele Kräusellinien, die kaum breiter als Lenas Finger wirkten.

»Das Meer ist schon immer da gewesen«, sagte sie schließlich.

Bei Tag blendete sie normalerweise die Gedanken aus, die sie beim Einschlafen erfüllten. In den Momenten, in denen ihr Geist seine Wachsamkeit verlor, klopfte ihr Herz ganz seltsam. Manchmal dachte sie dann an Rainer, den sie nicht haben konnte, weil er bereits eine Verlobte hatte. Inzwischen spukte jedoch deutlich häufiger Lieutenant Harris durch ihre Fantasien. Seine klugen Augen, die genauso dunkel waren wie Rainers Augen hell, seine Stärke, seine Präsenz …

Tagsüber blieb ihr Verhalten tadellos, doch beim Einschlafen erinnerte sie sich an den Duft seines Rasierwassers, und es kribbelte. Dann rief sie sich die wenigen Male in Erinnerung, bei denen er sie beiläufig berührt hatte. Es war jedes Mal nur ein Streifen im Vorübergehen, eine Berührung von Wollstoff auf ihrem Handrücken, wenn sie den Schalthebel benutzte, doch es rief Lena ihre Körperlichkeit in Erinnerung. In den Momenten vor dem Einschlafen reichte ein kurzes Aufflackern dieser Gefühle, und ihre Haut begann zu brennen. Dann ließ sie sich hellwach und mit geschlossenen Augen in einen süßen Schmerz voller Sehnsucht hineinfallen, der neue Bilder in ihren Geist malte, die höchstwahrscheinlich niemals eintreffen würden.

Was wäre, wenn dieses Schiff entschied, seine Richtung zu ändern? Es musste nicht nach Wyk fahren, wo Lena ein weiteres Mal die inzwischen vertrauten Aufgaben als Dolmetscherin übernehmen würde. Ihr Englisch hatte sich im neuen Beruf von Woche zu Woche verbessert. Das Schiff könnte seine Richtung ändern und immer weiter nach Westen fahren, bis sie schließlich in England ankämen. Dort könnte sie mit Harris leben, in einem großen alten Haus, mit einem wunderschönen Rosengarten ...

Abends konnten sie gemeinsam im Garten sitzen. Auf einer behaglichen Bank zwischen den Rosensträuchern würde Harris Lenas Hand nehmen und ihr tief in die Augen sehen. »Wie klug du bist«, würde er sagen. »Ich habe kluge Frauen schon immer bewundert. Außerdem bist du mutig, sonst hättest du all diese Abenteuer niemals überlebt. Und deine Lippen ... die sind so schön. Darf ich dich küssen, Lena?«

Der Salzduft der Realität mischte sich mit dem Rosenduft aus Lenas Fantasie.

»Woran denken Sie?«, fragte Harris sanft.

Sie sah verlegen zu ihm auf. »Nichts Bestimmtes.«

Natürlich würden sie Margot mitnehmen müssen. Sie konnte ihre Schwester unmöglich allein in Nordfriesland zurücklassen. Margot war ein wunderbares und kluges Mädchen, aber wenn es um alltägliche Dinge ging, fehlte es ihr an Geschick. Wenn niemand auf sie aufpasste, würde früher oder später ein böser Mensch kommen und ihr wehtun.

»Eine Sache habe ich mich schon lange gefragt.« Harris musterte Lena eindringlich.

Ihr Herz klopfte schneller. »Was denn, Sir?«

»Wie war das, als Deutsche eine von denen zu sein, die Hitler bewunderten?«

»Oh.« Ein Tropfen Gischt flog ihr ins Gesicht, unerwartet und mit seiner Kälte scharf wie eine Nadelspitze. »Das ist eine gute Frage, Sir.«

Ihr erster Impuls war, zu sagen, dass sie persönlich Hitler niemals bewundert hatte. Zu klar waren in ihrem Kopf die Erinnerung an die scharfen Worte ihres Vaters über die Politik Hitlers. Außerdem verspürte sie seit Kriegsende Scham, wann immer sie an den Führer dachte. Er hatte sein Volk verraten. Das wusste inzwischen jeder.

Wenn sie sich jetzt dermaßen vor dieser Person ekelte, dann musste dieser Ekel schon immer da gewesen sein.

Oder?

Ihr fiel der Tag ein, an dem sie mit ihren Freundinnen stundenlang am Gleis des Greifswalder Bahnhofs gestanden hatte, Blumenkränze und Kuscheltiere in den Händen, während sie darauf warteten, dass der Zug mit dem Führer den Bahnhof passierte. Ganz egal, wie enttäuschend es gewesen war, dass der kleine dunkelhaarige Mann nur einmal abwesend in ihre Richtung gewinkt hatte und dann weitergefahren war …

Lena hatte genau wie ihre Freundinnen gejubelt, bis sie heiser war.

Wie also war es gewesen?

»Lassen Sie sich Zeit«, sagte Lieutenant Harris ruhig. »Ich kann verstehen, dass die Erinnerung daran schmerzt.«

Er wollte es also wissen. Es gab keine höfliche Möglichkeit, das Thema zu wechseln.

»Für uns gab es immer nur Hitler, verstehen Sie?«, tastete sie sich an die Wahrheit heran, die sich vor ihren Gedanken verstecken wollte. »Als ich zehn Jahre alt war, durften all meine Freundinnen in die Hitlerjugend. Ich wollte das auch. Natürlich. Es waren doch meine Freundinnen. Was sie durften, wollte ich auch machen.« Sie stockte. »Das ist wie bei einer Pyjama-Party, verstehen Sie?«

Er hatte aufmerksam zugehört. »Hitlerjugend?«

Lena stockte der Atem bei der Vorstellung, dass jemand keine Ahnung hatte, was das sein sollte. »Da musste man Mitglied sein, verstehen Sie? Irgendwann wurde es sogar gesetzlich vorgeschrieben, da konnten es die Eltern nicht mehr verbieten. In der Hitlerjugend hat man gelernt, wie Politik funktioniert. Dass unser Volk ein großes Volk ist, das Lebensraum benötigt, dass wir Teil einer großen Kraft sind, die die Zukunft verändern wird ...«

Sie stockte. Erst im Moment des Aussprechens begriff sie, was sie da sagte. Diese Vokabeln waren Teil ihrer Kindheit gewesen. Teil der Zeit, in der sie vom Mädchen zur Frau wurde. Man hatte nicht weiter darüber nachgedacht. Alle sagten es, also war es so.

Lebensraum. Im Osten.

Panzer, die nach Osten rollten.

Ein Volk, ein Reich, ein Führer.

Lena spürte plötzlich die Wellen, die unter dem Rumpf des Schiffes entlangrollten. Übelkeit stieg in ihr auf. Am liebsten hätte sie sich nach vorn über die Reling gebeugt und ihr Frühstück ins Meer gespuckt.

Der Lieutenant schwieg und ließ ihr Zeit, die Gedanken zu ordnen.

»Von außen klingt das wahrscheinlich gruselig«, sagte sie schließlich. »Aber wir kannten es nicht anders.«

Harris schwieg. Lena fand, er sah abweisend und selbstgerecht aus.

Plötzlich verspürte sie das Bedürfnis, sich und ihre Schulfreundinnen zu verteidigen, weil sie für Hitler gejubelt und ihn wie einen Filmstar angehimmelt hatten. »Lieutenant Harris, machen Sie es sich nicht zu leicht, wenn Sie uns verurteilen! Sie kommen aus einem Land, in dem es völlig anders war. Sie sind älter als ich, und Sie haben für das gekämpft, was Sie für richtig hielten. Aber war es wirklich das Richtige, oder war es nur das, was alle Menschen um Sie herum Ihnen beigebracht haben?«

An der Falte zwischen seinen Augenbrauen sah sie, dass sie einen Punkt gemacht hatte und er jetzt wirklich darüber nachdachte.

»Es ist leicht, zu behaupten, dass man moralisch im Recht war, wenn man den Krieg gewonnen hat«, setzte sie nach.

Die Worte mussten gesagt werden. Sie klangen an jedem Tag durch Lenas Gedanken und ihre Welt. Niemand sprach sie offen aus, aber die Blicke aller Menschen in Lenas Welt erzählten davon. Es mochte ja sein, dass Hitler Fehler gemacht hatte, dass Deutschland vieles falsch gemacht hatte, dass man diesen Krieg niemals hätte beginnen dürfen …

Aber wer hatte Lust darauf, jeden Tag die zufriedenen Blicke der Menschen zu sehen, die den Krieg gewonnen hatten und sich jetzt im Licht ihrer militärischen und moralischen Überlegenheit sonnten?

»Also fanden Sie die Konzentrationslager in Ordnung?«, fragte der Lieutenant. In seiner Stimme lag ehrliches Interesse, hinter dem sich Grauen verbarg.

»Normalerweise hat man die Leute da nicht umgebracht«, sagte sie mechanisch.

Ihr eigener Vater hatte als politischer Gefangener ein paar Monate dort verbracht. Lenas Erinnerung an diese Zeit war lückenhaft, sie war 1933 noch ein Kind gewesen, aber sie erinnerte sich noch an das blasse und angespannte Gesicht ihrer Mutter und die Dankbarkeit, als der Vater endlich zurückgekehrt war.

»Normalerweise hat man die Leute da nicht umgebracht««, äffte Harris Lena nach. »Nur ein paar Millionen Menschen. Was für eine Rolle spielt das schon?«

»Ein paar Millionen?« Lena spürte, wie ihr das Blut aus dem Gesicht wich und ihre Knie schwach wurden. »So viele können es unmöglich gewesen sein.«

»Sie können mir nicht erzählen, Miss Buth, dass Sie nichts davon gewusst haben.« Etwas in seiner Stimme bat sie, genau das zu behaupten. Er mochte sie, begriff Lena. Er wollte nicht, dass sie zu so etwas fähig war. Sein Verstand stockte an dieser Stelle genau wie ihrer.

»Die Juden bei uns im Dorf waren irgendwann weg«, sagte Lena leise. »Aber man hat darüber nicht weiter nachgedacht. Es waren doch nur …« Nur Juden.

Das letzte Wort konnte sie nicht aussprechen.

Ein fieser, spitzer Stachel bohrte sich in ihren Geist und ließ sie spüren, was sie gerade gedacht hatte. Es war ein Schmerz, den sie nicht greifen konnte. Der Schmerz darüber, betrogen worden zu sein. Man hatte ihr nicht nur den großen Sieg und das Leben als Mitglied der Herrenrasse geraubt, von dem man ihr erzählt hatte, seit ihre Brüste zu wachsen begonnen hatten.

Man hatte sie um das Recht betrogen, selbst zu denken.

Es waren doch nur Juden.

Wie hatte ein solcher Gedanke es geschafft, sich in ihren Kopf hineinzustehlen?

Unser Herr Jesus war ebenfalls ein Jude, hatte ihr Vater gepredigt.

Dafür hatte man ihn verhaftet.

Alles passte zusammen.

Sie waren doch auch Menschen, diese Juden!

Die Bilder, diese furchtbaren Schwarzweißfotos, von aufeinandergestapelten Körpern, wie Brennholz, wie Baumstämme, wie Dinge …

Sie waren doch Menschen gewesen!

Ein paar Millionen?

»Haben Sie nichts von den Bahnsteigrampen gewusst?«, fragte Lieutenant Harris leise.

Übelkeit quoll in Lenas Magen empor. »Was für Rampen?«, fragte sie mühsam.

»Es gab Züge, in denen jüdische Menschen in die Lager transportiert wurden. Wer stark war, musste arbeiten, das stimmt, wenn auch unter unmenschlichen Bedingungen. Aber die anderen …« Sein Schweigen erschreckte Lena mehr als alle Worte. Er schien genauso mit sich zu kämpfen wie sie.

»Was waren das für Rampen?«, fragte sie trotzdem.

»Da hat man die Menschen sortiert, sobald sie aus dem Zug kamen.« Er stockte und schüttelte den Kopf. »Männer und Frauen wurden voneinander getrennt. Alle, die nicht stark genug aussahen, mussten in die Gaskammern. Man hat ihnen gesagt, es seien Duschen.«

Sie sah ihn fassungslos an. Irgendwo hatte sie es schon gehört, all diese Dinge, aber ... Man musste weiterleben. Es war unmöglich, ständig an diese Dinge zu denken.

Menschen, die nicht stark genug waren.

Eine Rampe an einem Bahnhof.

»Mir ist schlecht«, sagte sie leise. »Ich glaube, ich muss mich übergeben.«

»Sehen Sie auf den Horizont«, sagte Lieutenant Harris sanft. »Konzentrieren Sie sich auf die Linie zwischen Meer und Himmel. Das hilft Ihnen, in diesem Schwanken die Orientierung zu behalten. Das Schiff wird von den Wellen hin und her geworfen, aber irgendwo existieren Klarheit und fester Halt.«

Jesus hilf mir, betete Lena tonlos. Vergib mir die Schuld, die ich auf mich geladen habe. Ich war ein Teil davon. Nicht mit meinem Tun, aber mit meinen Gedanken. Gerade eben habe ich mich dabei erwischt. Vergib mir, irgendwann, eines Tages, denn ich kann mir selbst nicht vergeben. Wie konnten die Menschen so etwas nur zulassen? Wie soll ich in einer Welt weiterleben, in der so etwas möglich ist?

»Es können unmöglich so viele gewesen sein«, sagte sie tonlos.

Die Worte kamen ihr dumm vor, sobald sie sie ausgesprochen hatte.

»In Europa lebten vor dem Krieg sehr viele Juden.«

»Aber ... die sind doch ins Ausland gegangen! Nach Amerika oder so.« Alle Juden waren reich und mit den Rothschilds verwandt. Das ... Das wusste man doch.

Oder man hatte es zumindest gelernt und für die Wahrheit gehalten.

Es war schrecklich, wenn man sich auf den eigenen Verstand nicht mehr verlassen konnte.

»Einige sind ausgewandert, ja«, sagte Harris. »Aber die meisten wurden in den Lagern umgebracht.«

Lena schwieg.

»Das haben Sie doch verstanden, Miss Buth?«

»Ja, Sir«, sagte sie tonlos.

»Wirklich?«

»Es können unmöglich so viele gewesen sein.« Daran klammerte sie sich. Irgendwie musste man das Grauen unter Kontrolle bringen.

»Es gab sehr viele solche Lager.« Er musterte sie ernst. »Arbeitslager ... Aber eben auch die Lager, in denen Menschen aus dem Zug stiegen und direkt in die Gaskammern gebracht wurden. Dort hat man sie umgebracht, direkt nachdem sie angekommen waren.«

»Aber ... ein paar Millionen ...« Die Zahl ließ einen schwindeln. Man vergaß zu atmen, so sehr verkrampfte sich der eigene Bauch.

»Auschwitz, Buchenwald, Treblinka ...«

Schwarze Wellen drängten sich vor Lenas Augen zusammen und überlagerten die Realität. »Treblinka?«

Die Antwort des Lieutenants hörte sie nicht mehr. Die Welt wurde schwarz, watteweich und umfing Lena auf eine seltsam tröstliche Weise.

SÜDSEEMÄDCHEN

Joachim mochte die ruhige Zeit vor dem Aufstehen. Hildegard lag weich und träge neben ihm. Er konnte sie ansehen und sich vorstellen, dass sie gleich die Augen aufschlug und ihn anlächelte. Das sanfte Frühsommerlicht schmeichelte ihrem Gesicht und den zerwühlten Haaren. Es ließ ihre Mundwinkel weniger verhärmt aussehen. Joachim hob die Hand, um über die wuscheligen Haare zu streicheln, zog sie dann aber zurück. Etwas hatte sich verändert zwischen Hildegard und ihm. Er hatte keine Worte dafür. Es schien, als wäre sie inzwischen weiter weg als während seiner Zeit im Osten. In Treblinka hatte er beim Einschlafen oft an Hildegard gedacht und sich vorgestellt, wie sie sich nachts an ihn schmiegte. Früher hatte sie scheu und liebevoll gelächelt, wenn sie ihn sah. In solchen Momenten hatte er sich groß gefühlt.

Inzwischen lächelte Hildegard nicht mehr, wenn sie ihn sah. Mitunter verschwand das Lächeln sogar aus ihrem Gesicht, wenn er einen Raum betrat. Dann verknotete sich sein Bauch jedes Mal auf eine Weise, die er für Wut hielt. Er spürte, wie sich seine Hände ohne sein Zutun zu Fäusten ballen wollten. War das die Art, wie eine deutsche Frau sich bei ihrem Mann bedankte? Er war es, der im Osten gedient hatte. Für sein Land und seine Familie. Hatte er dafür nicht ein wenig Recht auf Dankbarkeit?

Mit den Fingerspitzen streichelte er eine Strubbellocke Hildegards. Die Berührung war so zärtlich und sanft, dass seine Frau hoffentlich weiterschlief. Er hätte nicht ertragen, wenn sie sich aufgerichtet und ihn mit diesem kühlen oder ängstlichen Blick angesehen hätte. Er war doch ihr Mann. Er beschützte sie vor allem Bösen. Bei ihm sollte sie sich sicher fühlen.

Manchmal fragte er sich, ob Hildegard das mit Sarah spürte. Ihre Mutter war beinah eine Hexe, hatte sein Schwiegervater einmal erzählt. Sie besaß übersinnliche Fähigkeiten, die sie von den germanischen Ahnen geerbt hatte. Manchmal wusste sie, wenn ein Mensch sterben würde. »Vor allem kann sie auf zwanzig Kilometer Entfernung erschnuppern, ob ich getrunken habe«, hatte sein Schwiegervater damals gesagt. »Nimm dich in Acht, Joachim. Diese Frauen haben Fähigkeiten, die wir niemals verstehen werden.« Und dann hatte er seine Frau verliebt angesehen und beide hatten gelacht.

Joachim wusste nicht, ob die Behauptung stimmte. Als er ein Kind war, hatte Hildegards Mutter ihm regelmäßig Äpfel aus ihrem Garten geschenkt und auch mal ein aufgeschlagenes Knie verarztet. Ihr Haus war eine Anlaufstelle für alle Kinder im Dorf gewesen, und am Mittagstisch hatten fast nie nur ihre eigenen gesessen. Natürlich glaubte er selbst nicht an Hexen. Er war schließlich ein erwachsener Mann.

Aber wer verstand schon die Frauen?

Hildegard regte sich. Joachim erstarrte. Er hob den Blick von ihr und sah zum Fenster, als ob er nichts weiter zu tun hätte, als das Spiel der Kirschbaumblätter mit den zarten Blüten im Morgenlicht zu verfolgen. Seine Finger ließ er auf dem Kopfkissen neben Hildegards Haaren, als ob er gar nicht merkte, dass sie sich dort berührten.

»Guten Morgen«, sagte Hildegard leise.

Joachim wagte, sie anzuschauen. In ihrem Blick lag ein scheues Lächeln. Es ließ sie um Jahre jünger aussehen und verwandelte sie wieder in das hinreißende Mädchen, in deren Hände er als junger Mann seine ganze Zukunft gelegt hatte.

»Guten Morgen«, sagte er genauso leise.

Für einen Moment hielt die Zeit an. Es gab keine Zukunft mehr. Keine Vergangenheit. Das Einzige, was existierte, war die Schüchternheit in Hildegards Lächeln und die sanfte Wärme in ihren Augen. Sie grollte ihm nicht mehr. Was auch immer es gewesen war, was sie von ihm fortgetrieben hatte, in diesem Augenblick war es fort. Der Moment fühlte sich an wie früher. Gleich würde sie ihren Kopf an seine Schulter legen.

Er streichelte mit den Fingerspitzen über ihren Arm, so vorsichtig er konnte. Ihre Augen weiteten sich. Er spürte, wie sich ihre Muskeln anspannten.

In diesem Moment verkrampfte er sich. Bestimmt würde sie sich gleich von ihm abwenden. Sie musste es wissen. Es klebte wie Schmutz an ihm, man konnte es nicht abwaschen. Er war nicht länger der Mann, den Hildegard geliebt hatte. Sie würde nie wieder voll Vertrauen den Kopf an seine Schulter legen. Ihre Liebe musste gestorben sein. Alles, was sie noch für ihn empfinden konnte, war Ekel.

Joachim umfasste ihren Oberarm und zog sie an sich. Sie sträubte sich, aber nur so wenig, dass er es als Einladung wahrnahm. Er umfasste ihren Hinterkopf und küsste sie mit all dem Hunger, der sich in den vergangenen Tagen in ihm angestaut hatte. Dabei wurde er hart. Mit der anderen Hand umfasste er Hildegards Po.

Sie schüttelte sich und schob ihn fort. »Heute nicht,

Joachim«, sagte sie sanft. »Schau, es ist schon fast halb sieben. Gleich klingelt der Wecker. Wir müssen aufstehen.«

Er hasste es, wenn sie so nachgiebig tat. »Dann bleiben wir heute halt etwas länger im Bett. Die Schule hat geschlossen, die Jungs müssen nicht pünktlich sein.«

»Sollen die Nachbarn denken, dass wir arbeitsscheues Gesindel sind?« Ihr Gesicht war glatt und undurchdringlich. Die Wärme und Zärtlichkeit, die eben noch darin gelegen hatten, kamen ihm vor wie ein Traum. Er musste sie sich eingebildet haben.

»Dann steh halt auf und mach Frühstück«, sagte er mürrisch. Die Zurückweisung schmerzte. »Ich komme dazu, wenn ich so weit bin.«

Hildegard schwieg und schwang die Beine aus dem Bett. Er sah ihr zu, wie sie sich anzog, ihre Haare flocht und auf dem Hinterkopf zusammensteckte. Etwas in seinem Bauch tat weh. Vielleicht war es auch das Herz.

Für einen Moment erlaubte er sich die Erinnerung an Sarahs verlockendes Lächeln, wenn sie die schlanken Beine in den Seidenstrümpfen übereinanderschlug.

Beim Frühstück eröffnete Hildegard ihm, dass sie heute alle zu ihrer Mutter gehen würden. »Sie braucht Hilfe im Garten«, erklärte sie. »Ich habe ihr versprochen, dass du auf ihrem Dach nach der undichten Stelle suchst.«

»Davon höre ich zum ersten Mal.« Er blickte in die Zeitung, um zu verdeutlichen, dass er kein Interesse hatte.

»Ich habe es dir vergangene Woche gesagt. Am Sonntag. Gestern Abend auch noch mal«, sagte Hildegard leise, aber bestimmt.

»Hab ich nicht mitgekriegt.«

»Nach dem Frühstück gehen wir los. Zieh dir was an, was schmutzig werden kann.«

Er schwieg.

»Trägst du ja eh schon«, setzte sie nach.

Seine Kiefermuskeln wurden hart, aber er konzentrierte sich auf die Überschriften der Artikel. Es war eine alte Zeitung, die er seit Tagen immer wieder neu las. Die aktuellen Militärverlautbarungen der Briten verdarben ihm den Start in den Tag. Die kleine Ilse fing an zu weinen.

»Kann ein hart arbeitender Mann nicht ein einziges Mal in Frieden frühstücken?«, fuhr er seine Frau an.

»Du arbeitest doch gar nicht«, sagte sein Sohn Hans. »Den ganzen Tag hockst du nur in der Bude und betrinkst dich.«

Joachim hob die Hand, um ihm eine runterzuhauen. Aber der Junge wich nach hinten aus und grinste entwaffnend. Joachim wusste, dass er aufstehen und ernsthaft zuschlagen musste. Wer sein Kind liebte, sparte nicht mit Hieben, damit aus ihm später etwas Anständiges wurde. Aber heute fühlte er sich nicht in der Lage, sich durchzusetzen. So weit war es schon mit ihm gekommen!

Er brummte, trank einen Schluck Muckefuck und blickte das Flüchtlingsmädchen am Tisch an. Sie hatte die Ellenbogen eng am Körper und sah verlegen auf ihren Teller. Es sah zerbrechlich aus und weckte in ihm den Wunsch, sie zu beschützen. Genau, wie er damals Sarah beschützt hatte. Manche Frauen waren zu zart, um allein auf dieser Welt zu überleben.

»Sorg für Ruhe am Tisch«, forderte er Hildegard auf. »Du mit deiner Dachreparatur. Steig doch selbst auf die Leiter.«

»Benehmt euch«, forderte Hildegard pflichtgemäß von den Kindern. Doch es war zu leise, um für Respekt zu sorgen.

Früher einmal hatte Hildegard auch dieses Zarte und Weibliche gehabt, was Joachim dazu brachte, sie beschützen zu wollen. Davon war nichts mehr geblieben. Dachreparatur. Die ganze Zeit forderte sie Dinge von ihm. Egal, was er tat, es war nie genug für sie.

Sollte Rainer sich darum kümmern. Neulich hatte er noch damit angegeben, dass er trotz seiner Krücken auf den Apfelbaum geklettert war, um herauszufinden, ob er es noch konnte. Der immer mit seinen klugen Sprüchen. Bildete sich Wunder was ein, weil er in der Apotheke arbeitete und dort lateinische Fremdwörter lernte. Wenn es dem Jungspund so wichtig war, dass die Welt ihn nicht für einen Krüppel hielt, dann sollte er das blöde Dach selbst reparieren. Joachim hatte andere Pläne.

Tatsächlich setzte er mit brummiger Verweigerung durch, dass Hildegard allein mit den Kindern zu ihrer Mutter aufbrach. Die kleine Ilse gab ihrem Vater wie befohlen einen Abschiedskuss. Nachdem das kleine Mädchen seine Pflicht erfüllt hatte, rannte es zu dem Flüchtlingsmädchen und wurde zur Belohnung auf den Arm genommen. Das dumpfe und hohle Gefühl in Joachims Magen verstärkte sich.

»Geht man«, sagte er. »Heute wird's regnen, werdet schon sehen. Da repariert man kein Dach.«

Hildegards Brauen zuckten hoch. Sie rollte mit den Augen und schwieg, als sie die Tasche ein letztes Mal überprüfte. Dann machte sich die ganze Bagage auf den Weg.

Joachim blieb am leeren Küchentisch sitzen, bis er sicher war, dass sie nicht irgendetwas vergessen hatten und noch einmal zurückkehrten. Dann ging er in den Keller und überprüfte das Versteck in der alten Apfeltonne. Nur noch drei Flaschen. Eine davon wollte er am Samstag mit zum Feuerwehrtreffen nehmen. Die Jungs dort verdienten Anerkennung für ihre Arbeit. Von den Frauen bekam man so was ja nicht mehr. Eine vom Schwarzgebrannten war also reserviert. Das bedeutete, dass ihm nur noch zwei Flaschen blieben. Er musste sich dringend um Nachschub kümmern. Vielleicht besaß Hildegard noch etwas Schmuck, den er dafür eintauschen konnte?

Zurück in der Küche schenkte er sich einen doppelten Kurzen ein. Er trank ihn langsam und genoss die Schärfe auf der Zunge und das zärtliche Brennen beim Schlucken. Das half gegen die zitternden Hände und die ständige Unruhe. Ein Lob auf den, der den Schnaps erfunden hatte. Er verdiente ein Denkmal!

Irgendwie musste er heute ständig an Sarah denken. Ihr hilfloser Blick, als sie damals aus dem Zug gestiegen war und sich umschaute. Binnen Sekunden klebten ihre Haare an den Schultern und sie wischte sich Regentränen aus dem Gesicht, als sie mit den anderen durch die Reihe stolperte. Sie hatte so verloren ausgesehen, wie Joachim sich innerlich fühlte. Doch dann blieb ihr Blick an ihm hängen.

Der Schnaps half. Joachim schenkte sich einen zweiten ein. Auf einem Bein konnte man nicht stehen.

»Wo bist du, süße Maus?«, flüsterte er ins Leere. Dann stürzte er den zweiten Schnaps hinunter. Keine Selbstgespräche. Er war noch kein alter Mann, der sinnlos vor sich hinbrabbelte. Trotzdem sehnte er sich nach seinem Südseemädchen, als wäre er bereits ein alter Mann, der seiner verlorenen Jugend hinterhertrauerte.

Sarah war die Einzige, die ihn verstanden hatte. Ohne sie war er nur eine leere Hülle. Deswegen fühlte er sich in seinem Zuhause fehl am Platz. Sarah war die einzige Verbündete in einer Welt gewesen, von der er sich fragte, ob sie den Verstand verloren hatte. Bei ihr war es gut. Alles hatte einen Sinn.

Sarahs sanfte Augen versprachen Vertrauen und Hingabe, wann immer er nachts von der Rampe zurück in sein kleines Zimmer kam. Dort war es warm. Sarah hatte den Ofen beheizt, bevor sie ins Bett ging, aber es war mehr als das. Bei ihr war er willkommen. Er hatte sich nie so sehr als Mann gefühlt wie in den Momenten, wenn sie sich zitternd in seine Arme flüchtete.

Was bedeutete denn ein Zuhause für einen Mann? Waren es die Balken und Ziegel, die Maurer und Zimmerleute aufeinandergeschichtet hatten? Oder war es nicht doch eine Frau, die man halten und liebkosen durfte, die einen willkommen hieß und sich einem Mann öffnete?

Draußen fing es zu regnen an. Erst sanft und leise, dann immer heftiger. Joachim hoffte, dass die harten Tropfen die Blumen im Garten nicht zerstörten. Was war ein Haus ohne Garten? Er mochte den Anblick aus dem Schlafzimmerfenster, wenn der Wind mit den Kirschzweigen spielte. Dann konnte man glauben, dass es auf der Welt immer noch etwas Gutes gab.

Der Regen wurde heftiger. Joachim schenkte sich erneut ein. Für einem Moment kam ihm die verrückte Idee, nach draußen zu gehen und einen Schirm über die Beete zu halten. Er konnte nicht alle Blüten retten, aber vielleicht ein paar, und dann würde die Schönheit nicht sterben.

Die Klinke der Küchentür bewegte sich. Joachim zuckte zusammen. »Wer ist da?«

Bei diesem Platzregen hatte er sich sicher vor fremden Blicken gefühlt. Niemand verließ das Haus bei solchem Wetter, wenn er nicht musste. Oder den Zugwaggon.

Die Tür öffnete sich. Es war das Flüchtlingsmädchen. Marie, Marion, wie hieß sie gleich?

»Guten Tag, Herr Baumgärtner«, sagte sie schüchtern.

Margot. Das war ihr Name. Mit ihren nassen Haaren und den großen, ängstlichen Augen kam sie ihm vor wie ein Gruß aus seiner Vergangenheit, die sich über die Gegenwart legte. Sarah hatte sich ebenfalls gefürchtet, als sie in den Regen hinausmusste. Aber bei ihm hatte sie Sicherheit gefunden, und er hatte sie ihr gern gegeben. Anders als die ständig nörgelnde Hildegard hatte sie ihm vertraut.

»Was machst du hier?«, sagte er entgeistert. Die Stille im Haus hatte seine Gedanken geöffnet. Für einen Moment wusste er nicht, ob Sarah in Gestalt dieses Mädchens zurückgekehrt war, um ihn zu erlösen.

»Ich soll zwei Schaufeln holen«, sagte sie leise und mit gesenktem Blick. »Frau Weber hat ihre an eine Nachbarin verliehen, die heute mit ihrem Mann in Flensburg ist.«

»Die Schaufeln sind im Schuppen«, sagte er mechanisch. »Aber warte … Bei dem Regen kannst du nicht rausgehen. Warte hier, bis es besser wird.«

Sie blieb in der Tür stehen, steif und angespannt wie Hildegard heute Morgen in seinem Bett.

»Steh nicht in der Tür rum, Mädel. Mach uns einen Tee und hol die Schaufeln, wenn der Regen nachlässt.« Er zögerte. Wie rücksichtslos von ihm. Das Mädchen war klitschnass, und ihm fiel nichts Besseres ein, als sie Tee kochen zu lassen?

»Natürlich, Herr Baumgärtner.« Sie nahm den Teekessel und füllte ihn mit Wasser.

Er stand auf und nahm ein Küchenhandtuch. »In den nassen Sachen holst du dir den Tod, Mädel.«

»Es geht schon.«

Er tupfte mit dem Handtuch über ihre nassen Arme. Sie stand still, als ob sie eine Umarmung erwartete. Joachim beherrschte sich und zögerte es hinaus. Er trocknete ihre Haare und rubbelte die Zöpfe mit dem Tuch zwischen seinen Fingern, um die Feuchtigkeit herauszukriegen. Es tat gut, sie zu berühren. Seine Fingerspitzen verharrten länger auf den Zöpfen, als notwendig war.

Ihr Name war Sarah gewesen. Da alle Jüdinnen mit zweitem Vornamen Sara heißen mussten, ergab das einen charmanten Doppelnamen: *Sarah-Sara.* Joachim mochte den Klang der Worte. Manchmal, wenn er seine Liebste necken wollte, hatte er gesagt, dass es wie der Name einer Südseeinsel klang. Sie hatte jedes Mal grell gelacht, mit weit aufgerissenen Augen und breitem Mund, den Kopf wie eine Puppe zur Seite gelegt.

Manchmal, wenn ihr Lachen zu laut wurde, schloss Joachim die Augen, um den aufkeimenden Wahnsinn darin nicht hören zu müssen. Dann schob er ihr Kleid mit geschlossenen Augen nach oben und betastete die mageren Frauenbeine, die sich nach einem neckischen Zögern bereitwillig für ihn öffneten. Manchmal gab er ihr ein Stück Käse oder Salami, damit sie Fleisch ansetzte, und lachte, wenn sie es umklammerte und mit wildem Blick hinunterschlang wie ein Hund.

Das Mädchen Margot beugte sich vor, um den Wasserhahn zuzudrehen. Sie blickte zum Herd und machte eine winzige Bewegung. Joachim verstand und trat nach hinten, damit sie den Kessel auf den Gasherd setzen konnte. Das tat sie.

Joachim war für einen Moment unsicher, wie es weitergehen würde. Wenn Sarah für ihn die Hausarbeit erledigt hatte,

hatte darin immer etwas Lockendes und Provozierendes gelegen. Sie war eine junge Frau, die gern lebte. In ihren Augen lag manchmal ein bitterer Zug, aber die meiste Zeit war ihr Lächeln süß und voller Vertrauen und Bewunderung. Sollte er hinter Margot treten und ihr über die Schultern streicheln, wie er es bei Sarah getan hätte?

Er machte einen Schritt nach hinten, fand die Lehne seines Stuhls und setzte sich wieder. Während er auf den Tee wartete, schenkte er sich neuen Schnaps ein.

»Die Züge sind immer nachts gekommen«, erklärte er dem Mädchen. »Na ja, nicht immer. Aber meistens.«

Margot nickte, ohne sich umzudrehen. Sie blickte so fokussiert auf den Teekessel, als ob er ohne ihre Unterstützung nicht kochen würde.

»Nachts zu arbeiten, ist nichts für Weicheier«, sagte er. »Du hast Glück, dass man so was von dir als Frau nicht verlangt.«

»Ja«, sagte sie leise und rückte den Kessel zurecht. Sie stand so starr, als ob sie eingefroren wäre. Konnte das Mädel nicht in ganzen Sätzen antworten?

Die Züge kamen bei Nacht. Manchmal hielt Joachim die Lampe auf die Menschen gerichtet, die die Rampe hinabströmten. Meistens hielt er den Knüppel. Er war gut darin, mit zwei harten Schlägen für Disziplin zu sorgen und die Menschen in die Richtung zu schicken, in die sie gehörten. Sobald sie die Gebäude betreten hatten, kümmerten sich andere darum, was mit ihnen geschah. Das war nicht mehr seine Verantwortung. Er stand einfach nur an der Rampe und sorgte für Ordnung.

Eineinhalb Stunden. Länger sollte es nicht dauern. Der Zug ratterte heran. Die Lokomotive stieß einen Pfiff aus. Wolken verdeckten den Mond, oder auch nicht. Die Wachen am Bahnsteig öffneten die Türen an den Viehwaggons. Und dann prügelte man drauf los und scheuchte nach links oder rechts. Das waren keine Menschen, die sie sortierten. Es war Ungeziefer. Krabbelndes, widerliches, wimmerndes Ungeziefer, das sich als Mensch tarnte und vernichtet werden musste, um die eigene Rasse vor dem gleichen Schicksal zu beschützen. Denn es war ein Kampf um Leben und Tod in ganz großem Maßstab.

»Verstehst du, warum sie Ungeziefer sind?«, fragte er die Frau am Herd und begriff erst jetzt, dass er die ganze Zeit erzählt hatte. Man sollte nicht Schnaps trinken, wenn man an eine schöne Frau dachte und eine andere einem Tee zubereitete.

Margot schwieg.

»Ob du es verstehst, will ich wissen! Antworte, wenn man dich anspricht.«

»Ich verstehe es nicht ganz«, sagte sie leise.

»Ist ja auch ein wenig kompliziert für dein hübsches Mädchenköpfchen.« Er lachte leise. »Soll ich es dir erklären?«

»Ja bitte, Herr Baumgärtner.« Sie holte die Teekanne aus dem Schrank und füllte Tee in das Sieb, bevor sie für Joachim eine Tasse mit Untertasse auf den Küchentisch stellte.

»Für dich auch eine Tasse, Mädel. Bin doch kein Unmensch!«

»Das ist nett von Ihnen, Herr Baumgärtner.«

Er lächelte. Schön, dass sie es merkte.

»Ich kannte mal eine jüdische Frau«, sagte er. »Du denkst jetzt bestimmt: Was ist das denn für einer, der Joachim?«

»Das denke ich nicht, Herr Baumgärtner.«

Er klopfte auf den Stuhl neben sich. »Setz dich, setz dich. Mach es dir ein bisschen gemütlich. Du bist so blass! Arbeitest du zu viel?«

Sie schüttelte den Kopf.

»Nicht so schüchtern, Mädel. Und sag nicht immer Herr Baumgärtner zu mir. Ich bin der Joachim.«

Sie sah auf. Ihre großen Augen trafen und verletzten ihn.

»Ich glaube, das ist nicht angemessen, Herr Baumgärtner.«

»Dann müssen wir uns verbrüdern.« Er griff in das Regal über seinem Kopf und angelte ein zweites Schnapsglas. Mit sehr achtsamen Bewegungen schenkte er beide Gläser ein und schob das frische zu Margot. »Zu einem kleinen Verbrüderungsschnäpschen wirst du doch nicht Nein sagen?«

»Ich bin erst vierzehn, Herr Baumgärtner.«

So jung? Sie sah älter aus. Log sie ihn an?

»Alt genug, würde ich meinen.« Er hob sein Glas auffordernd. »Oder bist du dir zu fein dafür?«

»Nein, Herr Baumgärtner.« Sie griff ebenfalls nach ihrem Glas.

Das Mädel war totenblass. Der Schnaps würde Farbe in ihr Gesicht zaubern. Damit wäre sie viel hübscher.

Sie tranken gemeinsam.

Für einen Moment überlegte er, die Hand auf ihre Schulter zu legen und sie sanft zu streicheln. Ein wenig Zärtlichkeit würde dem Mädchen guttun. Sie sah verletzlich aus, wie sie da aufrecht auf ihrem Stuhl saß und das Kinn gesenkt hielt. Er könnte sie an sich ziehen und sie beschützen, wie er es bei Sarah getan hatte.

Ohne Sarah hätte er in den schlimmen Monaten im Lager den Verstand verloren, gestand er sich ein. Er brauchte sie. Wenn sie sich nicht um ihn gekümmert hätte, hätte er sich irgendwann die Kugel gegeben.

Sie war zu schwach und klein für die Kolonne gewesen, die die Leichen aus dem Menschenklumpen der Kammern lösen und zu den Öfen tragen musste. Doch sie gab ihr Bestes und lachte ihr grelles Lachen mit dem breiten Mund und schiefgelegten Kopf, wenn einer der SS-Männer oder der Aufseher ihr auf den Hintern schlug. Die meisten kamen ihr nicht zu nahe. Es waren harte, abgebrühte Kerle, aber es hatte sich herumgesprochen, dass Joachim sie beschützte. Wenn es nötig wurde, fand er in sich einen unerschöpflichen Vorrat voll gnadenloser Grausamkeit. Niemand hatte das Recht, Sarah wehzutun. Sie gehörte ihm. Er passte auf sie auf.

Margot rührte mit ihrem Teelöffel in der Tasse herum. So leise das Geräusch auch war, es holte ihn zurück in die Gegenwart.

»Woher kommst du eigentlich, Margot?«

»Aus Ostpommern, Herr Baumgärtner.«

»Du sollst mich doch Joachim nennen.«

»Das wäre nicht angemessen, Herr Baumgärtner«, wiederholte sie.

Die Worte waren eine sanfte Mahnung, seine Hand aus ihrer Nähe zurückzuziehen. Das hier war ein anständiges deutsches Mädchen. Er sollte sie wie ein solches behandeln.

»Hast du schon einen jungen Mann hier im Dorf, Margot?«

Sie schluckte und holte tief Luft. Er hatte das Gefühl, dass sie ihre erste Antwort hinunterschluckte und eine neue formulierte. »Sind doch alle im Krieg, Herr Baumgärtner.«

»Stimmt wohl.«

Das Schweigen zog sich, bis es unangenehm wurde.

»Hast du eigentlich einen Spitznamen, Margot? Etwas, mit dem deine Freundinnen dich rufen?«

Sie schüttelte stumm den Kopf.

»Dann nenne ich dich jetzt Margo-Margo.«

»Warum ausgerechnet das, Herr Baumgärtner?«

»Es klingt wie eine Insel in der Südsee. Das passt zu deinen schönen dunklen Augen.«

Sie schwieg und senkte den Blick.

Joachim lächelte und nahm einen Schluck Tee. Er mochte den neuen Namen des Mädchens, genau wie ihre Bescheidenheit. Vielleicht konnte er doch noch eine Heimat finden.

»Der Regen hat aufgehört«, sagte Margot schüchtern. »Ich hole jetzt die Schaufeln und gehe zu Ihrer Frau.«

Er nickte und nahm kaum wahr, wie sie den Raum verließ.

Sarah. Wie sehr sie sich gefreut hatte, als er ihr den knallroten Lippenstift geschenkt hatte!

NOTLAGE

Seit einigen Wochen fühlte sich Rainer wie ein Fremder im eigenen Körper. Es hatte an dem Tag begonnen, an dem Gisela ihm ihre Hochzeitspläne eröffnet hatte. In Wahrheit hatte es sich natürlich schon länger in ihm zusammengebraut. Jeden Abend trödelte er länger in der Apotheke herum, wischte Staub auf bereits glänzenden Flächen und zählte die Vorräte, die bereits sorgfältig in Herrn Taubers Listen eingetragen waren. Er wollte den Moment hinauszögern, in dem er nach Hause zurückkehren musste.

»Was schaust du so ins Leere?«, fragte ihn Herr Tauber.

Rainer begriff, dass er den Staubwedel und die Schublade bestimmt schon eine halbe Minute anstarrte. »Ich habe nachgedacht.«

»So, so.« Herr Tauber kicherte leise.

»Ich mach schon weiter.« Rainer öffnete hastig die nächste Schublade und holte ihren Inhalt auf die Ablage, um sie innen mit Lysolwasser auszuwischen.

»Mit Denken?« Das Lächeln in Herrn Taubers Gesicht ließ ihn aussehen wie einen verschmitzten Hutzelgnom. »Das ist artig von dir. Die wenigsten üben sich in dieser Kunst.«

Rainer brummte unwillig. »Verspotten Sie mich nicht.«

Herr Tauber rührte mit dem elegant ziselierten Silberlöffelchen in der einzigen Tasse mit Rosenblütenmuster herum, die der Apotheke geblieben war. Der Kamillentee in der Tasse musste längst kalt sein, trotzdem trank er nicht davon. Nicht zum ersten Mal hatte Rainer den Eindruck, dass sein Mentor das Ritual des Rührens, das leise Pling-Pling des Löffels auf dem feinen Porzellan und das Glitzern des Lichts auf der farbigen Flüssigkeit viel mehr schätzte als den Akt des Trinkens.

»Ich könnte einen Rat gebrauchen«, sagte er schließlich rau. »Aber es ist etwas kompliziert.«

Herr Tauber nickte und rührte in seiner Tasse herum. »Das ist es meistens.«

»Ein Mann kann kämpfen«, sagte Rainer zögernd. »Für das Vaterland oder für seine Familie. Aber dafür muss er erst mal eine Familie haben.«

Herr Tauber nickte.

»Um eine Familie zu haben, muss er Geld verdienen.«

»Eine traurige Wahrheit«, stimmte Herr Tauber ihm zu.

»Wenn er eine Frau hat, würde niemand mehr auf die Idee kommen, ihn als Jungen zu bezeichnen. Also muss ein Junge nur ausreichend Geld verdienen und ein Kind zeugen, und schon betrachtet ihn jeder als Mann.«

»Siehst du das auch so?«

»Es muss noch mehr dazugehören«, sagte Rainer grimmig. »Aber ich weiß nicht, was es ist.«

»Geld ist es nicht, hast du gesagt. Heldentaten auch nicht, und auch kein charmantes Lächeln, das die Damenwelt betört.«

Rainer schluckte. Seit Tagen kämpfte er mit diesen Fragen. Er musste eine Antwort darauf haben, bevor er Gisela sagen konnte, wie es mit ihnen weitergehen sollte. Bei ihrem letzten Gespräch hatte er sich hilflos gefühlt. Er musste die Dinge in Ordnung bringen.

»Die Damenwelt scheint mitunter besser zu wissen, was einen richtigen Mann ausmacht, als wir selbst das tun.«

»Frauen können mitunter sehr überzeugend sein.« Herr Tauber lächelte liebevoll.

»Aber deswegen haben sie nicht automatisch recht!«

»Die Damen sehen das meiner Erfahrung nach ein wenig anders.«

Rainer lachte. Er wollte es nicht, aber das Lachen stieg in ihm auf und befreite ihn von etwas, von dem er nicht gewusst hatte, wie sehr es ihn einzwängte. »Das tun sie wohl, ja.«

Gisela wusste, was sie wollte. Heiraten. Am besten sofort. Damit in Zukunft Rainer die Verantwortung für ihr Glück trug. Er wünschte, in ihm gäbe es eine ähnliche Klarheit.

Herr Tauber schenkte ihm erneut sein aufmerksames Zuhörerschweigen.

»Irgendwo zwischen all dem Chaos muss es einen richtigen Weg geben«, tastete sich Rainer an die Gedanken heran, die seit Tagen und Wochen in seinem Kopf herumwirbelten. »Ein Weg, auf dem man sich selbst nicht verbiegen muss, um es ständig allen anderen recht zu machen.«

»Ein Weg, wie man ein Mann wird?«

»Oder zum Menschen. Also, zum Erwachsenen.« Rainer tat den Gedanken mit einer Handbewegung ab. »Ich glaube, Frauen können das auch. Aber die meisten von ihnen bleiben innerlich Mädchen, auch wenn sie heiraten und Kinder bekommen.« Zumindest hatte er den Verdacht, dass es sich bei Gisela so anfühlen würde.

»Aha?«

»Also … Es muss etwas im Inneren passieren, verstehen Sie? Man muss wachsen. Man muss erkennen, dass … Also … Irgendwo in diesem Chaos verbirgt sich der eigene Weg.«

»Und wenn man ihm findet, wird man zum Mann?«

»Oder zur Frau.« Rainer sah ihn offen an.

»Und du willst diesen richtigen Weg für dich finden?« Herr Tauber lächelte sanft.

»Ich weiß nicht, wie dieser Weg aussehen soll«, sagte er freimütig. »Und ich habe keine Ahnung, wie ich es herausfinden kann.«

Herr Tauber lächelte ermutigend und nickte. In seinen Augen war ein Funke aufgetaucht. »Ich weiß nicht, ob dir das ein Trost ist, aber ... das ist die Antwort eines Mannes, Rainer.«

»Das verstehe ich nicht.«

»Dummköpfe glauben, dass es so etwas wie eine absolute Wahrheit gibt.« Herr Tauber hob zackig den rechten Arm. »Heil Blödsinn!«

»Herr Tauber!«

»Sieg der absoluten Wahrheit!«

Etwas löste sich in Rainer. Er musste lachen.

»Wer nach solchen Wahrheiten sucht, bleibt für immer ein dummer Junge.« In Herrn Taubers Lächeln lag mehr Liebe, als Rainer je in einem Männergesicht gesehen hatte. »Heute hast du den ersten Schritt zum Mannsein gemacht, Rainer. Glaub es, oder glaub es nicht.«

»Weil ich gesagt habe, dass ich den Weg nicht kenne und nicht weiß, wie ich ihn finden soll?«

»Genau.«

Darüber würde er nachdenken müssen.

»Machst du uns einen neuen Tee? Meiner ist kalt geworden.«

»Weil Sie darin immer nur herumrühren, statt ihn zu trinken.«

Herr Tauber trank die Tasse hastig aus. »Das stimmt nicht. Siehst du? Ist leer.«

Lächelnd ging Rainer in die Küche und füllte den Kessel mit Wasser. Mit geübten Bewegungen stellte er den Kessel auf den Herd, zündete ihn an und suchte nach der Teekanne. Im Tee-Ei befanden sich die Kamillenblüten des vorigen Tees. Er schüttete sie in den Abfalleimer, spülte es durch und füllte es mit getrockneten Pfefferminzblättern, während er auf das Sieden des Wassers wartete.

Als die Ladenglocke ging, ließ er sich nicht aus der Ruhe bringen. Herr Tauber war im Hinterzimmer und würde nach vorn gehen, um den Kunden zu bedienen.

Rainer hörte eine erregte Frauenstimme, die Herr Taubers ruhige Worte übertönte. Er erkannte die Stimme seiner Schwester Hildegard. Rasch humpelte er in den Laden.

Auf Hildegards weißer Bluse prangten Blutflecken. Ihr Gesicht war rot, und eine Träne schimmerte in ihrem Augenwinkel.

»Was ist passiert?«, fragte Rainer erschreckt.

»Hans ist vom Baum gefallen«, sagte sie und machte ein Geräusch, als ob sie sich ein Schluchzen verbiss. »Es …«

»Wart ihr beim Arzt?«

»Ja.« Tränen rannen ihr über die Wangen. »Er ist auf einen Metallzaun gefallen. Es gab drei Wunden, die genäht werden mussten, und es sieht nicht gut aus, sagt der Arzt. Ich brauche eine besondere Salbe und noch ein paar Dinge. Der Arzt hat sie mir aufgeschrieben.« Sie hielt ein Rezept hoch. »Und wenn sich die Wunde infiziert, brauchen wir Penicillin, hat er gesagt. Habt ihr das?«

Rainer und Herr Tauber tauschten einen ernsten Blick. Es gab kein Penicillin. Die Lieferengpässe hatten sich nicht gelöst, und so bald würden sie das auch nicht tun. Rainer erinnerte sich an den vergeblichen Versuch vor ein paar Wochen, von den Briten eine Dosis Penicillin zu bekommen.

»Die meisten Sachen davon haben wir vorrätig«, sagte er mit einer Ruhe, die er nicht fühlte. »Zeig mal her.«

»Ich kann es nicht lesen.« Hildegard hielt ihm den Zettel mit zittriger Hand hin. »Ich habe so eine Angst!«

Rainer betrachtete ihn sorgfältig. »Wir haben nicht alles vorrätig. Aber wir bestellen es gleich heute per Telefon.«

»Habt ihr vielleicht etwas anderes?«

Rainer lächelte. »Natürlich. Ich suche dir gleich alles zusammen.«

Innerlich war er nicht so ruhig. Der ansässige Arzt war niemand, der bei harmlosen Jungenverletzungen in Panik verfiel. Wenn er von drohender Sepsis sprach, dann war Hans in Gefahr.

»Ich mache es so, wie du es mir rätst«, sagte Hildegard eingeschüchtert.

»Es gibt eine Reihe von Dingen, mit denen du Hans versorgen kannst, während wir auf die Lieferung warten«, erklärte Rainer ruhig. »Herr Tauber erklärt dir gleich, welches der Medikamente auf dem Zettel du wie anwenden musst. Außerdem musst du Hühnersuppe für Hans kochen. Habt ihr da etwas im Haus, oder sollen wir Mutter zum Organisieren losschicken?«

»Mutter weiß es noch nicht«, sagte Hildegard mechanisch. »Ich habe den Jungen ins Bett gebracht. Margot passt auf ihn auf. Und dann bin ich hergelaufen, so schnell ich konnte.«

»Du hast alles richtig gemacht, Hildegard«, sagte er beruhigend. »Der Junge wurde sofort versorgt. Er ist halt ein Lausbube, die stellen ständig Unfug an. Manchmal geht da auch was schief. Warte nur ab, in ein, zwei Wochen lacht er wieder und zeigt allen eine lange Nase. Dann kannst du ihm erzählen, was für furchtbare Sorgen du dir um ihn gemacht hast, und ihm die Ohren langziehen!«

»Das werde ich.« Tränen rannen über Hildegards Wangen, aber sie lächelte. Sie versuchte sogar ein kurzes Lachen, das sich in ein Schluchzen verwandelte. »Was für ein Lausbub! Dem werd ich die Ohren langziehen, bis er lernt, nicht mehr auf Bäume zu klettern.«

Rainer nickte. Es war nicht der richtige Zeitpunkt, um ihr zu verraten, dass er selbst als Erwachsener noch gern auf Bäume kletterte, trotz verkrüppeltem Fuß und der Mahnungen seiner eigenen Mutter. Irgendetwas brachte Jungs dazu, herausfinden zu wollen, wie hoch sie steigen konnten – oder ob sie in der Lage waren, im Notfall über die Mauer auf der Rückseite des Rathauses zu klettern, die Tür aufzubrechen und im britischen Hauptquartier nach einem Medikament zu suchen, das bald benötigt würde.

Drei Wunden, die genäht werden mussten.

Eine einzige genügte, in der sich eine Sepsis oder Tetanus entwickelte.

Dieses Mal war es kein alter Bauer mehr, den Rainer nur vom Sehen kannte.

Vielleicht musste er die Tür nicht mal aufbrechen. Der Vater von Pauline war früher im Rathaus Archivar gewesen. Es war möglich, dass er über Pauline an einen Schlüssel für die Hintertür kommen konnte. Das würde den Einbruch viel leichter machen, und wenn er noch größeres Glück hatte, bekam es nicht mal jemand mit.

Heute Abend würde er einen Umweg machen und Pauline besuchen.

Ihm war mulmig beim Gedanken daran, den Keller des jetzigen britischen Hauptquartiers bei Nacht zu durchsuchen. Hoffentlich erholte sich Hans, ohne dass es Komplikationen gab. Trotzdem sollte er so früh wie möglich einen Plan schmieden, um an das Penicillin zu kommen. Es gab Momente, bei denen ein Mann seiner Angst ins Gesicht sehen musste. Ein Einbruch wäre eine riskante Geschichte. Er war schon neulich fast wegen einer fehlenden Dosis Penicillin verhaftet worden. Außerdem wusste er nicht, wo Wachen standen oder die Vorräte lagerten. Doch vielleicht gab es auch dafür eine Lösung. Er lächelte nervös beim Gedanken daran, Fräulein Buth um Hilfe zu bitten.

»Holst du die Sachen, die wir vorrätig haben, Rainer?«, unterbrach Herr Tauber seine Gedanken.

»Natürlich.« Rainer lächelte seiner Schwester beruhigend zu. »Mach dir keine Sorgen, Hildegard. Mutterliebe ist die beste Medizin. Das weiß jeder. Hans kommt wieder auf die Beine.«

»Das wird er.« Sie erwiderte sein Lächeln mit zitternden Lippen.

Er drehte sich um und ging aus dem Raum, bevor sie die Angst in seinen Augen sehen konnte.

EIN VERWEGENER VORSCHLAG

Als Lena am Mittwoch nach Niebüll zurückkehrte, fühlte sie sich erschöpft bis ins Mark. Nach ihrer Ohnmacht an Deck des Fährschiffes hatte man sich sehr um sie bemüht, ihr einen Platz zum Liegen organisiert und sogar eine Tasse echten Kaffee serviert. Sie hatte sich angemessen beeindruckt gezeigt, auch wenn die schwarze Brühe ihr nicht besonders schmeckte.

Etwas anderes schmerzte jedoch schlimmer als die Blamage einer öffentlichen Ohnmacht: Seit diesem Augenblick hatte Lieutenant Harris sich ihr gegenüber so distanziert verhalten, als hätte es nie ein persönliches Gespräch zwischen Lena und ihm gegeben. Er war vom Scheitel bis zur Sohle ein perfekter britischer Offizier, der mit jeder Faser seines Seins das elegante Selbstbewusstsein eines britischen Gentlemans ausstrahlte, dessen Volk den Krieg gewonnen hatte.

»Die kommenden Tage arbeiten Sie bitte den Papierstapel auf Ihrem Schreibtisch ab«, erklärte Lieutenant Harris ihr nun, bevor er in sein Büro verschwand. »Ich bin unterwegs zu einer Inspektionstour mit Major Donovan.«

»Sehr gerne, Sir. Gibt es etwas Bestimmtes, was Sie erledigt sehen wollen?«

»Nichts, was besonders dringlich wäre.« Er musterte sie kühl. »Wenn Sie nichts mehr zu tun haben, können Sie früher Feierabend machen.«

»Es gibt immer etwas zu tun«, sagte Lena tapfer und hoffte, dass sich der kühle Ausdruck in seinem Gesicht doch noch in das freundliche Lächeln verwandelte, an das sie sich erinnerte.

Doch sein Gesicht blieb professionell und gleichgültig. Die Erinnerungen an die Fahrt nach Wyk vermischten sich in Lenas Kopf zu einzelnen Fragmenten, die nicht zusammenpassten. Die höflichen Gespräche der Soldaten in ihrer Gegenwart, die lauter und lebhafter wurden, sobald sie sich entfernte. Das winzige und zugige Zimmer unter dem Dach des Gasthauses, in dem sie auf einer Wolldecke geschlafen hatte, weil alle Zimmer mit Matratze bereits belegt waren. Immer wieder sah sie das kühle, distanzierte Gesicht von Lieutenant Harris, das eine gläserne Wand zwischen ihm und ihr errichtete und ihn wie einen völlig anderen Menschen wirken ließ.

Nur eine Erinnerung passte zu dem, was sie sich von ihrer Reise erhofft hatte. Am zweiten Abend hatte sie sich wie am ersten schon um neun zurückgezogen, weil sie sich bei den Männern fehl am Platz fühlte. Eine halbe Stunde später hatte sie ihre Zöpfe zusammengesteckt und das Kopftuch tief in die Stirn gezogen. Auf diese Weise verkleidet, hatte sie das Gasthaus verlassen und war bis zum Strand gegangen. Hier hatte sie den Wellen zugesehen, die im Abendlicht glitzerten. Es war ein Augenblick äußerster Freiheit, der ihr ganz allein gehörte.

Doch jetzt war auch dieser Moment vorbei. Niebüll kam ihr kleiner vor als vor der Abreise, aber was half es? Sie war zurück und musste ihre Arbeit erledigen. Besser, sie trödelte nicht herum.

Der Feierabend rückte näher. Lena ordnete die Papiere auf ihrem Schreibtisch. Alles musste seine Ordnung haben, da ähnelten sich Diktatur und Demokratie. Jedes Dokument musste zweimal angefertigt werden, und da es aktuell keine Durchschlagblätter gab, bedeutete das viel Extraarbeit auf der Schreibmaschine. Zum Glück lernte sie schnell und hatte ihre Geschwindigkeit im Zehnfingersystem inzwischen verbessert. Sie konnte sich schließlich nicht auf Dauer damit herausreden, dass ihre Tippkünste nur wegen der fremden Sprache so viel Tempo vermissen ließen.

Lena meldete sich bei James ab, da der Lieutenant gerade in ein Gespräch verwickelt war. Obwohl James ihr ein freundliches Lächeln schenkte, passte dieses Ende zu der missglückten Fahrt nach Wyk. Lieutenant Harris fand nicht mal die Zeit, ihr einen schönen Feierabend zu wünschen. Sie war nichts als ein deutsches Fräulein in sorgfältig gebügelter und nicht gestärkter Bluse, das für ihn dolmetschte.

Jeder andere wäre genauso gut wie sie geeignet.

Auf dem Weg zum Ausgang kam ihr der Lieutenant entgegen. Lena öffnete den Mund zu einer höflichen Verabschiedung, schloss ihn aber wieder, als sie den Ausdruck in seinen Augen sah. Dieser war ein völlig anderer als die distanzierte Höflichkeit, die er ihr auf der Reise entgegengebracht hatte. In diesem Blick lang etwas Wildes und Hungriges, das sie verschlingen wollte.

Etwas unterhalb Lenas Bauchnabels reagierte darauf. Sie befeuchtete die Lippen und hielt die Luft an, bis der Lieutenant blinzelte und das gewohnte höfliche, etwas gelangweilte Gesicht zeigte, an das sie sich gewöhnt hatte.

»Guten Abend, Miss Buth«, sagte er.

»Guten Abend, Sir.« Sie ging mit weichen Knien weiter.

Was war gerade passiert?

Sie öffnete die Tür nach draußen und ließ die ehrwürdigen,

aber immer etwas schummrigen Flure hinter sich zurück. Die Abendsonne leuchtete über den Häusern der Stadt. Es schien, als wolle sie Lena willkommen heißen.

Ein blonder Mann wartete neben dem Eingang auf jemanden. Er sah ein wenig aus wie der junge Herr Weber.

Als er sich zu ihr umdrehte, sah Lena, dass er es tatsächlich war. Die Krücken hatte er neben sich an die Hauswand gelehnt.

Lena schenkte ihm ein Lächeln. »Guten Abend, Herr Weber!«

Er lächelte zurück. »Guten Abend, Fräulein Buth. Darf ich so frech sein, Sie an diesem Abend nach Hause zu begleiten?«

»Warum nicht?« Sie unterdrückte den Impuls, sich umzusehen und zu überprüfen, ob Lieutenant Harris oder einer der anderen Soldaten sie beobachtete. Es war nichts Verbotenes daran, einen kleinen Spaziergang zu unternehmen.

»Dann kommen Sie mit. Ich würde Ihnen ja den Arm reichen, aber …«

Lena lachte und schloss zu ihm auf. »Ich kann neben Ihnen hergehen, das ist kein Problem.«

Sie war neugierig, was Herr Weber von ihr wollte. Bisher hatte er sie nie von der Arbeit abgeholt.

Das erste Stück Weg unterhielten sie sich über das Wetter. Dieser Sommer war ungewöhnlich warm und trocken, was eine wahre Wohltat nach dem kalten Kriegswinter war. Natürlich war zu befürchten, dass die Vorräte im kommenden Winter wieder knapp werden würden, aber wer wollte sich an so einem schönen Augustabend deswegen den Kopf zerbrechen?

Schließlich kam Herr Weber zum Punkt. »Ich weiß nicht, ob Sie es schon mitbekommen haben, aber mein Neffe Hans hatte einen schweren Unfall.«

»Der kleine Hans?« Lena erbleichte.

Hans war der Sohn von Joachim Baumgärtner. Herr Baumgärtner hatte in Treblinka als SS-Wachmann gearbeitet. Und jetzt wusste sie, was Treblinka bedeutete. Margot lebte in seinem Haus. Das war ein unerträglicher Zustand.

»Wie geht es ihm?«

»Es geht ihm schlechter.« Herr Weber sah besorgt aus. »Er liegt im Bett, und seine Mutter versorgt ihn mit Schmerzmitteln und Salbe. Aber die Entzündung wird schlimmer und das Fieber steigt seit zwei Tagen, es ist viel zu hoch.«

»Oh nein!« Lenas Herz krampfte sich zusammen. »Der arme Junge!«

»Ihre Schwester hilft übrigens vorbildlich, habe ich gehört«, fügte Herr Weber hinzu. »Meine Schwester hat mir gesagt, sie wüsste nicht, was sie ohne Margot tun würde.«

»Das ist lieb von ihr.«

Lenas Gedanken wechselten zwischen der Sorge um den kleinen Hans und um ihre Schwester, die im Haus eines so gefährlichen Mannes leben musste. Vielleicht war zumindest Margot im Moment nicht in unmittelbarer Gefahr. Joachim Baumgärtner wusste schließlich nicht, dass Lena sein Geheimnis kannte. Bis vor Kurzem war sie so unwissend gewesen wie ihre Schwester. Wenn Margot seinen Sohn pflegte, würde er sich ihr gegenüber sicher anständig benehmen.

Wenn ein solcher Mensch dazu überhaupt in der Lage war.

»Fräulein Buth, ich brauche Ihre Hilfe«, sagte Herr Weber schließlich unumwunden.

»Worum geht es?« Sie half immer gern, wenn sie die Möglichkeit dazu erhielt.

»Es ist eine Angelegenheit, die mit Schwierigkeiten verbunden sein könnte.« Sie spürte seine Nervosität hinter dem Versuch, Ruhe auszustrahlen. Sie nickte.

»Es könnte auch Ärger mit Ihren Arbeitgebern bedeuten.« Jetzt wurde ihr doch etwas mulmig. »Bitte reden Sie nicht um den heißen Brei herum. Worum geht es?«

Er lachte leise. »Das mag ich so an Ihnen, Fräulein Buth. Sie zieren sich nicht und tun nicht scheinheilig oder empört, wenn es um ernste Dinge geht, die möglicherweise nicht legal sind.«

»Aha.« Ihr wurde unbehaglich zumute. So also dachte er von ihr?

»Es wäre gut, wenn Hans Penicillin bekommt. Mit traditionellen Medikamenten kommen wir nicht mehr weiter.«

»So schlimm ist es?«

»Der Arzt will nichts Klares sagen, aber Herr Tauber sagt, es besteht akute Gefahr für den Jungen. Es wäre gut, wenn wir Penicillin bekommen könnten.«

»Ich verdiene nicht viel.« Lena überschlug ihr kleines Einkommen im Kopf. »Aber wenn etwas nötig ist, um das Medikament für Hans zu kaufen, gebe ich gern alles, was ich erübrigen kann.«

Er schwieg. Sie gingen weiter. Lena fragte sich, ob sie etwas Falsches gesagt hatte, immerhin kannte sie den kleinen Hans kaum. Trotzdem, die Worte waren heraus. Sie würde dazu stehen.

»Das Problem ist nicht Geld«, sagte Herr Weber schließlich. »Ihre Reaktion ehrt Sie trotzdem, Fräulein Buth. Sie sind ein guter Mensch.«

Lena hoffte, dass sie nicht errötete. »Vielen Dank. Aber wenn es nicht am Geld liegt, was ist dann das Problem?«

»Die Verfügbarkeit. Es ist uns im Moment nicht möglich, Penicillin über die Apotheke zu beziehen.«

Lena ahnte allmählich, worauf das Gespräch hinauslief.
»Weil alles im Besitz der Alliierten ist?«

Herr Weber nickte niedergeschlagen.

»Also soll ich meine Kontakte bemühen?«

Die Formulierung klang so einfach, wenn jemand anders sie benutzte. Sie hatte keine Ahnung, wie sie das anstellen sollte.

Lenas Kontakte beschränkten sich auf einen Lieutenant mit strengem Gesichtsausdruck, seinen Offiziersburschen, der sie wie eine kleine Schwester behandelte, und flüchtige Kontakte zu einigen der anderen Soldaten. Bei keinem der anderen wusste sie, was ihre Aufgaben in der Basis waren, wenn sie den Lieutenant nicht auf eine Fahrt begleiteten oder mit James und Lena zu Mittag aßen.

»Lieber nicht.«

»Dann verstehe ich nicht genau, was Sie sich von mir erhoffen.« Sie musterte ihn ernst.

»Wenn es nicht funktioniert, müssen wir das Penicillin trotzdem stehlen. Dann fällt es auf, wenn Sie vorher danach gefragt haben, Fräulein Buth.«

Stehlen. Jetzt war es heraus, das böse Wort.

»So etwas tue ich nicht«, sagte sie sofort. »Ich weiß, dass man so etwas über Flüchtlinge erzählt, aber … Wir stehlen nicht! Ich bin eine anständige junge Frau aus einer guten Familie.«

»So habe ich das nicht gemeint«, sagte Herr Weber hastig. »Ich weiß, dass Sie zu so etwas nie fähig wären, Fräulein Buth. Sie sind zart … und anständig … und liebenswert … und …« Er wurde rot.

Lena schwieg. Sie wusste nicht, ob ihr Herz wegen seiner Worte oder wegen der Aussicht auf einen Einbruch so heftig schlug. In seinen blauen Augen funkelte etwas Verwegenes und Freches, das ihr gefiel.

»Also, was ich meinte …« Er räusperte sich. »Den eigentlichen Einbruch übernehme ich. Aber ich hatte die Hoffnung, liebes Fräulein Buth, dass Sie mir im Vorfeld ein paar Informationen besorgen könnten.«

»Informationen?« Ihre Handflächen wurden feucht.

»Sie sind ein freundlicher Mensch und kommen leicht in Kontakt mit anderen. Die britischen Soldaten unterhalten sich in der Mittagspause mit Ihnen. Versuchen Sie, einen von ihnen zum Angeben zu verführen! Männer sind so. Wenn eine schöne Frau sie bewundernd ansieht, dann reden sie mehr, als sie sollten.«

Lena lachte leise auf. Er fand sie schön! Die Worte waren gesagt und konnten nicht mehr zurückgenommen werden. Sollte Herr Weber ruhig glauben, dass er sie mit seiner Bemerkung über männliche Eitelkeit zum Lachen gebracht hatte.

»Ich soll also herausfinden, wo sie die Medikamente aufbewahren und wie man dort hinkommt?«

»Genau.«

Sie überlegte. Ihre Fingerspitzen kribbelten. Herr Weber brauchte Krücken, um zu gehen. Man durfte von einem Versehrten nicht erwarten, dass er in ein Militärhauptquartier einbrach. Was wäre, wenn man ihn erwischte und er weglaufen musste? »Wie genau haben Sie sich das gedacht?«, fragte sie schließlich. »Wenn ich helfen soll, muss ich wissen, wie der genaue Plan aussieht.«

Er beschrieb, wie er über die Mauer klettern – Lena unterdrückte einen wenig damenhaften Fluch – und dann mit einem Schlüssel die Hintertür aufschließen wollte.

»Und diesen Schlüssel … Besitzen Sie den wirklich, oder haben Sie mich angeflunkert und wollen ein Brecheisen nehmen?«

»Ich habe ihn.« Herr Weber blickte sich um und nestelte dann aus seiner Westentasche einen ganzen Schlüsselbund.

»Ich bin beeindruckt! Sind das Ihre privaten Schlüssel, oder gehören die alle zum Rathaus?«

»Pauline, die Schwester eines Schulkameraden, hat sie ihrem Vater gemopst. Offiziell weiß er von nichts. Sie merken schon: Halb Niebüll möchte, dass der kleine Hans Penicillin bekommt.«

Lena kannte Pauline noch nicht, zumindest war sie nicht sicher, welche der jungen Frauen aus dem Ort sich hinter dem Namen verbarg, aber sie hatte Respekt vor der Unbekannten. Das war eine Frau, die sie kennenlernen wollte.

»Welcher der Schlüssel gehört zum Hintereingang?«, fragte sie ernst und machte ein anerkennendes Geräusch, als Herr Weber ihn präsentierte.

Er hatte recht gehabt. Männer verrieten zu viel, wenn eine Frau ihnen auf die richtige Weise zuhörte. Sie hoffte, dass der gleiche Trick auch bei den Soldaten funktionierte.

»Verstauen Sie ihn lieber schnell wieder«, bat Lena ihn. »Nicht, dass uns noch jemand dabei sieht, wie wir hier konspirieren.«

»Sie haben recht.« Er verstaute den Schlüssel wieder.

Lena verspürte eine Mischung aus Nervosität und Aufregung. Sie würde nicht zulassen, dass sich Herr Weber in Gefahr brachte. Er hatte im Krieg genug ertragen. Das bedeutete, dass sie jetzt etwas tun musste, was verboten war.

»Wenn wir jetzt Verbündete sind …« Sie sah Herrn Weber prüfend in die Augen. »Meinen Sie nicht, dass es an der Zeit wäre, dass wir uns beim Vornamen nennen?«

Er nickte und bemühte sich sichtlich um einen neutralen Gesichtsausdruck. »Das soll so üblich sein, wenn man gemeinsam Pferde stiehlt.«

»Bestimmt gilt das auch für Penicillin.«

Das ironische Blitzen, das sie so gut kannte, brachte seine Augen zum Leuchten. Dieses Mal lag noch etwas anderes darin. Wärme. Vertrauen. Lauter gute Dinge, die Lenas Herz zum Klopfen brachten.

Er lächelte und reichte ihr die Hand. »Ich bin Rainer.«

»Und ich Lena. Schön, dich kennenzulernen, Rainer.« Ihre Zunge verhaspelte sich bei den Worten, denn streng genommen kannten sie einander bereits.

Es schien ihn nicht zu stören. Er hielt ihre Hand mit genau der richtigen Mischung aus Zärtlichkeit und Festigkeit. »Schön, dich kennenzulernen, Lena.«

Der Moment zog sich in die Länge. Sie sahen einander in die Augen, bis in beiden Mundwinkeln ein Lachen begann. Jetzt galt es! Lena umarmte ihn und störte sich nicht daran, dass man so etwas nicht tat. Sie küsste ihn erst auf die linke und dann auf die rechte Wange. Wie gut er roch! Sie könnte den ganzen Tag damit verbringen, seine Schulter an ihrem Kopf zu spüren und seine Nähe zu genießen. Ihre Hand glitt zärtlich über seine Schulter und strich über den Stoff der Westentasche.

Als er sich verspannte, löste sie sich von ihm und lachte. »Macht man das in Nordfriesland nicht so, wenn man vom Sie zum Du wechselt?«

Sein entgeistertes Gesicht verriet, dass diese Art von Umarmung in seiner Heimat unüblich war. In Pommern war sie das ebenfalls, aber das konnte er nicht wissen. Lena und er standen verlegen und glücklich voreinander.

»Also gut«, sagte sie, um die Verlegenheit über diesen Moment zu überspielen. »Wir schaffen das. Morgen finde ich heraus, wo sie die Medikamente aufbewahren.«

»Natürlich schaffst du das.« In seinen Augen lagen eine Ruhe und ein Vertrauen, die Lena an den Krieg erinnerte. So mussten Offiziere aussehen, wenn sie ihre Leute in den Einsatz schickten. Man sah diesen Blick und spürte, dass man es hinbekam, egal, wie gefährlich es war.

»Morgen oder spätestens übermorgen habe ich die Informationen für dich.«

»Wir kriegen das hin. Und du machst nichts weiter als spionieren, klar? Den eigentlichen Einbruch übernehme ich.«

Seine blauen Augen sagten, dass er es ernst meinte. Er wollte trotz seiner Krücken und trotz des zur Hälfte amputierten Fußes im Dunkeln über eine Mauer klettern und in das Hauptquartier der Besatzungsmacht einbrechen.

Wenn man ihn erwischte, konnte er wegen Diebstahl von Armeeeigentum hingerichtet werden. War ihm das nicht klar?

»Ich meine es ernst, Lena.«

»Ich ebenfalls, Rainer.«

Lena lächelte ihn an und fand, dass seine blauen Augen in einem wunderschönen Feuer brannten. So entschlossen, so stark, so männlich. Das war ihr bisher noch nicht aufgefallen, aber es gefiel ihr.

»Du kannst dich auf mich verlassen«, sagte sie ernst. In ihrem Bauch mischten sich Angst und die verbotene, wilde Vorfreude auf ein Abenteuer, die ein anständiges Fräulein nicht fühlen dürfte. »Ich kümmere mich um alles.«

Auf keinen Fall würde sie es zulassen, dass Rainer mit seinem kaputten Fuß im Dunkeln über die Mauer kletterte. Ihre

Finger spielten in der Rocktasche mit dem Schlüsselbund, der bis eben noch in Rainers Westentasche gesteckt hatte. Plötzlich hatte sie es eilig, nach Hause zu kommen.

PASTORENTOCHTER IN NÖTEN

Margot saß an Hans' Bett. Zärtlichkeit und Sorge umklammerten ihr Herz. Der Junge war so blass! Außerdem kam es ihr vor, als würde sein Fieber mit jeder Stunde steigen. Seine Stirn war heiß und trocken.

Die Bettdecke verbarg die Verbände an seinen Schultern und seiner Brust, doch Margot hatte das Blut daran gesehen. Es verfolgte sie. Wie konnte es sein, dass so ein eben noch gesundes und freches Kind plötzlich vor Fieber brannte und in Lebensgefahr schwebte? Es war nicht richtig. Seit vorgestern lag er hier. Frau Baumgärtner und sie wechselten sich mit der Pflege ab.

Hans war kaum jünger als sie, nur vier Jahre, aber in diesem Augenblick war er ein kleines Kind und Margot seine Mutter. »Pass gut auf ihn auf«, hatte Frau Baumgärtner ihr gesagt. »Wenn er etwas braucht, gib es ihm. Und lass ihn keine Sekunde allein!«

Jedes Mal, wenn Margot allein an dem Bett saß, quälte sie dieses Dilemma. Was wäre, wenn Hans die Augen aufschlug und nach einem Butterbrot verlangte? Oder nach einem Glas Wasser, vielleicht sogar mit ein wenig Honig darin, wie man es für Kranke machte? Dann müsste sie den Raum verlassen und Hans wäre allein. Genau das, was nicht passieren durfte.

Margot sehnte sich nach ihrer Mutter. Seit sie verschwunden war, hatte die Welt den Verstand verloren und sich in ein Irrenhaus verwandelt. In einer Sekunde war man noch dicht an Mutter und Schwester gedrückt, in der nächsten Sekunde überrollte einen die Panik. Die Welt fing an, sich zu drehen, und Gefühle stiegen wie schwarzer, blauer und dunkelorangener Nebel aus dem Boden auf. Zeit mischte sich. Für einen Moment verlor Margot die Orientierung.

War sie wieder am Leipziger Bahnhof oder sogar zurück in Greifenberg? War das wieder der Mann mit der Wehrmachtsuniform, der inmitten all des Chaos und Gebrülls, der Frustration und Müdigkeit der Menschen um sie herum so ein klares, fokussiertes und brennendes Wollen ausstrahlte, dass Margot seinen Griff um ihre Hand zuließ und ihm folgte, zu dem stillen Hauseingang, wo seine Freunde campierten und Margot zur Begrüßung so hungrig in den Arm nahmen, dass sie daneben all ihr eigenes Fühlen vergaß und in eine Wolke aus dunkelrotem, schmerzhaftem Verlangen eingehüllt wurde, bis der Zug davongefahren war und ihr Körper schmerzte, wie er noch nie zuvor geschmerzt hatte, voller Intensität und doch so leer, dass sie wie eine Fremde neben sich stand …

Ihr Kopf wusste, dass es nicht richtig war, was die Männer mit ihr gemacht hatten. Sie hätte dem Soldaten niemals folgen dürfen, sondern bei der Mutter bleiben müssen. Doch er hatte so überzeugt gewirkt, so sehr ausgestrahlt, dass seine Absicht gerechtfertigt sei, während die Mutter in Unsicherheit und manchmal sogar Panik gehüllt war … Und deswegen war es Margots eigene Schuld, was geschehen war, denn sie hatte sich vor der Angst der Mutter gefürchtet. Deswegen hatte sie kein Recht zu jammern oder sich zu beklagen. Zäh wie ein Windhund musste sie sein und alles Leid der Flucht hinter sich zurücklassen.

»Die Quadratwurzel aus hundertvierundvierzig ist zwölf«, flüsterte sie. »Wenn man zwei Primzahlen addiert und die Summe eine Sieben enthält, flirrt die Zahl wie frühlingsgrüne Blätter und verkündet das Gefühl von Freude, wie wenn man im Advent Zimt in den Plätzchenteig gibt. Dreiundzwanzig ist die einzige Zahl mit einem goldschimmernden Rand, der nach Pfefferminz schmeckt, zumindest habe ich noch keine andere gefunden. Vielleicht gibt es irgendwo eine sechsstellige Zahl, die die gleichen Eigenschaften besitzt, aber es müsste eine sein, in der eine Sechs und eine Sieben und die quietschbunte Quersumme von dreiundzwanzig auftauchen.«

Als sie ein Kind gewesen war, waren die Farben nur ein Spiel gewesen, das ihr beim Kopfrechnen half. Jede Zahl von eins bis zehn hatte eine saubere Farbe und ergab Sinn. Jeder Wochentag hatte eine eigene Struktur, jede Jahreszeit ihre eigene Farbe, und alles kreiste umeinander und bewegte sich vorwärts. Die kleine Margot wurde gelobt, weil sie Kopfrechnen konnte wie eine Große und schon mit drei Jahren alle Wochentage und Monate aufsagen konnte. Erst nach und nach hatte Margot begriffen, dass andere Leute die Farben nicht sehen konnten.

Menschen besaßen ebenfalls einen farbigen Nebel, der seine Struktur und Form änderte, je nachdem, ob sie glücklich, traurig, wohlwollend oder wütend waren. Das verwirrte Margot etwas, weil Menschen etwas anderes waren als Zahlen und Jahreszeiten, aber irgendwie funktionierte es wohl so. Ihre Mutter war eine Wolke aus grüngoldener Liebe, in die sie sich hineinfallen lassen konnte. Keine Farbe der Welt war so hübsch wie diese.

Doch die Wolke aus Liebe und Schutz war fort. Stattdessen war da etwas wie ein grauwolkiges Nebelding, das den Jungen einhüllte und an ihm zog. Wenn Margot nicht aufpasste, würde sie selbst hineingezogen werden.

»Werde schnell gesund«, flüsterte Margot dem Jungen zu, der auf dem Bett lag.

Er machte ein undefinierbares Geräusch, etwas zwischen Schmerz und Seufzen.

»Ich pass auf dich auf«, versprach sie. »Solange ich hier sitze, kann dir niemand etwas tun.«

Sanft und zärtlich streichelte sie ihm über die Haare. So blieb sie sitzen, bis Frau Baumgärtner zurückkehrte und Margot ihre Hand ertappt zurückzog.

»Ist schon in Ordnung.« Ein Hauch Grün und Gold umflackerte die Hausfrau und vertrieb das übliche Grau. Margot stellte erstaunt fest, dass die Frau tatsächlich ein wenig Ähnlichkeit mit ihrer Mutter besaß, wenn sie auf diese Weise blickte. »Ich merk schon, du hast für ihn gesorgt.«

»Natürlich, Frau Baumgärtner. Ich hab ihn doch auch lieb, den Hans.« Für einen Moment sahen sie einander an. Margot spürte, dass ihre Augen brannten. »Was kann ich noch für ihn tun, Frau Baumgärtner?«

Frau Baumgärtner musterte die Fläche auf der Kommode, auf der Salbe, Verbände und ein Döschen mit Tabletten standen. »Ich würde gern ein wenig bei ihm sitzen. Mir macht das alles mehr zu schaffen, als ich vor den Kindern oder dem Mann zugeben mag. Könntest du dich heute um das Mittagessen kümmern?«

»Ich glaube schon.« Margot war nervös. Natürlich hatte sie schon oft beim Kochen geholfen, aber bisher hatte die Verantwortung für eine Mahlzeit nie ganz allein bei ihr gelegen.

»Mach nichts Großes«, sagte Frau Baumgärtner, als ob sie Margots Nervosität spürte. »Auf dem Herd steht noch Brühe. Schneid ein paar Möhren hinein und was du sonst noch an Gemüse findest. Drei oder vier Kartoffeln. Dazu eine Scheibe Brot für jeden.«

»Das sollte ich hinkriegen, Frau Baumgärtner.«

»Natürlich kriegst du das hin.« Sie lächelte. »Bist ein gutes Mädel. Auf dich kann man sich verlassen.«

Gut, dass Frau Baumgärtner nicht wusste, wie oft Margot verträumt aus dem Fenster sah und vergaß, welche Jahreszeit gerade war und in welcher Stadt sie lebte!

Margot konzentrierte sich auf die Gegenwart. »Kann ich sonst noch etwas tun? Ein Glas Wasser für Hans' Medizin bringen, vielleicht?«

»Gute Idee.« Frau Baumgärtner nahm ein Glas mit einem braungrauen Pulver von der Kommode. »Davon kriegt er einen halben gestrichenen Teelöffel voll, aufgelöst in einem Glas Wasser. Am besten, du machst das Wasser vorher heiß und nimmst eine Tasse. Dann bringst du es hoch.«

»Sehr gern, Frau Baumgärtner.« Margot freute sich, dass ihr so eine wichtige Aufgabe übertragen wurde. Sie würde alles richtig machen!

Unten in der Küche saß Herr Baumgärtner am Tisch und las Zeitung. Er trug eine ausgebeulte Baumwollhose mit Hosenträgern über einem Unterhemd, das bereits einige Flecken aufwies. Unter seinen Armen quoll ein Haarbüschel hervor, wie Margot mit einem Gefühl von Ekel erkannte. Konnte er seine Zeitung nicht im Garten lesen, oder in der Stube oder in seinem Arbeitszimmer? Die Küche war ein Raum, der den Frauen gehörte! Männer durften sie nur zu den Mahlzeiten betreten.

Doch im Gegensatz zu seiner Frau hatte Margot nicht das Recht, ihn hinauszuwerfen.

»Guten Tag«, grüßte sie deshalb höflich und so leise sie konnte.

Er brummte etwas, was »Moin« heißen konnte, und starrte weiter in seine Zeitung. Offenbar hatte er keine Lust auf ein Gespräch. Margot war erleichtert. Hoffentlich nannte er sie nicht wieder Margo-Margo oder verlangte von ihr, dass sie Schnaps mit ihm trank. So leise sie konnte, füllte sie den Wasserkessel und setzte ihn auf den Herd, um das Wasser für Hans' Medizinpulver zu erhitzen. Es linderte seine Schmerzen und half ihm beim Schlafen, hatte Frau Baumgärtner ihr gestern erklärt. Margot holte eine Tasse aus dem Schrank und maß das Pulver sorgfältig mit einem Teelöffel ab.

»Was machst du da?«, fragte Herr Baumgärtner unwillig. »Du kannst nicht einfach in unserer Küche herumlaufen und tun, was dir in den Sinn kommt.«

»Es ist die Küche Ihrer Frau und nicht Ihre«, wollte Margot antworten. »Eine Küche ist ein Ort, an dem gearbeitet wird, und ich habe Sie hier noch nie einen Fingerschlag tun sehen.«

Aber sie verkniff sich die Worte.

»Ihre Frau hat mir einen Auftrag gegeben«, sagte sie stattdessen leise. »Ich muss mich konzentrieren, damit ich alles richtig mache.« Sie schüttete das Pulver zurück ins Glas und befüllte den halben Teelöffel erneut. Jetzt alles sorgfältig mit der Messerkante abstreifen und zurück ins Glas geben, und dann den Löffelinhalt in die Tasse …

»Und was genau stellst du da an?«

»Ich rühre ein Pulver für Hans an.« Zumindest würde sie

das gleich tun, sobald das Wasser heiß war. »Anschließend kümmere ich mich um das Mittagsessen. Dafür …«

Sie wollte sagen, dass es gut wäre, wenn sie den Tisch hätte, um dort zu arbeiten, Gemüse zu putzen und zu schneiden. Die Worte blieben jedoch in ihrem Hals stecken. Es war schwer, in Herrn Baumgärtners Gegenwart etwas zu sagen, was nicht seinem Willen entsprach. Er schien ständig von einer Woge aus Blitzen umgeben zu sein, die von roter Wut zu blauschwarzem Selbstmitleid und zurück umschlagen konnten.

»Mach man.« Er blätterte die Zeitung um. Das war ein klares Signal, dass er sitzen bleiben würde.

Er nippte an einer Teetasse, die garantiert auch Schnaps enthielt. Margot unterdrückte ein Seufzen und griff nach dem kleinen Radio auf der Fensterbank, das Frau Baumgärtner jedes Mal einschaltete, wenn sie kochte. Die Hälfte der Ankündigungen und Verordnungen wurden auf Englisch gesendet, das sie kaum verstand, doch sie wartete jedes Mal geduldig auf den Moment, in dem wieder Musik gespielt wurde. Sowohl Margot wie auch Frau Baumgärtner bevorzugten Swingstücke, sie freuten sich aber auch über Orchesterplatten und alte Aufnahmen aus Opern.

»Weg mit dem Gedudel«, verkündete Herr Baumgärtner jedoch. »So eine undeutsche Schietmusik kommt mir nicht ins Haus.«

Enttäuscht drehte Margot das Radio wieder aus. Sie holte vier kleine Kartoffeln aus dem Korb und suchte aus der Gemüseschublade eine Viertelrübe und fünf Karotten heraus. Dazu etwas Petersilie und Schnittlauch … Es würde eine gute Suppe werden!

»Du hast zugenommen«, sagte Herr Baumgärtner.

Margot drehte sich zu ihm um. Sein Blick sagte, dass er sie schon eine Weile betrachtete.

»Ich glaube nicht, Herr Baumgärtner.«

»Doch, doch.« Er machte mit den Händen eine Bewegung vor seiner Brust.

Margot warf ihm einen finsteren Blick zu, drehte sich weg und konzentrierte sich auf das Gemüse. Wenn sie sich unsichtbar machte, würde er irgendwann aufhören, sie zu beachten. Sie stellte sich vor, wie sie feine Fäden webte, aus Spinnweben und Glas, die sich um sie herum miteinander verwoben wie der Kokon eines Schmetterlings. Nichts auf der Welt konnte durch diesen Kokon hindurchdringen. Die Blicke das Mannes hatten nicht die Macht, ihr zu nahe zu kommen.

Trotzdem war ihr so unbehaglich zumute, dass sie sich um ein Haar mit dem scharfen Gemüsemesser geschnitten hätte.

Als der Kessel anfing zu pfeifen, nahm sie einen Topflappen, hob den Kessel vom Herd und goss das Wasser sorgfältig in die Tasse, damit nichts überschwappte. Ein wenig Honig dazu. Rühren. Dann verließ sie die Küche und trug die Tasse vorsichtig nach oben, damit Frau Baumgärtner sie Hans einflößen konnte.

Seit dem Tag, an dem Frau Baumgärtner sie für die vergessenen Schaufeln zurückgeschickt hatte, fühlte sich Margot in der Nähe von Herrn Baumgärtner unwohl. Noch unwohler als zuvor, sollte das heißen, denn sie musste auch jeden Tag daran denken, dass Lena ihm den Mantel gestohlen hatte.

Sie stellte sich an die Spüle und fing an, das Gemüse abzuwaschen und zu putzen.

»Was machst du denn da?«, fragte er sie.

Margot erklärte es ihm.

»Setz dich zum Schneiden lieber an den Tisch. Schau her,

ich mach dir Platz.« Er zog die Zeitung demonstrativ zehn Zentimeter in seine Richtung.

»Vielen Dank, Herr Baumgärtner.«

Margot trug Schneidbrett, die Schüssel mit dem Gemüse, den Topf für das geschnittene Gemüse und die Abfallschüssel zum Küchentisch, setzte sich an das entgegengesetzte Ende und zog die Füße so weit nach hinten, wie sie nur konnte, damit sie nicht aus Versehen seine berührte.

»Mädel, du erinnerst mich an meine Sarah.« Er lächelte. Es war ein unerwartet weiches Lächeln im Gesicht dieses bulligen, starken Mannes. »Nur das mit dem Schnaps … Das musst du noch lernen. Sarah wurde lustig, wenn man ihr Schnaps gegeben hat.«

»Ich bin erst vierzehn, Herr Baumgärtner.«

»Na und? Irgendwann musst du damit anfangen.«

»Lieber noch nicht, Herr Baumgärtner.«

»Hab ich dir mal von der Sarah erzählt? Sie mochte roten Lippenstift. Ich hab ihr einen Spitznamen gegeben, damals.«

»Ein- oder zweimal, Herr Baumgärtner.« Sie wollte es nicht schon wieder hören.

»Sarah-Sara hab ich sie genannt.« Er lachte leise. »Das war ein Witz, verstehst du? Weil sie Jüdin war.«

Margot versuchte zu lachen, doch es wurde lediglich ein seltsames Geräusch, das sie hastig runterschluckte. Der Name war nicht lustig. Es war auch nicht lustig, dass man Sarah einen zweiten Namen gegeben hatte, der genau wie ihr erster lautete. Und wenn Herr Baumgärtner vom Lippenstift sprach, hatte sie jedes Mal das Gefühl, dass eine grausame Eiskälte von ihm ausströmte.

Manchmal kam es Margot vor, als wäre es ihre Pflicht, ihm einen Weg aus dem Dornendickicht in seiner Seele zu zeigen.

Niemand außer ihr konnte die Fäden aus Dunkelheit sehen, die ihn einhüllten und quälten. Sie konnte den Schmerz fühlen, den er sich nicht eingestand. Mehr noch, sie hatte das Gefühl, dass es ihm guttat, mit ihr zu reden. War es dann nicht ihre Pflicht, für ihn da zu sein, ganz egal, wie unbehaglich ihr selbst dabei wurde?

»Erzählen Sie mir von Sarah?«, fragte sie daher. »Wie haben Sie sie kennengelernt?«

Sie war nicht auf die Wolke aus Wut gefasst, die sein Gesicht rötete und ihn plötzlich wie zuckende Blitze umgab.

»Das geht dich überhaupt nichts an, Mädchen.«

»Natürlich nicht, Herr Baumgärtner«, sagte sie eingeschüchtert, nahm die nächste Kartoffel und bemühte sich, sie so dünn wie irgendwie möglich zu schälen. Kein Wort würde sie mehr sagen, wenn man ihr keine direkte Frage stellte.

»Es waren andere Zeiten damals«, schob Herr Baumgärtner hinterher. Es sollte wohl begütigend klingen, aber dahinter verbarg sich eine ganze Wolke unterdrückter Gefühle. Die Wolke war so heftig, dass Margot einen Moment brauchte, um zu begreifen, dass es nicht ihre eigenen Gefühle waren, die sie da auffing.

Sie schwieg.

»Ist ja auch egal«, sagte er. »Ist lange vorbei. War im Krieg.«

Hatte Herr Baumgärtner ein jüdisches Mädchen gerettet? So ganz verstand Margot nicht, was sich da zugetragen hatte. Sie witterte eine tragische Liebesgeschichte, wie sie in Frau Baumgärtners Regal in großer Zahl zu finden waren. Wenn Herr Baumgärtner im Krieg seine wahre Liebe gefunden hatte, in einer jüdischen Frau mit rotem Lippenstift, dann war das tragisch. Vielleicht war er deswegen so häufig schlecht gelaunt? Sehnte er sich nach einer verlorenen Liebe?

Wenn es so war, dann wäre seine ständige schlechte Laune und der Missmut im Angesicht seiner Frau leichter zu erklären. Er sah nicht aus wie ein tragisch Liebender, aber wer konnte so etwas schon von außen erkennen?

Margot beschloss, ihm ein Lächeln zu schenken. Ein klein wenig Verständnis für die Lage, in der er sich befand.

»Mach mir een Kaffee«, sagte er.

Sie bereute das Lächeln auf der Stelle. Das Mittagessen würde heute ohnehin spät aufgetischt werden. Wenn sie jetzt aufstand und Kaffee brühte, verzögerte es sich noch weiter. Außerdem wachte Frau Baumgärtner streng über alle Vorräte in der Küche. Sie hätte ihrem Mann um diese Zeit keinen Kaffee gemacht.

»Gibt keinen mehr«, sagte sie deswegen, so ruhig sie konnte. »Die Marken sind alle. Wollen Sie einen Tee?«

»Sarah hat mir immer Kaffee gemacht«, sagte Herr Baumgärtner störrisch wie ein kleines Kind. »Du bildest dir wohl ein, du bist was Besseres als sie, ja?«

»Sarah war Jüdin«, sagte Margot. Sie wusste nicht genau, was sie damit ausdrücken wollte. Die Worte klangen schrecklich falsch.

»Sie war hübscher als du.«

Margot schwieg. Damit konnte sie leben.

»Außerdem war sie nicht so faul. Steh schon auf und setz Wasser auf.«

»Ja, Herr Baumgärtner.« Doch sie blieb sitzen. Ihre Beine wollten sie nicht tragen.

»Sitz nicht so faul herum! Sonst setzt es was, Fräulein Sarah!« Die Faust von Herrn Baumgärtner krachte auf den Tisch.

»Mein Name ist Margot Buth«, sagte sie kühl und stand

auf. »Ich kann Ihnen gern einen Tee machen, Herr Baumgärtner. Aber Kaffee ist nicht mehr im Haus.«

»Dann besorg welchen. Zackig.«

Margot seufzte. Was blieb ihr anderes übrig? Sie ließ erneut Wasser in den Kessel laufen und setzte ihn auf den Gasherd. Mit einem der kostbaren Streichhölzer entzündete sie voller Sorgfalt die Flamme und ließ den Herdknopf zu lange gedrückt, damit der Gasfluss ganz sicher nicht mehr stoppte.

»Du sollst neuen Kaffee holen, Sarah.«

Sie drehte sich um und blickte ihm fest in die Augen. Obwohl ihr Herz heftig klopfte, stemmte sie die Arme in die Seite und räusperte sich. »Mein Name ist Margot Buth, Herr Baumgärtner. Sarah ist jemand anderes.«

Der Schmerz in seinem Blick bestand aus Dornen und Widerhaken, die in Margot neues Mitgefühl auslösten. Was auch immer er im Krieg erlitten hatte, sie sollte nicht zu streng mit ihm sein.

»Du bist nicht Sarah, das stimmt«, sagte er leise. »Aber du hast genau wie sie ein gutes Herz.«

»Es ist trotzdem kein Kaffee im Haus.« Margot seufzte. »Ich mache Ihnen einen Tee, Herr Baumgärtner.«

»Das ist lieb von dir.« Er lächelte schief. »Bist ein gutes Mädchen, Margo-Margo.«

Aus irgendeinem Grund verursachte dieser Name ihr ein noch tieferes Unbehagen, als wenn er sie mit seiner Sarah verwechselte. Margot sehnte sich nach ihrer Mutter. Sie brauchte jemanden, mit dem sie reden konnte und der auch zuhörte und sie verstand. Das neue Leben war ein Albtraum. Wenn sie könnte, würde sie auf der Stelle zum nächsten Bahnhof wandern und zurück nach Greifenberg fahren. Auch wenn dort inzwischen russische Besatzungstruppen waren, konnte die Welt dort unmöglich so sehr den Verstand verloren haben wie an diesem Ort.

Sie wünschte, dass wenigstens Lena wieder Zeit für sie hätte, aber sie hatte ihre Schwester zuletzt beim Kirchenbesuch am vergangenen Sonntag gesehen. Dort hatten sie nur ein paar Worte gewechselt.

NACHRICHT AUS DER HEIMAT

Das Erste, was Nigel am Morgen nach dem Betreten seines Büros wahrnahm, war der Brief, der zuoberst auf seinem Schreibtisch lag.

Man sah dem Brief an, dass er eine Zeitlang unterwegs gewesen war. Seine Ecken waren abgestoßen. Der ursprünglich weiße Umschlag war leicht verfärbt. Feldpost, auf der neben seinem Namen auch sein Rang und seine Dienstnummer standen. Geschrieben mit blauer Tinte in der schönen, klaren Handschrift von Claire.

Nigel schloss die Tür hinter sich und blieb stehen. Es waren nur wenige Schritte bis zu seinem Schreibtisch, doch er mochte sie nicht gehen. Der kurze Weg schien die ganze Breite der Nordsee zu umfassen, all die Meilen von Norddeutschland durch die Niederlande bis zurück in die Normandie und zur Überfahrt, an die er nicht mehr denken mochte. Der Brief war eine Botschaft aus einer anderen Welt.

Er drehte sich um und betrachtete die Messingklinke. Sie war hübsch gearbeitet. Ihre Form war schlicht und vermutlich leicht zu reinigen, auch wenn sich das Metall dort verfärbt hatte, wo es nicht täglich von Menschenhänden berührt und abgerieben wurde. Als Kind hatte er geglaubt, Messingklinken bestünden aus Gold, weil die Farbe so ähnlich aussah. Er erinnerte sich an den heimlichen Triumph, weil seine

Familie reich genug war, in ihrem Landhaus Klinken aus Gold zu besitzen. Der Triumph war so absolut gewesen, dass er dieses Geheimnis für sich behalten hatte, um nicht zu protzen. Dadurch hatte niemand außer ihm mitbekommen, wie sehr einige Jahre später die Enttäuschung schmerzte, dass es doch nur gewöhnliches Metall war.

Er strich mit den Fingerspitzen über den sanften Schwung der Türklinke.

Claire. Sie hatte ihm endlich geschrieben. Oder, was wahrscheinlicher war, der Brief hatte ihn endlich erreicht. Vor einem oder zwei Monaten hätte ihn das sehr glücklich gemacht.

»Du fehlst mir, Claire«, flüsterte er der Türklinke zu. Es waren Worte, die gesagt werden mussten und die sich wahr anfühlen sollten.

Nigel richtete sich auf, ging zu seinem Schreibtisch und schob den Brief zur Seite. Er würde ihn heute Abend lesen. An einem Ort, an dem er weder an seine Arbeit noch an die verwirrenden dunklen Augen eines deutschen Fräuleins denken musste und seinen Gedanken erlauben konnte, zurück in eine Vergangenheit zu einer Frau zu streifen, bei der die Welt noch in Ordnung war.

EIN SCHRITT IN DIE DUNKELHEIT

»Guten Morgen, James!« Lena begrüßte Lieutenant Harris'
Burschen mit einer Fröhlichkeit, die sie nicht empfand. Sie
hatte das Gefühl, jeder könne ihr ansehen, was für Pläne sie
hegte. Als sie mit Rainer gesprochen hatte, war es ihr leicht
erschienen, die britischen Soldaten auszuhorchen.

Stattdessen hatte sie die letzte Nacht wach gelegen und
dem Klopfen ihres Herzens zugehört. Was für ein Mensch
war aus ihr geworden? Als Kind hatte sie stets darum gebetet,
dass Gott sie vor Sünde und Versuchung bewahrte. Doch jedes Mal, wenn sie die Möglichkeit erhielt, gegen die Regeln
zu verstoßen, fühlte sie dieses schüchterne Gefühl von Aben-
teuerlust in sich aufsteigen. Es lag eine wilde Schönheit darin,
sich über Regeln hinwegzusetzen und selbst zu entscheiden,
was richtig und falsch war.

Galt das siebte Gebot für sie nicht mehr?

Was war mit den anderen Geboten? Durfte sie sich überhaupt noch als Christin bezeichnen, wenn sie sich so leichtfer-
tig darüber hinwegsetzte?

»Guten Morgen, Miss Buth.« James lächelte sein brüder-
liches, verschmitztes Lächeln. »Wie geht es Ihnen?«

»Ich habe unruhig geschlafen.« Lena lächelte unsicher.
»Manchmal gibt es so Nächte … Man fragt sich, was richtig
und was falsch ist.«

James nickte. »Manchmal hat das wohl jeder, Miss Buth.«

»Geht Ihnen das auch so?«

Er zuckte mit den Schultern. Die Frage war vermutlich unangemessen. Die Briten hatten eine subtile Art, jemanden das spüren zu lassen, auch ohne es auszusprechen. »Für die Deutschen ist es schlimmer, nehme ich an.«

Lena zuckte zusammen. Sie wollte fragen, wie er das meinte, doch … eigentlich war es klar.

Egal, wie viele Menschen die Alliierten im Krieg verloren hatten, sie hatten eine wichtige Sache behalten dürfen: das Gefühl, dass sie mit ihrem Handeln im Recht waren.

Sie hatten den Wahnsinn der Vernichtungslager beendet.

Man durfte nicht darüber nachdenken. Wie sollte Lena mit so einer Schuld umgehen? Wie sollte Gott ihr vergeben, dass sie an die Großartigkeit einer solchen Nation geglaubt hatte, zumindest irgendwie, so wie jeder das tat, der mitjubelte und mit Blumen am Bahnsteig stand, wenn Adolf Hitler im Zug vorbeifuhr?

»Nach jeder dunklen Nacht geht die Sonne auf«, sagte sie leise. »Es gibt ein deutsches Gebet … Gott ist mit uns am Abend und am Morgen, und sicher auch an diesem neuen Tag.«

»Das sind schöne Worte«, sagte James ernst. »Können Sie mir die aufschreiben, Miss Buth? Auf Deutsch und auf Englisch, wenn Sie so freundlich sein würden? Dann schicke ich es meinen Schwestern in der Heimat.«

»Sehr gern, Mister James. Jetzt gleich?«

Er blickte zur Tür und sah plötzlich scheu und verlegen aus. »Warum nicht? Solange uns niemand erwischt … Eigentlich ist ja gerade Arbeitszeit.«

Lena lächelte. Sie nahm eines der Schmierblätter, die für

Notizen neben der Schreibmaschine lagen, und notierte darauf in ihrer schönsten Schrift:

*Von guten Mächten wundersam geborgen
Erwarten wir getrost, was kommen mag.
Gott ist mit uns am Abend und am Morgen
Und sicher auch an diesem neuen Tag.*

Superintendent Bonhoeffer

Sie war sich nicht ganz sicher, ob der Mann mit der Nickelbrille wirklich Superintendent gewesen war. In dem *Beobachter*-Artikel über seine Hinrichtung hatte nichts davon gestanden, und für die kleine Lena waren alle Besucher ihres Vaters und der Vikare Superintendenten gewesen. Sie wusste auch nicht, ob das Gebet wirklich von ihm stammte und ob sie sich richtig daran erinnerte.

Es spielte keine Rolle, spürte sie beim Aufschreiben und Übersetzen der Worte. Gott war bei ihr. Er führte ihr die Hand, auch als sie unter James' neugierigen Blicken nach den englischen Worten suchte. Zweimal bat sie ihn um Rat. Gott war bei ihr, während sie sich an die Worte erinnerte, die sie unter seinen Schutz stellten.

Und doch waren da diese Sünden, die sie begangen hatte und noch begehen würde …

Der geplante Diebstahl des Medikaments belastete sie, aber vielleicht war das nur die Angst davor, erwischt zu werden. Etwas anderes war schlimmer. Es quälte sie, seit sie erfahren hatte, was in Treblinka passiert war.

Es war eines der furchtbaren Lager gewesen.

Herr Baumgärtner hatte dort als Wachmann gearbeitet.

Die Briten wussten nichts davon, nahm Lena an.

Und sie besaß einen Dienstausweis, der bewies, was er getan hatte.

War sie nicht moralisch verpflichtet, ihn anzuzeigen? Wenn sie einen Mann deckte, der so ein schlimmes Verbrechen begangen hatte, wurde sie dadurch nicht zur Mitschuldigen?

Als James einige Stunden später kam, um Lena zum Mittagessen abzuholen, hatte sie ihr Lächeln wiedergefunden. Für die moralischen Fragen wäre später noch Zeit. Jetzt ging es darum, ein Medikament zu bekommen, das einem schwer verletzten Jungen das Leben retten sollte.

Auf dem Weg zur Kantine erzählte Lena James, dass sie seit einiger Zeit darüber nachdachte, eine Ausbildung zur Krankenschwester zu machen. Bei den Worten kreuzte sie hinter dem Rücken die Finger und schwor sich innerlich, es tatsächlich zu tun. Wenn sie eine mehrjährige Schwesternausbildung durchlaufen musste, um sich wenigstens für diese Lüge nicht schuldig zu fühlen, wäre das ein kleiner Preis.

»Das ist ein schöner Beruf für eine Frau«, stimmte James ihr zu. »Ich vermute, ein Lächeln von Ihnen wirkt auf einen Kranken heilsamer als jede Medizin, Miss Buth.«

»James!« Lena lachte und tat, als würde sie ihm auf die Finger klopfen. »Also wirklich.«

»Verzeihen Sie, Miss Buth.« Er grinste, weil er sicherlich spürte, dass sie ihm in Wahrheit nicht böse war.

Sie würde gern mehr über Medikamente lernen, erklärte sie ihm auf dem Weg zur Kantine. Ob James vielleicht jemanden kannte, der ihr mehr dazu erzählen könnte?

Natürlich kannte er jemanden. Sie stellten sich in die Schlange und steuerten anschließend mit ihren Tabletts einen Tisch an, an dem Soldaten saßen, die Lena flüchtig vom Sehen kannte. Zwei von ihnen trugen das Abzeichen des von der Schlange umwundenen Äskulapstabes.

Sobald die Männer sahen, dass Lena und James ihren Tisch ansteuerten, veränderte sich ihre Haltung subtil. Es war Lena schon häufiger aufgefallen, dass Männer sich anders benahmen, wenn eine Frau in der Nähe war. Jetzt waren sie darum bemüht, einen guten Eindruck zu machen, während sie vorher entspannt gewesen waren. Fast tat es ihr leid, sie auf diese Weise in ihrer Mittagspause zu stören.

Oder waren das nur die Schuldgefühle wegen des geplanten Diebstahls? An anderen Tagen hatte sie es genossen, wenn sie ehrlich war. Die Reaktionen der Soldaten auf ihre Zöpfe verliehen ihr eine Wichtigkeit, die sie jenseits dieses kleinen Militärkosmos' nicht besaß.

»Guten Tag, Miss Buth«, sagte einer der Männer.

Lena erwiderte die Begrüßung freundlich und zurückhaltend, wie sie es vor einem halben Leben von ihrer Mutter gelernt hatte. James rückte ihr den Stuhl zurecht, und sie setzte sich neben ihn.

Das Gespräch plätscherte vor sich hin. Lena wartete darauf, dass James das Thema anschnitt, auf das sie innerlich brannte. Äußerlich gab sie sich zurückhaltend und häufte kleine Portionen Spinat mit Kartoffelbrei auf ihre Gabel, um das Mittagessen in die Länge zu ziehen. Sie musste an die benötigten Informationen kommen! Das Rathaus und sein Keller waren viel zu weitläufig, um auf gut Glück loszuziehen und nach Penicillin für den kleinen Hans zu suchen.

Schließlich richtete James gezielt das Wort an einen der Soldaten mit dem Sanitätsdienstabzeichen, Private Miller. Er erzählte, dass Lena beschlossen hatte, in Zukunft eine Kollegin von ihm zu sein.

»Wirklich?« Seine Augen leuchteten auf. »Kollegen wie dich können wir in der Einheit gut gebrauchen.«

Lena lachte. »Vielleicht nicht so direkt eine Kollegin. Ich habe Mister James vorhin erzählt, dass ich von einer Ausbildung als Krankenschwester träume.«

»Ein wichtiger Beruf. Meine Schwester hat die Ausbildung auch gemacht, bevor sie geheiratet hat.«

Jetzt war ihre Chance, das Thema in die richtige Richtung zu lenken. »Man muss in so einer Ausbildung viel lernen, vermute ich. Ich dachte, vielleicht können Sie mir ein wenig darüber erzählen, wie die Pflege beim britischen Militär aussieht? Was für Themen muss man beherrschen?«

Private Miller begann zu erzählen. Zwischendurch unterbrach er sich und fragte, was Lena besonders interessiere.

»Eigentlich alles!« Sie betete, dass Gott ihr die richtigen Worte in den Mund legte. »Wie schaffen Sie es zum Beispiel, sich die Namen all der Medikamente zu merken, die Sie verwalten müssen? Ich frage mich auch oft, wie dieses moderne Wundermittel funktioniert. Pinicillan, oder wie heißt es?«

Lena hörte mit großen Augen und voller Faszination zu, was Private Miller erzählte. Sie hatte tatsächlich noch nicht gewusst, dass dieses Zaubermittel ursprünglich durch eine verschimmelte Bakterienkultur entdeckt worden war. Sie stellte weitere Fragen, hörte sich die Antworten an und betete innerlich die ganze Zeit: *Herr Jesus, bitte hilf mir. Ich kann doch nicht fragen, in welchem Keller und Raum sie alles aufbewahren! Das ist zu direkt und fällt auf. Wie hat Rainer sich das bloß vorgestellt?*

»Ich frage mich …« Sie zögerte. »Ob ich mir das wohl alles mal selbst anschauen darf? Wie es aussieht, und die ganzen anderen Medikamente, von denen Sie gesprochen haben? Es erfüllt eigentlich keinen bestimmten Zweck, nur meine Neugierde, aber wenn ich das alles schon mal gesehen habe ...«

»... dann haben Sie es in der Ausbildung leichter.« Private Miller lächelte. »Eigentlich dürfen wir das nicht.«

Lena senkte verlegen den Blick und sah dann wieder hoch. Sie hatte das Gefühl, dass sie jetzt nichts sagen durfte. Er brauchte Raum, um seine Gedanken zu sortieren.

»Würde es Ihnen denn helfen?«, fragte er zögernd. Dabei wurde er auf subtile Weise größer und sein Blick gewann an Selbstbewusstsein.

Lena schämte sich. Trotzdem nickte sie schüchtern. »Ja, das würde es tatsächlich. Aber ich will Sie nicht in Schwierigkeiten bringen.«

»Ich frage ja auch rein theoretisch. Aber vielleicht wollen Sie mich nach dem Mittagessen auf einen kurzen Spaziergang begleiten, ganz allgemein?«

Ihre Wangen wurden heiß. »Das würde ich tatsächlich gern, Private Miller.« Sie bekam genau das, was sie brauchte. Was für eine Fügung. Beinah schon unheimlich!

Für eine Sekunde flackerte die Angst auf, dass man sie für die Täterin halten würde, wenn am nächsten Tag eine Dosis Penicillin fehlte. Doch jetzt war es zu spät. Sie musste sich vom Wind tragen lassen und seinem Weg folgen, wie Frau Weber es einmal ausgedrückt hatte.

Die Aufregung schlug ihr auf den Magen. Sie verspürte aufs Neue die vertraute Übelkeit. Lena war erstaunt, dass sie trotzdem Kartoffelbrei in sich hineinschaufelte, der nach Pappe schmeckte. Offenbar bereitete sich ihr Körper auf die kommende Nacht vor und wollte Kräfte sammeln.

Nach dem Mittagessen standen Lena und Private Miller

auf. James zwinkerte ihr zu und blieb sitzen. Offenbar wollte er nicht zu viel Aufmerksamkeit auf Lenas kleine Exkursion lenken, weil der Private ihr den Lagerraum vermutlich offiziell nicht zeigen durfte.

Private Miller ging mit Lena die Treppe hinab in den Keller. Ein anderer Soldat sah ihnen dabei zu und zog anzüglich die Brauen hoch, kommentierte aber nichts. Lena war erleichtert. Trotzdem befürchtete sie allmählich, dass sie sich den Diebstahl abschminken konnte. Zu viele Leute wussten jetzt von ihrem Interesse an Penicillin.

Lena merkte sich den Grundriss des Kellerflurs, die Abzweigungen und die Anzahl der Türen. Auch wenn es hier bereits elektrisches Licht gab, würde sie den Weg in der kommenden Nacht im Dunkeln zurücklegen müssen.

Miller öffnete eine Tür und drückte den Lichtschalter. Es war ein Lagerraum voller Holzregale, auf denen sich Pappkartons und Kisten stapelten. Alle waren mit sorgfältig etikettierten Gläschen, Fläschchen oder kleineren verschlossenen Kartons gefüllt.

»Hier soll man sich zurechtfinden?«, fragte sie erstaunt. Die Frage war ehrlich gemeint, gleichzeitig diente sie der Vorbereitung auf den Abend.

Es beunruhigte und faszinierte Lena gleichermaßen, wie dicht Wahrheit und Lüge beieinanderliegen konnten. Fast wünschte sie sich, sie könnte wie die Katholiken zur Beichte gehen und das Chaos in ihrem Herz mit geweihter Hilfe ordnen, damit Gott ihr vergab.

Private Miller erklärte Lena das Ordnungsprinzip, das grob alphabetisch funktionierte. In der Realität funktionierte es eher so, dass Ersatzorte geschaffen wurden, wenn der Platz am vorgesehenen Ort nicht reichte. Alles war noch ein wenig provisorisch. Miller erklärte, dass es zwei Sorten Soldaten gab: die, die sich für den Kampfeinsatz nicht zu schade waren, und die, die zu Hause am Schreibtisch blieben.

Wenn es darum ging, Ordnungssysteme zu entwickeln und in Funktion zu halten, solle man sich an letztere halten.

Lena lachte pflichtschuldigst. »Und was davon ist jetzt das Pinuzellan?«

Innerlich zählte sie die Regale, die Bretter und prägte sich den Grundriss des Raumes ein. In der kommenden Nacht würde sie das Licht einschalten können, sobald sie die Tür hinter sich geschlossen hatte. Es würde jedoch nur funktionieren, wenn es Strom gab. Notfalls müsste sie sich mithilfe eines Streichholzes orientieren, dessen Geruch man am kommenden Tag bemerken könnte. Je mehr sie davon also benötigte, desto deutlicher der Hinweis auf einen Diebstahl.

Private Miller ging ans dritte Regal rechts neben der Tür. Er zeigte Lena einen kleinen Pappkarton auf Brusthöhe, der mit Tablettenfläschchen gefüllt war. »Das ist Ihr Pinten-Zellan, Miss Buth.«

Sie lachte und streckte die Hand aus. »Darf ich es einmal anfassen?«

»Natürlich.« Er nahm eines der Fläschchen aus dem Karton und drückte es Lena in die Hand.

»Penicillin«, las sie vor. »Ein schöner Name.«

Miller grinste verschmitzt. »So, wie Sie es aussprechen, klingt es noch schöner.«

»Was soll das heißen?« Lena lächelte. »Klingt mein Englisch komisch?«

»Nein, Sie sprechen sehr gut.«

»Vielen Dank.«

Lena öffnete das Fläschchen. »Da sind so viele Tabletten drin! Reichen die für eine ganze Krankenstation?«

Miller schüttelte den Kopf. »Man muss sie dreimal täglich nehmen, über sieben Tage hinweg. Das ist sehr wichtig, darauf werden Sie später als Krankenschwester achten müssen. Nach einem oder zwei Tagen geht es den Leuten besser. Dann beschweren sie sich, weil ihnen von den Tabletten schlecht wird. Man muss sie trotzdem bis zum Ende nehmen.«

Lena schnupperte an dem Fläschchen und verzog das Gesicht. Es roch chemisch und bitter. Kein Wunder bei einer Substanz, die aus Schimmelpilzen gewonnen wurde. »Ich bin froh, dass ich es nicht einnehmen muss«, sagte sie aus tiefstem Herzen.

»Das kann ich mir vorstellen.« Er lachte und streckte die Hand aus. »Wo wir schon mal hier sind: Gibt es weitere Medikamente, über die Sie gern mehr erfahren würden?«

Lena schraubte das Fläschchen zu und gab es ihm zurück. »Bestimmt. Ich weiß nur nicht, welche das sind. Was sind denn die Medikamente, die man in der Pflege am häufigsten benötigt?«

Sie hörte zu, als Private Miller erzählte. Vieles kam ihr vertraut vor und erinnerte sie an ihre Zeit als Krankenpflegerin am Pommernwall. Es war eine wichtige und fürchterliche Aufgabe, sich um verwundete oder erkrankte Kameraden und Kameradinnen zu kümmern. Ihr Respekt vor Miller wuchs. Er besaß ein gutes Herz, das spürte sie in jeder seiner Äußerungen.

Für einen Moment fragte sich Lena, was geschähe, wenn sie ihm die Wahrheit sagte. Es gab einen kleinen Jungen in der Stadt, der von einem Baum gefallen war und schwere

Verletzungen davongetragen hatte. Ein Junge, den Lena erst kurz kannte und dessen freche Art trotzdem schon ihr Herz gewonnen hatte. Sie würde es nicht ertragen, wenn er nicht wieder gesund würde.

»Diese Medikamente sind aber nur für Armeeangehörige, oder?«, tastete sie sich vorsichtig an das Thema heran.

»Das stimmt.« Seine Stimme klang härter als zuvor, als Miller von der Arbeit mit Verletzten erzählt hatte.

Lena entschied, das Thema nicht zu vertiefen. Sie wollte ihr Glück nicht überstrapazieren. »In deutschen Krankenhäusern bräuchte man ohnehin Medikamente mit deutschen Etiketten«, sagte sie deswegen.

»Die Inhaltsstoffe sind dieselben.«

»Aber die Krankenschwestern können kein Englisch.« Sie grinste.

»Dann wird es gut sein, wenn Sie in diesem Beruf arbeiten, Miss Buth. Sie werden viel Gutes tun.«

»Danke.«

Jeder Mensch war im Herzen gut, begriff Lena. Das galt für Deutsche und Engländer gleichermaßen. Wenn jemand die Chance bekam, anderen Menschen zu helfen und es ihn nichts kostete, tat er es gern. James hatte ihr voller Freude geholfen, genau wie Private Miller. Offenbar war das die Art, wie Gott die Menschen erschaffen hatte.

Nur Lena selbst war nicht länger gut. Sie missbrauchte die Hilfsbereitschaft anderer, um ihre eigenen Pläne voranzubringen.

»Gibt es sonst noch etwas, was Sie interessiert?«, fragte Private Miller, jetzt wieder distanziert und geschäftsmäßig. »Ich habe keine Studienunterlagen mehr, aber ich kann mich umhören. Dann können Sie sich besser vorbereiten.«

»Ich danke Ihnen«, sagte Lena verlegen. »Sie sind sehr hilfsbereit und freundlich.«

Keines ihrer Worte war gelogen. Trotzdem empfand sie nach dem Aussprechen wieder Übelkeit.

»Kein Problem.«

»Vielen Dank«, sagte sie noch einmal.

Sie wünschte, Rainer hätte nicht kategorisch ausgeschlossen, um Hilfe zu bitten. Vielleicht wäre Private Miller dazu bereit gewesen, wenn sie von Anfang an ehrlich danach gefragt hätte.

Jetzt, nach so vielen Lügen, war es dafür zu spät.

An diesem Abend ging Lena nicht direkt von der Arbeit ins Pfarrhaus. Man erwartete sie dort, damit sie mit dem Abendessen half, doch man würde auf sie verzichten können. Stattdessen machte sie einen Umweg zum Haus der Baumgärtners, in dem der kleine Hans lag. Sie wollte wissen, wie es dem Kind ging.

Außerdem vermisste sie Margot.

Lena ging ums Haus herum. Neben dem Weg wuchsen Karotten und Lupinen. Lebensmittel waren knapp, und man musste den Platz nutzen. Lena erreichte die Küchentür und klopfte.

Frau Baumgärtner öffnete ihr. »Oh, hallo, Lena. Wie geht es dir?«

»Danke, gut. Ich bin gekommen, weil ich mich nach dem kleinen Hans erkundigen wollte.«

»Vielen Dank. Komm doch für einen Moment herein.« Sie trat nach hinten und ließ Lena herein.

Obwohl es hier so sauber war wie in jeder anständigen nordfriesischen Küche, strahlte der Raum nicht die gleiche

Behaglichkeit aus wie die Küche im Pfarrhaus oder gar bei Frau Weber, bei der man die Zeit vergessen konnte. Lena fragte sich, woran das liegen mochte. Es gab sogar Kupferstiche, die an den Wänden hingen, auch wenn sie inzwischen etwas verblasst waren. Doch irgendwie roch es nicht nach Behaglichkeit, sondern nach Bedrohung.

Oder bildete sie sich das nur ein, weil sie inzwischen wusste, an welchem Ort Herr Baumgärtner seinen Kriegsdienst abgeleistet hatte?

Frau Baumgärtner füllte ein Glas Wasser für Lena, und gemeinsam setzten sie sich an den Tisch. Offenbar war sie gerade damit beschäftigt gewesen, Erbsen zu enthülsen. Ein großer Berg leerer Schoten lag bereits vor ihr.

»Wie geht es Hans?«, fragte Lena besorgt. »Ich habe von seinem Unfall gehört.«

»Unverändert.« Frau Baumgärtners Gesichtsausdruck war traurig. »Er ist so ein Lausebengel ... Gerade geht es ihm noch gut, und er stellt nur Unfug an. Im nächsten Moment liegt er im Bett und ist so beduselt, dass er seine eigene Mutter kaum erkennt.«

»Dann ist es noch nicht besser geworden?«, fragte Lena bang. Rainer hatte die Wahrheit gesagt. Der Junge benötigte das kostbare Medikament dringend.

»Glüht wie ein kleiner Ofen«, sagte Frau Baumgärtner leise. »Wir machen regelmäßig Wadenwickel mit Essigwasser. Manchmal bilde ich mir ein, dass es hilft, aber eine halbe Stunde später ...«

»Wadenwickel hat meine Mutter auch immer gemacht.«

»Das tun wohl alle Mütter.« Frau Baumgärtner lächelte schwach. »Warte ab, Lena ... In ein paar Jahren sitzt du selbst an einem Kinderbett und hältst Wache. Dann schicke ich dir meinen Hans, um mit der schweren Arbeit zu helfen, was hältst du davon? Und meine Ilse kann die Kleinen im Kinderwagen spazieren fahren, dann ist sie selbst schon groß.«

Die Vorstellung rührte Lena. Für einen Moment fühlte sie sich nicht wie eine Fremde im Dorf, sondern wie ein Mensch, der dazugehörte. Plötzlich schien klar, dass sie den Dienstausweis von Joachim Baumgärtner noch heute Nacht verbrennen würde. Das hier, das waren ihre Leute. Sie sprachen die gleiche Sprache, auch wenn das nordfriesische Platt für sie nach wie vor schwer zu verstehen war.

Was hatten die Briten schon für sie getan?

Private Millers Gesichtsausdruck war hart geworden, als Lena gefragt hatte, ob die Medikamente nur für die britische Armee bestimmt waren.

Lena griff nach einer Schote und drückte die Erbsen in die Schüssel. »Das muss alles sehr schwer für Sie sein, Frau Baumgärtner. Kann man Ihnen irgendwie helfen?«

»Im Moment bleibt tatsächlich viel liegen ...« Frau Baumgärtner blickte sich in der in Lenas Augen tadellos sauberen Küche um und seufzte tief.

»Das ist doch völlig natürlich in so einer Situation!«

»Ich würde mich freuen, wenn ihr mir die Tage einen Laib heimgebackenes Brot vorbeibringen könnt. Das wäre eine Sorge weniger.«

»Ich denke, das wird Frau Petersen gern tun.« Lena lächelte. Wahrscheinlich würde es trotz der nach wie vor existierenden Rationsscheine einen Gabenkorb geben, der ausreichte, um die Familie Baumgärtner eine halbe Woche komplett zu ernähren. Die Bauern in der Umgebung brachten wie in Lenas Heimat regelmäßig kleine Geschenke wie Mehl, Obst und anderem ins Pfarrhaus, damit es in die richtigen Hände kam. Zu denen, die ein Teil der Gemeinschaft waren und es brauchten. Das gehörte sich so.

Frau Baumgärtner schob die Schüssel mit den noch vollen Erbsenschoten zu Lena. »Magst du den Rest enthülsen? Dann gehe ich nach oben und sehe nach Hans. Ich kann dir deine Schwester hinabschicken. Margot freut sich, wenn sie dich sieht.«

»Vor allem bin ich wegen Hans hier. Aber es wäre schön, wenn ich ein wenig Zeit mit Margot plaudern darf, bevor ich nach Hause muss.«

»Schwestern sind schon etwas Besonderes.« Frau Baumgärtner lächelte. »Seht zu, dass ihr die Erbsen fertig enthülst, während ihr plaudert. Margot weiß, wohin alles gehört.«

Lena spürte, wie warm ihr Bauch wurde, während sie auf Margot wartete. Sie hätte schon längst nach der Arbeit hier vorbeischauen sollen. Männer nahmen sich schließlich auch die Freiheit, auf dem Heimweg einen kleinen Abstecher zu machen. Wann sollte sie Margot denn sonst treffen? An den Samstagen gab es in beiden Haushalten viel zu tun, egal ob gewaschen wurde oder nicht, und am Sonntag sahen sie sich in der Kirche. Dort war jedoch nie Zeit und Gelegenheit, um in Ruhe miteinander zu sprechen.

Die Küchentür öffnete sich. Eine schüchterne blasse Nasenspitze wurde sichtbar, danach leuchteten Margots große Augen auf. »Lena!«

Lena sprang auf. »Margot, Kleines, Schwesterherz!« Sie drückte die dünne Schwester an sich, die sich wie ein kleines Kätzchen in ihre Arme schmiegte. Lena küsste sie auf Scheitel, Stirn, Wangen, hielt sie für einen Moment auf Abstand, um sie anzusehen, und küsste sie erneut.

Margot erwiderte die Umarmung. Ihre Schultern zuckten.

»Oh, Lena, es ist alles so furchtbar!«

Weinte sie etwa?

Lena schob sie noch einmal auf Armlänge von sich. Tatsächlich, in Margots Augenwinkeln glitzerten Tränen. Zärtlich wischte Lena mit dem Fingerrücken darüber. »Was ist denn los?«

Margot antwortete nicht.

»Ist es, weil du dir Sorgen um den kleinen Hans machst?« Margot presste die Lippen aufeinander und schüttelte den Kopf. Dann nickte sie. »Doch, auch deswegen.«

In Lena schrillten sämtliche Alarmglocken, die sie seit ihrer Ohnmacht auf dem Fährschiff nach Wyk unterdrückt hatte.

»Setz dich zu mir, und hilf mir, die Erbsen für Frau Baumgärtner zu enthülsen, ja?«

Margot nickte und ging für das Händewaschen zum Wasserhahn. Lena merkte, dass sie es vergessen hatte, und stellte sich neben Margot. Sie lachten leise.

Beim Enthülsen fragte Lena Margot vorsichtig aus, wie es in ihrem neuen Zuhause funktionierte. Margot kümmerte sich um die Kinder und half bei der Hausarbeit, wie es abgesprochen war. Solange die Schule im Ort geschlossen war, gab es daran nichts auszusetzen.

»Und wie ist es mit Herrn Baumgärtner?«, fragte Lena vorsichtig.

Margot versteifte sich. »Der ist sehr freundlich zu mir. Danke.«

»Aha.«

Margot griff nach einer weiteren Erbsenschote und sagte nichts.

»Er hat nichts wegen des Mantels gesagt, oder?«

Margot schüttelte den Kopf. »Wahrscheinlich hat er uns nicht mehr erkannt. Jetzt ist Frieden. Die meisten Männer vergessen bei der Heimkehr alles, was sich jenseits des Ortsschildes zugetragen hat.« Der letzte Satz klang wie etwas, was Margot aus einem Gespräch älterer Frauen aufgeschnappt hatte.

Wenn es wirklich so war, wäre Lena erleichtert. Ein Problem weniger, das eines Tages auf sie zurückfallen könnte. Trotzdem blieb da die Frage, wie sie damit umgehen sollte, dass Herr Baumgärtner einer von denen gewesen war, die …

Einer von denen mit den schrecklichen Dingen, für die Lena nach wie vor keine Worte hatte.

»Benimmt er sich dir gegenüber anständig?«, fragte sie.

Worte waren glitschig. Sie flutschten davon und formten andere Fragen als die, die sie eigentlich hatte stellen wollen. Doch wie fragte man danach, ob ein Mann, der am Tod von Hunderten oder noch mehr Menschen beteiligt gewesen war, auch Margot bedrohte?

Er würde wohl kaum die junge arische Haushaltshilfe seiner Frau zu einem Güterwaggon schleppen, um sie in ein Lager transportieren zu lassen, das inzwischen ohnehin von den Alliierten befreit war.

Sollte man die Vergangenheit nicht auf sich beruhen lassen und gemeinsam mit den anderen Menschen hier in Niebüll eine bessere Zukunft aufbauen?

Margot nickte zögerlich. »Alle hier sind sehr freundlich zu mir.«

»Aber?«

Margots Mund wurde schmal, genau wie ihre Wangen. Sie enthülste die nächste Erbsenschote und eine weitere, bevor sie antwortete: »Er sagt Margo-Margo zu mir. Aber nur, wenn seine Frau es nicht hören kann.«

313

»Er sagt was?«, fragte Lena. Sie war sich nicht sicher, ob sie richtig verstanden hatte.

»Er sagt Margo-Margo zu mir.« Ihre Schwester senkte den Blick. Unter der Ausdruckslosigkeit ihres Gesichts verbargen sich komplexe Gefühle. Lena spürte Scham und Ekel. »Das ist nichts Schlimmes, oder? Aber mir ist unbehaglich dabei.« Lenas Bauch krampfte sich zusammen. »Er soll es trotzdem nicht zu dir sagen. Du fühlst dich unwohl dabei. Das reicht als Grund.«

»Aber wer hört auf uns?« Margot sah so hilflos aus, wie Lena sich fühlte. »Es ist nicht mehr so, als wäre der Pastor unser Vater und würde sich für uns einsetzen. Wir sind nur noch zwei Flüchtlingsmädchen.«

Lena nickte. »Hast du es ihm schon erzählt?«

»Wem?«

»Dem Pastor von hier.«

»Was soll der denn machen?«

Lena nickte nachdenklich. Es war nicht verboten, anderen Menschen einen Spitznamen zu geben.

»Erzähl mir alles«, forderte sie deswegen. »Wann hat er es das erste Mal gesagt? Wie benimmt er sich, was sagt er sonst noch zu dir? Hat er dich angefasst, ohne dass du es wolltest?«

Margot schüttelte den Kopf. »Anfassen tut er mich nie. Er sagt, ich bin ein anständiges deutsches Mädel. Aber einmal hat er gesagt, ich habe hier zugenommen.« Sie machte eine Geste vor ihren Brüsten.

»Das ist eklig.«

»Trotzdem … Was soll der Pastor deswegen tun? Außerdem war es nur ein einziges Mal.«

Lena stimmte zögernd zu. Wenn sie mit so etwas zum Pastor gingen, würde nichts geschehen. Schlimmstenfalls würde

Joachim Baumgärtner von ihm eine Verwarnung bekommen, und danach würde er Margot spüren lassen, dass sie ihn verpetzt hatte. Sie musste weiter in diesem Haus leben. Lena wollte ihr Leben nicht noch schwerer machen.

Unter anderen Umständen hätte sie die Frage auf sich beruhen lassen. In ihrer Position hatte keine der beiden das Recht und die Möglichkeit, ein neues Zuhause für Margot zu suchen. Wenn sie einen entsprechenden Vorschlag machten, würde man sie als undankbar bezeichnen, mehr nicht.

Es gab jedoch eine andere Frage, die Lena quälte, seit sie erfahren hatte, was der bis vor Kurzem in Margots Mantelsaum eingenähte Dienstausweis bedeutete. *Treblinka.*

»Hat Herr Baumgärtner dir gegenüber eigentlich mal erwähnt, was er im Krieg gemacht hat?«, fragte sie betont beiläufig, um ihre Schwester nicht noch mehr zu beunruhigen.

»Davon redet er nur, wenn er getrunken hat.« Margot schluckte sichtbar. »Und wenn er allein mit mir ist.«

Lenas Alarmglocken klingelten lauter. Etwas stimmte nicht, und es ging über das hinaus, was Margot bisher erzählt hatte.

»Ich dachte, du hilfst Frau Baumgärtner mit den Kindern. Warum bist du dann allein mit ihm?«

»Da war dieser Tag, als es geregnet hat …« Margot wandte den Blick ab.

Lena war plötzlich hellwach. »Was ist an diesem Tag passiert, Margot?«

Es war schlimm genug, dass ihre Schwester auf der Flucht Dinge erlebt hatte, über die sie nicht sprechen wollte und an die sie sich angeblich nicht mal erinnerte.

»Da war ich allein mit ihm hier in der Küche«, sagte Margot leise. »Er hat schon früh am Tag getrunken. Und dann hat er mich mit einer Frau verwechselt, die Sarah hieß. Er hat gesagt, ich sei genauso nass und verloren wie sie, und genauso hübsch und unwiderstehlich …«

»Sarah ist ein jüdischer Name«, sagte Lena bemüht ruhig. Vor ihrem inneren Auge setzte sich ein Bild zusammen. Ein Aufseher im Vernichtungslager und eine junge Jüdin. Nass wie ein Kätzchen an der fürchterlichen Rampe, von der Lieutenant Harris erzählt hatte, an der entschieden wurde, wer leben und wer sterben musste.

»Wahrscheinlich hat er sie deswegen Sarah-Sara genannt.« Margot schloss die Augen. Sie sah viel zu blass aus.

Dabei kannte Margot nicht mal die ganze Geschichte, dachte Lena. Ihre Schwester wusste nicht, was *Treblinka* bedeutete. Wenn es nach Lena ging, sollte es so bleiben. Margot war zu sensibel und zerbrechlich, um jeden Tag mit dem Wissen zu leben, dass der Hausvater ihres neuen Heims im Krieg nicht an der Front gedient hatte, sondern … unmenschliche Dinge getan hatte.

»Erzähl mir von dieser Sarah«, bat Lena. »Wenn er ihr diesen komischen Namen gegeben hat und dich jetzt Margo-Margo nennt … dann will ich wissen, wie es dazu kam. Erzähl mir jedes Detail, egal, wie unwichtig es dir erscheint. Ich muss es verstehen, damit ich dir helfen kann. Verstanden?«

Das letzte Wort sagte sie mit der dunklen und gnadenlosen Kraft der Frau, zu der sie auf der Flucht geworden war und die fähig war, einen schweren Militärtransporter über Stunden hinweg auf der richtigen Fahrspur zu halten.

»Verstanden.« Margots große Augen zeigten, dass sie die Drohung spüren konnte, auch wenn sie sie nicht einordnen konnte.

Es war nicht Margot, die sich fürchten musste, dachte Lena. Es war dieser Joachim Baumgärtner, der vor wenigen

Monaten oder Jahrhunderten Lenas Hand berührt und sie als anständiges deutsches Mädel bezeichnet hatte. Das war sie auch. Oh ja.

Anständig wie jeder Soldat, der die Schwachen beschützte und den Preis dafür mit seinem Seelenheil bezahlte.

DER BRIEF VON CLAIRE

An diesem Abend blieb Nigel länger als sonst in seinem Büro. Er prüfte Tabellen, prüfte sie ein zweites Mal und erinnerte sich an glorreiche Momente in Afrika und beim Vorrücken durch Europa. Seltsam, wie einfach alles in der Rückschau schien. Die Gefallenen waren notwendige Opfer für den großen Sieg von Licht und Demokratie gewesen. Monat für Monat schien es leichter, das entsetzte Schreien der Verwundeten zu verdrängen. Hatte es ihn wirklich gegeben, diesen grässlichen Geruch nach Blut und Angst, Pisse und Scheiße, wenn Männer nicht nur die Kontrolle über ihre Gefühle verloren und zu schreien begannen, sondern auch ihr Körper ein Eigenleben entwickelte und nichts weiter war als Schmerz und Panik?

Solange er an der Front war, hatten Claires Nachrichten aus der Heimat ihn mit dem tröstlichen Gefühl erfüllt, dass der Kampf nicht vollkommen sinnlos war. Irgendwo in der Fremde gab es einen Ort, der heilig und schön war, wo junge Frauen auf Schaukeln im Park hin- und herschwangen und wilde Rosen mit den kostbaren Züchtungen um die Wette dufteten. Er hatte jeden Brief einen oder zwei Tage mit sich herumgetragen, bevor er ihn behutsam mit frisch gewaschenen Händen öffnete und die sauberen Seiten mit Claires geliebter Schrift enthüllte. Dann hatte er ihn Wort für Wort gelesen, genüsslich und langsam, und versucht, sich dabei ihre Stimme vorzustellen. Sanft, liebevoll und manchmal ein wenig spöttisch.

Jetzt fühlte es sich anders an, den Brief zu öffnen. In Niebüll hatten ebenfalls Heckenrosen geduftet, die inzwischen zu rotleuchtenden Hagebutten heranreiften. Claires Lächeln war in seiner Erinnerung zu einer Maske geronnen, so voller Schönheit und Güte, dass es schwer vorstellbar war, dass sich dahinter eine reale Frau verbarg. Nigel hoffte und fürchtete gleichermaßen, dass ihre Realität beim Lesen zurückkehrte und er Claire wieder als lebendige Frau vor seinem inneren Auge sehen konnte.

Mit einem entschlossenen Schnitt seines Messers öffnete er den Umschlag und zog vier doppelseitig beschriebene Bögen heraus. Er verstaute das Messer und überflog den Brief auf der Suche nach wichtigen Informationen.

Deiner Mutter geht es gut ... Ärger mit der Pächterfamilie, aber geklärt ... Astern in allen Farben des Herbstes gepflanzt ...

Das Wichtigste stand wie jedes Mal am Schluss:

Ich denke sehr oft an dich und warte auf den Tag deiner Heimkehr. Ohne dich wird mir jeder Tag lang, mag er auch noch so ausgefüllt sein.

In Liebe und Ergebenheit
Baroness Claire Dagenborough

Nigel seufzte tief. »Ich denke auch an dich, Claire.«

Es wäre leichter, wenn er immer noch im Feld wäre und nicht jeden Tag in dieses Paar kluger dunkler Augen sehen müsste.

NICHT LÄNGER EIN JUNGES FRÄULEIN

An diesem Abend gelang es Lena kaum, einen Bissen hinunterzubringen. Sie spürte jeden Herzschlag wie eine Welle von Übelkeit durch ihre Brust hindurchflattern. Die Wellen kamen so langsam, dass sie ihren Ursprung vielleicht auch im Magen und nicht im Herz hatten, doch sie kamen in bedrohlicher Regelmäßigkeit.

»Was ist los mit dir, Lena?«, fragte Frau Petersen schließlich. »Du wirkst, als säßest du auf Kohlen.«

»Es war ein langer Tag, Frau Petersen«, sagte Lena ertappt.

»Ich weiß. Du bist sehr spät heimgekommen.« Sie musterte Lena prüfend. »Mein Bruder war hier und hat nach dir gefragt.«

»Oh.« Natürlich hatte er das. Rainer wartete darauf, dass Lena ihm sagte, wo sich im Keller das Medikamentenlager befand. Und außerdem hatte er vermutlich inzwischen gemerkt, dass sie den Schlüssel aus seiner Westentasche genommen hatte.

»Ich habe ihm gesagt, dass du dich normalerweise nicht herumtreibst und ich keine Ahnung habe, wo du bist.«

»Ich war bei Ihrer Schwester, Frau Petersen. Ich habe mich nach dem kleinen Hans erkundigt und hatte Ihnen ausgerichtet, was Ihre Schwester mir sagte.«

»Du hättest vorher Bescheid sagen können.«

Lena senkte den Blick. »Ja, Frau Petersen.«

War das ehrliche Sorge um sie oder nur der Wunsch, alles unter Kontrolle zu behalten? Manchmal war sich Lena da nicht sicher.

An diesem Abend versuchte Lena auf ihrer Küchenbank jeden nur vorstellbaren Trick, um nicht einzuschlafen. Sie trank Unmengen Wasser aus dem Hahn und ging gefühlt alle zwanzig Minuten zum Latrinenhäuschen, egal, ob sie musste oder nicht. Hauptsache, sie schlief nicht ein.

Immer wieder dachte sie an Rainer. Vermutlich wartete er ungeduldig darauf, von ihr zu hören. Er hatte sie heute nicht von der Arbeit abgeholt, was sie gleichzeitig mit Erleichterung und Enttäuschung erfüllte. Erleichterung, weil er sie so nicht nach dem verschwundenen Schlüssel fragen konnte, und Enttäuschung, weil es ihm offenbar nicht wichtig genug war.

Minute für Minute und Stunde für Stunde wuchs ihre Müdigkeit. Lena setzte sich an den Tisch und spürte, wie ihr Körper vor lauter Müdigkeit und Kälte allmählich auskühlte. Sie hatte nicht gedacht, dass es im Sommer nachts so kalt werden konnte. Sobald die Wärme ihren Körper verlassen hatte, weigerte sie sich, zurückzukommen.

Schließlich zeigte die Uhr über dem Herd an, dass es nach Mitternacht war. Geisterstunde. Um diese Zeit schliefen alle anständigen Menschen. Nur noch Diebe, Gelichter und Gespenster waren unterwegs.

Lena lächelte grimmig, als sie ihre Schuhe ein weiteres Mal vom Fußende heranangelte und anzog. Sie wünschte, sie wäre auf die Idee gekommen, den Mantel in der Küche oder im Garten zu verstecken. Tagsüber brannte die Sonne, als wollte sie die Menschen die Gräuel des Krieges vergessen lassen, doch nachts war davon nichts zu spüren.

Lenas Mut reichte nicht, um quer durch das Haus zu schleichen und den Mantel aus dem Flur zu holen. Sie legte ihr Umschlagtuch um die Schultern und verließ die Küche durch die Tür in den Garten.

Bei Nacht sah die Welt anders aus als am Tag. Die Küchenkräuter und Kartoffelpflanzen schimmerten blaugrau im Licht des zunehmenden Mondes. Bäume raschelten im Windhauch so laut, als würden sie Alarm schlagen und Lenas unerlaubten Ausflug anprangern. Für einige Sekunden fürchtete Lena, der Lärm würde die anderen wecken, doch nichts passierte. Sie ließ die angehaltene Luft zwischen den Zähnen entweichen und lachte leise. Es war nur der Nachtwind in den Blättern. Das Geräusch, das so leise und beruhigend war, dass es an manchen Abenden wie ein Wiegenlied auf sie wirkte.

Beim Weg durch die stillen Straßen fühlte sich Lena schrecklich sichtbar und ausgeliefert. Jahre der Verdunklung und der Ausgangssperre hatten ihr eingeprägt, dass man nachts nicht nach draußen ging. Seit Kriegsende hatte sie sich allmählich daran gewöhnt, bei Nacht zum Herzhäuschen zu gehen und sich den Weg zu leuchten, doch das war etwas anderes als ein Spaziergang durch die nächtlichen Straßen.

Lena näherte sich dem Rathaus von hinten, wie sie es sich vorgenommen hatte. Vorne standen vermutlich nach wie vor Wachen, sie hatte sich nicht erkundigt. Vielleicht gab es sogar Offiziere, die es genossen, ihren Papierkram nachts in Ruhe zu erledigen, wenn sie von niemandem gestört wurden. Im ersten Stock leuchtete in einem Fenster sogar noch Licht.

Arbeitete dort tatsächlich jemand, oder hatte er bloß vergessen, das Licht auszuschalten?

Sie erreichte die Mauer, über die sie klettern musste. Die Hintertür befand sich auf der anderen Seite. Die Mauer bestand aus Ziegeln und war knapp zwei Meter hoch. Lena überprüfte den Sitz des Schlüssels im Brustbeutel, nahm Anlauf und sprang hoch. Mit den Fingerspitzen umklammerte sie die Mauerkante und tastete mit den Fußspitzen nach Rissen und Fugen, an denen sie sich nach oben drücken konnte. Sie wünschte, sie hätte sich früher im Schulsport mehr Mühe gegeben und Klimmzüge trainiert. Schließlich konnten ihre Arme ihr Gewicht nicht mehr halten, und sie ließ sich zurück auf den Boden fallen.

Hatte sie sich den Einbruch zu leicht vorgestellt?

Die Nacht fühlte sich plötzlich kälter an. Gott schien prüfend vom klaren schwarzen Himmel auf sie herabzublicken. Gefiel ihm, was er sah, oder missbilligte er es?

Die Sterne schienen silberhell aufzulachen, aber es klang fröhlich und nicht spöttisch.

Davon ermutigt wippte Lena ein weiteres Mal in den Knien und sprang nach oben. Dieses Mal bekam sie die Mauerkante besser zu fassen und nutzte den Schwung, um ihre Beine hinterherzuziehen. Ihre Fußspitze fand Halt in einer Mauerfuge, stieß nach oben, und Lena schob sich hoch. Jetzt ruhte ihr Gewicht auf den Handballen. Vorsichtig, unendlich vorsichtig, schob sie ihr Bein empor, bis sie mit dem Knie die Mauerkante erreicht hatte und sich hochziehen konnte.

Sie schrammte sich etwas Haut auf, aber das kümmerte sie nicht. Verglichen mit diesem ersten Hindernis war der Rest leicht, sagte sie sich. So leise wie möglich ließ sie sich an der anderen Mauerseite hinab und schlich sie zur Hintertür, hantierte mit dem Schlüsselbund und fand beim dritten Anlauf den richtigen Schlüssel.

Die Flure waren so dunkel, als würde das Licht nie wieder zurückkehren. Nur winzige Andeutungen weniger tiefer Dunkelheit wiesen auf Wände und Kanten hin, doch diese konnten genauso gut Lenas Fantasie entspringen. Lena tastete sich an den Türen entlang, bis sie die Abzweigung nach links fand. Hier müsste es die dritte Tür auf der rechten Seite sein. Der Weg von dieser zur anderen Seite des Ganges dauerte viele winzige Schritte, bis Lena befürchtete, sich verlaufen zu haben.

Schließlich berührten ihre Fingerspitzen die Wand. Alles war dort, wo sie es erwartet hatte. Mit den Fingern an der Wand erreichte sie die erste Tür, wo sie sich die Klinke in die Hüfte rammte, und die zweite. Bei der dritten hielt sie inne. Hier musste es sein. Wenn es nicht diese Tür war, hatte sie sich verlaufen.

Sie wagte nicht, ein Streichholz zu entzünden, da man den Schwefelgeruch vielleicht auch am nächsten Tag noch riechen konnte. Stattdessen tastete sie erneut nach dem Schlüsselbund und probierte im Dunkeln mit Engelsgeduld einen nach dem anderen aus. Irgendeiner musste passen, sagte sie sich wieder und wieder. Sie hatte Zeit. Selbst, wenn jemand in die Küche des Pfarrhauses käme und ihr Verschwinden entdeckte, würde niemand auf die Idee kommen, hier nach ihr zu suchen. Sie hatte Zeit bis Sonnenaufgang, um den richtigen Schlüssel zu finden.

Oder bis zu dem Moment, wo eine Nachtwache den Lichtschalter betätigte.

Doch nichts dergleichen geschah. Schließlich öffnete sich die Tür. Lena huschte nach innen, schloss die Tür leise hinter sich und tastete nach dem Lichtschalter.

Das jähe elektrische Licht blendete ihre Augen, doch innerlich jubelte sie auf. Es war tatsächlich der richtige Raum! Sie rieb sich die Augen und blinzelte, um sich zu orientieren. Dort rechts, das war das gesuchte Regal. Lena trat näher. Hinter der offenen Pappbox, aus der Private Miller heute das Penicillin-Döschen genommen hatte, befanden sich vier weitere. Jede davon gefüllt mit sechs Döschen. Was für ein Schatz! Lena nahm die obersten zwei Boxen, stellte sie auf den Boden und holte aus der dritten Box ein Fläschchen mit Penicillin. Sie verschloss die Box ordentlich und stellte die zwei anderen Boxen wieder nach oben. Wenn sie Glück hatte, dauerte es Tage oder Wochen, bis jemand das Fehlen bemerkte.

Sie steckte das Medikamentenfläschchen in ihren Brustbeutel, berührte es wie einen Talisman und lachte leise. Neben der Tür schloss sie die Augen und löschte das Licht. Die Dunkelheit war ein Angriff, ein Schlag, eine jähe Bedrohung, doch Lena hielt sie aus. Sie ließ die Augen geschlossen und erlaubte sich, die Dunkelheit neu zu spüren, damit sie den Weg nach draußen fand, ohne zu stolpern oder Lärm zu machen.

Niemand erwischte sie. Niemand lief Patrouille, obwohl alle wissen mussten, was für Schätze die Briten in ihrem Lager verborgen hielten. Es musste Fügung sein, anders konnte Lena es sich nicht erklären. Sie schloss beide Türen ordentlich hinter sich ab, schob den Brustbeutel für den Sprung zur Mauerbrüstung sicherheitshalber auf den Rücken und kehrte zurück in die normale Welt.

Alles schien wie immer. Nur sie selbst hatte sich verändert. Von jetzt an stand sie ganz offiziell auf der falschen Seite des Gesetzes.

Sie hätte erwartet, dass es sich aufregend anfühlte, begeisternd oder beklemmend. Stattdessen fühlte sie nichts als

325

Müdigkeit und Erschöpfung und eilte so schnell wie möglich für ein paar Stunden Schlaf zurück zu ihrer Küchenbank.

Am nächsten Morgen stand Lena um zehn vor acht vor der Apotheke. Die Tür war noch verschlossen. Lena zögerte. Sollte sie das Fläschchen in den Briefkasten werfen? Sie wusste nicht, ob Rainer die unerlaubte Aktion mit seinem Vorgesetzten abgesprochen hatte. Er könnte Ärger bekommen, wenn der alte Apotheker entdeckte, was sie getan hatte. Lena wollte das Fläschchen nicht aus der Hand geben, ohne zu wissen, wo es landete. Am Ende kamen die Briten auf die Idee, die ganze Stadt nach dem gestohlenen Penicillin abzusuchen, entdeckten das Fläschchen und fanden Lenas Fingerabdrücke darauf. Besser, sie behielt es bei sich, wo sie notfalls davonlaufen oder es vergraben konnte.

Lena blickte sich um. Wenn sie zu lange hier stand, fiel es sicher auf und erweckte Verdacht. Vor allem, wenn sie so nervös von einem Bein aufs andere trat.

Zum Glück öffnete sich in diesem Augenblick die Apothekentür. Rainer fegte den Dreck aus dem Innern nach draußen. Lena bewunderte für einen Moment, wie geschickt er sich trotz der Krücke unter seiner linken Schulter bewegte. Er mochte versehrt sein, aber die Art, wie er sich darüber hinwegsetzte und sein Leben weiterlebte, beeindruckte sie immer wieder.

»Guten Morgen, Rainer«, grüßte sie ihn. Ihre Wangen wurden heiß.

»Guten Morgen, Lena.« Ein erstauntes Lächeln erhellte sein Gesicht. »Du meine Güte … Wenn ich gewusst hätte, dass du mich besuchst, hätte ich ein frisches Hemd angezogen.«

Sie lachte auf. »Dann besuche ich dich von jetzt an jeden Tag, bis deine Mutter dich hasst, weil sie ständig neue Hemden waschen und bügeln muss.«

»Ich wäre bereit, dieses Risiko in Kauf zu nehmen.« Ein verwegener Zug verschönerte sein Gesicht. Lena erinnerte sich daran, dass er nicht immer der invalide Helfer in einer Dorfapotheke gewesen war. Zu seiner Zeit hatte er genauso im Krieg gedient wie alle anderen. Auch wenn die Niederlage ihn niederdrückte wie alle Deutschen, war ein wenig vom früheren Schneid geblieben.

»Was für ein hübsches Lächeln du hast«, sagte er, als Lena zu lange mit der Antwort auf sich warten ließ.

»Alles nur Fassade«, sagte sie hastig. »In Wahrheit bin ich eine gefährliche Verbrecherin.«

Die Worte fühlten sich etwas zu wahr an. Das Medikamentenfläschchen brannte in ihrer Rocktasche. Lena sah sich um, doch außer ihnen war niemand auf der Straße zu sehen.

»Sag mal, Rainer …«, setzte sie an und wusste nicht, wie sie weitersprechen sollte. Das Penicillin schien in ihrer Tasche zu brennen, doch bevor sie es Rainer gab, musste sie etwas anderes klären. Sie hatte Angst, dass Rainer ihr sonst nicht mehr zuhören würde. Aber wie sollte sie die Frage in Worte fassen, die ihr auf der Seele lag?

Joachim Baumgärtner.

Der Mann, bei dem ihre Schwester leben musste und der nach Margots Aussagen eindeutig mitgeholfen hatte, jüdische Menschen an der Bahnhofsrampe im Lager Treblinka nach links oder nach rechts zu schicken. Margot hatte im Gegensatz zu Lena nicht begriffen, was das Furchtbares bedeutete. Sie fürchtete sich trotzdem vor dem Mann.

Der einfachste Weg wäre, den Ausweis bei den Briten

abzugeben und Joachim anzuzeigen. Doch wenn Lena das tat, verlor der kleine Hans seinen Vater und die Familie ihren guten Ruf. Schlimmer noch: Seine Familie würde aufhören, so freundlich zu Lena zu sein. Frau Petersen behandelte sie inzwischen beinah wie ein Mädchen aus der Gegend und nicht wie einen Flüchtling. Außerdem musste sich Lena eingestehen, dass sie dem kleinen Hans nicht zuletzt geholfen hatte, um Rainer eine Freude zu machen.

»Ja?« Rainer musterte Lena so konzentriert, dass sie sich fragte, ob sie einen Fleck auf der Nase hätte.

Die Frage löste sich nicht auf. Lena war eine Diebin, daran führte kein Weg vorbei. Doch musste sie deswegen für sich behalten, was Joachim Baumgärtner getan hatte? War es ein Geheimnis unter Verbrecherkollegen, das sie genauso mit dem Mann verband wie der Abend in der Scheune, als sie seinen Mantel gestohlen hatte?

»Wenn man im Krieg etwas getan hat ... etwas Böses ... Wie soll man später im Frieden damit umgehen?« Lena räusperte sich. »Ich meine ... Du bist so klug, du denkst ständig über schwere Fragen nach. Kann man so etwas hinterher einfach vergessen und weiterleben, als wäre nie etwas geschehen?«

Rainer richtete sich auf. Seine Augen leuchteten, und Lena spürte, dass die Frage ihn faszinierte. »Im Krieg tun alle Menschen Dinge, die zu Friedenszeiten böse wären. Daran kann man im Nachhinein nichts mehr ändern, glaube ich. Trotzdem bleibt die moralische Frage nach der Schuld bestehen.«

»Und wie soll man damit umgehen? Bringt man so etwas vor Gericht?«

Rainer wiegte den Kopf. »Wegen etwas, was Menschen an

der Front getan haben? Dann würde niemand mehr Soldat werden. Glaub mir, Lena. Niemand trägt eine Uniform und schafft es, ein Heiliger zu bleiben.« Für einen Moment wirkten seine Augen überschattet.

Sie sah ihn erschrocken an. So hatte sie das nicht gemeint.

»Ich meine eine andere Art von böse, glaube ich. Soldaten schießen auf Menschen. Das ist ihre Pflicht, sie verteidigen das Vaterland und müssen tun, was ihnen befohlen wird. Das ist nicht das, was ich mit dem Bösen meine.«

»Warum stellst du dann solche Fragen?« Seine Stimme klang rau.

»Vielleicht gibt es noch etwas Schlimmeres als das.« Sie kniff die Augen zusammen und zwang sich, seinen Blick zu erwidern. Sie spürte Scham, doch sie wusste nicht, ob es ihr eigenes Gefühl war oder sie es in Rainers Gesicht gespiegelt sah. »Du hast doch diese Bilder gesehen. Aus Auschwitz.«

Sein Mund wurde schmal. »Das habe ich.«

»Die Männer, die dafür verantwortlich waren … Sind das auch bloß Soldaten?« Ihr Herz klopfte heftig. Wenn Rainer jetzt sagte, dass es dasselbe war, würde sie ihm glauben, egal, was die Briten erzählten. Die Alliierten hatten nie in der Haut eines deutschen Soldaten gesteckt, und sie selbst war ein Mädchen. Was auch immer im Schützengraben und auf dem Schlachtfeld passierte, sie verstand nichts davon.

Rainer zögerte. Das Zögern zog sich in die Länge, bis Lena die Frage zurückziehen wollte. Schließlich holte er tief Luft. »Darüber habe ich mit Herrn Tauber auch schon geredet«, sagte er. »Solche Fragen sind zu schwer, wenn man jung ist und noch nichts von der Welt gesehen hat, sagt er.«

»Das ist eine Ausrede«, entfuhr es Lena. »Er will bloß keine Position beziehen.«

Rainer lachte auf, doch es klang kalt. »Das habe ich ihm auch gesagt.«

»Und?«

»Nach ein paar Ausflüchten hat er mir zugestimmt. Es muss ein Richtig und ein Falsch geben. Irgendwo existiert eine Grenze, die niemand überschreiten darf.«

»Und was bedeutet das jetzt?«

Rainer sah ihr fest in die Augen. »Kein anständiger Soldat hätte so etwas wie in Auschwitz getan, Lena. Das musst du mir glauben. Wir haben gegen den Feind gekämpft, aber niemand von uns …« Seine Worte versagten.

Lena begriff, dass er glaubte, sie würde von ihm sprechen. »Rainer, ich kenne dich! Du würdest niemals …«

»Wirklich nicht?« In seinen Augen lag etwas, das ihr Angst machte. »Wenn der Vorgesetzte es befiehlt?«

Sie schwieg.

Was würde ihr Vater zu der Situation sagen? Oder Superintendent Bruder Bonhoeffer, den man als Vaterlandsverräter hingerichtet hatte?

Sie spürte keine Antwort in sich. Stattdessen dachte sie an ihren großen Bruder Günter. Wie wäre der mit diesem fürchterlichen Dienstausweis aus Treblinka umgegangen? Hätte er ihn einfach verbrannt?

Nein, hörte sie die Stimme des Bruders in ihren Gedanken. Wer etwas so Böses tut, muss dafür bestraft werden. Du musst ihn anzeigen. Denk nur daran, wie er Margot behandelt!

Lena griff in die Rocktasche und zog das kühle und glatte Pillendöschen hervor. »Deswegen bin ich eigentlich hergekommen«, erklärte sie. »Das ist Penicillin. Man muss eine Woche lang dreimal täglich eine Tablette nehmen, hat mir der Sanitätsoffizier erklärt.«

330

Rainer starrte sie an. »Wie bist du darangekommen?«

»Äh …« Lena drückte Rainer das Döschen in die Hand mit der Krücke und holte den Schlüssel aus der anderen Tasche. »Damit.«

»Du hast dich während der Arbeitszeit in den Keller geschlichen?« Die spontane Bewunderung in seinem Blick wärmte sie.

Lena erwiderte den Blick leicht beleidigt. »So ähnlich. Ich bin vergangene Nacht über die Mauer geklettert.«

Die Bewunderung in seinem Blick verblasste und verwandelte sich in Wut. Rainer packte sie am Ellenbogen. »Lena, bist du über die Mauer geklettert, um das Zeug zu stehlen?«

»Man nennt das *Organisieren*, nicht Stehlen!«

»Du hast es getan, und damit hast du dich und alle anderen in Gefahr gebracht. Hast du den Verstand verloren?«

Allmählich wurde sie ebenfalls wütend. Sie machte sich los. »Und wenn schon. Du hättest es schließlich auch getan!«

»Das … Das ist etwas völlig anderes!«

Ihr Blick ging nach unten zu seinem Fuß, bevor sie Rainer wieder ins Gesicht sah. »Ich habe so etwas schon früher getan.«

»Du bist also eine Diebin, ja?«

»Ich habe im Reichsarbeitsdienst Kohlen organisiert.« Sie schluckte und erwiderte den Blick, so gut sie konnte. Ihr Bauch wollte sich zusammenziehen, als ihr Mund sich zu der Lüge öffnete: »Mehr als das war es nicht.«

»Kohlen sind etwas anderes als Medikamente.«

»Ach, es wäre also besser gewesen, wenn du es gestohlen hättest, ja?«

»Das wäre es in der Tat.« Er sah zuerst Lena, dann das Fläschchen grimmig an.

Wie recht er hatte. Es gab einen Unterschied zwischen ihm und ihr. Wenn die Briten Rainer beim Einbruch erwischt hätten, hätte man ihn als Dieb gnadenlos ins Gefängnis geworfen. Lena dagegen hätte versuchen können, sich mit einer Ausrede davonzustehlen. Ein Ring, ein Geschenk ihrer Schulfreundin, den sie tagsüber auf der Arbeit verloren hatte und den sie dringend zum Einschlafen brauchte …

Irgendwie hätte sie sich herausgeredet. Lieutenant Harris hätte ihr geglaubt, begriff sie. Nicht, weil er von der Wahrheit ihrer Worte überzeugt war, sondern weil er ihr glauben wollte.

Doch das konnte sie Rainer nicht ins Gesicht sagen. Das war auf eine andere Weise falsch als der eigentliche Diebstahl. Dunkel ahnte sie, dass darin der eigentliche Grund für die Wut in seinem Gesicht lag.

Lena drückte ihm den Schlüsselbund in die Hand, die bereits Krücke und Medikamentenfläschchen hielt. Sie zog ihre Finger zurück, sobald sich Rainers darum schlossen. »Nimm es oder wirf es weg«, sagte sie bissig. »Wenn es dir nicht gut genug ist, weil es von einem Mädchen organisiert wurde, dann hast du es nicht wirklich gebraucht.«

Er öffnete den Mund und schloss ihn wieder.

Lena drehte sich um und ging davon. Sie wusste, dass sie unfair war, doch sie war überfordert. Wenn sie stehen geblieben wäre, hätte sie Rainer geohrfeigt.

Wie konnte sie, die jetzt ganz offiziell eine Diebin und Einbrecherin war, darüber nachdenken, einen Mann wie Joachim Baumgärtner vor ein britisches Gericht zu bringen, wenn er sich die ganze Zeit an jedes Gesetz gehalten hatte? Er hatte schließlich nur seine Pflicht erfüllt. Ein Soldat musste tun, was seine Vorgesetzten verlangten.

Aber wie konnte sie weiterleben, als wäre nichts, wenn dieser

Mann jeden Tag ihre Schwester quälte und keinen Funken von Reue zeigte, obwohl er Hunderte oder Tausende Menschen in den Tod geschickt hatte?

Lena hatte sich noch nie wirklich hilflos gefühlt.

Bis zu diesem Augenblick.

KEIN RICHTIGER MANN MEHR

Nachdem Lena ihm das Fläschchen Penicillin gegeben hatte, zog sich Rainers Vormittag in die Länge. Erst um halb eins konnte er die Apotheke abschließen und sich auf den Weg zu seiner Schwester machen. Er suchte hinter dem Tresen das »Bin gleich zurück«-Schild hervor und schloss die Tür hinter sich ab. Wenn jetzt ein Notfall eintrat, mussten die Leute halt warten. So zügig seine Krücken ihn trugen, marschierte er zu seiner Schwester.

Hildegard stand am Herd und kümmerte sich um das Mittagessen für die Familie. Außer ihr war niemand zu sehen. Sie rührte mit langsamen Bewegungen in einem Topf. Es sah aus, als schliefe sie dabei fast ein.

»Was machst du denn hier?«, fragte sie entgeistert, als er ohne Anklopfen hereinplatzte.

»Wie geht es Hans?«, fragte er zurück.

»Nicht gut.« Die Müdigkeit in ihrem Gesicht vertiefte sich. »Margot und ich haben uns wieder mit der Nachtwache abgewechselt. Sein Fieber steigt und fällt, und er erkennt uns nicht. Ich weiß nicht mehr, was ich noch tun kann.«

Rainer sah die Sorge in ihrem Gesicht, die sie nicht aussprechen wollte. In den vergangenen Jahren hatten viele Mütter aus Niebüll einen oder mehrere Söhne verloren. Der Krieg fühlte sich an wie eine Naturgewalt, die über die Menschen hereinbrach und ihr Leben kontrollierte. Man musste es ertragen, es ging nicht anders.

Er betastete die Flasche in seiner Hosentasche und räusperte sich. »Wegen Hans ... Vielleicht habe ich da etwas für dich.«

Hildegard ließ den Löffel im Topf und wandte sich ihm zu. »Was soll das heißen?« In ihrer Stimme stritten Hoffnung und Gleichgültigkeit. Der Blick in ihren Augen war unbeschreiblich. »Du hast doch gesagt, es gibt kein Penicillin mehr ...«

»Wenn ich dir jetzt gleich ein Fläschchen gebe ... und in diesem Fläschchen ist ein Medikament ...« Rainer räusperte sich. »Du hast es nicht von mir, ja? Und darin befindet sich auch kein Penicillin.«

»Was denn?«

Rainer lachte auf. Manchmal tat es weh, der einzige intelligente Mensch in der Familie zu sein. War Hildegard wirklich so dumm, oder tat sie nur so, um die Welt in falscher Sicherheit zu wiegen?

Er blickte sich um, als wären sie auf dem Schwarzmarkt. »Es ist Penicillin, Hildegard«, erklärte er leise. »Hans soll es eine Woche lang dreimal täglich nach dem Essen einnehmen. Am besten, du gibst ihm sofort die erste Dosis.«

Hildegard entfuhr ein unterdrückter Schrei. Sie riss Rainer das Fläschchen aus der Hand. »Wie um alles in der Welt hast du das hinbekommen, Rainer?«

»Das spielt keine Rolle.«

Er wünschte, es wäre so.

Hildegard umarmte ihn so fest, dass er seine Rippen knacken fühlte. Für einen Moment war er überzeugt, seine Schwester mehr zu lieben als jeden anderen Menschen auf der Welt, auch wenn ihr säuerlicher Schweißgeruch darauf hinwies, dass sie sich heute Morgen nach ihrer Nachtwache vermutlich noch nicht gewaschen hatte.

Das spielte keine Rolle, ermahnte er sich. Er drehte sich mit Hildegard im Kreis und genoss, wie sie lachte. Das Geräusch klang fremd, als ob sie verlernt hätte, wie es ging. Die Kraft in Hildegards dünnem Körper überraschte ihn. Er hatte sie in letzter Zeit für zierlich und zerbrechlich gehalten. Obwohl sie viel älter als er war, empfand er es als seine Aufgabe als Bruder, sie zu beschützen und sich für sie in Gefahr zu bringen, damit sie es selbst nicht tun musste.

»Lass uns nach oben gehen.« Hildegard sah sich fiebrig in der Küche um. »Er braucht ein Glas Wasser, nicht wahr?«

»Am besten ist es, wenn er vorher etwas gegessen hat. Das Medikament könnte auf den Magen schlagen.« Er überlegte. Es wäre besser gewesen, wenn er alles mit Herrn Tauber durchgesprochen hätte, aber das war natürlich unmöglich. »Und gib ihm jedes Mal nur eine halbe Tablette. Er ist noch klein.«

Hildegard nickte. Sie füllte ein Glas mit Wasser und drückte es Rainer in die Hand, dann holte sie ein angeschlagenes Schälchen aus dem Schrank. Sie füllte es mit Haferbrei aus einem Topf auf dem Herd, darüber gab sie einen Teelöffel Honig, den sie sorgfältig abmaß und in den Brei hineinrührte. In ihrem Gesicht lag etwas Stilles und Sanftes, das sie sehr weiblich erscheinen ließ.

Gemeinsam gingen sie nach oben. »Wir haben übrigens Besuch«, sagte Hildegard auf der Treppe.

»Wer denn?«

»Gisela ist vorbeigekommen und hat gefragt, ob sie mir etwas mit der Pflege helfen kann.«

Gisela. Der Gedanke an seine Verlobte führte dazu, dass sich Rainers Bauch verkrampfte.

»Das ist lieb von ihr«, sagte er dennoch.

»Ihr habt als Kinder ja ständig zusammen gespielt. Deswegen kommt es ihr vor, als sei Hans ihr eigener Neffe«, sagte Hildegard.

»Haben wir das?« Er lächelte zynisch. »Kann ich mich gar nicht dran erinnern.«

»Rainer!«

»Sie ist meine Verlobte, aber das heißt nicht, dass sie sich Geschichten ausdenken darf.«

»Warum hast du dann um ihre Hand angehalten?«

Das fragte er sich auch. Immer wieder abends beim Einschlafen. Damals war er noch ein anderer Mann gewesen. Ein Junge, der davon geträumt hatte, ein Mann zu werden. Ein intellektueller Spötter, der nicht so muskulös und stark wie die anderen Jungen im Dorf war und der sein Glück kaum fassen konnte, als Gisela anfing, ihm unter ihren Wimpern scheue und verliebte Blicke zuzuwerfen.

Hildegard öffnete die Tür zum Kinderzimmer. Hans lag auf seinem schmalen Metallbett. Gisela saß neben ihm und las ihm das Märchen von Dornröschen vor. Sie trug ein hellblaues Kleid mit Spitzenkragen und Riemchenschuhe mit leichtem Absatz. Ihre Locken flossen sanft und anmutig um ihr Gesicht, ihre Haltung war aufrecht und elegant. Ihr Anblick war der Inbegriff von Häuslichkeit und Schönheit.

Rainer hatte das Gefühl, eine Theaterinszenierung zu betrachten.

»Rainer!«, sagte Gisela scheu.

Er machte einen halben Schritt zurück in den Flur. »Guten Abend, Gisela.«

»Guten Abend, Rainer. Ich lese deinem Neffen gerade etwas vor. Um ihm beim Gesundwerden zu helfen.«

Rainer verglich unwillkürlich ihre perfekte Inszenierung von Häuslichkeit und Fürsorge mit dem wilden Blick in Lenas Augen, als sie ihm das Fläschchen mit den Pillen gegeben hatte.

»Wir haben neue Medizin für Hans«, sagte er. »Gegen das Fieber.«

»Oh, Rainer, das ist ja wunderbar! Du bist ein echter Held.« Die Worte kamen ihm so aufgesetzt vor. Er hatte das Medikament nicht selbst besorgt.

»Hans muss erst etwas essen«, sagte er. »Hildegard, magst du dich zu ihm setzen?«

»Ich kann ihn füttern«, flötete Gisela. Ihre Wimpern flatterten übertrieben. Was an dieser Frau war echt, was war Fassade und schöner Schein? Würde man sich auf sie verlassen können, wenn es hart auf hart kam?

»Das übernehme ich.« Hildegard schob sich nach vorn. »Vielen Dank für deine Hilfe, Gisela. Rainer, möchtest du vielleicht unten ein wenig mit Gisela plaudern? In der Kanne auf dem Tisch ist noch etwas Tee.«

Es gab kein Entrinnen, fühlte Rainer. Die beiden Frauen hatten sich gegen ihn verbündet. »Sehr gern, vielen Dank, Hildegard«, sagte er deswegen. »Kommst du mit, Gisela?«

»Natürlich«, sagte sie.

Rainer blieb für einen Moment neben dem Bett stehen. Hans sah erschreckend bleich und zerbrechlich aus, wenn man von den Fieberflecken auf seinen Wangen absah. Er hätte ihm gern über die Stirn gestrichen oder ihn an sich gedrückt, doch er wagte es nicht. Kinderpflege war eine Frauenangelegenheit. Was, wenn er etwas falsch machte?

»Werd schnell gesund, Kleiner«, murmelte er und strich dem Jungen ungeschickt über die Stirn.

Dann ging er mit Gisela die Treppe hinab.

»Setz dich«, sagte sie, immer noch mit diesem sehr weichen Ton in ihrer Stimme. »Ich hole uns Teetassen aus dem Schrank.«

»In Ordnung.« Er setzte sich, aber es kam ihm ungehörig vor, wie selbstverständlich Gisela in Hildegards Schränken herumräumte.

Gisela schenkte ihm und sich kalten Kräutertee ein. »Deine Schwester ist sehr freundlich zu mir.«

»Beinah, als würdest du zur Familie gehören.«

Sie drehte sich um und warf ihm einen kühlen Blick zu. »Ja. Beinah. Ein bisschen fehlt da aber noch, nicht wahr?«

Es gelang ihr besser als seinen Schwestern, ihn dazu zu bringen, sich wie ein dummer Junge zu fühlen. »Ja.«

Sie setzte sich zu ihm an den Tisch. Von jetzt auf gleich erschien ein süßes Lächeln auf ihrem Gesicht, so plötzlich, als ob es immer da gewesen wäre. »Hast du dir inzwischen überlegt, wie es weitergeht?«

Trotz seines Grolls staunte Rainer wie früher über Giselas Schönheit. Wenn sie wollte, konnte sie umwerfend sein. »Äh, wie bitte?«

»Wegen unserer Hochzeit, Rainer.« Es klang leicht ungeduldig, doch das Lächeln blieb. »Du musst doch allmählich einen Plan für die Zukunft haben.«

Er nickte. Natürlich hatte er einen Plan. Der würde ihm gleich einfallen, ganz sicher. In diesem Moment wollte er einfach hier sitzen und Giselas Lächeln genießen. Es war lange her, dass sie ihn auf diese Weise angeschaut hatte, als ob er der großartigste und wertvollste Mensch auf der Welt sei.

»Ja, und wie geht es jetzt weiter? Mit uns?« Ihr Lächeln blieb, aber es strahlte jetzt einen Hauch Ungeduld aus.

»Ich habe dir doch gesagt, dass ich darüber nachdenke.«

»Das ist jetzt … wie lange her? Zwei Wochen?«

»Drei.«

»Dann freue ich mich sehr, jetzt zu hören, was du dir überlegt hast.«

Er hatte sich nichts überlegt. So schnell ging das nicht! Es war schwer genug, Tag für Tag mit den hochflackernden Erinnerungen an Russland zu leben, ohne dass die anderen es mitbekamen. Immer wieder verlor er den Boden unter den Füßen. Irgendwann würde er studieren, doch dafür musste er die Stadt verlassen. Vermutlich würde seine Mutter ihn unterstützen, aber viel Geld besaß sie auch nicht. Es wäre besser, er fände neben dem Studium einen Job an der Universität.

Tief innen fürchtete er sich davor, dass seine Kraft nicht reichte. Er war nie dumm gewesen, hatte in der Schule sogar zu den Klassenbesten gehört, aber seit seiner Verwundung konnte er nicht mehr so denken wie früher. Es gab keine Erklärung dafür, er hatte nie eine Verletzung am Kopf erlitten, doch sein Geist funktionierte nicht mehr so wie früher. Kleinigkeiten reichten, damit er den Boden unter den Füßen verlor und zuschlagen wollte, damit niemand seine Angst und die hilflos hinuntergeschluckten Tränen sah.

Wie sollte er in einer solchen Verfassung ein Studium bewältigen?

Die bittere Wahrheit war, dass er nicht mehr der Mann war, den Gisela kennengelernt und in den sie sich verliebt hatte. Er fürchtete sich vor der Vorstellung, das vertraute Zimmer im Haus seiner Mutter zu verlassen und an einen anderen Ort zu gehen, wo weder ihre Wärme noch Herr Taubers scharfer Verstand ihm halfen, sich in der Realität festzukrallen.

»Ich bin wirklich sehr gespannt, Rainer.«

»Hör auf damit, Gisela.«

»Womit?«

»Du verspottest mich.«

»Das würde ich nie tun, dafür habe ich zu viel Respekt vor dir.« Sie zögerte. »Aber du kannst nicht behaupten, dass du es nicht verdient hättest, oder?«

»Ach, nein?«

»Rainer, hab doch mal ein wenig Verständnis für meine Situation. Meine Freundinnen tuscheln und ich bin blamiert. Das fühlt sich schrecklich an. Ich sitze seit Wochen auf Kohlen und warte darauf, was du dir überlegst.«

Davon hatte er nichts gewusst. »Warum ist es dir so eilig damit?«

»Das habe ich dir doch erzählt. Meine Mutter ...« Sie hub zu einer langatmigen Erklärung an.

Rainer hörte zu, aber sie kam nicht auf den Punkt. Alles, worauf es hinauszulaufen schien, war Giselas Unbehagen mit ihrer Situation. Natürlich wollte er ihr helfen, aber wie sollte das gehen?

»Pass auf, Gisela, machen wir es so«, sagte er schließlich, als er sicher war, dass ihr Schweigen nicht nur eine weitere Pause in ihren Ereiferungen war. »Ich versuche gleich morgen herauszufinden, welche Universitäten für mich infrage kommen und wie ihre Adressen lauten. Dann mache ich mich schlau, wie die Einschreibebedingungen sind. Und sobald eine Uni mich aufnimmt, beginne ich mit dem Studium.«

Eine Träne lief ihre Wange hinab. Sie guckte unzufrieden und seufzte.

»War es nicht das, was du wolltest?« Vor lauter Hilflosigkeit ballte er die Hände zu Fäusten.

»Rainer, dann sind es trotzdem noch viele Jahre, bis wir heiraten können. Ich habe dir doch gerade erzählt …«

Er grub die Fingernägel in den Oberschenkel, um nicht mit der Faust auf den Tisch zu schlagen. »Was genau erwartest du dann von mir? Sag es. Jetzt. Bitte. Mit ganz einfachen Worten.«

»Du kannst bei meinem Vater eine Ausbildung zum Schuster machen.«

»Zum Schuster.« Er zwang sich, die Hände zu entspannen. Grauer Nebel sank auf ihn herab und entzog der Luft den Sauerstoff. Rainer zwang sich, nicht aufzuspringen und den Raum zu verlassen, um draußen tief durchzuatmen. »Ich habe kein Talent zum Handwerker.«

»Wenn du es mit dem Studieren ernst gemeint hättest, hättest du dir schon vor zwei Jahren einen Platz suchen können, sagt meine Mutter.«

Rainer antwortete nicht. Er konnte es nicht. Man hatte ihn vom Dienst in der Wehrmacht entbunden, weil er nicht mehr kriegstauglich war. Die Verletzung saß tief, genau wie die Scham über die Dankbarkeit, die er deswegen verspürt hatte. Man hatte ihn der Heimatfront zugeteilt, weil seine Tätigkeit in der Apotheke andere Männer für den Frontdienst freistellte. Er hätte keinesfalls die Möglichkeit gehabt, schon vor zwei Jahren zu studieren.

Doch was für einen Sinn hätte es, Gisela das zu erklären?

»Also, wir haben uns das so überlegt«, fuhr Gisela fort. »Im ersten Lehrjahr zahlt meine Mutter dir noch kein Gehalt, weil du erst noch lernen musst, sagt sie. Für den Anfang lernen sie und ich dich an. Wir können trotzdem schon heiraten. Du ziehst zu mir in mein Mädchenzimmer. Ich werde vermutlich ohnehin nicht sofort schwanger, und wenn wir ein

342

Kind bekommen, kriegst du ein Lehrlingsgehalt. Meine Eltern werden uns nicht verhungern lassen, hat sie gesagt.« Sie blickte sehr ernst.

»Das denkst du dir gerade aus.« Rainer war entsetzt.

»Meine Mutter hat gesagt, mein Vater kommt schon bald zurück. Sie hat einen Brief bekommen. Warum sollte es nicht funktionieren?«

»Gisela ... Der Plan ist Wahnsinn. Merkst du das nicht selbst?«

»Wenn wir es so arrangieren, können wir noch diesen Oktober heiraten.« In ihrem Blick lag plötzlich eine Stärke und Entschlossenheit, die Rainer noch nie bei ihr gesehen hatte.

Er schluckte hart. »Darüber muss ich nachdenken.«

»Du hattest drei Wochen, um nachzudenken, und was ist dabei herausgekommen?« Ihre Stimme klang jetzt etwas schrill.

Er schwieg.

»Es ist wegen diesem Flüchtling, nicht wahr?«

Er schüttelte den Kopf.

»Rainer, lüg mich nicht an! Ich seh doch, wie du sie anschaust. Und die Leute erzählen es mir.«

»Wer?«

»Vor ein paar Tagen hast du sie von der Arbeit abgeholt. Heute Morgen erst hat sie vor der Apotheke gewartet, und ihr habt euch an den Händen gehalten. Was ist da gelaufen?«

»Also willst du mich so schnell wie möglich heiraten, damit ich die Finger bei mir behalte?«, fragte er zynisch.

»Und wenn es so wäre?« In ihrem Blick lag plötzlich etwas Giftiges.

»Du willst es so sehr, dass du mich dafür in einen Beruf stecken würdest, für den ich kein Talent habe und wegen dem wir für den Rest ihres Lebens bei deinen Eltern leben müssen?«

»Meine Mutter sagt ...«

»Deine Mutter redet zu viel.«

Jetzt war es Gisela, die mit weit offenem Mund schwieg.

»Ich erzähl dir mal was über dich und deine Mutter, Gisela. Du hast keine Lust auf eine Ausbildung, sagst du. Du hast keine Lust, dich für den Rest deines Lebens von deinen Eltern herumscheuchen zu lassen. Stattdessen verplanst du mein Leben für mich und legst fest, in welchem Beruf ich arbeiten soll. Findest du das richtig? Stellst du dir die Ehe so vor, dass du alles bestimmst und ich gehorche?«

»So etwas muss ich mir nicht anhören.« Gisela erhob sich. »Ich wünsche dir noch einen schönen Abend, Rainer. Wenn du über deine Worte nachgedacht hast und dich entschuldigen willst, weißt du, wo du mich findest.«

»Eine Sache noch.« Er musterte sie kühl.

Sie hielt inne. Plötzlich sah sie klein und unsicher aus. »Ja?«

»Dieses Händchenhalten, von dem man dir berichtet hat ... Das war etwas völlig anderes.«

»Aha?« Sie sah mit einer Mischung aus Hoffnung und Hilflosigkeit zu ihm.

Er spürte, wie sehr es sie verletzt haben musste, solche Gerüchte über Lena Buth und ihn zu hören. Kein Wunder, dass sie sich in diese Hochzeitsgeschichte so hineingesteigert hatte.

»Du hast doch mitbekommen, dass Hans in Gefahr war, weil wir kein Penicillin bestellen konnten.«

»Ja.«

»Die britische Armee hat welches. Und Fräulein Buth ...«

»... arbeitet dort. Hat sie dir welches mitgebracht?«

»So ähnlich.«

»War sie deswegen heute Morgen bei der Apotheke?«

Er nickte. »Sie hat es mir persönlich vorbeigebracht, damit niemand etwas mitbekommt. Also denk dir keine Geschichten dazu aus, ja?«

Gisela musterte ihn nachdenklich. »Wie genau ist sie drangekommen? Ich habe gehört, die Briten dürfen nichts an Deutsche abgeben.«

»Ist das nicht egal?«

»Also hat sie einem Offizier schöne Augen gemacht, ja? Und vielleicht noch … Egal. Eine Dame redet nicht über solche Dinge. Ich habe verstanden, Rainer.«

Es kränkte ihn, dass Gisela etwas Derartiges über Lena Buth andeutete. »Sie ist eingebrochen, wenn du es genau wissen willst«, sagte er. »Sie ist abends über die Mauer geklettert und hat sich mit dem Schlüssel von Pauline Mennens Vater durch den Hintereingang reingeschlichen.«

Giselas Augen wurden groß. »Das kann unmöglich dein Ernst sein. So etwas tut eine junge Frau nicht.«

Sie tut auch nicht, was du eben angedeutet hast, wollte Rainer sagen, behielt es aber für sich. Er hatte keine Lust darauf, dass der Streit erneut aufkochte.

»Der Plan ging eigentlich anders«, sagte er stattdessen. »Ich wollte, dass sie herausfindet, wo die Medikamente aufbewahrt werden. Den Rest hätte ich selbst erledigt.«

»Du?« Giselas Blick wanderte zu seinen Gehhilfen, die an der Wand lehnten.

»Das hat sie vermutlich auch gedacht«, sagte er mit schiefem Lächeln. »Also hat sie den Plan komplett allein umgesetzt. Ziemlich beeindruckend, oder?«

Er hätte sich davor gefürchtet, nachts über die Mauer zu klettern und mit nichts als einer Taschenlampe und einem

Schlüsselbund feindliches Gebiet zu betreten. Waffen, mit denen er sich notfalls verteidigen konnte, besaß er nicht mehr. Wofür war ein Mann gut, wenn er sich von einer Frau beschützen lassen musste? Trotzdem bewunderte er Lenas Mut, wurde ihm klar. Er konnte nicht zulassen, dass Gisela etwas Falsches über sie dachte. Wenn er sich davor fürchtete, mit seinem kaputten Fuß über die Mauer zu klettern und bei Nacht mit einer abgeblendeten Taschenlampe durch die Flure eines feindlichen Hauptquartieres zu schleichen, wie sehr musste sich dann erst ein zartes Fräulein gefürchtet haben?

Gisela wäre nicht über die Mauer geklettert, realisierte er.

»Also ein Mannsweib«, urteilte Gisela abfällig. »Aber gut, sie sieht ohnehin nicht sonderlich anziehend aus. Eher ein etwas herber Typ.«

»Wenn du meinst.« Er lächelte.

Das wilde Leuchten in Lenas Blick zog ihn gleichermaßen an und stieß ihn ab. Es passte nicht zu der adretten Erscheinung mit den fadenscheinigen Blusenmanschetten und den anständigen Zöpfen. Es war wie ein Rätsel, das er unbedingt lösen wollte. Chaos, das unter Kontrolle gebracht werden musste und genau deswegen so faszinierend war.

»Ich geh dann mal«, sagte Gisela.

»Ich wünsche dir noch einen schönen Abend. Grüß ... oder nein, grüß deine Mutter lieber nicht von mir. Ich muss über das Angebot erst noch nachdenken.«

»Schon klar.« Sie verließ die Küche und knallte die Tür hinter sich zu.

Rainer trank seinen kalten Tee und blickte ins Leere. Gisela hatte zu ihm gehört, solange er denken konnte. Sie durchspukte seine Träume, seit er alt genug war, Mädchen nicht mehr doof zu finden. Als sie ihm vor dem Aufbruch nach Russland ihre Hand versprochen hatte, war er der glücklichste Mann auf Erden gewesen.

Er musste nachdenken, aber er fand keine Worte für die Gedanken.

KONFRONTATION

Nachdem Lena Rainer das Medikamentenfläschchen gegeben hatte, verdrängte sie auf dem Weg zur Arbeit jede Erinnerung daran. Sie zwang sich, entspannt und freundlich zu lächeln, als sie die Soldaten am Eingangstor passierte, und ging mit erhobenem Kopf zügig in ihr winziges Büro. Es gab Berichte, die getippt werden mussten, und alte Dokumente über Fahrzeugsteuern, aus denen sie die wichtigsten Informationen heraussuchen und in einem englischen Memorandum zusammenfassen musste.

Es kam ihr vor, als wäre das konzentrierte Fräulein im Büro, in das die Sonne schien, ein völlig anderer Mensch als die Lena, die in der vergangenen Nacht durch die Dunkelheit geschlichen und mit gestohlenen Schlüsseln ein Medikamentenlager geöffnet hatte. Wenn jemand auf die Idee käme, sie danach zu fragen, könnte sie tatsächlich mit Nein antworten. Sie war es nicht gewesen. Das war diese andere Lena gewesen, die aus dem Krieg, die sie nach ihrer Ankunft im Pfarrhaus hinter sich zurückgelassen hatte.

Trotzdem war sie wütend auf Rainer. Nachdem sie eine solche mutige Tat begangen hatte, um ein Kind aus seiner Familie zu retten, hätte sie ein wenig Dankbarkeit und Bewunderung erwartet. Das mochte weder bescheiden noch christlich sein, aber sie hätte sich trotzdem darüber gefreut. Stattdessen behandelte er sie wie eine Verbrecherin und sah sie von oben herab an.

Diese Niebüller waren alle gleich!

Nicht mehr daran denken, befahl sie sich. Es war erledigt. Niemand hatte sie erwischt. Im Tageslicht verlor die albtraumhafte Vorstellung von britischen Militärsoldaten, die ihr kleines Büro stürmten und sie zu einem Verhör schleppten, an Realität und Bedrohlichkeit.

Der Tag verstrich wie in federleichten Nebel gehüllt. Er kam Lena nicht ganz real vor. Als Lieutenant Harris ihr mitteilte, dass er in der kommenden Woche für einige Tage ohne sie nach Wolfsburg fahren würde, nickte sie nur. Papierkram abarbeiten und Überstunden abbummeln, kein Problem, das würde sie hinbekommen. Danke, Sir. Gute Reise, Sir. Ich kümmere mich um alles.

Seit das Medikamentenproblem gelöst war, gab es etwas anderes, was sie verfolgte. Margot. Sie lebte im Haus mit einem Kriegsverbrecher, der bestimmt von den Alliierten gesucht wurde, wie alle, die an den Todeslagern mitgewirkt hatten. Vielleicht kannten sie seinen Namen nicht, aber Joachim Baumgärtner gehörte vor ein Gericht.

Doch wenn sie ihn anzeigte, zerstörte sie damit Margots und ihre Chance auf ein friedliches Leben in der neuen Heimat. Frau Baumgärtner würde sie nicht mehr in ihrer Küche willkommen heißen, damit sie zusammen mit Margot Erbsen enthülste. Auch in Frau Webers Küche wäre sie dann nicht länger willkommen, und Rainer würde die Straßenseite wechseln, wenn er sie sah. Wenn Lena tat, was richtig war, würde sie damit zu einer Ausgestoßenen und Margot verlor ihr Zuhause, so unsicher das auch war.

Konnten sie das ertragen, nachdem sie sich so mühsam einen

Platz in ihrer neuen Heimat erkämpft hatten und allmählich respektiert wurden?

Durfte sie umgekehrt zulassen, dass Herr Baumgärtner Margot weiterhin quälte, sie verunsicherte und ihr Geschichten von seiner jüdischen Geliebten erzählte, bis sich die Grenzen zwischen Realität und Wahnsinn auflösten, und er Margot zu Dingen zwang, die sie nicht wollte?

Lena wusste nicht mehr weiter. Sie hatte niemanden, mit dem sie reden konnte. Immer wieder faltete sie während der Arbeitszeit und später am Abend die Hände und sprach das Vaterunser. Es schenkte ihr Trost, aber ihr Problem blieb bestehen. Was sollte sie nur tun?

Schließlich schreckte sie mitten in der Nacht hoch. Jetzt wusste sie, was zu tun war. Manche Aufgaben durfte man nicht an die Behörden abtreten. Unter Hitler hatte man ja gesehen, was dann geschah. Wenn sie wollte, dass das Richtige geschah, musste sie sich selbst darum kümmern. Es machte ihr Angst, aber sie war dazu fähig.

Also würde sie es tun.

Jeden Samstagabend verließ Herr Baumgärtner sein Zuhause für das Treffen im Schützenverein. Nach allem, was Lena gehört hatte, hatten Frauen dort nichts verloren. Früher hatte man dort Schießtrainings veranstaltet, doch unter der strengen Aufsicht der Besatzungsbehörden war es verboten worden. Jetzt trafen sich die Männer nur noch, um Alkohol und Herrenwitze zu konsumieren, hatte Pastor Petersen einmal spöttisch kommentiert. Er schien davon nicht allzu viel zu halten.

Am Samstag versteckte Lena ihren Mantel nachmittags hinter dem Holzhaufen im Garten des Pfarrhauses. Abends blieb sie zusammen mit den Erwachsenen so lange auf, bis alle ins Bett gingen. Sie machte sich ebenfalls fertig, und wartete, bis die Dunkelheit sich überall ausgebreitet hatte. Die Pfarrleute würden eine halbe Stunde zum Einschlafen benötigen ...

Um Viertel nach zehn machte sich Lena auf den Weg. Dank ihres Mantels fror sie dieses Mal viel weniger als beim letzten nächtlichen Ausflug. Sie versteckte sich hinter einer Hecke in der Nähe des Schützenheims. Jetzt hieß es warten. Wie bei Old Shatterhand und Winnetou.

Lena wischte sich ein Staubkorn von der Wange und strich eine Haarsträhne nach hinten. Sollte der Wind alles davontragen, was nicht in diesen Augenblick passte. Morgen wäre sie wieder Lena, die Pastorentochter in Gestalt eines Flüchtlingsmädchens, die ein gutes Herz hatte und wusste, was richtig und was falsch war. Jetzt jedoch musste sie erneut zu der Lena aus der Zeit der Flucht werden. Freundlich, weich, schutzbedürftig und dahinter grausam und gnadenlos. Es ging nicht um sie selbst, sondern um Margot.

Joachim. So nannte sie den Mann immer noch, wenn sie an ihn dachte. Das war der Name, den er ihr in der Scheune genannt hatte. Seitdem taten sie beide, als hätte dieser Abend nie stattgefunden, aber so war es nicht. Lena hatte ihn schon einmal ausgetrickst und aufs Kreuz gelegt.

Es würde ihr ein zweites Mal gelingen.

Sie hatte keine Angst.

Wirklich nicht.

Das Vereinsheim war eines der schlicht-schönen Ziegelhäuser, die typisch für die Gegend waren. Ein Reetdach schützte es vor dem Wind, der im Sommer nur zärtliche Grüße von der Nordsee brachte. Lena hatte jedoch gehört, dass die Dächer gut gedeckt sein mussten, weil der Herbst und Winter Stürme brachten, die sich über die flachen Ebenen Norddeutschlands genauso ungebremst ausbreiteten wie auf hoher See.

Das Warten war anstrengend. Die Kälte kroch aus allen Richtungen in ihren Körper. Es wäre leicht, einfach umzudrehen und nach Hause zu gehen. Niemand würde erfahren, dass sie hier gewesen war. Sie könnte Joachim auch bei anderer Gelegenheit zur Rede stellen, damit er ihre Schwester in Ruhe ließ. An einem schönen Sonntagnachmittag beim Kaffeetrinken im Pfarrhaus beispielsweise ...

Lena lächelte in sich hinein. Es gab keine Alternative. Die Pastorentochter war zu brav und gut erzogen, um einen erwachsenen Mann auf diese Weise zu brüskieren. Es musste ihr altes Ich sein, das Joachim herausforderte, und diese wilde Lena liebte die Dunkelheit. Sie liebte das aufregende Erwachen von Macht, wenn ein Feuer aus der Erde emporzulodern schien und sich bis in ihr Herz hereinbrannte. Die wilde Lena spuckte auf Konventionen und all das, was ein anständiges Mädchen tun sollte, und sie hatte vor einem halben Leben mit Joachim Schnaps getrunken und sich auf seltsame Art geborgen und sicher gefühlt.

Joachim und sie waren von einer Art.

Irgendwie.

Der Mond stand am Himmel. Er strahlte mit unvollkommener, nicht kreisrunder Schönheit. Trotz der nahen Straßenlaternen konnte Lena aus dem Schatten ihrer Hecke heraus die Milchstraße sehen. Man konnte sich kaum vorstellen, dass etwas so Großes existierte. Wenn Menschen einen Beweis für die Existenz und die Größe Gottes benötigten, sollten sie nach oben sehen, dachte Lena. Dort stand alles geschrieben, in klarer, eiskalter Schönheit, die sich jedem menschlichen Verständnis entzog.

Lena hätte nicht sagen können, wie viel Zeit auf diese Weise verstrich. Ihre alltäglichen Sorgen traten zurück und verloren an Bedeutung. Die Welt war friedlich und gut.

Irgendwann veränderte sich die Atmosphäre. Männer verließen das Schützenheim. Sie lachten und machten Witze. Ihr Lachen schien etwas zu laut, als müssten sie die Männer ersetzen, die es noch nicht zurückgeschafft hatten. Joachim war nicht dabei. Lena hätte seine Präsenz gespürt. Sie hätte ihn an seiner schlanken Silhouette erkannt, lange bevor die Männer unter der Straßenlaterne vor ihr vorbeigegangen waren, um die Gesichter unter den Hüten zu erkennen.

Kurz darauf folgte er.

Er ging allein, während die anderen zu zweit oder zu dritt gegangen waren. Lena lächelte zufrieden. Es störte sie nicht, dass ihre Zielperson mehr als einen Kopf größer als sie war. Sie war ihm überlegen, denn sie war eine Frau. Er würde sie nicht schlagen, genauso wenig wie die Jungs auf dem Schulhof das getan hätten. Ihre Schwäche war ihre schärfste Waffe.

Sie ging los und schloss zu ihm auf, bis sie neben ihm war.

»Hallo, Joachim«, sagte sie mit der rauchigen Stimme einer Manteldiebin aus einer Scheune im Nirgendwo zwischen Preußen und Norddeutschland. »Wie ist es dir ergangen, seit wir damals in der Scheune meinen Schnaps getrunken haben?«

»Du!« Er blieb stehen und starrte sie an. Erkennen flammte in seinen Augen auf.

»Ja, ich bin es«, schnurrte Lena. »Gib es zu, du hast es dich die ganze Zeit gefragt, oder? Seit du hier angekommen bist und mich das erste Mal gesehen hast.«

»Ich habe mich gefragt«, stieß er hervor. »Aber du ... Du hast dich so unschuldig benommen, so harmlos und freundlich, dass ich dachte ...«

»Falsch gedacht.« Mit wiegenden, kleinen Schritten trat Lena auf ihn zu. »Du hast nicht besonders viel Ahnung von Frauen, oder?«

Sie stand so dicht vor ihm, dass sie die Wärme spüren konnte, die von seiner Haut aufstieg. Er machte einen Schritt nach hinten.

»Du hast ...« Er stockte.

Wie seltsam, dachte Lena. Er hatte so furchtbare Dinge getan. Wachdienst an der Rampe. Mord. Vergasung. Trotzdem konnte er nicht aussprechen, dass sie, ein nettes, deutsches Mädchen von nebenan, ihn ausgetrickst und seinen Mantel gestohlen hatte.

»Ich habe deinen Dienstausweis aus Treblinka.«

»Nein.«

Sein Gesichtsausdruck entgleiste. Im Nachtlicht konnte Lena nicht jedes Zucken der Emotionen in seinem Gesicht sehen, doch er sah nicht länger wie ein Mensch aus. Für eine Sekunde hatte sie das Gefühl, vor einem Dämon zu stehen, der in jeder Sekunde von Flammen gepeinigt wurde.

Sie unterdrückte den Impuls, einen Schritt nach hinten zu machen. Das hier war ein Spiel um Stärke, das nur wenig mit Körperkraft zu tun hatte. Wenn sie zurückzuckte, würde sie verlieren. Stattdessen weckte sie all die Wut, die sie im Alltag so oft hinunterschluckte. Wenn sie in eine Situation geriete, in der ihr keine andere Wahl blieb, dann wäre sie genauso gut wie jeder Soldat fähig zu töten. Hinterher würde sie sagen, dass es für Margot war, für den kleinen Hans, für andere, die schwächer als sie waren, aber das wäre nur die halbe Wahrheit. Das Böse existierte auch in ihr.

Lena lächelte sanft und spürte das Höllenfeuer in ihren Augen die Nacht erhellen. »Er ist in einem Versteck, das du niemals finden wirst.« Er öffnete den Mund und schloss ihn wieder. Seine Hände ballten sich zu Fäusten. Sein Geruch nach Alkohol und ungewaschener Haut mischte sich mit Angst und Wut. Für eine Sekunde fragte sich Lena, ob sie sich vertan hatte. Wenn er sie jetzt am Hals packte und ihren Kopf an der nächsten Hauskante zerschmetterte, würde nie jemand herausfinden, was geschehen war.

»Warum hast du mich nicht verpfiffen?«

Jetzt galt es. Jetzt musste sie ihn überzeugen und ihren Willen durchsetzen, und zwar so, dass es kein Entrinnen gab.

»Du warst freundlich zu meiner Schwester«, sagte sie mit gleichbleibender Sanftheit. »Du hast ihr ein Zuhause gegeben. Ein Dach über dem Kopf, etwas zu essen, und natürlich bald die Chance, wieder zur Schule zu gehen.«

»Sie ist alt genug, um im Haus zu helfen.« Er klang aufrichtig verwirrt.

»Margot wird zur Schule gehen, bis sie das Abitur macht. Das muss vollkommen klar sein.«

Er zuckte mit den Schultern. »Von mir aus. Das geht mich nichts an.«

»Das andere ist wichtiger, stimmt.« Lena konzentrierte sich auf den Zorn, damit er ihr Kraft verlieh. Sie spürte bereits die Unsicherheit und das schlechte Gewissen, die nach ihr greifen und ihre Position schwächen wollten.

»Was soll das sein?« Er sah nicht länger wie ein Dämon aus, aber er war auch nicht mehr der freundliche Familienvater, mit dem Lena an Sonntagnachmittagen Tee getrunken hatte.

Sie schluckte und hob ihr Kinn. »Du wirst aufhören, meine Schwester zu belästigen. Dann bleibt der Ausweis, wo er ist.«

»Sie belästigen?« Er lachte auf. »Kein Problem. Damit kann ich gern aufhören, das habe ich nämlich nie getan.«

Lena fehlten die Worte vor so viel Frechheit. »Meine Schwester ist keins von deinen Mädchen aus dem Vernichtungslager«, zischte sie.

Die Worte waren heraus. Der Wind fing sie auf und spielte mit ihnen. Die Blätter wisperten lauter. Lena hätte sie am liebsten eingefangen und zurück in ihren Mund gestopft, sie hinuntergeschluckt und sich den Mund mit Seife ausgespült, wie die Mütter in den Kindergeschichten es mit unartigen Kindern taten.

»Das hat auch keiner gesagt«, entgegnete Joachim leise und mit eiskaltem Blick.

»Sie hat mir von Sarah erzählt.« Lena räusperte sich und versuchte, die Kraft zurückzuholen, die sie bei dem furchtbaren Wort verlassen hatte. »Oder auch Sarah-Sara.«

Jetzt war er es, der einen Schritt nach vorn machte und Lena zurückweichen ließ. »Was hat sie erzählt?«

Lena räusperte sich und reckte ihren Scheitel in den Himmel. »Sie hat mir genug erzählt.«

Er schwieg. Lena spürte plötzlich eine so tiefe Trauer, dass sie am liebsten geweint hätte.

Sie schüttelte das Gefühl ab und suchte in sich nach der Kraft, die eben noch da gewesen war. »Du wirst meine Schwester in Zukunft nicht mehr Margo-Margo nennen, hast du das verstanden? Und wenn Margot in der Küche arbeiten muss, nimmst du deine Zeitung und suchst dir einen anderen Platz.

Es ist ganz egal, wie und wo: Du wirst nie wieder allein mit meiner Schwester in einem Raum sein.«

»Große Worte.«

»Ich habe deinen Dienstausweis«, raunte Lena so süß und sinnlich, wie sie konnte. »Und ich werde erfahren, was du tust. Hast du mich verstanden?«

»Deine Schwester ist unantastbar. Ich habe verstanden.« Er musterte sie kalt. »Sei bloß vorsichtig, dass niemand dich bei den Engländern als Diebin verpfeift.«

Ihr wurde kalt zumute. Woher wusste er von dem Penicillin?

»Du denkst vielleicht, dass es die Briten nicht interessiert, was während der letzten Kriegstage geschehen ist, aber willst du es darauf ankommen lassen?«

Lena atmete erleichtert aus. Er meinte den Mantel, weiter nichts.

»Versuch es ruhig«, sagte sie leise. Ihre Wut war verschwunden und hatte für eine tödliche Kälte Platz gemacht. »Das mit dem Mantel wird dir niemand glauben. Du lässt meine Schwester von jetzt an in Frieden. Dann bleibt der Ausweis, wo er ist, und gerät allmählich in Vergessenheit.«

Seine Kiefer mahlten. Wieder fragte sich Lena, ob er imstande wäre, sie am Hals hochzuheben und ihren Schädel an einer Hauswand zu zerschlagen. Die Angst kribbelte im Magen und weiter unten. Sie biss die Zähne fest aufeinander und erwiderte den Blick des Mannes.

»In Ordnung«, sagte er schließlich. »Deine Schwester ist unantastbar.«

»Das gilt auch für dich.« Lena räusperte sich. »Solange unser Deal besteht, weiß ich von nichts.«

Er streckte die Hand aus. Lena schlug voller Erleichterung

ein. Erst jetzt spürte sie, wie heftig ihr Herz gegen ihren Brustkorb wummerte.

»Einen schönen Abend wünsche ich dir.«

»Ebenfalls.« Sein Blick sagte etwas anderes.

Lena überquerte in aller Seelenruhe die Straße und machte sich auf den Heimweg. Sie spürte seine Blicke, aber sie drehte sich nicht um. Ganz egal, ob er ihr wirklich hinterherstarrte oder sie es sich einbildete, sie würde ihm nicht die Genugtuung geben, sich umzudrehen.

Sobald sie die nächste Straßenbiegung erreicht hatte und außer Sichtweite war, rannte sie los. Sie rannte, bis sie mit glühenden Wangen am Pfarrhaus ankam und nach Luft japste. Für einen Moment versteckte sie sich hinter der Heckenrosenhecke und weinte, bis sie vor Erschöpfung zitterte. Dann ging sie endlich ins Bett.

REVANCHE

In den Tagen nach der Begegnung mit Lena wagte Joachim nicht, die Wohnung zu verlassen. Er schickte die Frau mit den Kindern und der verfluchten Schwester der Manteldiebin in die Kirche und verbrachte die Zeit am Küchentisch damit, ins Leere zu starren. Wenn Margot in der Küche arbeitete, nahm er seine Zeitung und ging zum Lesen ins Wohnzimmer oder setzte sich wie ein kleiner Junge in den Schatten des Holzhaufens auf der Rückseite des Hauses. Immer, wenn er die Augen schloss, sah er die Bilder. Manchmal auch, wenn er die Augen geöffnet hielt. Menschen, die eng gedrängt durch die Dunkelheit gingen. Das Flüstern, das Raunen, das Schreien, wenn Eltern von ihren Kindern getrennt wurden und die Männer in die Kolonne zum Arbeitslager kamen, während die Frauen zu den Duschräumen gehen mussten, wo statt Wasser Zyklon B auf sie herabströmte. Seine Zähne schlugen aufeinander, und die Bilder blieben, auch wenn er mit weit offenen Augen ins Leere starrte.

Es hatte gutgetan, mit Margot darüber zu reden. Sie war noch jung, aber sie hatte ihn verstanden. Ihr gutes Herz hatte das Grauen von ihm genommen und ihm geholfen, sich wie ein Mensch zu fühlen. Er war doch noch ein Mensch!

Man verlor es doch nicht einfach so, dieses Menschsein.

Doch jetzt, wo er nicht mehr mit Margot sprechen durfte ...
Schlimmer noch, wo Margot sein Vertrauen enttäuscht und
verraten und ihn an diese Frau aus dem Hauptquartier der
Briten ausgeliefert hatte, die ihre Schwester war ...

Seine Gedanken verloren sich. Der Schnaps reichte nicht
aus. Er brauchte mehr, aber woher sollte er ihn bekommen?
Hildegard redete nicht mehr mit ihm. Sie kümmerte sich nur
noch um den Jungen.

Noch etwas, woran er nicht denken durfte. Er war ein Versager. Er konnte seine Kinder nicht beschützen.

Die blonde Schusterstochter war ein paarmal zu Besuch
gekommen, als sich alle solche Sorgen um Hans machten.
Ein hübsches Ding war aus ihr geworden, auch wenn er den
Namen vergessen hatte. Alle hatten ein großes Drama gemacht. Er hatte sich auch gefürchtet. Was, wenn der Kleine
draufgegangen wäre?

Dem Bengel ging es besser. Immerhin. Hildegard wachte
immer noch jede Nacht im Kinderzimmer, aber das tat sie
bloß, weil sie Joachim aus dem Weg gehen wollte. Sie spürte
alles, was in ihm vorging. Er konnte nicht sagen, wie sie es anstellte, aber sie war eine Hexe. Wenn sie heute Nacht zu ihm
käme, würde er sie fortstoßen.

Oder würde er sie an sich ziehen und sie küssen und sich
nehmen, was sein Recht als Ehemann war?

Sie fehlte ihm. Ganz schrecklich. Doch selbst, wenn er sie
in den Arm zu nehmen versuchte, zuckte sie zurück. Seine
Last war zu groß für sie. Das konnte er verstehen, aber es ver-
letzte ihn trotzdem.

Bei seinem Aufbruch aus dem Lager hatte Joachim alle
Akten verbrannt, auf denen sein Name stand. Aber in letzter Sekunde hatte er den Ausweis nicht mit in die Flammen

geworfen. Eine solche Handlung wäre ihm vorgekommen, als würde er diesen Teil seines Lebens komplett auslöschen. Vielleicht würde eines Tages der Moment kommen, an dem er den Lohn für all die Härte bekam, die er sich abverlangt hatte. Deswegen hatte er den Ausweis am Tag seiner Flucht ins Futter des Mantels eingenäht. Damit konnte er eines Tages der Welt beweisen, dass er trotz seiner unwürdigen Flucht vor den Russen ein Teil des großen Ganzen gewesen war.

Die Gedanken führten zu nichts. Schließlich stand er auf und machte sich auf den Weg in die Schusterei, deren Inhaber nach wie vor nicht heimgekehrt war. Seine Frau führte das Geschäft, so gut sie konnte. Wenn Joachim dort wäre, würde er irgendetwas erzählen über neue Schnürsenkel oder zu flickende Schuhe. Natürlich musste er anschreiben lassen, aber das konnte man als Kriegsveteran ja wohl erwarten!

Zu seiner Freude saß nicht die Schustersfrau in der Werkstatt, sondern die hübsche Blonde. In diesem Moment fiel ihm ihr Name wieder ein.

»Moin, Gisela«, grüßte er sie.

»Moin, Herr Baumgärtner.«

»Ist ja ein Weilchen her, dass wir dich zuletzt bei uns hatten.«

»Wie geht es denn dem kleinen Hans, Herr Baumgärtner?«

»Er ist über den Berg, sagt der Arzt. Dauert nur noch ein bisschen, bis er wieder herumspringen und toben kann.«

»Die Jungen sind immer so wild.« In ihrem Lächeln lag etwas, was dieses Wilde zu loben schien.

»Wir Männer sind halt, wie wir sind.«

»Darf ich Ihnen einen Tee anbieten, Herr Baumgärtner? Mir ist so fad, den ganzen Tag allein in der Werkstatt.«

Er räusperte sich. »Was Stärkeres wäre mir lieber, wenn ich ehrlich sein darf, verehrtes Fräulein.«

Sie lachte glockenhell auf. »Natürlich dürfen Sie, Herr Baumgärtner. Wir stammen doch beide hier aus dem Ort, da darf man frei sprechen.«

»Nicht so wie bei diesen Zugereisten.«

»Ja, diese Flüchtlinge überall ... Die waschen sich nie, habe ich gehört.« Sie rümpfte die Nase.

»Haben Sie denn wohl een kleenes Schnäppes für einen Schützenkamerad Ihres Herrn Vater?«

»Natürlich, Herr Baumgärtner. Warten Sie kurz.« Sie verschwand und kam mit einem kleinen Gläschen klarer Flüssigkeit zurück. »Wohl bekomm's.«

Er beschränkte sich auf einen kleinen Schluck, um nicht zu gierig zu wirken. Wenn er jetzt alles hinunterschluckte, würde er gleich nach einem zweiten fragen, und wie sähe das aus?

»Wir haben ja jetzt auch die Flüchtlinge im Haus.« Sie seufzte tief. »Meine Mutter hat alles versucht, um es zu verhindern, aber die Behörden haben nun mal das letzte Wort.«

»Lumpengesindel, alle.« Jetzt kippte er die Flüssigkeit doch hinunter. »Nistet sich hier ein und klaut anständigen Deutschen die Lebensmittel. Dabei sprechen sie nicht mal unsere Sprache!«

»Da sagen Sie was Wahres, Herr Baumgärtner. Man steht daneben und schämt sich.«

»Ich hab im Schützenverein gehört, dass sie dazwischen russische Spione haben, die hier alles stehlen sollen, was nicht niet- und nagelfest ist.«

»Das wäre ja noch schöner!« Giselas blaue Augen weiteten sich bei dem Gerücht. »Aber da hab ich auch eine Geschichte für Sie. Dieses Fräulein Buth aus dem Pfarrhaus, das immer so hochanständig tut ... Das ist eine hundsgemeine Diebin.«

»Fräulein Buth?« Joachim versuchte, harmlos zu tun, doch

sämtliche Jagdinstinkte in ihm waren erwacht. »Wieso, was hat sie denn gestohlen?«

Die hübsche Gisela musterte ihn nachdenklich. »Ich weiß nicht, ob ich das weitererzählen soll.«

Seine Neugier war geweckt. Gab es da ein Geheimnis? Etwas, was ihm helfen konnte, aus der unangenehmen Situation etwas zu seinem Vorteil zu drechseln?

Giselas Augen verrieten, dass sie darauf brannte, es weiterzuerzählen. Sie brauchte nur die richtige Einladung.

»Ich kann Dinge für mich behalten, Fräulein Gisela.« Er lächelte verschwörerisch. »Also, was hat es gestohlen, das feine Frollein?«

Gisela blickte sich um, als fürchte sie heimliche Lauscher. »Medikamente«, flüsterte sie dann laut genug, um auch auf der Straße gehört zu werden. »Bei der britischen Armee.«

Joachim spürte sprudelnde Freude in sich aufsteigen, als ob Gisela ihm gerade eine ganze Flasche Schnaps angeboten hätte. »Das müssen Sie mir genauer erzählen, Fräulein Gisela. Und … hätten Sie vielleicht noch ein kleines Schlückchen?«

Sie musterte ihn konzentriert. In ihren Augen leuchteten Bewunderung und Berechnung gleichermaßen. »Wissense, Herr Baumgärtner, ich hol uns gleich die ganze Flasche, was halten Sie davon? Und dann plaudern wir in Ruhe. Ich merke schon, Sie können das Flüchtlingsfräulein genauso wenig leiden wie ich.«

»Das ist ein Wort.« Er reichte ihr sein Glas.

AUSGELIEFERT

Der Dienstag war der zweite Tag, an dem Lieutenant Harris ohne seine Dolmetscherin unterwegs in Wolfsburg war. Lena ertappte sich dabei, dass sie beim Frühstück trödelte und erst nach einer nachdrücklichen Ermahnung des Pastors aufstand und ihre Sachen zusammenpackte. Ihr Chef war nicht da, und sie verbrachte die Arbeitszeit ohnehin nur damit, im Büro über alten Dokumenten zu sitzen und voller Neugier darin zu lesen. Warum also sollte sie sich beeilen?

»Pünktlichkeit ist wichtig«, mahnte Frau Petersen. »Es fällt auf uns alle zurück, wenn du zu spät kommst.«

»Ich beeile mich, Frau Petersen!« Sie schob ihre dünne Stulle in die metallene Brotbox und verstaute diese zusammen mit einem schrumpeligen Apfel in ihrer Tasche.

»Wenn die Katze aus dem Haus ist, was?« Die Pfarrfrau zwinkerte.

Lena lächelte verlegen. »Ein wenig, ja. Ich bin schon unterwegs!«

Seit dem Morgen, an dem sie Rainer das Penicillin in der Apotheke vorbeigebracht hatte, fand sie jeden Morgen einen anderen Grund zum Trödeln. Sie fühlte sich im britischen Hauptquartier nicht mehr so wohl wie in ihrer Anfangszeit. Ständig quälte sie die Angst davor, als Lügnerin aufzufliegen. Was wäre, wenn der nette Private Miller beim Überprüfen der Vorräte entdeckte, was sie genommen hatte – und zwei und zwei zusammenzählte? Man würde sie verachten, und die Vorstellung schmerzte schlimmer als die Vorstellung, ihren Job zu verlieren und vielleicht ins Gefängnis zu müssen. Es war eine Sache, in Niebüll das Getuschel beim Einkaufen zu spüren, genau wie die Blicke der Ortsansässigen. Lena wusste, dass man tuschelte, dass alle Flüchtlinge Diebe und Schlimmeres waren. Sie bemühte sich stets, den Kopf aufrecht zu halten und die Worte an sich abprallen zu lassen. Sie selbst kannte ihren Wert, da sollte ihr egal sein, was fremde Menschen über sie dachten.

Trotzdem hatte es gutgetan, jeden Morgen um acht die Schwelle in eine andere Welt zu überschreiten, in der sie nicht länger als Flüchtling und wie Abschaum behandelt wurde. Als Fräulein in einer Männerwelt war sie auf eine Weise wichtig und wertvoll, die nichts mit ihrer Position in der Militärhierarchie zu tun hatte. Wenn sie in Begleitung der Soldaten und ihres vorgesetzten Offiziers die Basis verließ, behandelten sämtliche Deutschen sie mit dem gleichen Respekt wie die Alliierten, egal, ob in Niebüll oder außerhalb.

Mit ihrer dummen Heldentat hatte sie das zerstört. Jetzt konnte sie sich bei den Briten nicht länger sicher fühlen. Früher oder später würde sie auffliegen.

Was wäre, wenn jemandem ihr schuldbewusstes Gesicht auffiel? Irgendwann würden Private Miller oder jemand anders das fehlende Penicillin entdecken. Miller würde sich an Lenas Neugier erinnern, und was dann? Auf eine direkte Frage müsste sie die Wahrheit sagen, etwas anderes war unvorstellbar.

»Du träumst ja schon wieder!« Sigrun gab Lena einen Stups. »Los, geh schon arbeiten. Sei ein gutes Vorbild für mich!«

»Dafür müsste ich zu Hause bleiben und putzen.« Lena wuschelte dem Mädchen liebevoll durch die Haare.

»Nein!« Sigrun blickte ernst. »Du bist ein Vorbild, weil du Englisch sprichst und Auto fährst.«

»Danke schön.« Lena beugte sich vor und drückte der Kleinen einen Kuss auf den Scheitel. »So, jetzt muss ich wirklich los. Ich wünsche einen schönen und guten Tag!«

Sie schlug ihr Tuch um die Schultern, nahm die Abschiedsgrüße der anderen mit einem Winken entgegen und lief los. Wenn sie zügig ging und ein kleines Stück rannte, käme sie kurz nach acht an, und das war noch beinah pünktlich.

Als sie am Haus der Baumgärtners vorbeilief, kam plötzlich Joachim hinter einer Hecke hervor. Auf seinem Gesicht lag ein selbstzufriedenes Lächeln, und er roch nach Schnaps.

Lena schluckte und blickte sich um. Einige Menschen gingen die Straße entlang, doch niemand beachtete sie. So fühlte sich das also an, wenn einem aufgelauert wurde. Nun, es geschah ihr recht, immerhin hatte sie ihn vor drei Tagen auf ähnliche Weise erschreckt.

»Guten Morgen, Herr Baumgärtner«, sagte sie mit bemüht ruhiger Stimme. Absichtlich siezte sie ihn, falls jemand sie hörte. »Wie geht es Ihnen?«

»Jetzt wieder gut«, sagte er selbstzufrieden.

»Das freut mich«, sagte Lena und beschleunigte ihren Schritt, um ihn abzuhängen. Ihr war unbehaglich zumute.

»Nicht so schnell.« Er umfasste ihren Ellenbogen und dirigierte ihren Schritt, auch wenn sie weiterhin Richtung Rathaus gingen. »Wir haben ein paar Dinge zu besprechen.«

»Aha?« Lenas Unbehagen vertiefte sich. »Worum geht es denn, Herr Baumgärtner?«

Er ging zügig vorwärts und zog sie mehr oder weniger mit

sich. Lena musste große Schritte machen, um bei seinem Tempo nicht zu stolpern. »Es geht um eine ganze Menge Dinge. Weißt du ... Ein Mann kommt aus dem Krieg zurück. Er sehnt sich nach seiner Familie, aber er kann nicht mehr so leben wie früher.«

Lena schwieg. Sie konnte ihn verstehen, so seltsam das auch klang. Es musste wehtun, wenn man in sein altes Heim zurückkehrte und merkte, dass man selbst ein anderer Mensch geworden war.

»Überall sind Flüchtlinge und Taugenichtse«, fuhr Herr Baumgärtner fort. »Sogar in deinen eigenen vier Wänden. Sie setzen sich fest, wie Ungeziefer, sie stehlen, sie vergiften den Frieden des eigenen Heims ... Es ist widerlich. Abstoßend.«

Lena wollte widersprechen, doch was sagte man jemandem, der betrunken war und sich in Selbstmitleid suhlte? Sie schwieg und ging weiter neben ihm her. Irgendwann würde er zum Punkt kommen.

»Was hältst du davon, wenn ich deinen neuen Herren gleich erzähle, was für eine diebische Laus sie sich mit dir in den Pelz gesetzt haben?«

Lena erstarrte und blieb stehen. »Was wollen Sie von mir, Herr Baumgärtner?« Sie erwiderte seinen Blick, so fest sie konnte.

»Och, ich sag ja nur. Du hast einen wirklich schönen Wintermantel, glaube ich mich zu erinnern. Woher kommt der wohl?«

Lenas Herz raste heftig. Irgendwann würde der Tag kommen, an dem sie sich in ihren Lügen und Halbwahrheiten verstrickte. Sie hatte es immer geahnt. Wie sollte sie sich da herausreden?

Irgendetwas oder irgendjemand legte ihr die Worte auf die Zunge: »Wenn Sie etwas zu sagen haben, sprechen Sie es bitte aus, statt nur Andeutungen zu machen.«

»Ich sag ja nur.« Herr Baumgärtner zerrte sie weiter. »Wir gehen jetzt zu deinen Besatzerlieblingen und sprechen mit ihnen über das Thema Diebstahl.«

Lena folgte ihm notgedrungen. Sie blickte sich um, aber zwei Frauen auf der anderen Straßenseite gingen weiter und sahen in eine andere Richtung. Alles schien normal zu sein. Lena war fassungslos. »Niemand wird Ihnen glauben!«

»Bei dem Mantel ... gut möglich. Wer weiß heute noch, was in den chaotischen Wochen bei Kriegsende passiert ist? Aber inzwischen herrscht wieder Recht und Ordnung.«

»Ja.«

Er lachte süffisant. »Woher hattest du eigentlich das Penicillin?«

Lena erstarrte. Er hatte es also herausgefunden. Beim nächsten Schritt stolperte sie über eine Pflasterkante, unter der ein Baum seine Wurzeln nach oben drückte. Sie fing sich gerade noch rechtzeitig, um nicht hinzufallen.

»Ich weiß nicht, wovon Sie reden«, sagte sie, ohne ihn anzuschauen. Es klang kläglich.

»Ich denke schon.«

Lena stolperte erneut und fing sich. Er hielt sie am Ellenbogen fest. »Herr Baumgärtner, ich weiß wirklich nicht, wovon Sie sprechen!« Ein saures Gefühl stieg aus ihrem Magen in die Kehle. Sie schluckte hart.

Herr Baumgärtner bugsierte sie bis zur Litfaßsäule, an der ein halb zerrissenes Plakat die nach wie vor unfassbaren Gräuel von Auschwitz verkündete. Lena versuchte vergeblich, sich loszumachen. Natürlich könnte sie um sich schlagen oder laut um Hilfe rufen, aber irgendwie fanden die Worte nicht den Weg bis in ihren Mund. Sie war zu fassungslos. Das hier war ein ganz normaler Mann aus der Stadt und …

Genau das war er nicht.

Sie hatte sträflich unterschätzt, wie gefährlich er war. Auf irgendeiner Ebene hatte sie begriffen, was er getan hatte, sonst hätte sie ihn nicht erpresst und Margot vor ihm zu schützen versucht. Aber ein anderer Teil von ihr hielt ihn nach wie vor für einen etwas ruppigen, aber im Grunde normalen Mann aus der Gegend, der sich an die gleichen Regeln hielt wie alle anderen Menschen. Herr Baumgärtner war entschlossen und trotz des Schnapsdunstes, der ihn umgab, stärker als sie.

Er umfasste Lenas Hals und drückte sie an die Säule. »Jetzt rede ich, und du hörst zu«, erklärte er, nachdem er sich kurz umgeblickt hatte.

Sie nickte und stellte entsetzt fest, dass sie jetzt nicht mehr um Hilfe rufen konnte. Seine Hand auf ihrem Kehlkopf verhinderte das. Ihr war seltsam blümerant zumute. Die Hand an ihrem Hals war beinah zärtlich, aber der Kehlkopf wurde nach innen gedrückt und schmerzte. Außerdem breitete sich eine pochende Schwärze in ihrem Kopf aus und verlangsamte ihre Gedanken.

Das kann unmöglich geschehen, dachte sie. Das ist ein Unfall. Ein Missverständnis. Gleich klärt sich alles auf.

»Du hast meinen Mantel gestohlen«, sagte Herr Baumgärtner.

Lena erwiderte seinen Blick und versuchte, furchtlos zu blicken. Sie hob die Hände, um seinen Arm wegzuschieben, doch ihr war seltsam schwach zumute, und er schob ihre Arme mühelos beiseite.

»Du kannst nicken oder den Kopf schütteln, dafür reicht die Luft noch«, erklärte er.

Sie nickte und spürte erleichtert, wie der Druck auf den Hals etwas nachließ und sie wieder Luft bekam.

»Du hast meinen Dienstausweis aus der Zeit im Osten.«

Sie nickte wieder.

»Ich will ihn zurück. Gibst du ihn mir freiwillig?«

Sie schüttelte den Kopf.

»Ich könnte dir hier und jetzt das Leben rauspressen. Vielleicht tue ich es. Einfach nur, damit du siehst, mit wem du dich angelegt hast.«

Er wäre dazu fähig, spürte sie. Wenn er fester zudrückte, würde sie sterben. Ihre Arme erschlafften bereits. Sie könnte sich nicht mehr wehren. Wie seltsam. So schnell konnte es gehen, und dann war es vorbei!

»Ich frage dich ein letztes Mal: Wo ist der Ausweis?«

Sie schüttelte erneut den Kopf und atmete langsam, unendlich langsam ein, damit er es nicht merkte.

»Dann gehen wir jetzt zu den Briten. Ich erzähle ihnen, wer an ihrem Medikamentenschrank war. Vielleicht kriege ich sogar eine Belohnung.«

»Schön für Sie«, krächzte Lena und merkte, wie sich die Schwärze vor ihren Augen weiter ausbreitete. Die Worte hatten kostbare Luft aus ihren Lungen verbraucht. Die Schwärze am Rand ihres Blickfelds drang bis ins Zentrum ihres Sichtfelds vor.

»Mädchen, nu sei doch mal vernünftig! Ich will das doch gar nicht tun.«

Sie starrte ihn an und zwang sich, die Augen offen zu halten. Wenn sie gewusst hätte, dass man jemandem mit einem festen Griff um den Hals so leicht unter Kontrolle bringen konnte, hätte sie einen Verteidigungsschlag dagegen entwickelt. Oder sie hätte selbst gelernt, einen Menschen so zu packen. Oder …

»Es ist ganz einfach«, erklärte Herr Baumgärtner so langsam, als ob er mit einer Idiotin reden würde. »Du gibst mir den Ausweis, damit ich ihn verbrennen kann. Dann gehst du in Frieden zu deiner Arbeit. Der Tommy erfährt weder von deinen noch von meinen Sünden, und die Welt dreht sich weiter.«

Lena hasste es, wenn man sie wie einen dummen Menschen behandelte. Sie hasste es noch mehr, wenn man sie übervorteilen oder für blöd verkaufen wollte. Herr Baumgärtners Vorschlag würde bedeuten, dass Margot aufs Neue in Gefahr geriet. Das würde sie nicht zulassen.

»Überleg nicht zu lange«, sagte er drohend und verstärkte den Druck auf Lenas Hals.

Sie spürte, dass sie gleich ohnmächtig werden würde. Es wäre ganz einfach, nachzugeben. Wenigstens mit Worten. Sie könnte Ja sagen und dann fortlaufen. Doch irgendetwas in ihr sträubte sich. Man durfte den Mann nicht davonkommen lassen. Er war böse. Er musste bestraft werden.

Sarah-Sara. Oder Sarah. Wie auch immer sie geheißen hatte. Margot hatte von ihr erzählt. Sie hatte nur Bruchstücke erfahren. Lena hatte daraus ein Bild zusammengesetzt. Es war das Bild eines leichten Mädchens. Roter Lippenstift. Seidenstrümpfe.

Sarah-Sara hatte Joachim geliebt. Das hatte er Margot erzählt.

In diesem Augenblick begriff Lena das ganze Ausmaß der Ungeheuerlichkeit. Wenn man sterben musste, sah die Welt anders aus. Vollkommen anders. Sie wollte leben.

Sarah musste ähnlich gefühlt haben.

»Sie war kein Flittchen«, brachte Lena mit ihrer letzten Luft hervor. Die Schwärze schlug über ihren Augen zusammen, und sie glaubte, ohnmächtig zu werden.

»Was?«

Der Griff löste sich, und Lena taumelte nach vorn. Sie massierte mit beiden Händen ihren Hals und wich nach hinten, um aus der Reichweite des Mannes zu kommen.

»Ihre Freundin Sarah.« Lena hustete und rang nach Luft. »Sie war kein Flittchen, hören Sie? Und sie hat Sie nicht geliebt, Sie hundsgemeiner Mistkerl! Sie hatte einfach nur Angst und hat geschauspielert.«

»Sie ist tot«, sagte Herr Baumgärtner tonlos.

»Weil Sie sie vergast haben!« Lenas Stimme wurde schrill, sie hustete erneut.

»Nein.« Er starrte ins Leere. »Ich habe sie gerettet. Aber sie bekam Tuberkulose.«

Lena öffnete den Mund und schloss ihn wieder. Sie wollte schreien. Die Welt war falsch und ungerecht. »Also war es richtig, was Sie getan haben?«

»Das reicht jetzt.« Er packte sie am Arm und schlug ihr ins Gesicht. »Du hattest deine Chance, kleine Schlampe.«

Lena folgte ihm gezwungenermaßen zum britischen Hauptquartier, das einmal das Rathaus der Stadt Niebüll gewesen war und es eines Tages vielleicht wieder sein würde. Sie wusste nicht, was sie sagen sollte. Was für eine Art war das, jemanden zu retten? Warum hatte er Margot diesen fürchterlichen Spitznamen gegeben? Warum fühlten sich seine Worte so falsch an?

Unterwegs begegneten sie anderen Menschen aus Niebüll. Eine alte Frau, der Lena einmal im Garten geholfen hatte und die ihr jetzt misstrauische Blicke zuwarf. Die blonde Gisela, die immer so schick angezogen war und Lena giftige Blicke zuwarf, wann immer sie sich begegneten. Gisela war Führerin im BDM gewesen, hatte Lena inzwischen erfahren, und war nach wie vor ein Mittelpunkt der einheimischen jungen Frauen ihres Alters.

Sie erreichten den Eingang. Lena grüßte die Wachen trotz des festen Griffes von Herrn Baumgärtner wie jeden Tag mit einem freundlichen »Good morning, Sirs« und signalisierte mit einer Kinnbewegung und einem hilflosen Blick, dass ihr gerade etwas unwohl zumute war.

Vielleicht, nur vielleicht, könnte sie sich doch noch einmal herausreden?

»Guten Morgen, Miss Buth«, antwortete der Soldat. »Wen haben Sie heute mitgebracht?«

Da Herr Baumgärtner Lenas Arm nach wie vor mit festem Griff unter Kontrolle hielt, war fraglich, wer wen mitgebracht hatte.

»Das ist eine komplizierte Geschichte«, sagte Lena so ruhig und freundlich, wie sie konnte. »Ich bin mir nicht sicher, aber ich glaube, er hat den Verstand verloren. So etwas kommt vor. Der Krieg, Sie verstehen?«

Der Soldat nickte und musterte besorgt den Griff, mit dem Joachim Lenas Arm umklammerte. Sie schöpfte Hoffnung.

»Die Miss lügt«, sagte Joachim mit klarem, gut verständlichem Englisch. »Sie ist eine Diebin. Sie hat gestohlen. Von britische Armee. Ich möchte erstatten Anzeige.«

Lena starrte ihn an. »Seit wann sprechen Sie Englisch?«

»Bin in meiner Jugend zur See gefahren.« Er wandte sich wieder an die Soldaten. »Bei wem kann ich Anzeige erstatten?«

Der Wachmann sah immer noch Lena an. »Stimmt das, Miss?«

Jetzt galt es. Sie musste die Ruhe bewahren und hoffen, dass Herr Baumgärtner sich mit seinem Geifer und Hass selbst unglaubwürdig machte. »Natürlich nicht, Sirs. Der Mann ist betrunken. Ich weiß nicht, was er von mir möchte.«

»Sie ist eine Diebin, und ich möchte Anzeige erstatten«, sagte Herr Baumgärtner mit trügerischer Ruhe. Trotz des Schnapsgeruchs, den er ausdünstete, wirkte er nicht betrunken.

Die Wachsoldaten sahen einander an. »Es tut mir leid, Miss Buth, aber ich werde es meinem Vorgesetzten weitergeben. Er wird entscheiden, was zu tun ist.«

»Natürlich.« Lena lächelte nervös. »Sie tun nur Ihre Pflicht, Private Dawson. Bitte melden Sie alles. Es wird sich klären lassen.«

Innerlich war sie keinesfalls so überzeugt davon. War es ein Segen oder ein Fluch, dass ihr persönlicher Vorgesetzter ausgerechnet heute mit James unterwegs war? Sie würde sich einem fremden Mann gegenüber verantworten müssen, den sie nicht einschätzen konnte. Würde man Joachim glauben oder ihr?

Noch etwas anderes nagte an ihr.

In den Tiefen ihrer Umhängetasche, nur notdürftig am Samstagabend ins Futter eingenäht, damit niemand ihn fand, befand sich der verräterische Dienstausweis.

EIN SCHLAG INS GESICHT

»Sie ist im Gefängnis«, sagte Gisela sichtlich erschüttert, sobald sie die Apotheke betreten hatte.

»Was soll das heißen?« Rainer brauchte einen Moment, um sich zu sortieren. Er legte das Werkzeug zum Pillendrehen auf den Tresen und krauste die Stirn.

»Das Flüchtlingsmädchen, das du so hübsch findest. Fräulein Buth, mit diesen langweiligen braunen Zöpfen. Die Engländer haben sie eingesperrt.«

Er hatte das Gefühl, keine Luft mehr zu bekommen. »Wie meinst du das?«

»Deine Lena. Sie wird gerade bei den Briten eingeliefert, und die werden sie ins Kittchen sperren. Wie es aussieht, hat sie noch viel mehr gestohlen. Sie hat dich die ganze Zeit getäuscht, Rainer.«

Ihr Wortschwall prasselte auf ihn ein wie Erdbrocken nach einem Granateinschlag. »Fräulein Buth ist im Gefängnis?«, wiederholte er die Information, die ihm am wichtigsten erschien.

»Das ist sie.« Gisela holte tief Luft. Ihre eleganten Locken wellten um ihre Schultern. Sie sah aus wie eine Dame aus der Großstadt.

»Was ist passiert?«

»Wie es aussieht, hat sie gestohlen.« Das Lächeln in Giselas Gesicht war eindeutig triumphierend. »Ich habe gesagt, dass es ein übles Ende nehmen wird mit den Flüchtlingen. Die sind einfach nicht so wie wir.«

Rainer schlug mit der Faust auf die Theke. »Gisela, du wirst mir jetzt sagen, was passiert ist. Sonst werde ich laut.«

Sie sah ihn erschrocken an. »Bitte rede nicht in diesem Ton mit mir, Rainer.«

Er schloss die Augen, atmete aus und zwang sich, innerlich bis zehn zu zählen. »Liebe Gisela, bitte sei so freundlich und verrate mir jetzt, was genau sich zugetragen hat. Wie kommt es, dass sie laut deiner Aussage verhaftet worden ist?«

»Ich habe gesehen, wie dein Schwager Joachim Baumgärtner sie zum Rathaus gebracht und den Briten übergeben hat. Weil die im Moment Bürgermeister und Polizei und überhaupt alles sind.«

»Und warum?«

Gisela rollte mit den Augen. »Sie hat gestohlen. Das habe ich doch gesagt.«

»Was hat sie gestohlen?«

Gisela zögerte kurz.

Rainer beschlich ein furchtbarer Verdacht. »Hast du etwa weitererzählt, was ich dir über das Penicillin verraten habe?«

Giselas Zögern dauerte etwas zu lange, bevor sie den Kopf schüttelte. »Unter anderem wohl den Mantel deines Schwagers. Joachim Baumgärtner. Er hat es mir erzählt.«

»Aha. Was soll sie denn damit? Es ist Sommer.«

»Aber bald wird es Herbst, du Dummkopf! Und dann wird es kalt.« Gisela lachte perlend auf. »Auch wenn wir dann noch nicht verheiratet sind und ich ganz allein in meinem kalten Bett schlafen muss … Vielleicht wollte sie ebenfalls nicht frieren, dein hübsches Fräulein Buth.«

»Gisela!«

»Frag doch deinen Schwager«, sagte Gisela sichtlich empört. »Er hat sie bei dem Diebstahl erwischt.«

»Joachim?« In Rainers Kopf setzten sich Puzzleteile zusammen, die noch zu diffus waren, um ein klares Bild zu ergeben. Blicke, Schweigen, Andeutungen ... Hatte Lena nicht neulich noch gefragt, wie er zu seinen Verwandten stand?

»Und für so eine wolltest du mich stehen lassen!« Gisela sah jetzt sehr empört aus. »Rainer, jetzt musst du einsehen, was für ein Fehler das war.«

Alles stürzte über ihm zusammen. Für einen Moment schien der Raum wieder zu kreisen und sich in die russische Schneeweite zu verwandeln. Bitte nicht, sagte Rainer sich. Er brauchte einen klaren Kopf. An die Sache mit dem Mantel glaubte er keine Sekunde lang. So triumphierend, wie Gisela ihn jetzt ansah, ging es um das Penicillin, von dem Rainer ihr selbst erzählt hatte. Wie hatte er so dumm sein können! Wenn Joachim Lena deswegen bei den Briten anzeigte, wäre sie in großen Schwierigkeiten.

Rainer wusste nicht, ob die in ihm hochbrodelnde Wut Gisela oder sich selbst galt. So oder so, die Frage war zweitrangig. Jetzt ging es um etwas anderes.

Es gab nur eine Lösung, um Lena da rauszuholen: Er musste sich selbst stellen.

»Verstehst du jetzt, mit was für einer du dich da eingelassen hast?«, fragte Gisela ungeduldig.

»Darüber können wir später reden. Jetzt muss ich zum Rathaus.«

Sie knallte ihre Handtasche auf den Tresen. »Das kann unmöglich dein Ernst sein. Ich verbiete es dir!«

Er unterdrückte die Wut und zwang sich, sachlich zu bleiben. »Gisela, sie ist in Schwierigkeiten. Ich muss ihr helfen.«

»Ich bin deine Verlobte.«

»Warum genau bedeutet das, dass ich einer Freundin nicht mehr helfen darf?«

Gisela verzerrte ihr Gesicht. Sie schien eine völlig andere Frau zu werden. Wut funkelte in ihren stahlblauen Augen. »Sie ist eine Diebin. Soll sie doch im Kittchen verrotten.«

Rainer schüttelte den Kopf. Bis heute hatte er gedacht, Gisela zu kennen. »Wenn sie eine Diebin ist, bist du oberflächlich und herzlos. Frag dich selbst, was besser ist.«

»Dein hübsches Fräulein Buth ist eine Fremde. Sie hat sich bei uns in den Ort geschlichen, um Chaos zu verbreiten und alles zu zerstören!« Jetzt schimmerten Tränen in Giselas Augenwinkeln. Sie sah sehr hilflos und schützenswert aus, doch dahinter sah man noch die Reste des Hasses, den sie eben gezeigt hatte.

»Hör auf, mich zu manipulieren!« Allmählich wurde er wütend. »Die Tränennummer funktioniert bei mir nicht, verstanden? Ich habe drei Schwestern. Ich weiß, dass Frauen auf Kommando weinen können, wenn sie ihr Ziel erreichen wollen.«

Die Hilflosigkeit in Giselas hübschem Gesicht blieb, aber sie schien auf subtile Weise zu verrutschen. Rainer merkte, dass er Gisela zusah, als würde er einer Theatervorführung beiwohnen. Die Schönheit in ihrem Gesicht berührte ihn nicht länger. Dahinter lag eine Kälte, die er schon lange wahrgenommen hatte, sich aber nicht eingestehen wollte. Er hatte gewollt, dass Gisela die Frau war, die er immer in ihr gesehen hatte. Er hatte es so sehr gewollt, dass er aus den Gesprächen mit ihr zurück in die russische Steppe geflüchtet war, wo er von ihrem idealisierten Abbild geträumt hatte. Wie viel von dem, was sie von sich zeigte, war ehrlich, und wie viel war eine Maske?

»So ist es nicht, Rainer, das musst du mir glauben!«

Ihr weinerlicher Tonfall stieß ihn mit einem Mal ab.

Lena würde nie solche Scharaden spielen, begriff er. Sie war durch und durch ehrlich, sogar dann, wenn sie zu lügen versuchte. Außerdem würde sie sich nie darüber freuen, dass ein anderer Mensch ins Gefängnis musste, selbst wenn dieser Mensch ... eine Rivalin war?

Natürlich. So musste es sein. Gisela hatte gesehen und erkannt, wovor er sich schon lange drückte. Er hatte sich in Fräulein Buth verliebt. In Lena mit den großen, klaren und ehrlichen dunklen Augen. In das fremde Fräulein, das sich beim Brotaustragen nicht vor großen Hunden fürchtete, das mit ihrem freundlichen Herzen kleinen Mädchen eine Tracht Prügel ersparte und das vor Rainers Krücken nicht zurückschreckte, sondern freundlich fragte, wer sie für ihn gedrechselt hatte.

Was war die Wut über ihren Alleingang im Rathaus anderes gewesen als die Enttäuschung darüber, dass er sie jetzt nicht mehr mit einer Heldentat beeindrucken konnte? Sie war so stark, diese Lena. Sie schaffte alles, was sie sich vornahm, ganz egal, ob es eine Aufgabe für ein Mädchen war oder nicht. Inzwischen konnte sie sogar Auto fahren, was Rainer selbst nie gelernt hatte. Was für eine Chance hatte ein Mann wie er bei einem so großartigen Fräulein?

»Du liebst sie«, sagte Gisela erstaunt. Ihre Stimme war leise. »Du meine Güte, du hast dich wirklich in sie verliebt.«

»Ich glaube schon.« Rainer schluckte. »Gisela, bis eben wusste ich es selbst nicht.«

»Aber ich.«

Er schwieg.

»Jeder konnte es sehen. Die Art, wie sie dich angeschmacht

hat. Wie du sie angesehen hast, und dieses scheinheilige und süßliche Lächeln bei ihr, total aufgesetzt … Du konntest einfach nicht wegsehen.«

Also hatte er es sich nicht eingebildet. Fräulein Buth, nein, Lena, empfand etwas für ihn. Plötzlich wurde sein Herz hell und leicht.

»Hattest du es deswegen so eilig mit der Hochzeit?«, fragte er leise.

Sie senkte den Blick und nickte.

»Es tut mir leid.« Rainer konnte nicht sagen, wie sehr. Er hoffte, dass Gisela es in seinem Blick sehen konnte.

»Das ändert auch nichts daran.« Sie zog die Nase hoch.

»Gisela … Es ist am besten, wenn wir nicht lange um den heißen Brei herumreden.«

Sie lächelte, aber es strahlte nicht das gleiche Selbstbewusstsein wie sonst aus. »Was willst du damit sagen?«

»Ich löse unsere Verlobung auf.«

Sie starrte ihn sichtlich fassungslos an. »Das ist nicht dein Ernst.« Ihre Worte klangen tonlos.

»Ich fürchte, das ist es.« Es tat weh, es auszusprechen, doch darin lag auch etwas Befreiendes. Tief innen wusste er es schon lange, begriff er. Gisela war nicht die Frau, an deren Seite er glücklich werden konnte. Vielleicht hätte er ohne den Krieg länger gebraucht, um es zu begreifen, doch so war es. Ganz egal, wie hübsch sie war, wie sehr seine Kameraden ihn um ihre Verlobung beneidet hatten … Ihr fehlte etwas, was Frauen wie Lena oder auch seine Mutter besaßen.

Herzenswärme.

»Meine Familie lebt länger hier als deine. Verglichen mit uns seid ihr Webers nur Zugezogene.«

»Und was soll das heißen?«

»Kein Wunder, dass du dich lieber mit so einem schmutzigen und verlausten Flüchtling abgibst.«

»Lass uns nicht im Bösen auseinandergehen, Gisela, bitte. Du bist immer noch ein wertvoller Mensch für mich.«

»Sie ist eine Diebin.« In Giselas strahlend blauen Augen funkelte etwas, was an Hass erinnerte. »Du weißt nicht mal, ob sie eine richtige Deutsche ist oder ob sie slawisches Blut hat. Bei der Form ihrer Wangenknochen würde mich das nicht wundern!«

Rainer schüttelte mitleidig den Kopf. »Du musst noch viel lernen, Gisela. Ich wünsche dir, dass es dir eines Tages gelingt.«

Sie öffnete den Mund und schloss ihn wieder. Dann drehte sie sich um und verließ die Apotheke.

Rainer griff nach seinen Gehhilfen und zog den Schlüssel aus der Schublade. Er verzichtete auf das »Bin gleich wieder da«-Schild im Hinterzimmer und humpelte mit seinen Krücken so schnell wie möglich zur Tür. Abschließen. Wer jetzt Medizin brauchte, konnte warten. Er musste Lena helfen.

Als Rainer das Rathaus erreichte, stand Joachim vor den Stufen. Er sah nach oben, wo zwei Soldaten Lena soeben zur Tür eskortierten.

»Halt, Stopp«, rief Rainer und beeilte sich, die Stufen zu erreichen. »Was ist hier los?«

Die Soldaten hielten inne. Lena sah sich um. »Rainer! Was machst du denn hier?« Sie schüttelte heftig den Kopf und signalisierte ihm mit dem Kinn, wegzubleiben.

»Was ist hier los?«, fragte er noch einmal. »Lena, übersetz meine Frage. Und dann erklär mir, was sie sagen.«

Irgendetwas musste in seiner Stimme gelegen haben, das sie überzeugte, denn sie diskutierte nicht, sondern gehorchte.

»Sie sagen, dass ich eingesperrt werde, bis jemand Zeit hat, mich und deinen Schwager zu verhören«, übersetzte sie mit ruhiger Stimme. Rainer hörte die Angst darin.

»Warum wirst du eingesperrt?«

»Weil ich Penicillin gestohlen habe.« Ihre Stimme klang tonlos.

Rainer drehte sich zu seinem Schwager. »Du bist ein Schwein, Joachim«, sagte er ruhig.

Joachim wollte sich aufplustern, sank dann aber unter Rainers Blick zurück auf seine normale Größe. »Wenn sie es nun einmal getan hat?«

»Es war für deinen Sohn.«

Joachim wurde bleich.

»Hast du ernstlich nicht genug Grips, um so weit denken zu können?« Rainer wusste nicht, ob er Wut oder Verachtung fühlte.

»Das ändert nichts daran.« Joachim gewann die Fassung zurück. »Sie ist eine Diebin. Sie gehört vor Gericht.«

»Würdest du das auch sagen, wenn sie eine von uns wäre?«

Joachim musterte Rainer mit einer Kälte, die er noch nie zuvor in dessen Gesicht gesehen hatte. »Deine Schönheit mit dem schmutzigen Kopftuch ist ein Taugenichts und eine Diebin.«

Rainer sah die Kälte in seinen Augen. Wut flammte in ihm auf. »Und du bist ein erbärmlicher Trinker.« Er machte einen Schritt nach vorn, ließ die Gehhilfe fallen und versetzte Joachim einen Faustschlag auf die Nase.

Der Hieb hatte getroffen. Joachim taumelte nach hinten, griff sich ins Gesicht und blickte dann fassungslos auf das Blut an seiner Hand.

»Willst du dich für sie prügeln, ja?« Er hob die Fäuste, doch dann lachte er höhnisch und spuckte auf den Boden. »Schöner Versuch, aber das wird nichts. Ich schlag mich nicht mit einem Krüppel.«

»Dann verschwinde von hier.« Rainer zischte die Worte mehr, als sie auszusprechen. »Verschwinde von hier, bevor ich vergesse, dass wir verwandt sind.«

Für einen Moment dachte Rainer, Joachim würde auf ihn losstürmen, so viel Hass und Mordlust lagen in seinem Blick. Doch dann sah der andere nach oben zu den bewaffneten Soldaten und senkte kriecherisch den Kopf. Er hob beide Handflächen und machte einen Schritt nach hinten. »Ich will keinen Ärger. Das kann jeder bezeugen. Hier im Ort bin ich ein angesehener Mann, der von allen respektiert wird.« Die letzten Worte galten mindestens so sehr den Briten wie Rainer.

Rainer schwieg. Er bückte sich nach der Gehhilfe, die er beim Schlag hatte fallen lassen. Als er hochsah, entfernte sich Joachim bereits.

Lena stand immer noch zwischen den beiden Soldaten.

Rainer ging die Treppe hoch. Er verfluchte die Gehhilfen, doch im Grunde spielte es keine Rolle, dass er mit ihnen weniger stark aussah als ein unverwundeter Mann. Im Vergleich zu den gestriegelten Militärs der Siegermacht konnte er als deutscher Zivilist nur verlieren.

»Lena. Ich möchte, dass du den Soldaten folgende Worte übersetzt.«

Sie öffnete den Mund und schloss ihn wieder. Warum sah sie so erschrocken aus? Hatte sie Angst vor ihm? Das konnte er sich nicht vorstellen. Er wollte einfach nur, dass sie für ihn übersetzte. Jetzt sofort.

»Was soll ich übersetzen?«, fragte sie leise.

»Sag ihnen, dass ich der Schuldige an dem Diebstahl bin. Nicht du.«

»Das kann ich nicht!« Ihre dunklen, wunderschönen Augen flehten ihn an, so etwas nicht von ihm zu verlangen.

»Du wirst gehorchen«, sagte er unnachgiebig. Er kannte sich selbst nicht mehr.

Lena nickte und wandte sich an die Soldaten. Ein schneller Wortwechsel folgte.

»Sie wollen wissen, warum der Mann – also Joachim – mich als Diebin angeklagt hat. Und warum du dich jetzt freiwillig stellst.«

Seine Gedanken rasten. Was sollte er antworten?

»Du wirst ihnen genau das übersetzen, was ich sage. Keine Fragen. Verstanden?«

Sie nickte und sagte leise etwas auf Englisch, was vermutlich die Übersetzung seiner Worte darstellte. Er wünschte, er hätte statt Französisch, Latein und Griechisch das Gleiche gelernt wie sie.

»Sag ihnen, dass Joachim dich bedrängt hat. In einer Weise, die unangemessen war.«

Lenas Gesicht verzerrte sich, doch sie gehorchte.

»Weil du ihn nicht erhört hast, hat er dich erpresst, und als du immer noch nicht nachgegeben hast, hat er dich hergeschleppt.«

Sie übersetzte weiter.

»In Wahrheit bist nicht du die Diebin, sondern ich habe den Diebstahl begangen. Deswegen sollen sich mich einsperren und nicht dich.«

Lena sah ihn angstvoll an, doch ihr Mund bewegte sich und sie sprach weiter.

Einer der Soldaten stellte ihr eine Frage.

»Sag bloß nichts Falsches«, sagte Rainer.

Sie nickte zögernd auf die Frage des Soldaten. Die beiden ließen Lena los und traten auf Rainer zu.

»Was hast du dir bloß dabei gedacht?«, zischte sie Rainer zu.

Er zuckte mit den Schultern und versuchte, männlich und heroisch auszusehen. In Wahrheit fühlte er sich entsetzlich. Er hatte überhaupt nicht nachgedacht, und jetzt saß er in dem Schlamassel fest, den er sich selbst eingebrockt hatte.

»Sag meiner Mutter, wo ich bin«, sagte er ruhig. »Sie soll sich keine Sorgen machen, ich komm schon wieder frei.«

Die Soldaten umfassten seine Arme und sagten etwas zu ihm.

Er nickte. »Ich verstehe kein Wort, aber ich komme mit.«

»Rainer …« Lena sah ihn an und schüttelte den Kopf. In ihren Augen lag etwas Dunkles, Tiefes und Hungriges, was ihn an den Morgen vor der Apotheke erinnerte. Es ließ sie wilder und unschuldiger aussehen, wie ein Raubtier kurz vor dem Sprung.

»Lena.«

Sie tauschten einen Blick, der es schaffte, bis in sein Herz zu dringen.

»Du bist ein großer Dummkopf«, sagte sie, aber er konnte ihr Gesicht dabei nicht mehr sehen, denn die Soldaten führten ihn ab. Die Rathaustür schloss sich hinter ihm. Alles fühlte sich eng und beklemmend an.

Da war er nun. Gefangen bei der Siegermacht, unfähig, sich zu verständigen, und obendrein hatte er den Schlüssel zur Apotheke.

FREIHEIT

Rainers Blick brannte in Lenas Herz. Er hatte kein Recht, ihr Befehle zu erteilen. Wenn er das noch einmal täte, würde sie ihm was husten. Sie würde ihn auslachen und ihm erklären, dass er sich so etwas nicht erlauben durfte.

Ihr Herz sagte etwas anderes. Es schlug schnell und heftig. Vor Angst, wollte sich Lena einreden, doch es war etwas anderes. Noch nie zuvor hatte ein Mann sie so angeschaut wie Rainer in diesem Augenblick. Es war durch und durch gegangen. Sie hatte keine andere Wahl gehabt, als zu tun, was er von ihr verlangte.

Wie dumm das alles war!

»Sag meiner Mutter, wo ich bin.« Das waren mehr oder weniger die letzten Worte, die er ihr gesagt hatte. Dabei hatte er nicht mehr die Befehlsstimme benutzt, sondern normal gesprochen. Trotzdem würde sie es tun. In ihr Büro traute sie sich heute ohnehin nicht mehr. Frau Weber war lieb und vernünftig. Sie würde wissen, was zu tun war.

Lena rannte los. In ihrem Körper brannte die Angst und brauchte ein Ventil. Erhitzt und außer Atem erreichte sie das Haus der Webers. Sie öffnete die Gartenpforte und ging zur Hintertür. Hoffentlich war jetzt niemand anders zu Besuch und verlangte Frau Webers Aufmerksamkeit!

»Herein«, bat Frau Weber, als Lena klopfte. »Nanu, Lena?

Was tust du an einem Wochentag hier? Müsstest du nicht bei den Briten sein und arbeiten?«

»Es ist wegen Rainer«, brachte sie außer Atem hervor. »Sie haben ihn eingesperrt. Wegen des gestohlenen Penicillins.«

»Setz dich erst mal, liebes Kind. Der Tee ist gleich fertig. Und dann erzählst du es mir in Ruhe.«

»Aber sie haben ihn eingesperrt!«, brachte Lena hervor und atmete heftig. »Wir müssen etwas unternehmen!«

»Je dringender etwas ist, desto wichtiger wird Bedächtigkeit.« In Frau Webers Stimme lag etwas von der Überzeugungskraft, die Rainer soeben vor der Rathaustür gezeigt hatte.

»Sie haben recht.« Lena nahm sich einen Stuhl und setzte sich.

Frau Weber schenkte ein und setzte sich ebenfalls.

Lena rührte ungeduldig in ihrer Tasse herum.

Frau Weber nahm den ersten Schluck und lächelte dann. Es war nicht ganz so warm, wie Lena es sonst von ihr kannte.

»Jetzt erzähl mal. Was ist geschehen?«

Lena wusste nicht, wie es kam. Vielleicht lag es am Zauber der tickenden Küchenuhr, vielleicht am behaglichen Duft der aufgehängten Küchenkräuter, vielleicht war es auch das Blitzen der sauberen Gläser im Schrank oder die in die Butzenglasscheiben eingeschlossenen Luftbläschen. Es konnte auch an Frau Webers liebevoller und aufmerksamer Art des Zuhörens liegen, die ihr keine Antworten vorgab und ihr nicht das Gefühl gab, unter Zeitdruck auf den Punkt kommen zu müssen. Auf jeden Fall erzählte sie ihr Stück für Stück die ganze komplizierte Geschichte.

Frau Weber schien nichts zu überraschen. Weder der für Margot auf der Flucht gestohlene Mantel, den sie mit einer

Handbewegung abtat, noch Lenas Einbruch ins Rathaus oder ihr Versuch, Joachim zu erpressen.

»Wie genau hat er sich deiner Schwester gegenüber verhalten?«, fragte sie aufmerksam.

Lena beschrieb es ihr. »Im Grunde hat er nichts falsch gemacht, das weiß ich selbst«, sagte sie kläglich. Sie hatte Angst, dass die andere Frau ihn in Schutz nehmen würde.

Frau Weber wiegte den Kopf. »Bei mir ist noch ein Zimmer unter dem Dach frei. Es ist winzig, und ich habe von der Verwaltung ebenfalls Flüchtlinge für die alten Zimmer der Mädchen zugeteilt bekommen, aber … Was hältst du davon, wenn wir Margot unter dem Dach unterbringen? Ich brauche ohnehin ein junges Mädchen, das mir etwas im Haus hilft, ich werde nicht jünger.«

»Margot soll aber im Herbst wieder in die Schule gehen«, sagte Lena leise. Sie kam sich schrecklich undankbar vor, diesen Punkt auch noch anzusprechen. Wenn sie gekonnt hätte, hätte sie die Worte zurückgenommen.

»Ein junges Mädchen, das mir nach den Hausaufgaben ein bisschen beim Abwaschen hilft«, korrigierte Frau Weber mit einem leicht selbstironischen Lächeln, in dem Lena ebenfalls etwas von Rainer entdeckte. »Und das mir nachmittags die Zeit vertreibt, indem es mir erzählt, was es in der Schule Aufregendes gelernt hat.«

Lena verstand. Eine unglaublich schwere Last fiel von ihren Schultern. »Sie sind ein guter Mensch, Frau Weber«, sagte sie leise. »Gott segne Sie.«

Frau Weber tat die erste Bemerkung mit einer Handbewegung ab. »Danke für den Segen. So etwas können wir alle von Zeit zu Zeit gebrauchen. Von einer Pastorentochter ist er bestimmt besonders wirkungsvoll.«

»Und was tun wir jetzt wegen Rainer ... Also, wegen Ihrem Sohn?«

Frau Weber überlegte. »Er braucht unsere Hilfe, das ist klar, aber im Moment erscheint mir Margots Situation dringender.«

»Aber ...«

»Ich war auch mal ein Mädchen und in Stellung. Wenn Dinge schiefgehen, ist man entsetzlich ausgeliefert, und niemand glaubt einem, wenn etwas falsch läuft. Mein Bauchgefühl sagt mir, dass wir uns zuerst um sie kümmern müssen.«

Lenas Augen brannten plötzlich. »Danke.«

Wieder tat Frau Weber es mit einer Handbewegung ab. »Wir gehen sofort zu Baumgärtners. Ich rede mit meiner Tochter. Am besten, wir sagen ihr, dass ich Hilfe brauche und Margot bei mir haben möchte. Auf diese Weise ist es keine Anklage gegen ihren Mann.«

Das klang sehr vernünftig. So weit hatte Lena noch gar nicht gedacht. »Muss ich ihm den Dienstausweis zurückgeben?«

Frau Weber sah sie aufmerksam an. »Möchtest du ihn anzeigen?«

In Lena brandete Zweifel auf. Herr Baumgärtner hatte es verdient, keine Frage. Er hatte Margot gequält und ihr das Leben zur Hölle gemacht. Heute früh erst hatte er Lena beinah erwürgt. Dafür musste er bestraft werden.

Doch wenn sie seinen Ausweis den Briten übergab ... Was würde dann aus Margot und ihr werden? Lena wusste, wie eng verwurzelt Dorfgemeinschaften oft waren. Manchmal gab es noch zwei Generationen später Feindschaften zwischen zwei Familien, weil Streiche zwischen kleinen Jungen irgendwann aus dem Ruder gelaufen waren und ein Strohhaufen gebrannt hatte oder etwas Ähnliches.

Wenn sie Herrn Baumgärtner den Briten auslieferte, würde sie sich selbst damit jede Chance verbauen, in ihrer neuen Heimat Wurzeln zu schlagen und irgendwann akzeptiert zu werden.

»Manchmal tut man etwas Richtiges, aber aus den falschen Gründen«, sagte Frau Weber leise.

»Ich weiß nicht, ob ich ihn anzeigen möchte«, sagte Lena ehrlich. »Aber ich muss, oder?«

Die Ältere schwieg.

Lena seufzte. Die Frage würden sie hier und jetzt nicht klären können. »Und was machen wir wegen Rainer?«

Frau Weber überlegte einen Moment. »Traust du dir zu, ein wenig zu flunkern?«, fragte sie schließlich.

Lena wurde unbehaglich zumute, aber sie nickte. Wenn Frau Weber so viel für Margot tat, konnte sie eine solche Bitte kaum abschlagen.

»Wir halten uns an die Geschichte, die Rainer erzählt hat. Dass die Beschuldigung gegen dich in Wahrheit nur eine Lüge ist, weil ein Mann dir zu nahe gekommen ist und du dich gewehrt hast.«

»Das ist sehr hässlich«, sagte Lena leise. »Was ist, wenn sie dann Herrn Baumgärtner anklagen werden?«

»Das tun sie nicht«, sagte Frau Weber entschlossen. »Sie wollen Recht und Ordnung, aber sie haben keine Lust, in Kleinstadtstreitereien hineingezogen zu werden.«

Lena wollte ihr glauben und nickte.

Frau Weber musterte sie prüfend. »Wie sicher bist du, dass man den Diebstahl noch nicht entdeckt hat?«

Lena zuckte mit den Schultern. »Es ist nicht besonders ordentlich in dem Lager, und ich habe ein Fläschchen aus einem der unteren Kartons genommen. Soweit ich weiß, gibt es noch keine Inventarlisten, aber ich kann mich irren. In den Büros werden die seltsamsten Dinge in Listen zusammengefasst.«

»Der Soldat, der dir gezeigt hat, wo die Medikamente stehen ... Er wird es für sich behalten, oder? Ich nehme an, offiziell durfte er dich nicht dahin mitnehmen.«

Lena grinste. »Das nehme ich auch an.«

»Dann müssen wir bluffen. Du wirst behaupten, dass es nie einen Diebstahl gegeben hat, zumindest keinen, von dem du wüsstest. Der Mann, der dich angeklagt hat, hat sich das nur ausgedacht. Du hast nicht widersprochen, weil er gedroht hat, ansonsten deiner Schwester etwas zu tun.«

»So eine Geschichte soll ich erzählen?« Lena wurde angst und bange. Damit könnte sie umgekehrt Herrn Baumgärtner in Schwierigkeiten bringen.

»Es ist nah genug an der Wahrheit.« Frau Weber blickte sehr missbilligend. »Ich habe Hildegard damals abgeraten, ihn zu heiraten, aber wer hört schon auf seine alte Mutter?«

Lena schwieg erstaunt. Wenn sie ihre Mutter je wiederfand, würde sie deren Ratschläge ernster nehmen, nahm sie sich vor.

Bei diesem Gedanken fuhr ihr ein Stich durch das Herz.

»Wenn wir es so machen ... dann erzähle ich den Briten, dass Rainer ... also, dass Ihr Sohn dazwischengegangen ist, weil ...« Lena stockte. Sie war plötzlich sehr verlegen.

»Weil er dich mag, genau.« Frau Weber musterte sie prüfend. »Ich würde sagen, das kommt der Realität ziemlich nahe.«

Lena senkte den Blick. Plötzlich fehlten ihr die Worte. »Ich bin doch nur ein Flüchtling.«

»Ts, ts. Er mag dich. Glaub mir.«

»Und das soll ich dort erzählen?«

»Es kommt der Wahrheit nahe genug. Sie werden dir glauben, wenn sie sehen, wie er dich anschaut.«

Lena presste die Lippen aufeinander und senkte den Blick.

Sie machten sich auf den Weg zum Haus der Familie Baumgärtner. Frau Weber klingelte vorn am Hauseingang.

»Mutter!« Frau Baumgärtner schaute Frau Weber erstaunt an, als sie die Tür öffnete. »Was machst du denn hier?«

»Ich habe ein offizielles Anliegen an dich.« Frau Weber lächelte warm und liebevoll.

»Worum geht es denn?« Frau Baumgärtner warf Lena einen misstrauischen Blick zu. »Kommt erst mal rein.«

»Danke. Also, worum es geht: Ich bin nicht mehr die Jüngste.« Mit knappen Worten setzte Frau Weber ihre Tochter darüber in Kenntnis, dass sie in ihrem Haushalt regelmäßige Hilfe von Margot benötige und das Mädchen deswegen zu sich nehmen wolle. Ja, gleich jetzt. Ja, sie solle ihre Sachen direkt packen und mitkommen.

Margot kam aus der Küche und warf Lena einen erstaunten Blick zu. Als sie hörte, worum es ging, leuchteten ihre Augen auf. Lena zwinkerte ihr zu, behielt ansonsten aber einen ausdruckslosen Gesichtsausdruck.

»Könnt ihr das so einrichten, Hildegard?«, fragte Frau Weber abschließend mit liebevoller Stimme.

»Natürlich, wenn du unbedingt willst … Wir müssen das natürlich mit den Behörden klären, wegen der Lebensmittelzuteilung.«

»Ich meine es ernst.« Frau Weber lächelte freundlich, aber entschieden.

Frau Baumgärtner schüttelte unwillig den Kopf, ging dann aber nach oben, um mit Margot alles vorzubereiten.

»So, und jetzt spreche ich mit Joachim«, sagte Frau Weber zu Lena. »Ich kann mir das, was du erzählt hast, immer noch kaum vorstellen.«

Lena nickte, auch wenn ihr beklommen zumute war.

An Frau Webers Seite durchsuchte sie Wohnzimmer, Küche und warf einen Blick in den Keller. Schließlich entdeckten sie den Mann im Garten, wo er sich am Rand des Holzstapels zusammengekauert hatte. Ein erbärmlicher Anblick, dachte Lena erstaunt. Ganz anders als der große, böse Mann, vor dem Margot und sie sich so gefürchtet hatten. Wie passte das zusammen?

»Schau nur«, sagte Frau Weber leise. Sie klang, als ob sich eine Vermutung bestätigt hätte. »Was siehst du?«

»Ich sehe einen bösen Menschen«, wollte Lena antworten, doch sie zögerte.

Sie musste an den Tag denken, an dem ihr Vater sie aufgefordert hatte, auf das Kreuz in seinem Arbeitszimmer zu blicken. Dort hing der Mann mit der Dornenkrone, der seinen Schmerz nicht mehr ertragen konnte und alle Hoffnung verloren hatte. »Es gibt kein Richtig oder Falsch«, hatte ihr Vater gesagt. Sie sollte selbst entscheiden, was sie sah und bei diesem Anblick fühlte.

Joachim Baumgärtner hatte schreckliche Verbrechen begangen. Wenn Lieutenant Harris recht hatte, dann hatte dieser Mann unzählige Menschen umgebracht. Spielte es eine Rolle, dass all diese Dinge *im Krieg* geschehen waren, als die Grenzen zwischen Richtig und Falsch anders verliefen als im Frieden? Er hatte sie wie Vieh zum Schlachthof getrieben. Sie hatten den gleichen Glauben wie Jesus Christus gehabt. Es waren Menschen gewesen, und die Gaskammern hatten …

393

Der Boden schien zu schwanken wie auf dem Schiff nach Föhr, als Lena begriffen hatte, was das Wort Treblinka auf dem Dienstausweis bedeutete.

Frau Webers Hand auf ihrer Schulter schien Wärme und Frieden auszustrahlen. »Schau genau hin!«

»Ein Junge«, sagte Lena höchst erstaunt. »Er sitzt da … wie ein Junge, der sich ein Versteck gebaut hat!«

Wie der Junge aus der Geschichte von Bruder Bonhoeffer, der auf seine Hinrichtung wartete.

»Wie kann das sein?« In Frau Webers Stimme lag ein trauriges Lächeln. »Du hast mir doch vorhin erzählt, wie böse er ist.«

Lena schluckte hart. »Das ist er auch. Ich hab mir das nicht ausgedacht, Frau Weber. Er hat das alles wirklich getan.«

»Ach, Mädchen.« Frau Weber seufzte tief. »Das ist alles nicht so leicht.«

»Mein Bruder hat früher gesagt, das sagen Leute, wenn sie es sich bequem machen wollen.«

Frau Webers Gesichtszüge entgleisen, doch dann lächelte sie. »Er hat recht.«

Lena schwieg. Sie mochte den Duft von Frau Weber. Sie roch nach alter Frau und nach getrockneten Blüten, nach Lavendel aus dem Wäscheschrank und nach Vertrauen. Jemand, der so gut duftete, musste vertrauenswürdig sein, weil man sich in seiner Gegenwart automatisch entspannte.

Es lag nicht nur daran, dass Lena die neuen Freundschaften in ihrer neuen Heimat nicht verlieren wollte, begriff sie. Der wahre Grund dafür, dass sie Herrn Baumgärtner nicht bei den Briten anzeigen wollte, ging tiefer. Vielleicht lag es daran, dass sie damals in dieser Scheune mit ihm getrunken hatte. Auch Lena war nicht mehr das unschuldige Mädchen, dessen schlimmstes Vergehen es war, über die frechen Streiche des großen Bruders zu lachen. Seit sie das Elternhaus in Pommern verlassen hatte, hatte sie entdeckt, wie einfach es war, die alten Regeln zu beugen und sich über sie hinwegzusetzen. Sie hatte die Macht kennengelernt, die darin lag, das Undenkbare zu tun und nicht länger danach zu fragen, ob es gut oder böse war.

Natürlich lagen Welten zwischen dem, was er getan hatte, und ihren Mädchensünden, und doch …

»Für mich ist er immer noch ein Junge«, sagte Frau Weber traurig. »Ich wollte nicht, dass er Hildegard heiratet, aber ich habe ihn trotzdem als kleinen Jungen aus meinem Garten gescheucht und gesehen, wie er aufgewachsen ist. Du hast mir erzählt, was er alles getan hat. Das mit diesen Lagern … Mein Verstand sträubt sich dagegen, obwohl sie es ständig im Radio erzählen, an die Litfaßsäulen kleben und uns Flugblätter in den Briefkasten werfen. Und unser Joachim …«

Die Lager. *Industrieller Massenmord.* So hatten es die Briten genannt.

Lena fürchtete sich vor etwas, für das sie keinen Namen hatte. Das hier war zu groß für sie. Herr, vergib uns unsere Schuld, hieß es im Vaterunser. Lenas Schuld würde ihr eines Tages vergeben werden, da war sie sich sicher. Nicht alles, was sie gemacht hatte, war richtig, aber Gott war groß und konnte sie früher oder später von ihren Sünden befreien.

Doch was war mit Herrn Baumgärtner? Wie sollte Gott etwas vergeben, was auf diese furchtbare Weise über alles hinausging, was Menschen sich vorstellen konnten?

Er kauerte sich nach wie vor neben dem Holzstapel auf den Boden, vom Haus abgewandt, sodass man ihn kaum sehen konnte. Bisher schien er nicht gemerkt zu haben, dass Lena und Frau Weber ihn vom Küchenausgang aus beobachteten.

»Schau ihn dir an«, sagte Frau Weber leise. »Er sieht aus wie der kleine Junge, den ich kannte. Hildegard hätte ihn nicht heiraten sollen, aber er ist der Vater meiner geliebten Enkel. Wie passt das alles zusammen?«

»Ich weiß es nicht.« Lena schluckte.

Sie wünschte, sie könnte ihren eigenen Vater um Rat fragen. Die Welt war entsetzlich kompliziert geworden. Im Haus des Pastors, der Lena Obdach gewährt hatte, hing an der Wand ein Kreuz, in das man ein Hakenkreuz geschnitzt hatte, doch die Menschen dort waren gut zu Lena. Auf wen konnte man sich noch verlassen?

»Gib mir einen Moment«, sagte Frau Weber entschlossen.

Lena nickte und blieb in der Küchentür stehen. Sie linste um die Ecke, um zu beobachten, was passierte.

Frau Weber ging zum Holzstapel. Als sie den Mann erreichte, sah er auf, ließ aber ohne jeden Einwand zu, dass sie sich zu ihm setzte.

Lena beobachtete sehr genau, was geschah. Frau Weber war normalerweise beinah einen Kopf kleiner als Herr Baumgärtner, aber es war, als würde sie zu seiner Mutter werden und er erneut zu einem Kind. Man konnte nicht genau verstehen, was sie zu ihm sagte, doch Lena sah, wie sich seine Körperhaltung veränderte. Er fing zu reden an, erst stockend, dann immer flüssiger. Lena fing einzelne Worte auf, bei denen er lauter wurde, und der Schmerz und die Angst in seiner Stimme erschreckten sie. Rampe. Regen. Asche, wie Krümelschnee.

Schließlich, Lena traute ihren Augen kaum, begann er zu weinen. Frau Weber streichelte ihm über den Rücken, als wäre er tatsächlich wieder ein kleines Kind.

»Pflicht haben sie es genannt«, schluchzte Herr Baumgärtner. »Wie soll ich je wieder schlafen?«

Lena versteckte sich in der Küchentür. Der Dienstausweis in ihrer Umhängetasche schien zu brennen. Wem würde es helfen, wenn sie selbstgerecht wie eine Pharisäerin ins Rathaus ging und dort den Beweis für Herrn Baumgärtners Taten auf den Tisch knallte? Brachte das auch nur einen der Toten zurück ins Leben?

Sie musste an die Geschichte denken, die Bruder Bonhoeffer ihrem Vater erzählt hatte. Geh und such Jesus Christus in jedem Menschen, hatte er beim Abschied zu Lena gesagt. Hatte er den Erlöser am Ende auch in den Menschen gesehen, die ihn als Vaterlandsverräter hingerichtet hatten?

Als kleines Mädchen hatte Lena nach einem Gewehr greifen wollen, um die bösen Soldaten zu erschießen, die den Jungen aus der Geschichte getötet hatten. Doch das war es nicht, worum es ging, hatte Herr Bonhoeffer ihr damals erklärt.

Oder ging es doch genau darum?

»Für mich ist er immer noch ein Junge«, hatte Frau Weber gesagt. Und es war ein Junge gewesen, von dem Herr Bonhoeffers Geschichte gehandelt hatte. Ein Junge, der in schrecklicher Not war, der litt und dem Tod ins Auge sehen musste. »Wo ist Gott jetzt?«, hatte der Soldat gehöhnt.

Die Frau in der Geschichte hatte auf den kleinen Jungen gezeigt, der sich vor Angst in die Hose gemacht hatte. »Er ist genau dort«, hatte sie mit ruhiger Stimme geantwortet.

War Frau Weber diese Frau?

Alles in Lena sträubte sich dagegen. Herr Baumgärtner war kein Junge mehr. Heute Morgen erst hatte er versucht, Lena zu erwürgen. Er hatte Margot wochenlang schikaniert, ein schwaches, hilfloses Mädchen von gerade einmal vierzehn

Jahren, die in ihrem kurzen Leben mehr als genug schlimme Dinge erlebt hatte. Und dieses andere … das, was er getan hatte …

Asche.

Wie Krümelschnee.

Lena schrie wortlos auf. Gott, wie kann einem Menschen so etwas vergeben werden? Muss man ihn nicht töten, ausmerzen, alle, die sind wie er, für immer vom Angesicht der Erde vertreiben?

Wie kann uns allen je vergeben werden, dass wir es zuließen?

Die Schultern des Mannes zuckten weiter. Er weinte, zu leise, um sein Schluchzen zu hören. Frau Baumgärtner saß neben ihm, wie eine Mutter, wie die heilige Mutter höchstpersönlich. Sie war für ihn da, dabei mochte sie ihn nicht mal besonders. Sonst hätte sie nicht gesagt, dass es ein Fehler gewesen war, dass ihre Tochter ihn geheiratet hatte.

Wie schaffte sie es, den Menschen im Monster zu sehen?

Etwas schoss wie ein grausamer Schmerz durch Lenas Herz. Es gab etwas, das sie tun musste. Sie wollte es nicht, aber in dieser Sekunde schien es keinen anderen Weg zu geben. Sie fühlte in ihrer Tasche, wo sich der Dienstausweis durch die unordentliche Naht aus dem Futter herausdrückte. Eine Schere. Sie brauchte eine Schere. Da hing die Küchenschere. Drei Schnitte, und der Ausweis war frei.

Und jetzt?

»Gott schütze mich«, betete sie.

Sie öffnete den Dienstausweis und sah ein letztes Mal hinein. Das Foto zeigte einen gut aussehenden jungen Mann, der die Haare unter der Kappe mit Pomade in Form gekämmt hatte. Joachim Baumgärtner. Totenkopf-SS. Treblinka.

In Lenas Herz war nichts als Stille und Leere. Sie musste weiterleben, in einer Welt, von der man nicht wissen konnte, ob Gott sie wegen der Gräueltaten darin inzwischen verlassen hatte.

Lena hob ihr Kinn und trat nach draußen.

Herr Baumgärtner hob den Kopf, als sie zu ihm und Frau Weber trat. In seinen Augen lag Erschrecken über Lenas unerwartetes Erscheinen und Scham darüber, dass sie ihn in einem solchen Moment sah. Doch dahinter lag etwas Dunkleres, was er sonst sorgsam hinter der ruppigen Fassade und dem allgegenwärtigen Alkoholdunst verbarg. Es war ein Grauen, das tiefer ging als alles, was sich Lena vorstellen konnte. Eine Leere, erfüllt von abgrundtiefer Kälte, die nie wieder von etwas Gutem gefüllt werden konnte.

Lena verstand plötzlich, warum Rainers Mutter Mitgefühl mit diesem Mann verspürte. Herr Baumgärtner hatte etwas verloren, was er für den Rest seines Lebens nicht zurückgewinnen würde.

»Was willst du?«, fragte er rau und versuchte, sich aufzusetzen. Seine Knie schienen jedoch zu weich, um aufzustehen und sich vor Lena aufbauen zu können.

Geh weg, sagte sein Blick. Geh weg und vergiss für immer, dass du mich so gesehen hast.

»Ihr Ausweis.« Lena räusperte sich. »Ich möchte ihn zurückgeben.« Sie hielt ihm das Dokument hin.

»Warum?« Er stierte sie an. Offenbar traute er ihren Worten nicht.

»Weil es Gott ist, der über Sie richten wird. Nicht ich.« Sie holte tief Luft. Plötzlich waren die Worte da, nach denen sie in der Küche vergeblich gesucht hatte. »Was Sie in Treblinka getan haben, ist so grauenvoll, dass es dafür niemals eine Wieder-

gutmachung geben kann. Sie sind ein Mörder, Herr Baumgärtner, aber Sie haben nicht aus Gier oder Rache getötet.
Was Sie getan haben, ist unendlich viel schlimmer.«

»Ich habe niemanden umgebracht.« Er starrte an Lena
vorbei, als ob die Geister seiner Opfer hinter ihr stünden.

Sie unterdrückte den Impuls, sich umzudrehen, und zwang
sich, ihm weiterhin in die Augen zu sehen und die Dunkelheit
darin zu ertragen. Es erstaunte sie, dass sie früher geglaubt
hatte, dass ihre harmlosen Diebereien sie auf eine Ebene mit
diesem Mann stellen könnten.

Sie räusperte sich. »Was haben Sie dann in Treblinka getan?«

»Meine Arbeit.« Er starrte an ihr vorbei. »Ich habe die
Arbeitsfähigen von den anderen getrennt. Mehr nicht.«

»Mehr nicht«, zischte Lena verächtlich. Sie warf den Ausweis vor ihm auf den Boden. »Wie können Sie bloß weiterleben mit dem, was Sie getan haben?«

»Das frage ich mich auch.« Er sah sie mit leeren Augen an.
»Na los, gib meinen Ausweis deinem feinen Herrn Offizier
von der Siegermacht. Dann kriegst du deinen Willen.«

Sie schüttelte den Kopf und unterdrückte den Impuls, ihm
ins Gesicht zu spucken.

»Ich habe entschieden, das nicht zu tun«, sagte Lena. »Wenn
man Sie vor Gericht stellt, spricht man Sie am Ende noch
frei, weil Sie nur Befehle befolgt haben.«

Joachim Baumgärtner lachte bitter auf. »Das glaubst du
doch selbst nicht.«

Lena schnaubte. »Das ist meine Entscheidung. Der Einzige,
der Ihnen vergeben kann, ist Gott. Und im Gegensatz zu
Ihnen überlasse ich die Verantwortung für meine Tat keiner
Siegermacht und keinen Vorgesetzten, die an meiner Stelle

über Richtig und Falsch entscheiden, Herr Baumgärtner, bis sich alles im Labyrinth der Bürokratie verliert. Ich persönlich verurteile Sie dazu, dass Sie an jedem einzelnen Tag Ihres Lebens aufwachen werden und wissen, dass Sie kein Mensch mehr sind und Gott Sie verlassen hat. Das, was Sie getan haben, hat Sie für immer von allen anständigen Menschen getrennt. Der Graben ist zu groß geworden. Von heute an bis zum Tag Ihres Todes werden Sie jeden Tag aufwachen und …«

Die Worte erstarben. Lena sah zu Rainers Mutter und hoffte auf Unterstützung, auf Wärme und Zustimmung, doch in deren Augen lag beinah der gleiche Schreck wie in denen von Herrn Baumgärtner. In Lena brannte das Gefühl, von heiligem Feuer erfüllt bis in den Himmel aufzuragen, doch es sank mit jedem Atemzug weiter in sich zusammen und ließ Lena hilflos und klein zurück. Es schmerzte, dass Frau Weber sie nicht länger mit mütterlicher Liebe ansah, sondern mit Erschrecken.

»Verschwinde einfach«, brachte Herr Baumgärtner hervor. »Verschwinde und komm mir nie wieder unter die Augen.«

Lena nickte eingeschüchtert.

Er warf Lena einen tödlichen Blick zu, dann schloss er die Augen. Eine winzige Träne glitzerte in seinem Augenwinkel. Sein Gesichtsausdruck zeigte ein Entsetzen, das zu tief für Worte ging. Lena machte einen Schritt nach hinten und drehte sich um, um den Garten hastig zu verlassen. Dann rannte sie los, um das Grauen hinter sich zu lassen.

Was war hier gerade geschehen?

Als sie die Litfaßsäule in der Nähe des Rathauses erreicht hatte, hielt sie inne. Sie lehnte sich mit der Stirn an die Rundung, als wäre es ein uralter Baum, bei dem sie Kraft schöpfen könnte.

Gott vergib mir, betete sie. Was habe ich gerade getan? Warum habe ich ihm den Ausweis zurückgegeben?

Sie fand keine Antwort. Ihre Zähne schlugen aufeinander, und ihr Magen rebellierte. Gott vergab den Sündern, die aufrichtig bereuten. So hatte sie es gelernt. Aber ...

Ob Gott diesem Mann jemals vergeben würde?

»Vergib mir, Sarah«, flüsterte sie hilflos. »Jetzt wird niemand mehr dafür sorgen, dass du gerächt wirst.«

Ein Windhauch strich ihr durch die Haare. Lena spürte ein spöttisches Auflachen. Plötzlich gruselte es ihr. Es gab keine Geister, das wusste sie. Und doch ...

Lena ließ die Augen geschlossen und bewegte sich nicht. Die Seelen der Toten kamen ins Jenseits, wo Gott sie bei sich aufnahm. Was auch immer die arme Sarah auf der Erde durchlitten hatte, sie war jetzt an einem besseren Ort.

Was für ein bitterer, nutzloser Trost.

Ein heftigerer Windstoß zauste Lenas Zöpfe. Er roch nach Herbst und nach Meer. Er schien ein schweres Gewicht mitzunehmen, das auf Lena lastete. Sie hatte nie bemerkt, wie sehr der Besitz des Ausweises auf ihr gelastet hatte.

Zurück blieben Leere und Stille.

Und Scham.

Lena richtete sich auf und machte sich auf den Weg zum Rathaus. Sie hatte ein Gespräch zu führen.

Die Vergangenheit konnte sie nicht mehr ändern. Dafür war es zu spät. Und niemand konnte die Toten zurückholen. Aber sie hatte Frau Weber versprochen, ihr Bestes zu geben, um Rainer aus dem Gefängnis zu befreien.

BEICHTE

Lieutenant Nigel Harris hatte schlechte Laune. Das angeblich so wichtige Treffen in Wolfsburg hatte sich auf ein zehnminütiges Briefing beschränkt, das in dieser Form genauso gut fernmündlich hätte stattfinden können. Ansonsten hatte man ihm zwei Kartons mit neuen Formularen mitgegeben und erklärt, dass er nun zurück nach Niebüll fahren konnte. Er wurde den Verdacht nicht los, dass man ihn und James mit dieser Fahrt als Botenjungen für den Dokumententransport missbraucht hatte, obwohl er das natürlich niemals aussprechen würde.

Das Erste, was man ihm nach der Ankunft im Hauptquartier Niebüll mitteilte, schmeckte nach Skandal und Aufregung. Offenbar war ein Betrunkener mit der Dolmetscherin vor dem Headquarter aufgetaucht und hatte sie beschuldigt, die Briten bestohlen zu haben.

»Und dann ist ein anderer Mann aufgetaucht und hat behauptet, in Wahrheit sei er derjenige, der den Diebstahl begangen hat. Alles sehr dramatisch.« Lieutenant Dawson von der Panzerinfanterie zog die Brauen hoch. »Wenn einer unserer Jungs heimlich schreibt, könnte er eine Komödie daraus machen.«

Nigel runzelte die Stirn. »Was war das für ein Mann?«

»Ein blonder, junger mit Krücken. Ich habe ihn mir nicht weiter angeschaut.«

Nigel verspürte einen Stich oberhalb seines Magens. »Der Apotheker?«

Dawson zuckte mit den Schultern. »Kann sein. Angeblich hat er Penicillin gestohlen.«

»Danke für den Bericht.«

Nigel ging in sein Büro. Miss Buth war nirgendwo zu sehen. Doch kaum hatte er sich gesetzt, klopfte es an die Tür. Ein sehr verlegenes Fräulein Buth mit schiefem Kopftuch und verstrubbelten Zöpfen sowie erhitztem Gesicht betrat den Raum. »Darf ich Sie um ein Wort bitten, Sir?«

»Ich habe mich schon gefragt, wo Sie sind«, knurrte er.

»Bitte verzeihen Sie.« Die Verlegenheit in ihrem Gesicht stand ihr gut, genau wie die Hitze auf ihren Wangen und das scheue Leuchten in ihren Augen.

Zum ersten Mal gestand er sich bewusst ein, wie anziehend er sie fand. Miss Buth besaß eine zarte Stärke, mit der sie durch ihre bloße Existenz die gewohnten Regeln seines Lebens infrage stellte. Ihre Lebensfreude erinnerte ihn an sich selbst als jungen Offizier, als die Welt trotz aller Schwierigkeiten noch groß und weit wirkte und darauf wartete, dass er sie sich zu eigen machte.

Wenn er die Details aus Dawsons Geschichte richtig zusammensetzte, war er nicht der Einzige, der diese Schönheit sehen konnte und zu schätzen wusste. Wie lange ging das schon, das mit Miss Buth und dem Apotheker?

Nigel hatte sie kennengelernt, als sie sich für den Mann eingesetzt hatte, erinnerte er sich. Kein Wunder, dass sie jetzt erneut vor ihm stand und versuchte, ihn zu verteidigen. In seinem Mund bildete sich ein saurer Geschmack.

»Stehen Sie nicht so herum, Miss Buth! Sie können sich setzen.«

Er musterte Miss Buth, wie sie sich mit sorgfältigen Bewegungen auf den Stuhl setzte. Hätte man es nicht an ihrem Gesicht gesehen, hätte er daran ihre Anspannung ablesen können.

»Nun gut«, sagte er schließlich. »Erzählen Sie mir, wie ich Ihnen helfen kann.«

Die Worte schienen ihr neue Hoffnung zu geben. Trotzdem kämpfte sie mit sich, er konnte es daran sehen, wie sich ihre schmalen Wangen bewegten. »Ich … Man hat mir geraten, Ihnen eine Geschichte zu erzählen, die ein kleines bisschen geflunkert ist. Aber ich möchte Sie nicht anlügen, Sir.«

»Das ist auch besser so.« Er war sich nicht sicher, ob er schmunzeln oder ihr für die Impertinenz die Tür weisen sollte. Vorerst entschied er sich für einen neutral-abweisenden Gesichtsausdruck.

»Wahrscheinlich haben Sie schon davon gehört, dass Rainer Weber im Moment in einer Arrestzelle bei Ihnen ist …«

Sie erzählte ihm eine komplizierte Geschichte von einem verletzten Kind, das dringend Penicillin benötigte. Leider gab es keine Möglichkeit, auf legale Weise daranzukommen. Der junge Apotheker hatte Miss Buth gebeten, in Erfahrung zu bringen, wo im britischen Hauptquartier das Penicillin aufbewahrt wurde. Er hatte selbst einbrechen wollen, doch das wollte das Fräulein nicht zulassen, weil er doch invalide war und an Krücken ging. Deswegen hatte sie es selbst getan.

»Und warum hat der andere Mann aus der Stadt Sie hier angezeigt?« Die Frage spielte für den Fall keine Rolle, doch sie interessierte Nigel. Er wollte sich ein möglichst umfassendes Bild machen, bevor er entschied, was zu tun war.

Miss Buths Gesicht rötete sich, und in ihren Augen blitzte Wut auf. »Meine jüngere Schwester muss bei ihm wohnen. Er hat …«

Nigel nickte, damit sie sich nicht verpflichtet fühlte, es weiter zu erklären. Vor seinem inneren Auge formte sich allmählich ein Bild.

»Also habe ich versucht, ihn in seine Schranken zu weisen. Damit er sie in Ruhe lässt.«

Er lachte leise über das unpassende Wort. »Und dann hat er sich revanchiert und versucht, umgekehrt Sie in Ihre Schranken zu weisen?«

Sie senkte den Blick. »Ja.«

»Ich danke Ihnen für Ihre Ehrlichkeit.«

»Bitte, Lieutenant Harris … Ich habe Ihnen gesagt, wie es war. Muss ich jetzt ins Gefängnis?«

Ihm schwirrte der Kopf. Es gab viele Dinge, die er sortieren musste – nicht zuletzt die Erkenntnis, dass sich das Fräulein in den Apotheker verliebt hatte. Und das genau in dem Moment, in dem er erkannt hatte, dass sie ihm auf diffuse Weise wichtiger geworden war als Claire.

Normalerweise wusste er Ironie zu schätzen.

»Geben Sie mir einen Moment, um nachzudenken«, sagte er.

Die Geschichte als solche war lächerlich. Natürlich gab es Vorschriften, die eingehalten werden mussten … Aber wenn sie ihn nach etwas Penicillin für einen Jungen in Lebensgefahr gefragt hätte, hätte er selbst die Vorschriften gebeugt und den Kollegen aus dem Sanitätsdienst danach gefragt. Es gab Momente, da musste ein Mann zwischen Befehlen und dem Richtigen entscheiden, und da konnte es nur eine Entscheidung geben.

Außerdem wäre das Risiko nicht allzu groß gewesen. Wie Miss Buth selbst gesagt hatte: Das Lager war noch nicht so akribisch inventarisiert, wie die Paragrafenreiter in ihren Büros es liebten. Ein einzelnes Medikamentenfläschchen hätte er notfalls selbst nehmen können.

»Es wäre einfacher gewesen, wenn Sie direkt zu mir gekommen wären«, sagte er, um das Schweigen nicht zu lang werden zu lassen.

»Ja, Sir.« Sie senkte den Kopf.

Er würde mit dem zuständigen Offizier reden und veranlassen, dass der Mann freigelassen wurde. Eine aus dem Ruder gelaufene Liebesgeschichte zwischen den Einheimischen, mehr war es nicht. Mit so etwas sollte er seine Zeit nicht verschwenden.

»Wie geht es dem Jungen jetzt überhaupt? Dem, der das Penicillin brauchte, meine ich.«

Ihr Gesichtsausdruck wurde wärmer. »Er ist auf dem Weg der Besserung, habe ich gehört. Natürlich muss er noch eine Weile im Bett bleiben, aber die Entzündung ist zurückgegangen, hat Mister Weber mir erzählt.«

»Und … was empfinden Sie für diesen jungen Mann?«

Das Leuchten in ihren Augen beantwortete seine Frage, bevor sie zu sprechen begann. Ihre Worte waren zurückhaltend; sie zeichneten ein Bild geschwisterlich-freundschaftlicher Zuneigung, doch Miss Buths Augen sagten ihm, was er bereits geahnt hatte.

Nigel war kein junger Mann mehr. Mit seinen vierunddreißig Jahren hatte er viel gesehen und fühlte sich normalerweise abgeklärter, als seinem Alter entspräche. Manchmal sah er in den Spiegel und fragte sich, woher die Fältchen in seinen Augenwinkeln stammten und wann das erste graue Barthaar gesprossen war.

Miss Buth hatte einen seltsamen Zauber um ihn gewebt. Tag für Tag hatte er sich mehr darin verloren, ohne es sich einzugestehen. Sie besaß eine unschuldige Neugierde und Freude an der Welt, die ihn dazu brachten, sich wieder jung und lebendig zu fühlen.

Wenn er ehrlich mit sich war, hatte er nie darüber nachgedacht, wie es weitergehen würde. Manchmal hatte er davon geträumt, der jungen Frau seine Heimat zu zeigen und sich an ihrem neugierigen Blick auf all das zu erfreuen, was er so liebte, doch die Träume waren diffus geblieben. Es genügte, ihr jeden Morgen zu begegnen und am Wochenende ungeduldig den Montagmorgen zu erwarten. Er hätte nie vermutet, einen Nebenbuhler zu haben.

Wie auch, wenn er sich nie eingestanden hatte, dass Miss Buth auf diese seltsame und verquere Weise wichtig für ihn geworden war?

Er kämpfte mit sich. Ein Teil von ihm wollte mit den Schultern zucken und bedauernd erklären, dass er leider nichts machen könne. Die Untersuchung müsse ordnungsgemäß durchgeführt werden. Der andere Mann würde in Untersuchungshaft bleiben und das junge Fräulein bei Nigel.

Rein formal wäre es möglich. Er könnte sich auf die Regeln berufen, die erforderten, dass jeder genau das tat, was seiner Position angewiesen war.

Nigel schüttelte den Kopf. Ein solches Handeln war unwürdig. Und genauso unwürdig wäre es, diese Situation noch weiter in die Länge zu ziehen.

»Also können Sie nichts für ihn tun?«, fragte Miss Buth bang.

Nigel lächelte. Zumindest eine Sache konnte er noch für sie tun. Dieses Hindernis zu beseitigen, lag in seiner Macht. Wenn er Miss Buths jungen Mann für sie befreite, dann hätte er später bei seiner Rückkehr zu Claire kein schlechtes Gewissen.

Der Tag, an dem er sie heiraten würde, sollte ein glücklicher Tag sein.

»Kommen Sie mit, Miss Buth. Ich werde mit einem Kollegen sprechen, aber ich denke, wir können dieses bedauerliche Missverständnis aus der Welt räumen. Schließlich handelt es sich hier lediglich um einen Hitzkopf, der ein junges Fräulein beeindrucken wollte, nicht wahr?«

Das Leuchten in Miss Buths Gesicht gehörte zu den Schätzen, an die er bis an sein Lebensende mit Wehmut und Freude zurückdenken wollte. »Genau so ist es«, sagte sie entschieden. »Nur ein dummer junger Hitzkopf. Gehen wir?«

Er hielt ihr die Tür auf und erlaubte sich zum ersten und letzten Mal, ihren sanften Duft nach Sommer und Freiheit bewusst zu genießen.

UNTER ARREST

Rainer hatte noch nie zuvor im Gefängnis gesessen, wenn man vom Räuber-und-Gendarm-Spielen in der Kindheit absah. Einmal hatten die Eltern eines Freundes eine neue Regentonne gekauft und die anderen hatten ihn darunter eingesperrt. Er glaubte sich zu erinnern, dass jeder es einmal aushalten musste, als Mutprobe, aber vielleicht hatte es auch allein ihm gegolten.

Anders als erwartet, hatte ihm die Dunkelheit unter der Tonne keine Angst gemacht. Es hatte ihm gefallen, auf diese Weise von der Welt abgeschnitten zu sein und einen Raum zu haben, in dem er frei sein konnte. Niemand störte ihn und hinderte ihn daran, zu sein und zu denken. Es war still genug, dass er lauschen konnte, denn die Worte außerhalb dieses sicheren Ortes galten nicht länger ihm. Als seine Kameraden die Tonne schließlich nach oben hoben und das grelle Licht ihn zurück in die Welt holte, war er beinah ein wenig enttäuscht.

Die etwas improvisiert wirkende Arrestzelle im Rathaus strahlte kein derartiges Gefühl von Frieden und Freiheit aus. Oder waren es seine Gedanken, die sich verändert hatten?

Gisela. Sie war das schönste Mädchen im Dorf gewesen. Er hatte es geliebt, sie zum Lachen zu bringen.

Im Grunde hatte sie recht. Er konnte nicht ewig in den Tag

hineinleben. Irgendwann musste er studieren oder entscheiden, was er aus seinem Leben machen wollte. Doch die Art, wie sie es gesagt hatte …

Am meisten schmerzte ihn, dass es nicht schmerzte. Im Grunde hatte er schon lange gewusst, dass es nicht funktionieren würde. In Giselas Gegenwart wurden die Zittermomente schlimmer, nicht besser, und das war falsch. Natürlich könnte man annehmen, er hätte es nicht besser verdient, immerhin hatte er es versäumt, an der Front ein Held zu werden, und doch …

Es wäre schön, wenn man bei einer Frau einfach entspannen könnte. Der Mann sein, der er wirklich war, egal, wie unvollkommen er war.

Die Stille schmerzte. Es gab nichts, was er tun konnte. Überall befanden sich Staubreste. Wer auch immer hier putzte, hatte noch nie von klinischer Sauberkeit gehört.

Normalerweise kamen die schweren Gedanken nachts, wenn es so dunkel war, dass man die Zeiger des Weckers nicht mehr ablesen konnte. Dann, wenn man auf dem Bett lag, die Decke wegen der Wärme von sich schob und halb gelähmt zwischen Traum und Wachsein gefangen war. Dieses Mal war es anders. Durch das hohe Fenster drang Licht ein. Rainer war hellwach und konnte herumgehen, zumindest ein paar Schritte.

Er hätte nie aus Russland zurückkehren dürfen, begannen die Gedanken erneut zu kreisen. Ein Junge wurde erst durch den Krieg zum Mann. Er war kein Mann geworden. Jetzt würde er für immer ein Junge bleiben. Weniger als ein Junge, denn dem Jungen blieb die Hoffnung, irgendwann heranzuwachsen und dann zum Helden zu werden. Er dagegen hatte versagt.

Rainer zwang sich, die Gedanken in sein Bewusstsein und ins Tageslicht zu treiben. Sie schmeckten bitter, aber sie waren inzwischen viel zu vertraut.

Was, wenn es nicht stimmte? Was, wenn ein Mann mehr wert war als die Menschen, die er im russischen Winter erschoss?

Der Gedanke schien anmaßend und doch viel zu wahr. Herr Tauber hatte nie getötet, zumindest wusste Rainer nichts davon. Doch obwohl Rainer über viele Jahre in der Hitlerjugend gelernt hatte, dass erst das Leben als Soldat einen Mann wahrhaft groß machte, bewunderte er den alten Mann für sein Wissen, für seine feine Ironie und die entspannte Art, mit der er alle Probleme des Lebens betrachtete. Er hatte vielen Menschen das Leben gerettet oder zumindest leichter gemacht, weil er sich mit Medizin auskannte, und er wurde in Niebüll von allen respektiert.

Galt so etwas nichts?

Seine Kameraden im Krieg waren gestorben. Fast beneidete er sie. Auf ihnen lastete nichts von dieser Schuld, die Rainer immer wieder um den Verstand zu bringen drohte.

Aber was, wenn es andersherum war? Wenn sie gestorben waren, um ihn zu retten, wie es sich für einen guten Soldaten gehörte?

Die Vorstellung brachte ihn zum Zittern. Er kämpfte dagegen, aber das Zittern breitete sich aus. Tränen rannen über seine Wangen. »Das kann nicht sein«, flüsterte er, aber es war so. Sie waren tot, und er lebte. Es konnte nur eine einzige Erklärung dafür geben.

Er war genauso viel wert wie die Frauen und Kinder, die in der Heimat geblieben waren und beschützt werden mussten.

Rainer saß auf der Pritsche und strich mit den Händen

über seine Beine und seine Oberarme, um sie zu spüren. Sein Körper fühlte sich taub und leer an. Immer wieder kamen neue Tränen, und sein Körper verkrampfte sich in dem hilflosen Versuch, sie zu verhindern oder so schnell wie möglich loszuwerden und den demütigenden Moment hinter sich zu bringen.

Es waren viele Tränen, die sich versteckt hatten. Tränen der Angst an dem Abend, an dem er das letzte Mal vor der Einberufung in seinem eigenen Bett geschlafen hatte. Die Traurigkeit, als er seiner Mutter die Abschiedstränen aus dem Gesicht gewischt und gelächelt hatte, damit es ihr besser ging.

Und immer wieder Tränen um die Freunde, die er verloren hatte und die nie wieder zu ihm zurückkehren würden.

Irgendwann war es vorbei. Er war vollkommen erschöpft. Auf der Pritsche lag eine Decke, und er wickelte sie um sich. Irgendwann würde man ihn vor Gericht stellen oder direkt erschießen, aber es kümmerte ihn nicht. Er war kein Held mehr. Er war einfach nur ein Mann, der überlebt hatte.

Mehr musste er nicht sein.

Als er vor der Tür Stimmen hörte, richtete er sich hastig auf und schob die Decke fort. Seine Ärmel waren noch nass von Tränen. Er rieb sich über die Nase und hoffte, dass er eine halbwegs würdevolle Erscheinung abgab.

Jemand drehte einen Schlüssel um. Die Klinke senkte sich. Rainer machte sich bereit, für was auch immer ihm bevorstand. Mit diesem Anblick hatte er jedoch nicht gerechnet.

»Lena!«

»Rainer!« Sie trat in die Arrestzelle und sah sich um.

Ein uniformierter Brite folgte ihr. Es war der hochgewachsene Lieutenant mit den dunklen Augen, für den Lena arbeitete. Ein flaues Gefühl breitete sich in Rainers Magengegend aus.

»Guten Tag«, grüßte Rainer den Offizier.

Er grüßte mit einem Nicken und sagte etwas auf Englisch zu Lena.

»Du darfst gehen«, übersetzte sie. »Er kennt die ganze Geschichte.«

»Also wirst du jetzt angeklagt?«

Sie schüttelte den Kopf. »Man lässt es unter den Tisch fallen. Frag mich nicht, wie ich das angestellt habe, aber …« Sie lachte befreit und etwas ungläubig.

»Ich danke Ihnen, Sir«, sagte er auf Deutsch. Nach kurzem Überlegen nahm er eine Krücke unter die linke Schulter, ging so aufrecht, wie er konnte, zu dem Briten und streckte ihm die Hand entgegen. Was auch immer sich zwischen ihren Nationen zugetragen haben mochte, wie auch immer ihre Ränge in den jeweiligen Armeen waren … Mit diesem Handschlag forderte er von Harris, ihn trotz des Altersunterschieds zwischen ihnen als ebenbürtig anzuerkennen.

Harris schien das ebenso zu sehen. Seine Körperhaltung drückte auf subtile Weise aus, dass er Lena beschützen wollte, zumindest erschien es Rainer so, doch dann nickte er. Er streckte Rainer die Hand entgegen und sah ihm fest in die Augen. »Have a nice day.«

Rainer verstand die Worte, auch ohne ihren Sinn zu erkennen. »Ebenso, Sir.«

Der Handschlag des Mannes war warm und fest.

Dann lösten sie sich voneinander. Etwas hatte sich verändert und war geklärt. Lena gehörte jetzt zu ihm, das sagte ihr Blick, auch wenn das etwas war, was sich wortlos abspielte.

Erst jetzt erlaubte er sich, in ihre Augen zu sehen. »Lena!«

»Rainer!« Sie warf dem Offizier einen kurzen, unmerklichen Blick zu, und er machte einen Schritt nach hinten. Für einen Moment sah es aus, als wollte sie nach seiner Hand greifen, doch sie beherrschte sich.

Rainer lächelte. »Wie sagt man auf Englisch: Fräulein Lena, Sie sind wundervoll?«

Sie senkte den Blick und schenkte ihm dann ein verschmitztes Lächeln. »Miss Lena, you are wonderful.«

»Klingt gut.« Er nahm seine zweite Krücke und nickte dem Offizier respektvoll zu. »Können wir gehen?«

Er sagte etwas auf Englisch zu Lena, die zustimmend nickte.

Sie machten sich auf den Weg nach draußen. Lena schien sich auszukennen und ging zielsicher in die richtige Richtung. Der Offizier begleitete sie noch bis zur Rathaustür und verabschiedete sie dort.

»Du hältst dich wohl nie an Regeln«, sagte Rainer zu Lena, sobald sie die Treppenstufen hinuntergegangen waren.

»Was meinst du?«

»Eigentlich gehört es sich, dass der Mann die Frau rettet und nicht andersherum.«

Sie lachte leise und löste sich von ihm. »Du hast mich zuerst gerettet, weißt du nicht mehr?«

»Ich erinnere mich nicht daran, Fräulein Lena. Aber you are wonderful.«

Die anderen Worte sprach er nicht aus. Die, die er im englischen Wörterbuch gefunden hatte und die so schön klangen: *I love you.* Er hoffte, dass Lena sie trotzdem hören konnte.

Sie lachte glücklich auf. Als sie außerhalb der Sichtweite der Wachen vor dem Eingang waren, legte Lena schüchtern ihre Hand auf seine. Es war unglaublich schön, dass es sie gab.

So schön, dass Rainer mindestens zwei Wochen brauchen würde, um passende Worte für etwas so unglaublich Wundervolles zu finden.

»Du hast Herrn Baumgärtner einen ordentlichen Schwinger versetzt«, sagte sie, während sie über den Platz gingen. »Ich war sehr beeindruckt.«

Er seufzte. »Dafür werde ich mich noch entschuldigen müssen, oder meine Schwester wechselt nie wieder ein Wort mit mir.«

Lena schüttelte den Kopf, hielt inne und sah ihn ernst an. »Dein Schwager … Der hat alle Schläge verdient, die man ihm verpassen kann. Und noch viel mehr.«

Er nickte. »Er hätte sich niemals von Gisela dafür einspannen lassen dürfen, dich auf diese Weise bloßzustellen. Du hättest deinen Arbeitsplatz verlieren können!«

»Gisela?«

»Sie hat das alles eingefädelt. Weil sie eifersüchtig auf dich war.« Er hatte das Gefühl, zu viel zu sagen. Das hier war der falsche Moment, um Lena von seinen Gefühlen zu erzählen. Nicht zuletzt, weil sie ihn soeben gerettet hatte und er sich keinesfalls als Held präsentieren konnte, der ihr alles Schwere und alle Not von den Schultern nahm.

Lena schüttelte energisch den Kopf. »Es hatte nichts mit Gisela zu tun. Aber ich weiß nicht, ob du die Wahrheit wirklich hören möchtest …«

Rainer erwiderte ihren prüfenden Blick. »Doch. Ehrlich gesagt, möchte ich genau das. Was ist passiert, Lena?«

Sie zögerte und sah sich um. »Nicht hier. Was hältst du von einem schönen kleinen Spaziergang an einen ruhigeren Ort? Dann erzähle ich dir alles.«

Rainer machte eine Geste, als ob er ihr den Arm reichen

wollte, und verwies mit einer ironischen Kinnbewegung auf die Gehhilfe. »Ich dachte schon, du fragst nie.«

Sie lachte. Die Sonne brannte auf seine Nasenspitze. Es war schön, am Leben zu sein.

DIE SCHULD, DIE BLEIBT

»So war das«, schloss Lena schließlich. »Das ist die ganze Geschichte. Er hatte recht, ich bin tatsächlich eine Diebin. Margot wird seinen Mantel trotzdem behalten.«

Rainer schwieg. Lange. Lena atmete den Duft von Spätsommerwiesen und Salzwind ein und zwang sich, nicht nervös mit den Händen herumzuspielen. Sie wusste nicht, ob sie es ertragen würde, wenn Rainer sich jetzt von ihr abwandte.

»Das sind schwere Anschuldigungen, die du gegen meinen Schwager erhebst«, sagte er schließlich.

»Ich erhebe keine Anschuldigungen. Er hat Margot selbst davon berichtet. Und der Ausweis beweist alles. Aber außer dir und deiner Mutter kennt niemand die ganze Geschichte.«

»Und … nur, damit ich sicher bin, es richtig verstanden zu haben … Du kannst jetzt auch keine Anklage mehr erheben, ja? Weil du ihm den Dienstausweis zurückgegeben hast?«

»Ja.«

»Also hat er ihn inzwischen vermutlich verbrannt.« Rainer blickte erneut über die Wiese.

Lena hätte sich gern vorgestellt, dass jetzt alles gut wurde. Margot war in Sicherheit und würde in Zukunft bei Frau Weber wohnen. Herr Baumgärtner hatte seinen Dienstausweis zurück, und vielleicht vergab Gott ihm eines Tages. Lena konnte es sich nicht vorstellen, aber am Ende war das nicht ihre Entscheidung.

Es kam ihr vor, als könne sie im Wind die Stimmen der Opfer wispern hören. All die Menschen, die man getötet hatte, deren Namen für immer zu Asche und Staub geworden waren und an die sich niemand mehr erinnern würde, weil ihre Anzahl unendlich groß war …

Hier, in der Gegenwart, in Lenas Leben, würde vielleicht alles gut werden. Es fühlte sich schön an, mit Rainer auf dieser Wiese zu sitzen, auch wenn er so ernst ins Leere starrte. Es fühlte sich gut an, die Last des Wissens nicht länger allein zu tragen.

Doch was war mit den Hunderten oder Tausenden, nein, noch viel mehr, deren Leben nie wieder gut werden konnte? Durfte man sie einfach vergessen und sich daran erfreuen, dass für einen selbst alles gut ausgegangen war?

Gott der Herr hat sie gezählet, kam ihr ein altes Lied aus ihrer Kindheit in den Sinn. Die Menschen. Die Juden, die den gleichen Glauben wie Jesus Christus hatten. Die anderen, deren Namen sie nicht kannte. *Dass am Ende keines fehlet, von der ganzen großen Zahl …*

Eine Träne rann ihr über die Wange. Sie brannte.

Es ist zu groß für mich, wisperte sie hilflos und bewegte die Lippen lautlos. *Ich hätte ihm den Ausweis nicht zurückgeben dürfen. Das ist beinah so, als hätte ich ihm tatsächlich vergeben. Wie kann das sein? Jetzt bin ich mitschuldig. Niemand auf der Welt darf so etwas verzeihen. Es war zu furchtbar.*

Ein sanfter Windhauch streichelte ihre Haare, roch nach salziger Nordsee und der Erinnerung an die Freiheit auf Wyk. Sie hätte davonlaufen können. Nach England gehen, wo niemand außer ihr von dieser schrecklichen Schuld wüsste und sie es allmählich hinter sich lassen könnte.

»Es wird allmählich Herbst«, sagte Rainer, als ein stärkerer Windhauch sie traf. »Man sagt, die Vorräte könnten knapp werden.«

»Ich dachte, der Krieg sei vorbei.« Lena blickte sich besorgt um. »Müsste die Not nicht allmählich ein Ende haben?«

»Das dachte ich auch. Aber unsere Industrie und Landwirtschaft haben sich noch nicht von all den Verlusten erholt, sagt Herr Tauber.«

»Wir bekommen das schon hin«, sagte sie zuversichtlich. »Vergiss nicht, mein zweiter Vorname ist Kohlenklau.« Wie es aussah, würde es bald um andere Probleme gehen als die Frage nach Schuld und Vergebung. Vielleicht würde Lena sogar selbst wieder zur Diebin werden, um ihre neue Wahlfamilie zu schützen und warmzuhalten.

Und doch …

Das Mitleid war eine Falle gewesen.

»Ich hätte es nicht tun dürfen«, sagte sie leise.

Rainer hielt inne, nahm ihre Hand und führte sie so an seine Lippen. »Woher willst du wissen, ob es wirklich deine Entscheidung war? Oder ob jemand anders durch dich gewirkt hat?«

Lena schauderte. »Das ist Blasphemie!«

»Aber du hast aus Mitgefühl gehandelt. Weil er ein Mensch war, und weil er schwach ist. Hast du mir nicht mal erzählt, dass es das ist, was Christentum bedeutet?«

»Er hat unzählige Menschen getötet!« Die Tränen rannen über Lenas Wangen. »Rainer, was habe ich getan?«

Er schwieg. Lena sah die Zuneigung in seinem Blick, aber auch seine Sprachlosigkeit.

Rainer würde sich niemals mit bequemen Antworten zufriedengeben, begriff sie. Und er würde ihr gegenüber niemals zu tröstlichen Lügen greifen. Das war seine Art, ihr zu zeigen, dass er sie respektierte und als ebenbürtig betrachtete.

»Herr, vergib mir, denn ich habe gesündigt«, flüsterte sie mit brennenden Augen. »Ich habe mir angemaßt, in deinem Namen zu sprechen. Aber das Unrecht, das geschehen ist, ist zu groß, als dass irgendjemand das Recht hätte, zu vergeben.«

Sie spürte Zustimmung im Windhauch.

Aber auch Mitgefühl.

»Was soll ich nur tun?«, fragte Lena leise. »Er muss doch bestraft werden, aber das geht nicht mehr. Und das ist meine Schuld.« Sie klammerte sich an Rainers Arm fest und starrte geradeaus.

»Was hast du gerade gesagt?«, fragte er sie.

Sie sah ihn erstaunt an.

»Ich war einen Moment desorientiert.« Er wirkte sehr verlegen. »Seit dem Krieg habe ich das manchmal. Dann verliere ich die Orientierung. Wo ich bin, wie ich heiße, welches Jahr wir haben …«

»Oh, Rainer, wie furchtbar!« Sie legte ihm den Arm um die Schultern. »Und ich erzähle dir hier von meinen Sorgen, als ob ich der einzige Mensch auf der Welt wäre!«

»Passt schon.« Er griff nach ihrer Hand und drückte sie so fest, dass es wehtat.

Lena biss die Zähne zusammen und ließ das freundliche Lächeln auf ihrem Gesicht. »Wenn du irgendwann mal darüber reden möchtest, bin ich da.«

Er schwieg so lange, dass sie glaubte, er hätte sie nicht gehört. »Der Krieg war schlimm«, brachte er schließlich hervor.

Sie nickte und hielt ihn mit ihrem Blick fest in der Gegenwart. So viele furchtbare Dinge, die geschehen waren!

»War schlimm«, sagte er noch einmal und stolperte über die Worte.

»Ich weiß.« Lena atmete tief aus und lehnte ihren Kopf an seine Schulter. Sie hatte das Gefühl, dass ihm das jetzt mehr half als kluge Worte.

Tatsächlich entspannte er sich etwas. Schließlich legte er den Arm um Lena. Es fühlte sich an, als wäre es die natürlichste Berührung der Welt.

»Du bist wunderschön«, sagte er schließlich.

»Du siehst mich doch gar nicht. Wir schauen beide über die Wiese.«

»Ich weiß es.«

Eine Welle von Wärme hüllte sie ein. »Wie lieb du das in Worte fasst«, sagte sie leise. »Vielen Dank.«

»Ist doch so. Was wahr ist, sollte man aussprechen dürfen.«

Sie hob den Blick. Seine blauen Augen waren klar und zeigten eine Stärke, von der er selbst vermutlich nichts wusste. Lena hatte noch nie so schöne Männeraugen gesehen. »Dann sag mir die Wahrheit, Rainer. Ich habe Herrn Baumgärtner seinen Dienstausweis zurückgegeben. Jetzt wird er vor Gericht keine Strafe mehr bekommen. Man kann nicht mehr beweisen, was er getan hat.«

»Wird es dadurch weniger grauenhaft?«

Lena schwieg. Sie spürte, dass sie Rainer Zeit lassen musste, die Erkenntnisse zu verarbeiten. Er kämpfte wie vermutlich jeder Deutsche damit, die entsetzlichen Bilder der übereinandergestapelten Toten zu verkraften. Menschen konnten anderen Menschen fürchterliche Dinge antun. Wen kümmerte, ob es Juden, Christen, Mauren oder Hindus gewesen waren?

Oder Nazis?

Die Namen hallten durch die Geschichte. Auschwitz. Oranienburg. Buchenwald.

Treblinka.

Dieses Mal ließ er zu, dass sie seine Hand nahm. Sie saßen wortlos nebeneinander und ertrugen das Grauen.

»Wie soll man ihm bloß ins Gesicht schauen, wenn man ihm in Zukunft begegnet?«, fragte Lena leise.

»Du kannst ja die Straßenseite wechseln, wenn er dir entgegenkommt. Zum Tee zu uns einladen musst du ihn nicht, und wenn du irgendwann nachts sein Haus beschmieren möchtest, stehe ich dir als Kavalier und Ritter zur Seite. Mit all meinem Talent und meiner heldenhaften Manneskraft.«

Die Worte hatten die erhoffte Wirkung. Lena lachte leise. Ihre Hand zitterte in seiner. Sie brach in Tränen aus. Rainer behielt sie im Arm, während sie weinte.

»Warum hat er das nur getan?«, fragte sie leise. »Als ich ihn das erste Mal traf, dachte ich, er sei ein guter Mann.«

Ihre Hand lag weich und vertrauensvoll in seiner und hielt ihn fest. Seit Monaten, seit Jahren zwang sie sich, stark zu sein und sich von Tag zu Tag weiter durchzukämpfen. Egal, wie gut es ihr gelang, es blieb eine Sehnsucht danach, schwach sein zu dürfen. Nach den Jahren, in denen sie immer hatte stark sein müssen, genoss sie es nun, sich an Rainer anzulehnen und schwach sein zu dürfen.

»Hätte ich ihn anzeigen müssen?«, fragte sie.

Plötzlich lächelte er. Seine Augen leuchteten warm und wunderschön. Lena atmete erleichtert aus. Ganz egal, wie seine Antwort lautete, sie spürte, dass es die Wahrheit sein würde. Rainer würde sie nicht mit einer bequemen Lüge abspeisen. Nach all dem Chaos der Vergangenheit hatte sie endlich ihren Fels in der Brandung gefunden.

Er räusperte sich. »Stell sie mir. Die Frage, auf die du eine Antwort möchtest. Ich werde ehrlich antworten, mit aller Wahrheit, zu der ich fähig bin.«

Lena holte tief Luft. »Habe ich einen Fehler gemacht?«

Rainer umfasste Lenas Hand und sah ihr fest in die Augen:

»Ich weiß es nicht.«

NACHWORT:
WIE WAR ES DAMALS WIRKLICH?

Die ersten Worte dieses Buches entstammen meiner Familiengeschichte. Es sind die Worte, die mein Urgroßvater Karl Buth zu seinen Töchtern sagte, bevor sie sich auf eine gefährliche Reise nach Westen begaben. Die Mädchen mussten vor den heranrückenden russischen Panzern fliehen.

Wahr ist auch, dass meine Großmutter »Kohlenklau« nach einer langen Flucht mit ihren Schwestern in Niebüll an die Tür des Pfarrhauses klopfte und um Aufnahme bat. Sie waren dort willkommen und bekamen nicht nur eine Mahlzeit, sondern auch eine Unterkunft und die Chance, eine neue Heimat zu finden. Wahr ist auch, dass meine Großmutter im Nachkriegschaos mit ihrem Schulenglisch als gerade mal Neunzehnjährige eine Stelle als Übersetzerin für den britischen Offizier bekam, der dafür verantwortlich war, Autos von »Ex-Nazis« (so nannte man das damals wohl) aus Norddeutschland zu requirieren. Sie reiste durch Ost- und Nordfriesland, sah etwas von der Welt, verdiente eigenes Geld und fühlte sich erwachsen und stark.

Den Rest dieser Geschichte … habe ich frei erfunden. Meine einzige Maxime war die, die für jeden historischen Roman gilt: Es hätte genau so passiert sein können.

Ich entschuldige mich ausdrücklich bei allen Niebüllern dafür, dass ich ihnen einen Mann wie Joachim Baumgärtner untergejubelt habe. Irgendwo hat er gelebt, ganz sicher, es gab viele wie ihn, aber die räumliche Verortung an dieser Stelle ist reiner Zufall. Meine besondere Bitte um Vergebung gilt den damaligen Niebüller Pfarrleuten und ihren Nachkommen: Sie haben meine Verwandten großzügig aufgenommen, obwohl sie Flüchtlinge waren, von denen es damals nach landläufiger Meinung zu viele gab. In ihren Memoiren erzählt meine Großmutter nur von Großzügigkeit und Herzensgüte, die ihr entgegengebracht wurden. Alles, was in meiner Geschichte davon abweicht, entstammt ausdrücklich meiner Fantasie als Romanautorin.

Meine Großmutter wurde eines Tages von meiner Cousine gefragt: »Oma, wie war das damals eigentlich mit dir und Hitler? Wir behandeln das Thema gerade im Geschichtsunterricht, und ich kann mir überhaupt nicht vorstellen, wie es damals war. Warum habt ihr nichts dagegen unternommen?«

Glücklicherweise nahm meine Großmutter die Frage ernst. Sie kaufte sich eine elektrische Schreibmaschine und hinterließ uns Enkelkindern eine sehr persönliche Erzählung unter anderem darüber, was es für sie bedeutet hatte, dem Willen ihres Vaters zu trotzen und wie ihre Freundinnen die Uniform der Hitlerjugend zu tragen. Beinah so, als ob sie wie Teenager zu allen Zeiten ihre Eltern damit provozieren wollte, dass sie in eine ganz neue und viel spannendere Welt gehörte als die verstaubte (und trotzdem geliebte) Generation vor ihr.

Und doch war es ganz anders. Rückblickend, schreibt meine Großmutter, fragte sie sich natürlich, warum sie wie all ihre Freundinnen »mitgelaufen« ist. Aber ihre schlimmste Rebellion bestand darin, bei der »Winterfeier« im Reichsarbeitsdienst verbotene christliche Weihnachtslieder anzustimmen –

und in manchen Nächten durch ein Fenster in den Keller zu klettern, um Kohlen für die Freundinnen nach draußen zu werfen, damit sie nachts nicht frieren mussten.

Kleine Schuld und große Schuld.

Beim Schreiben dieses Buches hatte ich mehr als einmal das Gefühl, dass meine Großmutter mir über die Schulter sah und entweder nickte oder die Stirn runzelte. Viele kleine Details in diesem Buch verdanke ich ihrer Biografie, die den Anfang meiner Recherche darstellte – auch wenn ich schnell begriff, dass ich für eine Geschichte wie diese zahllose weitere Quellen benötigte.

Statt hier eine lange Liste von Sekundärliteratur zum Umgang mit der Nachkriegsschuld und den Vernichtungslagern aufzuzählen, verweise ich auf einen inzwischen nicht mehr abrufbaren Beitrag vom NDR über einen ehemaligen Aufseher aus Sobibor, der in Norddeutschland ein friedliches Leben führte. Erst nach seinem Tod entdeckte man die Fotos, die belegten, was er während der Kriegsjahre in Wahrheit getan hatte. Diese Geschichte verfolgte mich und mischte sich mit dem, was ich in den Erinnerungen meiner Großmutter fand. Es muss viele Menschen wie diesen Wachmann gegeben haben, die nach ihrer Heimkehr friedlich weiterleben wollten und sich zumindest dem Anschein nach in keiner Weise schuldig fühlten. Die Entwicklung in den Jahren nach dem Krieg zeigt, dass trotz der Nürnberger Prozesse nur wenig Interesse an echter Aufarbeitung in der unmittelbaren Nachkriegsgesellschaft bestand.

Aus heutiger Sicht kann man sich kaum vorstellen, was es für ganz normale Menschen wie Sie und mich bedeutet haben muss, so große und furchtbare Dinge unter den Tisch fallen lassen zu müssen, um weiterleben zu können. Vermutlich musste man es verdrängen, um weiterleben zu können, ohne an der gesamtdeutschen Schuld zu zerbrechen.

Den eigentlichen Schlüssel zu dieser Geschichte fand ich in dem Buch *Jugend 1945* von Rolf Schörken im Fischer Verlag. Schörken zeichnet mit zahlreichen Originalerinnerungen ein eindringliches Bild einer Übergangszeit, in der die alte Welt zerbrochen war und die neue sich erst noch formen musste. Ohne dieses Buch wäre mein Rainer nicht der, der er geworden ist.

Ein besonderes Danke verdient meine Schreibkollegin Ulrike Soßnitza, die mich zu diesem Projekt ermutigte, und mein Agent Uwe Neumahr, der mich wieder und wieder herausforderte, über mich hinauszuwachsen. Weiterhin danke ich Raywen White für ihren wertvollen Input zum Thema Liebe, Britta Orlowski für tiefgehende Gespräche zu Alkoholmissbrauch und Traumabewältigung und Bettina Lausen, deren Blick für Details und Dilemmata unübertroffen ist.

Außerdem führte ich zahlreiche Gespräche mit Theologen darüber, wie ich das, was Dietrich Bonhoeffer so besonders gemacht hat, in einer Form vermitteln konnte, die ein knapp zehnjähriges Mädchen verstehen und sich merken könnte … Das war für mich als Nichttheologin ein schwieriger Weg, denn das, was ich suchte, fand ich nicht in den Büchern über diesen besonderen Mann. Glücklicherweise gab es Menschen, die bereit waren, meine Fragen zu beantworten und mich bei meinem Suchen zu unterstützen. Hier danke ich meinem Vater als wichtigstem Ansprechpartner, aber auch Alfonso und Pater Andreas.

Dieses Buch hätte seine Form nicht finden können, wenn das Team von Penguin Random House nicht an mich geglaubt hätte. An dieser Stelle danke ich ganz besonders meiner wunderbaren Lektorin Martina Pfitzner, die mir half, aus all meinen Ideen das Beste herauszukitzeln, und die für mich da war, wenn mir die Kapitel aus der Perspektive von Joachim Baumgärtner beim Schreiben zu viel Angst machten. Ich danke ebenfalls von Herzen meiner Redakteurin Katharina Rottenbacher, die mit meinem Text zutiefst respektvoll umging und mit meinen Worten genauso streng und achtsam war wie ich selbst. Ohne all diese Menschen könnten Sie, liebe Lesende, dieses Buch heute nicht in den Händen halten.

Dieses Buch handelt von Fragen, auf die es keine Antworten gibt und wohl auch nie geben kann. Meine Großmutter hätte bei solchen Themen vermutlich allen am Tisch eine Tasse Tee nachgeschenkt und gefragt, ob wir noch etwas Kluntjes haben wollen. Und sie hätte auf eine Weise gelächelt, die mir sagte: *Was auch immer die Zukunft bringt, mein Tütilein, es ist schön, dass es dich gibt. Du bringst Freude in meine Welt.*

Vermutlich birgt eine solche Tasse Ostfriesentee keine großen Wahrheiten, die es verdienen, in den Zeitungen gedruckt zu werden. Aber ich freue mich ganz im Geist meiner Großmutter, dass es Sie, liebe Leserin, lieber Leser, gibt. Hoffentlich konnte mein Buch Ihnen ein paar spannende und nachdenkliche Lesestunden schenken. Und vielleicht begegnen wir uns ja bald auf Instagram oder auf einer Lesung?

Bochum, Januar 2023
Hanna Aden